KB047395

플러스섬 게임

플러스섬 게임

Plus-sum Game

이정은 장편소설

문학사상

차례

프롤로그

여자는 생각했다.

자신에 대해 이야기하자면 훨씬 앞에서부터 시작해야 한다고. 할 수만 있다면 기억이 생기기 이전인 유아기에서부터, 아니 아득한 근원까지 거슬러 올라가야 하리라고.

여자는 자신의 분신이자 일생을 함께한 남편이 이승을 떠나자 그와 함께 지낸 시간을 반추하고 고통도 함께하고자 했다. 그것이 그에 대한 예의라고 믿었다. 무엇보다도 삶이, 일상사 모두가 허무했다.

무엇보다도 참을 수 없는 일은 남편의 체취, 흔적이 집 안 곳곳에 남아 있다는 것이었다. 환영이 보이기도 했다. 그가 누워 있던 방에서 자신을 부르는 소리가 들려오는 것 같았다.

현관문 열리는 소리에도 '남편인가?' 하고 문 앞으로 다가가기 일쑤였다. 화장실에서 물소리만 들려도 '샤워 중인가?' 하는 생각이 들기도 했다. 사방에서 나는 온갖 소리들에 깜짝깜짝 놀랐다.

안방에서 "여보, 이리 와봐!" 하는 소리가 자꾸 귀에 쟁쟁했다. 예전 시아버지가 돌아가시고 나서도 고생했었다. 3년을 중풍으로 누워 계시던 방에서 "에미야, 어딨니?" 하는 소리가 귓가에 맴돌았던 적이 있었다. 사람이 가고 난 후 그가 남긴 흔적, 후유증에 시달렸던 것이다. 시아버지 때도 그랬는데, 하물며 남편임에랴 오죽할까 싶었다.

2019년 3월 여자는 집을 나서기 전 (벽에 걸린 텔레비전 옆에서 웃고 있는) 남편의 영정 사진을 바라보며 말했다.

"나 혼자 여행 가서 미안해요!"

남편이 있을 땐 여행하는 것이 그렇게 싫었는데, 그가 떠나자마자 여행을 간다는 것이 미안했다. 마치 혼자 여행을 떠나기 위해 남편이 죽기를 기다린 사람처럼.

'지금 당신이 옆에 있다면 내게 무어라고 말할 거예요? 그래 당신 혼자 떠나니까 좋아, 라고 말할 거예요? 아니면 가지 못하게 심통을 부릴 거예요? 그것도 열흘씩이나 집을 비우고 떠나는 여행인데.' 남편은 여자가 혼자서 여행을 떠날 수 있다고는 상상도 못했을 것이다. 여자 스스로도 혼자서는 가당치 않은 일이라 여겼었다.

현관문 옆에 걸린 거울을 보면서 함께 여행을 떠나면서 즐거워하던 남편의 얼굴을 떠올렸다.

"여보, 나 이제 혼자 여행 떠나요."

"잘 됐네. 언제 돌아올 건데?"

"열흘쯤 걸릴 거예요. 어쩜 더 걸릴 수도 있고."

"열흘씩이나 집을 비운다고? 나랑 함께 여행 가자면 싫어하던 사람이…… 잘 다녀와."

여자는 거울에 비친 자신의 모습을 바라보며 자문자답自問自答했다.

커튼 친 방에서 칩거하다가 밖으로 나오니 사방의 빛이 눈을 찔렀다. 세상은 밝게 반짝이고 있었다. 그동안 생각도 바뀌었지만 계절도 겨울에서 봄으로 바뀌어 있었다. 생각을 바꾸었더니 바깥 공기 맛도 달랐다. 숨을 크게 들이마시고 걷기 시작했다.

남편이 유명幽冥을 달리한 이후 첫 번째 홀로서기 여행이었다. 딸의 권고로 떠나기로 결정은 했지만 떠날까 말까 망설이다가 용기를 냈다. 낮 시간에 출발하는 비행기여서 나서기가 나은 편이었다.

인천공항에서 12시간 넘게 비행기를 타야 하는 동유럽 여행이었다. '동유럽 / 발칸 4개국 배낭여행' 팀에 끼어가기로 한 것이다. 남편의 49일재齋가 끝나자 인터넷을 뒤적여서 젊은이들이 즐겨 선택하는 배낭여행 상품을 골랐다. 몸도 마음도 혹사시켜 땅 밑으로 가라앉은 마음을 일으켜 세우자는 것이 이번 여행의 취지였다.

언젠가 남편이 신혼여행도 못 갔다고 툴툴거리던 여자에게 기쁜 소식을 전했다. 친구들 부부 모임에서 여름휴가 때 인천 송도에 가기로 했다고 했다. 그녀는 그 이야기를 듣자마자 바다에 대한 동경심이 상상 속으로 날아들었다. 눈앞에 펼쳐진 바다에 파도가 거칠게 일었다. 출렁이는 파도에 몸을 싣고 물장난을 하리라. 물속에서 남편과 장난도 쳐봐야지. 떠날 기대감만으로도 뛸 듯이 기뻤다. 여행을 그닥 좋아하지 않아지만, 이상한 설렘으로 잠을 이룰 수 없었다. 양 무릎에 팔깍지를 끼고 앉아 밤을 새우기도 했다. 가슴은 요동을 쳤다. 실성한 사람처럼 실실 웃음이 저절로 나왔다. 얼굴엔 웃음꽃이 활짝 피었다. "그렇게도 좋아?" 옆에서 보던 남편이 빙그레 웃었다. 그러나 여행은 취소되고 말았다. 며칠 후 계획이 변경되었고, 남자들만 설악산으로 등산을 떠났다. 그녀는 크게 실망했지만 잠시 행복했던 것으로 만족해야 했다.

돌이켜 보면, 그것이 여행에 대한 첫 번째 환상이었다. 작은 일에도 행복해하고 슬퍼하기도 해서 감정이 물결처럼 출렁거리던 시절이었다.

"일반 버스는 못 타겠어."

여자는 언제나 작은 목소리로 투덜거렸다. 버스로 국내 여행을 하면 힘이 들었기 때문이었다. 우등 버스가 아닌 일반 버스의 딱딱한 의자는 고역이었다. 그녀의 특수한 몸 상태가 문제였다. 엉덩이 꼬리뼈가 튀어나와 좌석이 좁거나 딱딱하면 차라리 서 있는 것이 편했다. 버스에 따라 좌석의 질감이 다른 일반 버스와 우등 버스가 있던 시절이었다.

여행에 대한 특별한 기억은 알래스카에서 본 거대한 빙하였다. 언젠가 남편의 친목 모임에서 여름휴가로 알래스카 크루즈 여행을 간 적이 있었다. 원주민어로 '거대한 땅'을 뜻하는 알래스카는 한반도 면적의 7배나 되는 광활한 크기를 자랑했다. 5월에서 8월까지만 여행이 가능했다. 한여름에도 모자 쓰고, 장갑 끼고, 파카를 단단히 챙겨 입어야 할 것 같았다. 그런데 막상 가보니 별로 춥지 않았다. 알래스카 크루즈 여행은 캐나다 밴쿠버에서 출항했으므로 우선 서울에서 밴쿠버까지 비행기로 가야 했다.

"편하게 가게 해주면 갈 수 있지?"

남편이 물었다.

여자는 오랜 시간 앉아서 가는 외국 여행은 엉덩이가 아파서 싫다고 했다. 그랬더니 남편은 비즈니스 클래스 표를 내밀었다. 추가 요금을 물고 산 좌석표였다.

"그런데, 왜 하나뿐이에요?"

여자가 물었다.

"난 이코노미 좌석이 더 편해."

남편이 대답했다.

남편이 지금 살아 있다면 이번 배낭여행은 좌석이 좁아서 불편하기에 떠나지 않았을 것이다. 인천공항에서 체코의 프라하공항까지 좁은 좌석에 끼어가야 한다. 남편의 생전을 생각하면 어리광을 부릴 사람이 있다는 것과 없다는 것에 격세지감을 느꼈다.

알래스카를 다녀온 이후 남편은 여봐란듯이 여자에게 질리도록 여행을 권했다. 남편의 사업 관계 친목 모임에서 주선하는 여행을 주로 가게 되었다. 그 친목 모임에서 가는 여행은 싫증이 날 정도였다. 처음엔 남편과 동행하는 게 즐거웠으나 같이 가면 체면을 지켜야 하는 일이 많았다. 남편은 술 마실 줄을 몰랐다. 술을 마시지 않는 남편 앞에서 맥주 한잔을 마시고 싶어도 눈치가 보였다. 남편의 친구 부인들은 술을 못 마시는지, 아니면 눈치껏 안 마시는지 술을 입에도 대지 않았다. 그런 부인들 앞에서 혼자만 술을 마시고 기분 좋아하면 남편은 창피해했다. 남들은 교양 있게 앉아 있는데 혼자서만 웃고 떠든다고, 술주정한다고 눈살을 찌푸리기도 했다.

"맑은 정신으로 앉아 있기가 민망하다고."

그럴 때마다 남편은 어쩔 줄 몰라 했다.

여자는 여행지에서 술도 한잔 못 마시는 그런 여행은 지루했다. 그러려면 여행은 왜들 가는지 모를 지경이었다. 여자 입장에서 여행은 일상에서와 달리 흐트러진 분위기를 즐기는 것이 정상이었다. 일상적인 풍경만 보는 여행은 그녀에겐 의미가 없었다. 여행을 와서까지 남편 앞에서 긴장을 하려면 집에 있는 것이 차라리 나았다.

남편은 여자에게 술을 마셨으면 잠자코 있으라 했다. 평상시에도 저러고 다닐 거라고 짐작해서인지 여행을 마치고 집에 돌아오면 얼마간 말을 하지 않거나 여자를 힘들게 했다.

이런저런 일로 여자는 여행 이야기를 하면 기뻐하기는커녕 안 가겠다고 했다. 그럴 때마다 남편은 남편대로 기분이 상하기 일쑤였다.

"혼자 가세요"라고 말하려다 그만둔 적도 많았다. 버럭 화를 낼 것 같아서였다. 그때마다 속으로 "난 집에서 책을 읽는 것이 나을 것 같은데……"라고 중얼거릴 뿐이었다.

남편은 다른 나라 풍경을 보는 여행을 좋아했다. 문제는 꼭 아내와 함께 가려고 한다는 것이었다. 여행을 좋아하는 것인지, 아내와 함께 있는 것이 목적인지 알 수가 없었다.

남편이 옆에 있다면 "당신은 웬 고집이 그렇게 센가요?"라고 묻고 싶었다. 그런데 지금은 상관이 없었다. 이건 순전히 여자 혼자만의 생각이 되었으니까.

남편은 여자가 소설가협회의 1박 2일 세미나를 간다면 언제든 흔쾌히 허락하곤 했다. 현관문을 나서는 그녀에게 그때마다 금일봉을 주곤 했다.

"버스에서 회원들에게 커피나 아이스크림 정도는 돌려야지."

늘 그랬었다.

그런데 지금 그녀, 박수희는 빈손이다.

새벽 한 시가 넘어서 비행기는 체코의 프라하에 도착했다. 여자는 짐가방을 들고 밤안개에 젖어 눅눅한 프라하공항을 빠져나왔다.

'동유럽 / 발칸 4개국 배낭여행'은 체코, 크로아티아, 슬로베니아, 오스트리아 등을 10일 동안 둘러보는 코스였다.

여자가 오스트리아 쪽에 위치한 알프스산 중턱에 올라갔을 때 많은 사람이 스키를 즐기고 있었다. 남편과 같이 왔다면 여자는 힘들다고 투정을 부렸을 것이다. "힘들어 죽겠어요. 산 밑에 있을 테니 당신 혼자 올라갔다 와요." 그러면 남편은 "내가 거들어줄 게 같이 올라가자"라고 말했을 것이다. 다음 날 여자는 크로아티아 두브로브니크에 도착해서 적을 방어하기 위해 만든 성벽 길을 걸었다. '아드리아해의 진주'로 불리는 세계문화유산 중 하나였다. 성벽을 한 바퀴 도는 데 2시간 이상이 걸렸지만 옆에 아름다운 쪽빛 바다가 펼쳐져 있어서 힘든 줄도 몰랐다. 오죽하면 영국의 극작가 버나드 쇼가 "진정한 낙원을 원한다면 두브로브니크로 가라"라는 말을 남겼을까.

남편과 함께 왔다면 얼마나 좋아했을까. 눈시울이 뜨거워졌다. 아름다운 경치가 있었고 훌륭한 음식이 있었지만, 같이 나눌 상대가 없다는 것이 슬펐다. 여자는 카페에서 생맥주를 마시며 남편이 옆에 앉아 있는 것처럼 중얼거렸다. "어쩜 바다 빛이 저렇게 아름다울까요? 여보, 나폴리 갔던 때 생각나지요? 아름답기는커녕 지저분해서 실망했는데 이곳은 다르죠? 유네스코세계문화유산이라는 곳이 맞는 것 같아요."

남편과 희로애락을 함께했던 60년 인생이 여자의 눈앞에 어른거렸다.

1부

혼자서 간다

어느 날 갑자기

2018년 7월 26일 목요일.

"얼굴빛이 왜 그래요?"

여자가 퇴근하는 남편에게 다가가서 물었다.

언제부턴가 여자는 "잘 다녀왔어요?" 하는 의례적인 인사 대신에 남편의 표정을 보고 컨디션을 물었다. 아니 표정을 보면 알았다. 눈에 생기가 없고 얼굴엔 표정이 없는 날이 있었다. 만사 귀찮다는 듯이 "응……" 하고 대답하기도 했다. 여자는 보통 남편의 그날 하루 일과를 점검했다. 점심 식사를 잘 했는지 몸이 아픈지 복잡한 문제가 생겼는지 물어봤다. 남편 얼굴이 피곤해 보이면 가슴이 덜컥했다. 보통은 회사에 일이 있거나 입맛이 없어 점심을 제대로 먹지 못했거나 둘 중 하나였다.

하지만 그날은 특별했다. 퇴근해서 현관을 들어서는 남편 얼굴이 심상치 않았다.

"여보, 왜 그렇게 피곤해 보여요?"

"글쎄, 좀 이상해."

여자의 짐작은 어긋난 적이 없었다. 회사에 신경 쓸 일이 생겼거나 몸 컨디션이 좋지 않아 점심이 시원치 않았거나였다. 그런데 아예 안 먹었다는 대답이 돌아왔다.

"운전석 안전벨트를 매는데 갑자기 옆구리에 통증이 있네. 벨트를 한 손으로 잡고 느슨하게 어깨에 걸치고 왔어."

"그런데도 그냥 있으면 어떡해요. 미련하게."

"아무래도 병원에 가봐야겠어. 영 찜찜하네."

"진작 병원엘 가봤어야지. 언제부턴데요?"

"좀 됐어."

두 사람은 늘 자기 몸은 스스로 지키자고 말해왔다. 각자 자신의 몸 돌보기도 어려운데 상대방까지 살피는 건 여간 힘든 일 아니냐면서. 이젠 늙었으니 각자 책임지자면서.

얼마 전에 병원에서 정밀 건강검진을 했을 때 CT에서도 별 이상이 없었다. 혈액검사에서도 이상이 없었고 간수치도 정상이었다. 혈압도 정상이었고 당뇨 또한 없었다. 무엇보다도 살이 찐다고 얼마 전부터 다이어트까지 하던 중이었다.

"평상시는 아무렇지도 않은데 운전을 하면 옆구리에 통증이 느껴져 이상했어."

늘 의사는 나이가 먹으면 작은 몸의 변화도 가볍게 여길 일이 아니라고 했다.

다음 날 종합병원을 찾았다. 남편은 어디가 아프다는 말을 입에 달고 살았다. 그런 일상에 면역이 되어서일까. 여자는 남편이

별일 없을 거라고 지레짐작하고 있었다.

"네 아빠는 엄살쟁이야."

딸에게도 그렇게 말했다.

남편의 병은 느닷없이 닥쳤다.

"남은 수명이 길면 6개월, 짧으면 3개월입니다."

"무슨 말씀인지?"

여자는 너무 당황해서 눈만 계속 껌벅거렸다. 어떻게 말해야 할지 판단이 서지 않았다.

"수술이 가능한가요?"

여자가 물었다.

"글쎄요. 수술은 별 의미가 없습니다. 항암 치료부터 하고 암이 줄어들면 그때 고려해봅시다."

의사가 고개를 옆으로 흔들었다.

지금 뭐라는 건지, 대체 무슨 얘기를 하는지 믿을 수 없었다. 여자는 온몸이 굳어버려 움직일 수 없었다. 혼란스러웠다. 한동안 멍하니 아무 생각 없이 그냥 서 있었다. 이런 경우는 처음이지만 심상치 않다는 게 분명했다. 그제야 겁이 더럭 났다.

한동안 침묵이 흐른 뒤 여자가 다시 입을 열었다.

"어떡해요!"

여자가 호소하듯 말했다.

"췌장암 말기, 그것도 간에까지 전이가 많이 된 상태입니다."

의사로부터 상상하지도 못한 말을 들은 여자의 얼굴이 더 굳어졌다. 더 이상 손을 쓸 수 없는 상황이라니! 남편의 병명이 머릿속을 마구 헤집고 있었다. 텅 빈 공간의 공명음, 청천벽력青天霹靂! 돌로 머리를 맞은 것 같았다. 수술이 별 의미가 없다면 선택의 여지가 없는 것이나 마찬가지였다.

남편을 보니 별다른 이상이 없어 보였다. '그런데? 왜? 어쩌지? 이제 어떻게 대처해야 하지?' 현실적인 고민에 들어갔다. 그리고 정신을 차려 딸과 대책을 논의했다.

"잘못 진찰한 거 아냐?"

딸이 소리쳤다. 그리고 의사의 말을 믿을 수 없다고 했다. 그러나 그들은 곧 인정할 수밖에 없었다. MRI 사진을 본 후였다.

"우리가 해야 할 일이 아빠를 고통스럽지 않게 사랑하는 마음으로 보내는 일이라니!"

여자는 처음 남편의 병명을 들었을 때 입 안에 침이 마르고 손이 떨렸다.

췌장암 말기, 3개월 시한부! 이런 황당한 일은 처음이었다. 누가 췌장암 말기라고 짐작이나 했겠는가? 췌장암은 남의 일이라고 여겼고, 그런 암이 있다는 정도로만 알고 있었다. 그런데 자신의 남편이라니! '말기라면 이미 늦었다는 말인데. 어쩌지?'

여자는 병실로 돌아온 후 남편 얼굴부터 살폈다.

'그가 받을 충격을 어떻게 하지?' 미봉책으로라도 남편을 안심시켜야 했다. '이 급작스런 상황에 어떻게 하면 충격을 덜 받게 하고 천천히 받아들이게 할 수 있을까? 지금 상황에 어떤 말을 할 수 있을까? 그의 삶이 헛되지 않았고, 우리가 그를 얼마나 사랑했는지 보여주고, 그가 우리의 삶에 얼마나 큰 공헌을 했는지 느끼게 해야 한다. 그렇게 함으로써 가족의 사랑이 큰 힘이 되어 마음이 편안해지게 하자. 또 누가 알겠는가? 병을 이겨낼 수 있을지. 본인이 알게 되면 미리 절망해서 일찍 숨질 수도 있다. 언제까지 속일 수 있을지는 몰라도, 할 수 있는 한 시간을 끌어야 한다.'

여자는 아무렇지 않은 척 평상시와 같게 행동하려 애썼다. 그녀는 오랫동안 깊이 생각했다. 그리고 고민했다. 자신이 말해야 할 것을, 또 어떻게 전달할 것인가를.

의사는 항암 치료를 해야 한다고 했다.

"본인 모르게 할 수는 없나요?"

"그렇게는 안 됩니다. 항암 치료는 꼭 해야 합니다."

의사가 짜증스럽게 말했다. 아니, 여자의 귀에 짜증스럽게 들렸다.

의사는 병원에서 치료하는 동안 어쩔 수 없이 환자가 알게 된다고 했다. 그렇다면 굳이 거짓말로 시간을 낭비할 필요가 있겠느냐는 질문에 여자는 대답할 수가 없었다.

남편은 암이라는 말을 듣고도 겉으론 담담했다. 정중동靜中動. 자신과의 싸움을 하고 있는지 모를 일이었다. 겉보기론 별문제가 없는 듯했다.

딸은 아빠에게 농담을 했다.

"우리 아빠는 영원히 젊은 오빠라니까."

"하하하! 얘가 오늘따라 왜 이래?"

여자와 딸은 초기라고 둘러댔다.

"아빠, 간이 나쁘대요. 그렇지만 치료를 잘 받으면 괜찮을 거예요."

"요즘 어떤 세상인데, 못 고칠 병이 어딨어요?"

여자가 거들었다.

"늙으면 모든 사람이 체내에 암을 간직하고 있다고 해요. 면역력이 떨어진 사람에게 나타난대요."

제법 병에 대해 아는 척했다.

"지금 당신과 우리가 해야 할 일은 몸에 면역력을 키우는 일이에요."

여자와 딸은 그렇게 말하기도 했다.

거짓말이 통했는지 남편은 크게 걱정하지 않는 눈치였다. 몇 번의 경험이 있기는 했다. 3년 전에도 건강검진에서 간수치가 높다는 결과가 나왔다. 그러나 치료를 받고 곧 좋아졌었다.

여자는 환자를 안심시키는 방편으로 거짓말이 최선임을 알고 있었다. '과연 내가 남편과 같은 상황이라면 어떤 방법을 선호할까? 내가 환자라면 잠시라도 그 공포를 늦추고, 모르고 지내는 편이 나을 것 같다. 얼마 남지 않은 생명에 대한 공포를 어떻게 감당한단 말인가? 환자에 대한 배려로 무엇이 좋을까?' 아무리 궁리해봐도 별다른 방법이 없었다.

'과연 위험한 상황임을 환자가 모르게 하는 것이 좋을까? 아니면 솔직하게 말하는 것이 좋을까?'

평소 여자는 아무것도 모르고 지내다가 그냥 생을 마감하는 쪽을 선택하고 싶었다. 그것이 죽음에 대한 공포를 줄이는 방법이라고 믿어왔다.

다른 의견은 환자에게 현재의 상황을 설명해주고 얼마 남지 않은 시간을, 일생을 정리하도록 도와주어야 한다고 했다. 한평생 자신의 삶을 돌아보고 생의 마무리를 잘 할 수 있는 시간을 주어야 한다고. 어느 쪽이든 정답은 없었다.

엉뚱한 희망을 주는 것 또한 잔인한 일이 될 수 있었다. 희망 고문. 희망이 없는 상황에서도 환자는 보호자가 만들어놓은 환상대로 믿기 때문이다. 그렇다고 해도 상황이 좋아질 거야, 하고 믿도록 희망을 주어서 고통의 시간을 줄여주고 싶었다.

2018년 8월 첫날. 지구가 흔들렸다.

정원을 바라보는 쪽에 위치한 입원실 창문이 빛을 받아 빛났다. 앞쪽으로 정원이 넓게 펼쳐져 있어 상쾌한 기분이 들었다. 창밖 풍경이 눈이 부실 정도로 찬란했다.

오후가 되자 앞에 펼쳐진 정원에 바람이 거칠게 일었고, 무더위 속에서 헐떡거리던 대지가 돌풍으로 흔들렸다. 태풍은 지금 농작물과 사람, 바다에만 심통을 부리는 것이 아니었다. 나무에게도 싸움을 걸고 있었다.

창밖 정원에 서 있는 커다란 나무들이 태풍과 싸우고 있었다. 나뭇가지가 휘청하며 오른쪽 땅을 찍고 왼쪽 땅을 찍어대고 있었다. 그리고 앞뒤로도 왔다 갔다 하기를 반복하고 있었다. 단단한 땅에 든든히 버티고 있어서 웬만한 태풍쯤은 개의치 않을 것 같던 나무들이 흔들리고 있었다. 생존을 위해 땅에 박은 뿌리를 바탕으로 버티며 바람과 사투를 벌이고 있었다. 어떤 나무들은 이미 속절없이 뿌리째 뽑혀 나가 바람 앞에 승복하고 말았다.

하늘엔 검은 구름이 몰려와 창밖은 어둠의 세상으로 변했다. 번쩍! 검은 하늘이 갈라지며 우주 전체가 뒤죽박죽 무너져 내리는 것 같았다. 우르릉 쾅쾅! 굉음이 간담을 서늘케 했다. 하늘에서 벌을 내리고 있는 듯해서, 없는 죄도 만들어서 뉘우쳐야 할 것 같았다.

하루 종일 비가 내렸고 천둥과 번개도 쳤다. 하늘이 뚫려 세상이 물속에 갇힐 것 같았다. 더 이상 햇빛을 볼 수 없을 것 같은 어둠의 공포, 영원할 것 같은 절망에서 벗어날 수 없을 것 같았다. 그것은 죄를 심판하는 소리가 아니라 가족을 떠받치던 기둥이 부러지는 소리였다.

다음 날 오후가 되자 태풍이 사라졌다. 일상을 뒤흔들어놓은 후였다. 그 후에 찾아온 날씨는 지구에게 사과라도 하듯 바람 한 점 없이 맑았다. 자연이 시치미를 뚝 떼고 사과하는 것 같았다.

더위를 물리치고 다가온 바람은 청명한 하늘을 아름답게 치장했다. 여자는 남편 눈에 아름다운 지구를 영원히 간직하게 하고 싶었다. 그동안 살면서 이렇게 아름다운 하늘은 처음인 것 같았다. 새삼스러웠다.

남편과 함께 보는 마지막 맑고 투명한 하늘이라고 생각하자 여자는 갑자기 두려워졌다.

사랑은 오래 참고, 기다리며

병원은 그런대로 만족스러웠다. 시설이 깨끗하고 직원들도 친절했다. 남편은 전날에 비해 약간 기운을 차린 듯했다. 여자는 남편이 아프다는 것을 알고부터 사랑이라는 말을 자주 했다.

"당신만을 사랑해요."

여자가 말했다.

"빈말이라도 듣기 괜찮네."

"빈말이라니 억울하네. 그런데 사실이거든. 믿든 말든 당신 몫이지만."

"거 참!"

남편이 쑥스러운 표정을 지었다. 여자는 소리 내어 웃었다.

'사랑을 어떤 형태라고 말해야 하나? 사랑은 욕구를 충족시켜줄 때 또는 부족함을 상대가 채워주어서 만족했을 때인지 모른다. 사랑은 받은 만큼 대가를 지불해야 지속 가능하다고 믿고 있다. 사랑을 포괄적으로 정의한다고 해도 어떤 의미로 쓰이는지는

확실하게 단정하기 어렵다. 그럼에도 뭉뚱그려 표현하자면 남편을 사랑했다고 말할 수 있다.'

서툰 사랑이 있었고 청춘이라는 말 속에 들어 있는 본능적인 이끌림도 있었다. 그리고 성년이 되면 결혼을 해야 한다는 일반적인 상식 때문에 결혼했다. 결혼 생활을 지켜내느라 참고 기다리며 살아온 시간들이 기억 속에 모여 있었다. 평생을 같이 살면서 지금까지 증오와 미움, 기쁨과 환희, 이 모든 감정을 표출하고 공유하며 지냈다. 지금껏 큰 불만 없이 살아온 것을 보면 순간적인 미움보다는 몇백 배로 사랑했던 시간이 많았다고 어림짐작되었다.

사랑이라는 말 속에 담긴 온갖 고통과 슬픔을 감내하고 지내온 시간들 앞에서, 여자는 그저께 아침에 읽은 성경 구절을 떠올렸다.

> 사랑은 오래 참고, 친절하고,
> 시기하지 않고,
> 사랑은 교만하지 않습니다.
> 무례하지 않고, 사욕을 품지도 않습니다.
> 불의를 보고 기뻐하지 않고
> 진리를 보고 기뻐합니다.
> 〈고린도 전서 13장〉

"제 남편이 아파요. 건강을 되찾게 해주세요!"

여자는 묵주를 들고 기도를 했다.

여자는 자신보다 남편을 더 사랑했다. 자신을 위한 기도는 별로 해본 적이 없었다. 기도 속엔 자신을 위한 소망이 아니라 남편의 건강을 염려한 기도가 전부였다. 자신은 건강하고 남편은 아프니까. 내면을 깊숙이 들여다보면 궁극적으로 그가 있어야 자신의 존재 자체가 흔들리지 않았다. 그렇게 생각해도 '사랑했다'는 말에는 변함이 없었다. 지극히 주관적이고 이기적일지는 모르겠지만.

남편은 여자에게 모든 것이었다. 사랑할 대상이고 기쁨이고 슬픔이며, 희망이고 지독한 좌절이었다. 싫든 좋든 그녀의 우주이고 세상이었다. 그가 없는 삶은 한 번도 생각해보지 않았다.

그를 사랑해야 해서, '사랑했다'고 말하고 싶었다.

여자가 남편과 결혼한 것은 60년 전이었다. 60년을 지내면서 남편이 회사로 출근할 때 현관에서 인사하는 걸 빼놓은 적이 없었다. 그리고 언제부터인지는 모르겠지만 감정이 없어도 신혼부부처럼 끌어안고 뽀뽀하는 일이 일상처럼 되어버렸다. 삶의 애착이 생기고부터였던 것 같다. 젊었을 때 실행해보지 못했던 사랑 흉내를 하는 것이었고, 그것은 더 열심히 행복해지려는 노력의 일부분이 되었다. 누가 먼저인지는 모르지만 두 사람은 마음을 다 잡고, 작정하고, 아름다운 노년을 보내기로 약속했다.

남편이 아픈 이후로 착하게 변했다. 어린아이 같아졌다. 그 완고한 고집과 집착이 어디로 갔는지 보이지 않아서 이상할 정도였다. 새삼 진저리를 치던 간섭과 고집이 그리워졌다. 그것은 아직 그의 생명이 남아 있다는 증거이니까.

자신이 암 환자라는 것을 인정하기 싫었는지는 모르지만 그는 불안해하는 기색이 없었다. 겉으로 보기에도 아무렇지 않아 보였다. 치료 과정에서 자신이 심각한 환자라는 걸 알게 되었지만 침착한 얼굴이었고 편안해 보였다. 모든 것을 단념했는지는 모르지만. 치료하면 나을 수 있다고 굳게 믿고 있는 듯도 했다.

남편은 마음속으로 긍정과 부정을 반복하며 자신과의 싸움을 꿋꿋하게 견뎌내는 것 같았다. 병을 이길 수 있다는 집념으로 나름대로 가족에게 의연하게 대하는 것도 같았다. 몸과 마음이 쇠약해졌다는 것을 이미 알고 있으면서도 속으로 이렇게 생각할지도 몰랐다.

'아직은 끄떡없어. 난 강해. 무슨 병이든 이겨낼 거야. 지금까지 살면서 내가 생각한 그 무엇에게도 져본 적이 없으니까.'

사랑하는 사이라도 죽음은 대신할 수 없으며 고통도 나눠 가질 수 없는 법이다. 이 평범한 진리가 가슴을 찔렀다. 심장은 오직 하나, 그 누구에게 떼어줄 수 없는 유일한 기관이었다. 심장이 뛴다는 것은 살아 있음이고 타인에게 양보할 수 없는 것이었다. 더욱이 대신 뛰어줄 수도 없었다. 로맨스 영화에서처럼 낭만적으로 말하긴 쉽지 않았다.

활활 타오르는 청춘일 때 "우린 같은 몸이었나 봐요"라는 말을 하기도 했다. 만날 생각만 해도 심장이 같이 반응하고 같이 뛰었으니까. 그땐 같은 심장을 가진 줄 알았고, 잠시 분리되어 있다가 짝을 찾았다는 행복도 누렸다. 하지만 시간이 지나면서 각자 뛰는 심장이 있다는 것을 알았고, 시간이 더 지나면서는 각자 뛰는 심장이 있는 줄도 모르는 관계가 되었다.

'내 심장을 떼어주고 싶다. 아니 떼어줄 것이다. 가당치 않은 말이다. 희망 사항, 수사修辭일 뿐이다.'

남편이 어떻게 생각하든 그의 시간이 얼마 남지 않았다는 사실을 인정해야 했다.

'나는 일생을 같이한, 한 남자의 생명을 연장시켜야 할 책임이 있다. 그런 면에서 주관적이긴 하지만, 남편이 마지막 시간을 알차게 보낼 수 있도록 도와주는 일이 나와 가족의 몫이다. 섣불리 판단하는 것은 남편이 베풀어준 사랑에 대한 모독인 셈이다. 남편을 살리고 싶은 열망을 가지고 신에게 기도한다면 이루어질 수 있으리라. 그런데 간절한 기도가 되지 않는다. 왜지? 희망을 갖자고 스스로를 다그쳐도 체념하게 된다. 나부터 희망을 걸어야 하는데 왜? 왜? 기도가 안 되지?'

"아빠를 살릴 수 없다면 우리가 해야 할 일은 아빠가 희망을 잃지 않게 용기를 주는 거 아닐까."

여자와 딸은 그렇게 약속했다.

태양을 선물하다

결국 항암 치료를 받기로 했다. 고령인 점을 감안해서 항암제 용량을 60% 수준으로 낮추어서 시작해보기로 했다. 지금으로서는 항암 치료를 견뎌내는 것이 최우선이었다.

3.3 요법. 한 번에 3회 약물 치료를 받은 후 쉬었다가, 3일 후 또 치료하는 요법이라고 했다. 쉬는 동안에는 독한 항암제 치료를 받은 환자에게 영양제를 공급해서 항암 치료로 인한 후유증을 보충해야 한다고 했다.

1차로 세 번 항암 치료를 받고 부작용이 나타났다.

온몸에 붉은 반점이 나타났고 가려움증을 호소했다. 급기야는 온몸에 열이 오르기 시작했다. 열이 38도 이상으로 오르면 다시 병원에 입원해야 한다고 의사가 말했었다.

1차 항암 치료를 끝내기도 전에 트러블이 생긴 것이다. 응급실로 실려 갔다. 가까스로 견뎌냈다. 견뎌낸 것이 아니라 항암제 부작용과 싸운 것이다. 더 이상 항암 치료는 곤란했다.

환자에게 온갖 희망을 말해줘도 받아드릴까 말까 하는 상황인데 여자가 먼저 좌절하게 되었다. 희망을 가져보려 해도 되지 않았다. 환자보다 그녀가 먼저 절망한다면 곤란했지만 어쩔 수 없었다.

여자는 뜬눈으로 밤을 새웠다.

'남편 병이 낫게 해달라고 기도하면 과연 들어주실까? 의문을 품는 것 자체가 남편을 덜 사랑하는 것은 아닐까? 왜 긍정적인 기도가 안 될까? 지금껏 어려울 때마다 긍정적인 마음으로 기도하면 다 들어주셨는데. 간절히 원하면 신이 반드시 들어준다는 희망을 갖고 살아왔는데. 믿음은 이루어진다고 믿고 있었는데. 내 생활신조였는데.'

벌써 해보지도 않고 체념하는 것은 아닐까 생각했다. 처지가 바뀌어 남편이었으면 여자를 살려달라고 간절히 기도했을 것 같았다. "박수희 수산나를 살려주십시오!"

여자는 남편의 우직한 사랑을 알고 있다. 남편을 위해서, 힘들었던 IMF 때를 떠올리면서 기도가 통하도록 마음을 다잡았다.

1998년 9월이었다. IMF 외환 위기가 닥친 때였다. 험난한 시기였다. 실직, 폐업 등의 한파가 몰아쳤고 회사도 사정이 어려워졌다. 하필이면 그해 여름, 위기가 닥치기 직전에 부동산을 사들였다. 모아둔 자금을 부동산 구입에 쓴 후였다. 자금이 없는 상태에서 엎친 데 덮친 격으로 곧바로 IMF 외환 위기가 닥친 것이다. 조그만 구멍가게 수준인 중소기업은 자금난에 허덕였다. 거래처에서 받은 어음이 부도가 났다. 원활하게 풀려야 하는 경제 흐름이 막히자 기업체들이 줄줄이 도산으로 이어졌다. 받아놓은 어음은 휴지조각이 되었고 은행 결제를 하지 못하면 부도를 내야 하는 상황으로 내몰렸다.

두 사람은 이 상황을 어떻게 대처할까 의논했다.

상황이 다급하게 돌아갔다. 부도를 낼 수도 없고, 그렇다고 회사를 계속 끌고 가다가는 빈털터리가 될 게 뻔했다. '부도를 낸다면 어떨까? 먹고살 돈은 남을 텐데.' 그런 생각도 했지만 차마 그럴 수 없었다. 남편은 빈손으로 일군 사업에 애착이 많았고, 회사를 포기한다는 것은 생명줄을 놓는다는 것임을 알고 있었기 때문이었다.

"우리가 빵만으로 사는 것도 아닌데, 명예도 중요해요."

'우리'만 살자고 하면 할 수도 있었다. 그러나 그건 곤란했다. 남편도 그렇게 비겁하게 살지 않았다.

"당신이 도망자가 되면 안 되잖아요."

여자가 그렇게 말하자 남편은 마치 기다렸다는 듯이 자신의 마음을 알아주니 고맙다고 했다.

"나도 같은 생각이야."

그러면서 '아멘'으로 응답했다.

그렇다고 가만히 앉아서 도와달라고만 할 순 없었다. 무엇인가 성의를 보여야 했다. 두 사람은 매일 아침 새벽에 일어나서 강가를 돌면서 기도하기로 약속했다. 그리고 다음 날 새벽부터 작전에 돌입했다.

두 사람은 영하 15도의 겨울 새벽바람을 맞으며 한강변을 달렸다. 강 건너에서 불어오는 차가운 바람이 얼굴을 때렸다. 드문드문 가로등 불빛이 보였고 도시는 잠들어 있었다. 어둡고 적막했다. 세상의 끝을 향해 달려가는 기분이었다. 군용 플래시를 손에 들고 뛰는데 길이 잘 보이지 않았다. 잘못하다가는 한강에 빠질 위험도 있었다.

"우리 어떻게 기도할까요?"

여자가 물었다.

"주의 기도문을 외울까?"

남편이 숨을 헐떡이며 소리쳤다. 그는 시어머니가 어려운 일이 있을 때마다 입버릇처럼 하던 기도가 생각났던 모양이었다.

"예수 마리아 우릴 도우소서. 우리도 그렇게 해볼까?"

"아니요. 그냥 말로 하는 것이 나을 것 같아요."

여자가 숨을 헐떡이며 대답했다.

"하느님과 이야기하듯 그렇게. 그냥, 살려 주세요, 그리고 남에게 피해를 주지 않는 일생을 살게 해주세요. 그렇게 하면 돼요."

구체적으로 그렇게 하고 싶었다. 여자는 돌아가신 시부모님께도 도와달라고 기도했다.

"애비가 힘들어요. 당신들도 아시지요?"

아침 새벽 강가를 달리면서 마음을 비웠다. 그들의 의지만으론 대책이 서지 않았다. 하늘이 도와주지 않으면 안 된다는 절박감이 들었다. 절대자의 은총恩寵이 필요했다. 기도하면서 하늘을 올려다보니 붉은 태양이 장엄하게 떠오르고 있었다. 멀리 강 건너에 보이는 산등성이에 붉은 빛이 돌더니 불쑥 머리꼭지를 드러냈다. 해돋이는 언제 어디서 보아도 사람 마음을 뭉클하게 만들었다. 여자는 떠오르는 태양을 보면서 남편에게 복을 빌어주고 싶었다. 저만치 앞에서 달리는 남편을 불러 세웠다.

"여보. 오늘 저 태양을 당신에게 드릴게요."

산꼭대기에서 올라오는 불덩이를 가리키며 말했다.

"만약 우리의 두려운 마음을 안다면 신도 축복을 줄 거라는 믿음으로……."

남편이 의외인 듯 쳐다봤다.

"저 태양의 임자는 당신이에요. 바로 당신 것!"

여자는 신도 아닌데 남편에게 태양을 주겠다는 약속을 했다. 건방지게 하느님 행세를 했다고 나무라더라도 할 말이 없었다. 이것저것 따질 겨를이 없었다. 그저 다급한 마음에 튀어나온 말이었다. 신이 미처 남편을 보지 못한다면 자신이라도 축복 기도를 해주고 싶었던 것이다.

"아멘!"

남편이 여자를 바라보며 미소를 지었다.

바로 '그것이야' 하듯 여자도 화답했다.

"아멘!"

그날 이후 여자는 아침 출근 인사를 바꾸었다. 현관문을 나서는 남편 머리를 끌어안고 얼굴에 뽀뽀를 했다.

"오늘 하느님이 당신에게 힘이 돼주실 거예요."

간절한 마음으로 말했다.

"하느님은 당신 편이에요.

"알았어!"

남편이 말했다.

여자는 출근하는 남편을 대문 밖까지 따라나가 뒷모습을 바라보았다. 이길 전망도 없는 격전지로, 포탄이 떨어지는 전쟁터로, 어떻게 될지 모르는 세상 속으로 걸어가는 그가 안쓰러웠다.

얼마나 두려울까. 그 많은 부채를 갚아야 하는 일이 머리 위에 떨어졌으니. 남편이 해결해야 하는 일이긴 했지만, 그가 짊어진 무게가 너무 커서 넘어질까 봐 보이지 않을 때까지 잘 다녀오라고 손을 흔들었다.

많은 시간이 지나고 경기가 회복되었다. 개인의 잘못이 아닌 국가적인 재앙이 닥쳤을 때도 그들은 살아남았다. 힘들고 어려운 IMF 위기를 기도의 힘으로 이겨냈다고 생각하니 여자는 감개무량했다. 감사했다. '누가 도와주었는지 모르지만' 도와주신 은혜에 감사하면서 살겠다고 다짐했다.

회사가 정상화되고 본궤도에 진입하면서 사업은 탄력을 받아 죽죽 성장했다. 그즈음 언제부턴가 아침 출근 인사가 바뀌었다. 급한 불이 꺼져서인지 남편에게 하던 뽀뽀가 사라지고 그냥, "다녀오세요" 할 뿐이었다. 아침 인사에 뽀뽀가 빠지게 되자 기분이 이상했다. 즐겁지가 않았다. 언제부터였는지 생각해봤지만 기억나지 않았다. 사람은 간사한 동물이라고 했던가. 하느님께 인사하고 매달리며 살려달라고 애원했던 것은, 급할 때만 하는 인사

치레였던 것이다.

그때 여자는 의기양양해 있었다.

어느 날 성당 사목협의회 간부들과 새벽 미사를 마치고 집으로 돌아가는 길이었다. 하늘을 쳐다보니 그날따라 일출이 너무나 아름다웠다.

"제가 오늘 여러분께 선물을 드릴까 해요. 저 태양을 모두에게 드리겠어요."

태양을 가리키며 여자가 말했다.

태양을 선물로 받은 일행은 감동을 받은 얼굴이었다. 일부는 탄성을 질렀고 일부는 경이로운 눈으로 태양을 쳐다보며 여자에게 고마워했다. 집에 돌아와서 생각해보니 자기 마음대로 태양을 준다고 한 것이 아까웠다. 괜한 말을 했다 싶었다. 남편에게 돌아갈 복을 그들에게 넘겨준 것 같아서 후회가 되었다. 공연히 그런 말을 했구나 싶었다. 자신의 것도 아니고 임자가 따로 있는 것도 아니며 말로만 준다고 했을 뿐인데도 태양이 아까웠다.

'왜 이렇게 아깝지?'

'누구 허락이 필요한 것도 아닌데, 누구라도 마음만 먹으면 가져가도 되는데.'

'누구나 거저 가질 수 있는 선물이었나?'

'아니, 남편에게만 가야 할 선물 아니었나?'

'그런데 다른 사람이 가져갈 것 같은 물건이 돼버렸네.'

여자는 자신의 말치레로 태양을 빼앗길 것 같은 불안감에 며칠간 우울했다. 후에 생각해보니 얼마나 웃기는 일인지 몰랐지만.

그 후 여자가 깨달은 것이 있었다. 인색한 사람은 돈이 아닌 말로도 다른 사람을 칭찬하는 데 인색하다는 사실을.

606호 앞집도 사업을 하는 집이었다. 그 집은 고위층에 가까운 친척이 있어서 IMF 사태가 터지자 남미로 피신했다. 그 후 외국에서 떠돌이 신세로 전락하여 고생한다는 소문을 들었다. 그 소문을 듣고 그때 자신들의 선택이 얼마나 다행한 것이었는지를 실감할 수 있었다.

투병

세 번째 입원 중, 항암 치료 두 번을 받았을 때였다.

"당신은 언제 암인 거 알았어요?"

남편에게 물었다.

"당신과 지혜가 의사를 따라 나갔을 때 좀 수상했어."

남편이 담담한 표정으로 말했다.

"그랬구나!"

여자는 남편이 존경스러웠다.

'나라면 어땠을까. 과연 저렇게 담담할 수 있었을까. 세상을 좀 더 보고 싶어 슬퍼했을 텐데. 모든 것이 마지막이니까.'

그즈음 남편은 몸이 점점 수척해지고 허약해졌다. 고통과 죽음에 대한 공포에 휩싸인 채 시간을 견뎌내고 있었다. 자신에게 어떤 일이 일어나고 있다는 걸 직감한 듯했다. 계속되는 통증을 겪고 있는 그가 원하는 것은 무엇일까. 그가 원하는 쪽으로 결정하고 싶었다. 곧 나을 것이라는 거짓말만 되풀이할 수는 없었다.

남편은 쉼 없이 도전하는 성품이었고 미래 지향적인 생각을 가진 인물이었다. 회사는 무에서 유를 창조해낸, 그가 일구어낸 가장 큰 자산이었다. 곧 회사는 그의 분신分身인 셈이었다. 대한민국이 성장해온 것을 몸소 체험한 산증인이자 60년대 궁핍한 나라를 세계 10위권 부강한 나라로 발전시킨 성장 스토리의 주인공이기도 했다. 불확실한 사회의 변화에도 쉼 없이 뛰어온 우직한 사람이었다. 급변하는 역사의 흐름 속에서 자신의 자리를 지키고 옳다는 신념을 관철시키며 근면함으로 버텨왔던 사람이었다. 번듯한 주식회사로 성장했지만 회사의 오너치고는 구두쇠라 할 만큼 한마디로 절약이 몸에 밴 사람이었다. 국산 자동차를 고집하면서 점심 값도 회사 카드로 쓰는 것을 자제했던 보기 드문 선량한 사람이었다. 운전기사를 둘 만도 했지만 고집스럽게 직접 차를 몰고 다닌 사람이었다.

"당신도 벌써 여든이 넘었는데, 이젠 나이도 있고 하니 외제차가 어때요?"

여자가 외제차를 권했을 때 남편은 그 즉시 거절했다.

"국산차도 이렇게 훌륭한데, 당신도 참 한심하네."

쓸데없는 말을 하지 말라면서 화를 내기도 했다. 그 후에도 새파랗게 젊은 것들도 외제차를 타는 마당에 안전을 위해서라도 어떻겠는가 하고 몇 번을 더 권했으나 그놈들은 그렇더라도 자신은 용납하지 않겠다며 거절했다.

몇 년째 신은 구두가 낡으면 동네 수선집에서 뒷굽을 갈아 신었다. 발톱 때문에 양말이 구멍이 나면 기워달라고 했다. 언젠가 신발장을 가리키며 그에게 물어본 적이 있었다.

"내 신발은 이렇게 가득한데, 당신 것은 고작 두 개야. 억울하지 않아요?"

"억울하긴, 여자는 원래 신발이 많아야 되는 법이야. 내 마누라 신발 많으면 좋은 거지. 나는 아무래도 괜찮아."

남편은 검소함이 몸에 밴 사람이었다. 그럼에도 자기 아내는 비싼 신발을 신어도 괜찮다고 했다.

10월이 되자 남편의 병세가 갑자기 악화되기 시작했다. 암 투병 도중에 기억력이 떨어지고 치매 증상까지 찾아왔다. 회사 일에 참견이 심해지고 욕심이 많아졌다. 느닷없이 딸을 들들 볶거나 회사 직원들에게 옛일을 가지고 불호령을 내렸다. 했던 말을 또 하고 또 했다. 보다 못한 여자가 직원들에게 한 귀로 듣고 한 귀로 흘리라고 말해두었지만 심각했다. 치매는 단순히 기억력만 떨어지는 것이 아니라 전에 없던 기억들을 왜곡시켜 만들어낸 사건들을 진실이라고 믿게 했다.

남편은 터무니없는 일로 화를 내거나 주변을 괴롭혔는데, 특히 회사에 대한 집착이 대단했다. 창업 당시 경영하던 방식대로 명령하며 딸이나 직원을 괴롭혔다.

"요즘 왜 이렇게들 많이 노는데?"

"주 52시간 근무를 안 지키면 큰일 나요."

"일도 안 하는 놈들에게 월급은 왜 주는데?"

딸은 제 아빠를 설득시키려다 입을 다물었다. 참을 수밖에 더 있나 싶은 표정이었다. 옛날 기억에 머물러 있는 아빠에게 무슨 말이 더 필요할까 싶었나 보다.

"우리는 설하고 추석 이틀만 쉬었어. 요즘 놈들은 놀자 판이야. 그러고도 잘 살려고 하면 도둑놈들이지. 일을 안 하는 놈은 먹지도 말아야 돼. 쯧쯧."

남편은 화를 내고 혀를 찼다. 과거에 머물러 있는 그의 기억을 현실로 되돌려놓아야 하는데 이제 치매까지 왔으니, 어떤 말도 통하지 않을 것 같았다. 자신 스스로 자중하게끔 하는 것이 상책인데 그러려면 현실을 알려줘야 했다. 나쁜 암이라 얼마 남지 않을 수도 있다고 에둘러 말해야 하는데 그게 그리 쉽지가 않았다.

9월 5일 수요일.

병원에서 항암 치료를 받고 귀가했다.

그날따라 아침 하늘이 청명했다. 남편은 잠시 집에서 휴식을 취하며 몸보신을 하고 나서 다시 입원해야 했다. 더위가 물러가고 서늘한 바람이 불어왔다. 어디 숨어 있다가 찬 기운을 몰고 오는지 신기하기만 했다. 재촉하지 않아도 시간은 갈 것이다. 병원에서 집으로 돌아온 남편에게 잠시 평화가 찾아왔다.

닫아두었던 거실 창문 블라인드를 걷어 올렸다. 초고층 아파트가 하늘에 떠 있는 것 같았다.

"저기 보이는 남산타워는 알겠는데, 그 뒤에 보이는 큰 봉우리는 뭐지?"

남편이 오늘 아침에 처음 발견이라도 한 것 같이 신기해하면서 말했다.

여자는 남편의 행동 하나하나를 유심히 관찰했다. 저 사람이 지금 무슨 생각을 할까. 온통 촉각이 남편에게 향했다. 거실 소파에 앉아 바깥 풍경을 내려다보는 그가 피곤해 보였다. 딸이 제 아빠 표정을 읽은 듯 말했다.

"아빠, 피곤하세요?"

"응."

남편이 고개를 끄덕였고 딸이 부축하려고 하자 제지했다.

"이 녀석이 나를 뭘로 보고! 아직 건재해."

딸이 아빠를 침대에 눕히면서 물었다.

"뭐 드시고 싶은 거 있어요?"

"아니야, 없어."

"아빠, 그럼 내일 또 올게요."

딸이 인사를 하고 제집으로 돌아갔다.

이곳, '더 클래식 500(The Classic 500)'으로 이사를 온 건 여자의 의견이 반영되었기 때문이었다. 50층 초고층 건물인데 부부는 40층에 살았다. 남편은 회사와 가까운 강남이나 반포 쪽을 선호했는데 그녀가 한강이 내려다보이는 이곳을 선호한다고 했을 때 그는 순순히 여자의 말을 따랐다.

딸 지혜가 이곳을 추천했을 때만 해도 여자는 시큰둥했었다. 관리사무소에서 이곳은 대한민국 시니어 리더들을 위한 대표 프

리미엄 시니어 타운이며 아래층은 호텔이고 21층부터 50층까지는 주거 공간이라고 했을 때도, 호텔 부대시설을 마음대로 이용할 수 있고 지하에는 수영장과 골프장이 있다고 했을 때도, 그야말로 호텔의 부대시설과 서비스를 모두 누릴 수 있는 아파트인 셈이라고 했을 때도 시큰둥했었다. 여자는 평소 나이가 들면 병원이 가까이 있어야 한다고 생각했으므로 가까이에 K대학병원이 있다는 말엔 마음이 조금 움직였다. 하지만 결정한 건 아니었다. 5분 거리에 지하철 2호선과 7호선이 만나는 전철역이 위치해 있다는 점도 마음에 들었다. 하지만 역시 결정한 건 아니었다. 책 읽는 것을 좋아했으므로 건물 6층에 도서관이 있다고 했을 때는 마음이 많이 움직였다. 영화 감상실이 있다는 것도 무척 마음에 들었다. 하지만 그때도 결정하진 않았다. 그녀의 마음을 결정적으로 움직이게 한 건 백화점이 바로 옆에 있다는 걸 알았을 때였다. 그녀는 백화점 구경하는 걸 좋아했다. 건물이 L백화점과 이어져 있어 3분이면 걸어갈 수 있었다. 그게 결정타였다.

하지만 여자는 남편이 아프고부터는 백화점에 일체 가지 않았다. 대신 그녀는 시간이 날 때면 남편의 병상일지를 썼다. 몸이 피곤하거나 남편이 많이 아플 때는 못 쓸 때도 있었지만 가능하면 조금씩이라도 병상일지를 쓰려고 노력했다.

항암 치료를 받고 진통제를 투여한 후 집으로 돌아온 남편이 정신이 오락가락했다. 건망증이 심해지고 급기야 중증 치매 환자 수준으로 떨어졌다. 딸이 집에 간다고 인사를 했는데도 금방 잊어버리고 거실로 나와 물었다.

"지혜는 갔나?"

"네, 방금 인사하고 갔잖아요?"

"그래?"

고개를 주억거리며 남편은 다시 방으로 가서 누웠다. 여자는 잠시 의자에 앉아 눈을 감았다. 그때 딸에게서 전화가 왔다.

"뭐 두고 간 것이 있니?"

갑자기 딸이 통곡을 했다.

"왜? 왜 그래?"

"엄마, 우리 아빠 왜 그래? 한 번도 우는 것을 본 적이 없는데, 날더러 잘 가라고 하면서 우셔. 어쩌지?"

여자와 딸은 서로 "어떻게 하지! 어, 떻, 게, 해?" 할 뿐 아무 말도 할 수가 없었다. 한 가정의 가장이고 그들의 버팀목으로 존재하던 그와의 마지막 순간이 다가오고 있음을 직감했다.

후회

딸의 전화를 받고 여자는 울음이 터질 것 같았다. 어떻게 말해야 좋을지 알 수가 없었다. 잠시 생각을 멈추고 딸의 전화에 귀를 기울였다.

"엄마! 우리 아빠 어떡해? 아시나 봐. 곧 끝날 생명이라는 것을……."

"그러게. 요즘 편안해 보이길래 괜찮은 줄 알았는데."

딸이 울부짖는 마음을 여자는 알 것 같았다.

'한 세대가 지나가고 있구나. 그 과정에서 나는 우주의 비밀을 온몸으로 겪는 중이고. 다음 세대로 이어져갈 생성과 소멸의 삶…….'

딸의 전화를 받으면서 친정아버지를 떠올렸다.

여자는 아직도 잊지 못했다. 친정아버지를 뵈러가던 때를……. 어쩌면 이번이 아버지를 보는 마지막일지 모른다고 생각했다. 병원에서는 치료 방법이 없다고 해서 단념한 상태였다. 의사가 집에서 편안히 쉬는 게 최선이라고 해서 모두들 체념하고 있던 터였다.

여자는 56년 전에 돌아가신 친정아버지가 남긴 마지막 말이 떠올랐다.

"자알, 가, 라."

그것이 딸에게 남긴 마지막 말이 되었다.

대견한 눈으로 딸을 바라보던 아버지. 아버지에게 여자는 자랑스러운 딸이고 희망이었다. 그 사랑의 시선이 변해 시집살이에 고생하는 딸을 애절하게 바라보던 아버지. 아버지 마지막을 그녀는 옆에서 지켜주지 못했다. 그녀는 아버지의 애물단지였다. 잘 사는 모습을 보여주지 못하고 지친 모습만 보여준 딸이었다.

아버지 얼굴을 쓰다듬을 뿐 아무것도 할 수 있는 게 없었다. 그냥 그저 아버지 여윈 손만 잡고 있었다. 당일치기로 시간을 낸 여자는 아버지 곁에 오래 머물 수 없었다. 아이가 기다리고 있을 서울로 돌아가야 했다.

"아버지! 또 올게……."

잡혀 있던 손을 빼내려 하자 아버지 손에 힘이 주어졌다.

"식사를 꼭 드시고 엄마가 하라는 대로 해. 알았지?"

다시 아버지 손에 힘이 주어졌다. 마지막인 걸 아셨는지 딸의 손을 놓지 않으려고 했다. 잡힌 손을 뿌리치기가 안쓰러웠지만 언제까지나 머물 수 없어 매정하게 일어섰다. 아버지 손이 딸 무릎 위에서 미끄러지듯 툭하고 떨어졌다. 아버지는 실어증으로 인해 말을 할 수 없었다. 애를 태우는 모습이 역력한 아버지는 딸을 바라보며 입술을 움직였다.

"아버지! 말 안 해도 알아."

다시 앉아 아버지의 손을 잡고 쓰다듬었다. 손을 놓지 않은 채 아버지의 눈은 딸을 더 보고 싶다고 말하고 있었다. 보내고 싶지 않다고 애석해하고 있었다. 여자는 그 눈을 떨쳐내고 모질게 돌아서 나왔다.

방문을 열고 마루로 나갔을 때 엄마 옆에는 두 개의 커다란 보따리가 툇마루에 놓여 있었다. 노끈으로 이어 맨 보자기 속에는 손수 농사지은 잡곡, 파, 풋고추 등이 들어 있었다. 얼마나 많이 담았는지 내용물이 삐죽이 보자기 틈으로 비어져 나올 정도였다. 그것도 모자랐는지 엄마는 울타리에 달린 애호박을 보더니 급히 따 보자기에 억지로 찔러 넣었다.

"엄마, 그만해."

손을 내저으며 망설이는 딸에게 엄마가 급히 손사래를 쳤다.

"다 돈 주고 사야 하잖아. 너무 무겁지는 않은가 모르겠다."

그때 방 안에 있던 여동생이 마루로 뛰어나와 아버지의 마지막 말을 대신 전했다.

"언니! 아버지가 언니 잘 가래."

목소리가 나오지 않아 입모습만으로 "자아알, 가아라"고 입으로 움직인 말, 아버지가 딸에게 한 마지막 말이었다.

마지막 생명줄을 잡고 죽음과 맞서 힘겨운 싸움을 하고 있을 아버지를 뒤로 하고 엄마가 싸준 보따리를 들고 대문을 나섰다. 아버지 고통을 외면한 채, 먹고살려고 친정에서 싸준 곡식을 싸들고 가는, 참으로 염치없는 딸이란 자책감에 발길이 무거웠다.

버스 정류장까지 바래다주겠다며 엄마는 보자기를 머리에 이고, 작은 보자기를 손에 들고 빨리 버스 시간에 맞추라고 저만치 앞서가며 재촉했다. 뒤따라가면서 보니 엄마 머리에 인 짐 때문에 목은 없어지고 보따리만 어깨 위에 얹혀 가는 것 같았다.

'동네 사람들이 보면 어떡하지?' 이 와중에도 여자는 자기의 체면만을 생각하고 있었다. 병든 아버지를 보러온 것이 아니라, 늙은 부모가 여름내 땀 흘려 지은 농산물을 가지러 왔다고 비아냥거리는 소리가 들리는 것 같았다. '끝까지 아버지가 땀 흘려 지은 채소를 이렇게 가져가는 딸인가.' 양심이 아파 부끄러웠고, 동리 사람들이 볼까 봐 숨고 싶었다.

동리 사람들은 누구네 딸이 왔다고 하면 수군거린다고 했다. 눈뜨고 도둑맞을 일이 생겼다고. 온갖 비웃음으로 비아냥거린다고 했다.

누가 뭐라 하든지 지금 이 순간 돌아서 나오는 자신을, 스스로의 운신 자체가, 존재 자체가 처절했다. 비겁하고, 누더기보다 더 누추하고, 하늘 보기가 부끄러워 고개를 들지 못할 지경이었다.

그 후 아버지는 사흘을 넘기지 못하고 아름다운 세상과 사랑하는 아이들과 아내를 두고 떠나갔다. 더 살고 싶은 세상과 하직했다.

이 또한 지나가리라.(This, too, shall pass away.)

호수공원 데이트

남편은 밥을 거의 먹지 못했다. 항암 치료약을 먹어야 하기에 아침 식사를 권했다. 그는 과일 10그램 정도만 겨우 삼켰다. 점심은 그가 좋아하는 '깐쇼새우'를 먹으러 가기로 했다. 얼마 전 명동에서 먹었는데 맛이 좋다고 했다. 이번엔 집에서 가까운 건국대 동문회관 4층에 있는 '금화'라는 중식당으로 가기로 했다. 이날 남편은 깐쇼새우 2개를 먹었다.

밖으로 나오니 하늘이 청명했다. 모처럼 나온 김에 컨디션도 괜찮으니 운동을 하고 가기로 했다. 운동을 해야 낫는다고 믿는 남편은 틈만 나면 운동을 하려고 했다. 가까운 건국대 호수공원에 가보자고 했다.

여자는 거절하고 싶었으나 남편이 운동을 같이 가자고 하는데 안 간다고 할 수가 없었다. 남편을 따라나서기로 했다.

건국대 정문을 지나 캠퍼스 안으로 들어서자 커다란 호수가 눈앞에 다가왔다. 넓고 아름다웠다. 단연 돋보이는 풍경이었다. 일감호一鑑湖는 건국대 안에 있는 호수인데 서울에서 가장 큰 인공 호수였다. 일감호는 '샘솟는 물이 계속 흘러들어야 호수가 맑은 것처럼 학문도 끊임없이 갈고닦아야 한다'는 뜻을 담아 조성된 인공호수였다. 서울 광진구 명소 중 하나이고 데이트 코스로 최적인 곳이었다. 이곳 사람들은 건강을 지키려면 건국대 호수를 산책하라고 말하곤 했다.

여자는 산책로를 따라 걸으며 생각했다.

'좀 귀찮고 힘들어도 참자.' 아픈 몸으로 나온 사람도 있는데 아무리 힘들기로서니 성한 사람이 무엇인들 못하랴 싶었다. 이별이 얼마 남지 않은 상황이어서 남편이 원하는 대로 따르기로 했다. 마음이 편할 수 있도록 그가 원하는 대로 추억을 만들기로 했다. 마치 젊은이들처럼, 그리고 신혼여행 온 부부처럼, 그렇게 기분을 내보기로 했다.

호수 주위를 산책하는 것은 예정에 없던 일이었다. 아름다움이란 사람이 억지로 아름다운 그림을 만들자고 해서 만들어지는 것이 아니다. 아름다운지 아닌지는 보는 사람의 마음이나 심리 상태에 따라 결정된다. 노년의 부부가 손잡고 거닐기에는 날씨도 환경도 준비된 듯했다.

늘 예쁘게 하고 다니길 원하는 여자는 화장을 하고 귀고리, 팔찌, 그리고 예쁜 구두까지 신었다. 정장 차림이었다. 구두는 가까운 곳에 갈 것이었으므로 좀 무리를 해서 높은 것을 신었다.

등나무 넝쿨 아래 벤치에 여기저기 사람들이 앉아 있는 게 보였다. 호수 주변에는 사람들이 쉴 수 있는 의자가 있어서 호수를 감상하기에 좋았다. 보라색 등꽃이 줄줄이 내려와 사람들의 손을 잡으려는 듯 넘실거리고 있었다.

손자를 데리고 나온 할머니는 비둘기를 따라다니며 과자를 던져주는 손자를 쫓아다니느라 분주했고, 젊은 대학생 남녀는 귀에 이어폰을 꽂고 노래를 같이 들으며 웃고 있었다.

남편과 여자도 빈 의자를 찾아 앉았다. 호수 앞에 있는 벤치에 앉아서 호수를 바라보니 오리들이 줄을 지어 헤엄치면서 지나가고 있었다. 그중 커다란 새도 보였다. 바람이 살랑살랑 얼굴에 부드럽게 스치고 지나가며 땀을 식혀주었다.

'바람이 보이십니까?' 물었더니 '날아가는 모자에게 물어보라'고 했다던가? 지금 여자의 눈에는 바람이 눈앞에서 춤을 추고 있는 모습이 보였다. 바람이 나뭇잎을 흔들며 호수 위를 지나가면서 물 위에 잔잔한 파문을 일으키고 있었다.

호수 안쪽에는 섬이 있는데 '와우도臥牛島'라는 섬이었다. 와우도는 백로와 왜가리가 노니는 새들의 섬이라고 했다. 2009년 왜가리가 집단으로 번식하며 사는 모습이 확인돼 생태적 가치가 높아졌다고 했다. 자세히 보니 섬 앞쪽인 호수 중앙에 말뚝이 박혀 있었다. 그 위에 꼼짝 않고 앉아 있는 물체가 눈에 보였다. 남편에게 물었다.

"저게 뭐예요?"

"황새."

황새라면 기억나는 게 있었다. 고등학교 하굣길에 논두렁 여기저기에 정물처럼 움직이지 않고 서 있던 커다란 새가 황새였다.

한쪽 다리만 들고 석양을 등지고 날개를 쭉 펴고 있었는데 학이나 두루미와 비슷했다. 지금은 천연기념물로 보호 대상인 황새가 이곳에 있었다.

여자는 고등학교 시절 추석 무렵인 10월부터 동복을 입었다. 하복 반팔만 입다가 갑자기 갈아입은 동복은 한낮이 되면 더워서 팔을 걷어야 했다. 수업이 끝나고 석양을 바라보며 집으로 돌아가는 길. 큰길을 벗어나 논두렁을 따라 걷다가 개울을 건너면 그녀 집이었다. 벼 이삭이 팰 때쯤이면 논두렁에 한 발로 서 있는 새가 날개를 활짝 펴고 석양을 등지고 서 있곤 했다. 새가 더위를 피하는 방법이라고 했다. 그 새가 황새였다. 제 몸의 몇 배가 넘는 하얀 날개로 태양을 피하고 서 있는 황새. 품위가 있어 보였다. 그래서인지 병풍, 달력, 심지어는 화투에도 등장하는 새였다. 그 후 황새와 두루미가 멸종 위기 종이라는 말을 들었다.

벤치 아래에서 작은 참새들이 비둘기들과 섞여 종종거리다가 훌쩍훌쩍 날아가기도 했다. 벤치에 앉은 사람들이 먹을 것을 던져주기도 해서 사람 곁에 곧잘 머물다 훌쩍 날아갔다.

"저것은 콩새인가?"

"콩새는 저것보다 더 작은데."

여자가 묻고 여자가 대답했다.

옆 의자엔 대학생처럼 보이는 한 쌍이 서로 얼굴을 쓰다듬고 있었다. 예뻐 보였다. 구김이 없는 행동이 사랑스러웠다. 남자 노인 둘이 지나가면서 말세末世라고 혀를 찼다.

'지금 우리 부부는 다른 사람 눈에 어떤 모습으로 비춰질까. 노년에 함께 벤치에 앉아 호수를 바라보며 있다는 것 그 자체로 최상의 그림이라고 생각할 수 있지 않을까. 60년을 함께 손을 잡고 살아온 부부. 60년이란 시간은 미운 정 고운 정, 있는 정 없는 정으로 질기게 뭉쳐진 세월이잖은가. 이제 친구가 되어 평화로운 시간을 보내고 있으니 인생의 승자라고 말할 수 있지 않을까. 그 많은 시간을 참고 함께한 삶이니 존경할 만하지 않을까. 일생을 함께한 노고에 대한 찬사라도 들어야 하지 않을까.'

"당신은 왜 그렇게 평생 아팠을까요?"

처음 만나던 때가 떠올라 남편에게 말문을 열었다. 그리고 이어서 또 말했다.

"내가 보기에 당신은 처음부터 많이 아팠어요. 어머니는 결혼하고부터 건강이 좋지 않았다고 말씀하셨지만, 내가 보기엔 처음부터인 것 같아요."

"군대 있을 때 못 먹어서 그래."

"당신이 사촌 동생이랑 함께 처음 우리 집에 왔을 때 기억나요? 엄마가 사윗감이 왔다고 집에 있는 암탉을 잡아서 백숙을 끓였는데, 주인공인 당신은 닭다리 하나도 해결하지 못하고 남겼어요. 덤으로 따라온 당신 사촌이 이게 웬 떡이냐는 듯 당신이 먹는 둥 마는 둥 하며 남긴 나머지 닭다리까지 마저 해치웠어요. 속이 상하더라고요."

"그랬나? 더위를 먹어서 소화불량이었을 거야."

"그때 알아봤어야 했는데. 얼굴에 기미가 낀 것이 간장이 나빠서라는 사실을. 그것도 모르고 더위를 먹었다고 엉뚱하게 익모초며 생즙 등 민간요법에만 의존했으니 나을 게 뭐람."

결혼 초부터 남편은 얼굴에 기미가 많이 끼어 있었다. 처음에는 군대에서 고생을 해서 그런 줄 알았다. 하지만 입맛이 없다고 했고 늘 피곤해했다. 시어머니는 아들에게 몸에 좋다는 민간요법을 수도 없이 들먹였다. 민간요법은 종류도 다양했다. 약에 치어 죽을 지경이었다.

여름, 복중伏中이었다. 남편은 여름이면 밥을 먹지 못했다. 회사에 휴가를 냈다. 며칠간 처갓집에 머무르며 건강을 챙겨야 했다.

친정에서는 사위를 위해, 아니 딸을 위해 건강에 좋다는 약과 보양식을 제공했다. 회사에 병가를 내고 내려온 사위에게 몸에 좋은 것이 무엇인지 수소문했다. 부모님은 사위 걱정이 태산 같았다.

뱀 중에도 독이 많은 독사가 좋다는 말을 듣고 아버지는 땅꾼에게 부탁해서 살모사를 주문했다. 뒷마당 화덕에 불을 지피고 뱀을 약탕기에 넣고 끓이는 것은 여자의 몫이었다. 부모님은 바빠서 들일을 하기도 벅찼기 때문이었다. 7월은 부지깽이도 부려먹는다는 농번기였다.

커다란 약탕기에 살모사 세 마리쯤을 넣고 끓이다가 형체가 부서질 정도가 되면 꺼내서 베 보자기에 넣고 버드나무 막대로 돌려서 짜면 뽀얀 국물이 생겼다. 기름이 동동 뜨기도 했다. 모르고 먹는다면 먹을 수 있으려나 싶었다. 하얀 사기대접에 담은 국물을 남편에게 권하며 여자는 후추알을 들고 옆에서 기다렸다. 비위가 약한 남편이 코를 쥐고 들이마시면 재빨리 후추알을 입에 넣어줬다. 한 번에 20마리씩 잡아 가져오는 땅꾼이 대여섯 번을 다녀갔다.

언젠가 다큐멘터리 영화에서 살모사의 몸 일부분을 렌즈로 잡아서 디테일하게 비춰 보여주는 것을 본 적이 있었다. 자연의 색이랄까, 고급스러운 색의 배치가 아름답기까지 했다. 그런데 사람들은 그 몸피를 보고 진저리를 치며 기피 동물로 여겼다.

그때는 뱀탕을 끓여서 국물만 짜서 먹고 찌꺼기를 닭 모이로 사용했다. 베 보자기에서 꺼낸 살모사 껍질과 살을 마당에 던져주면 닭들이 미친 듯이 달려와서 서로 먹으려고 싸움질을 했다. 뱀 껍질은 질겨서 잘 끊어지지 않았다. 껍질이 잘 잘라지지 않으면 서로 부리로 물고 놓지 않았다. 껍질을 끊어내느라 줄다리기를 열심히 해대다가 그중 힘센 놈이 달려와서 한꺼번에 꿀꺽 삼켜버렸다. 지금 생각하면 아까웠다. 닭 모이로 사용할 것이 아니라 말려서 가루로 만들어 복용해도 약효가 있었을 테니.

마을 공동으로 저수지에서 잉어 양식을 했는데, 처음엔 치어稚魚를 넣어 크게 자라도록 놔두었다. 모내기철이 되고 물을 쓸 만큼 쓰고 나면 그때 잉어를 잡는 것이 마을의 관례였다. 그런데 가뭄이 닥치자 모심기가 끝나기도 전에 저수지의 물이 말라버렸다. 자연스럽게 잉어를 잡게 되었고, 마을 공동으로 기른 잉어였으므로 각자 공평하게 나누어 가졌다. 아버지는 자신의 몫으로 받은 잉어를 비늘째 고아서 사위를 먹였다. 그것으로 부족하다고 느낀 아버지가 조금 작은 것으로 한 마리 더 구해왔다. 그러곤 슬그머니 나가시더니 아직 팔리지 않고 양동이에 남아 있는 큰 것과 몰래 바꾸어왔다. 아버지는 고지식해서 거짓말을 못하는 분이었다. 바꿔치기를 하곤 부끄럽고 양심에 찔려 어쩔 줄 몰라 했다. 그 모두가 자식인 딸을 위해서였다.

그 후로도 남편의 투병은 이어졌다. 몸에 좋다는 걸 수소문해 보니 지네, 누에, 마늘 등 많기도 했다. 그중 지렁이를 고아 먹으면 좋다는 말을 듣고 친정엄마가 밭에서 지렁이를 잡아왔다. 여자가 굵은 지렁이를 체에 담아 흔들어 씻었다. 체 안에 있는 지렁이들이 꿈틀거리며 요동을 쳤다. 아무리 보지 않으려고 해도 보였다. 보지 않고 씻을 순 없었으니까. 그것을 씻다가 진저리를 쳤다. 눈물이 났다. 그녀는 뱀보다도 지렁이를 더 무서워했다. 20대 여자가 징그러운 것을 씻어서 삶아야 하는 처지가 비참했다. 하지만 누구에게 미룰 수도 없었다. 남편의 건강은 그녀의 몫이기 때문이었다. 실눈을 뜬 채 지렁이를 약탕기에 넣고 삶았다. 뱀과 달리 쉽게 풀어졌다. 그것을 짜서 남편에게 먹였다.

"이게 뭐야?"

"개구리."

마뜩찮은 눈으로 바라보던 남편은 억지로 삼키려다 구역질을 하고 토해버렸다. 뱀과 개구리는 맛이 다른가 보았다. 수고한 보람도 없었다. 그런데 어쩌랴, 못 먹는데.

나중에 안 일이지만 굵은 지렁이는 독이 있다고 했다. 정작 약에 필요한 것은 실지렁이였다. 그때 남편이 토하기를 잘 했던 것이다. 아무리 몸에 좋다고 해도 그도 살려고 독이 든 것을 토했나 보았다.

시어머니는 아들이 결혼하고부터 건강이 나빠졌다고 며느리인 여자 탓을 했다. 아들이 건강하지 못한 원인이 며느리에게 있다고 믿는 시어머니는 원망의 화살을 여자에게 돌렸다. 그런 이유로 좋다는 약을 구하는 건 죄 없는 친정엄마였다. 마늘을 쪄어서 꿀에 넣어 먹으면 좋다는 말을 듣고 만들었는데 위가 나쁜 남편은 먹지 못하고 말았다. 공연히 바쁜 친정엄마만 괴롭힌 것이다. 또 로열젤리가 좋다는 말을 듣고 구해 먹이기도 했다. 그러나 위에 장애가 있으면 말짱 헛것이었다.

그 후 수많은 민간요법을 수소문해서 처방했다. 세월이 흘러 그럭저럭 건강해졌다고 생각했는데 이번에는 허리가 아프다고 했다. 뜸, 찜질 등 안 해본 것이 없었다.

호수를 바라보며 지난 일을 생각하다가 옆 벤치로 고개를 돌리니 젊은 남녀가 얼굴을 맞대고 스마트폰을 보며 웃고 있었다. 뭐가 그리 즐거운지 여자애가 깔깔 웃으며 발을 동동 굴렀다. 풋풋했다. 행복해 보였다.

둘은 어디에서 만났을까, 같은 학과일까, 동아리에서 만났을까, 도서관에서 만났을까, 대학 MT에서 만났을까, 오다가다 지하철이나 술집에서 만났을까, 둘의 희망은 무엇일까, 둘은 결혼할까. 여자의 생각이 꼬리에 꼬리를 물었다. 둘의 인생은 꽃길일까, 공부는 잘할까, 날라리일까 범생일까, 부모는 어떤 사람일까, 전공은 무엇일까, 토익 성적은 몇 점일까, 취직은 할 수 있을까, 취직한다면 어떤 곳일까, 결혼 후 싸우지는 않을까, 아이는 몇을 가질까, 가정에서 주도권을 누가 쥐게 될까. 점점 생각이 에스컬레이트되고 있었다. 생각을 멈춰야 했다.

옆 벤치로 가서, 청춘이 부럽다고 말하려다 그만두었다. 주제넘은 짓이고 저들도 겉모습과는 달리 고민이 많을 거라고 판단했기 때문이었다. 저들에게 아름다운 시절이 부럽다고 말하면, 자신들은 다 잘 살아놓고 이제 와서 젊음이 부럽냐고 비아냥거릴 것만 같았다.

'누구나 지나온 길은 꽃길일까?' 그렇다면 지금껏 자신이 걸어온 길은 가시꽃길이었다는 생각이 들었다.

여자는 다리와 허리가 아파서 집으로 되돌아갈 일이 걱정이었다. 벤치에서 일어서니 다리가 휘청했다. 여자는 타인들을 의식해서 아픈 다리가 표시 안 나도록 천천히 걸었다. 다리가 아파 절뚝거리며 걷는 동년배를 보면 여자 자신이기라도 한 것 같았다. 안타깝고 비참해 보였다. 여자는 처량해 보이지 않으려고 나름 건강한 척 애를 썼다.

'겉으로라도 아름답게 보이도록 노력하고 실천할 수 있다면 축복이긴 하다. 의지가 있어도 마음대로 되지 않는 것이 노년의 건강이다. 건강하다는 것은 의지로 감당하기 어렵다. 부부가 서로 절뚝거리며 걷는 모습은 누가 봐도 처량하다. 노년에 손을 잡고 행복한 표정으로 앉아 있거나 서로 애틋한 시선으로 남은 생을 아쉬워하며 산책하는 커플을 보면 누구나 아름답다고 말한다. 행복해 보인다고도 한다. 성격도 모양도 다른 타인이 만나서, 각이 진 네모를 둥근 원이 되도록 연마한 증표니까. 그건 존경받아야 마땅하다. 그러나 모진 풍상을 겪은 후 평온해진 노년의 겉모습만을 보고 섣불리 판단을 내리는 것은 오류일 가능성이 많다. 그건 보는 사람들의 주관적인 시선이다. 지금 마음속 갈등이 없느냐고 물어보는 사람은 없다. 하지만 그렇게 묻는다면 그렇다고 대답하지 못할 것 같다. 갈등이 없다는 건 생각이 없다는 것이고, 생각이 없다는 것은 죽은 것이기 때문이다. 죽은 자는 말이 없고, 죽은 자는 생각이 없다. 우리 부부는 60여 년을 함께 살아오면서 애증의 세월을 견뎌낸 역전의 용사들이다. 그러나 영웅은 외로운 법. 이제 남은 것은 뼛속 깊이 병든 육신을 가지고 세상 사람들이 속단한 그런 모습으로 아름다운 인생을 연출하고 있는 것이다. 겉으로 보이는 삶이지만, 이렇게 아름다움을 연출할 시간도 이제 얼마 남지 않았다.'

여자는 이런 생각을 하며 아픈 다리를 끌다시피 집으로 돌아와 쓰러졌다. 아름다운 이별이라니, 그것은 허영이거나 꿈이었다. 현실은 몸이 아파 아름답게 보낼 수 없을 것 같았다.

이 또한 지나가리라.(This, too, shall pass away.)

보호받고 싶은 마음

여자는 남편과 60년을 함께 보낸 감상에 젖어 있었다.

남편은 84세이고 여자는 80세였다. 이만하면 오래 세상을 살았고, 누릴 만큼 누렸고, 여한이 없는 삶을 산 셈이라는 생각이 들었다.

청춘이 사랑의 꽃이라고 하지만 격정으로 인해 기뻐하기도 했고 싸우기도 해서 평온하지 못했다. 젊은 날은 사랑에 대한 미흡함과 적개심, 배반을 경험하느라 투쟁하듯 지냈다. 이제야 풍파를 이겨내고 거울 앞에 앉은 누님 같은 존재가 되었는데, 평온함을 알고 행복임을 알게 되었는데, 인생은 끝이라고 말한다.

오래 산 사람들은 보통, 몸을 잘못 간수했든 그렇지 않았든 병을 달고 산다. 왜 신은 태어난 삶이 끝날 때 편안하게 하지 않고 대부분 아프다가 죽게 할까. 고민한 적이 있었다.

너무 오래되어서 기억도 가물거리지만 할아버지가 자연사自然死하는 모습을 보았다. 이유 없이 식욕이 떨어지고 입에 감각이 없어져 뜨거운 음식을 먹는지 차가운 음식을 먹는지 모르다가 곡기를 끊었다. 통증도 없이 몸이 마르다가 고요히 눈을 감았다. 고승들의 이야기에서 스님들이 면벽 상태로 입적했다는 말을 듣기는 했다. 하지만 그것은 신화 같은 이야기였다. 그런데 할아버지가 통증 없이 서서히 마르다가 돌아가시자 스님들의 입적入寂 상황을 이해할 것 같았다.

석양이 차츰 노을로 바뀌는 시각, 열어 놓은 창문으로 서늘한 바람이 흘러 들어왔다. 저녁이 되었는데 점심 먹은 것을 저녁 먹은 것으로 생각해선지 남편은 아무것도 먹고 싶지 않다고 했다. 여자는 갑자기 화가 나기 시작했다. 봉사란 자신을 잊고 타인을 위하는 일이라고 그녀는 사람들에게 말해왔다. 그런데 남편에게 봉사하기는커녕 먹기 싫다는 말에 신경이 날카로워지고 짜증이 났다.

"또? 그러면 뭘 먹고 싶은데요?"

"아무것도 먹기 싫어."

남편의 싫다는 말은 평생 여자의 머릿속에 입력되어 있는 말이었다. 그러고 보니 남편은 그녀가 없으면 밥을 먹지 않았다.

"오늘은 저녁에 좀 늦을 것 같아요."

소설가협회 모임이 있는 날에는 남편에게 출근할 때 말해두었지만 잊어먹었을 것 같아 오후에 다시 회사에 전화해서 말하곤 했다.

"저녁은 식탁에 차려 놨으니 드세요."

"알았어."

남편 목소리는 언제나 시원스러웠다. 하지만 집에 돌아와 보면 식탁 위에 음식이 차려놓은 그대로 놓여 있었다. 손도 대지 않은 식탁을 보면 언제나 화가 치밀었다.

"여보, 왜 안 먹었어요?"

"생각이 없어서."

"그래도 뭘 좀 드셔야지!"

"먹을 생각이 없다는데 왜 화를 내는 거야?"

"……."

할 말이 없었다. 먹든 말든 신경 쓰지 않으면 그만이었다. 그럼에도 치미는 화는 어쩔 수가 없었다. 가족의 식사를 챙기는 것은 여자 자신의 몫이기 때문이었다. 차려놓은 음식을 거절한다는 것은 아내를 내치는 것과 같다고 그녀는 생각했다. 그래서 기분이 나쁘고, 그래서 슬프고, 그래서 화가 났다.

"당신 왜 그래?"

남편이 오히려 반문했다. 그는 자기 아내가 왜 화를 내는지조차 모르는 듯 천연덕스러웠다.

언젠가 여자는 충무로에서 친구를 만나 점심을 먹은 적이 있었다. 2차로 맥주도 마셨다. 오랜만에 만난 동창이었다. 시계를 보는 그녀에게 친구가 물었다.

"수희야, 왜 그래?"

"시간이 많이 지났네. 가봐야 해."

"모처럼 만났는데 벌써 가려고?"

"남편 퇴근 시간이 돼서."

"아직도 남편 저녁 걱정이야?"

"저녁도 그렇지만 약속을 했거든. 퇴근해서 집에 왔을 때 마누라 없는 건 싫대. 그리고 끼니때도 마누라 없이 혼자 밥 먹기 싫어해."

"열녀 났네. 네 나이가 몇이야?"

"여자는 죽을 때까지 여자라는데 어쩌겠어. 말을 들어야지."

친구는 남편과 나눈 이야기를 다 듣더니 물었다.

"그래서 어떻게 할 거야?"

"글쎄."

"박수희!"

"왜?"

여자의 말꼬리가 짜증스럽게 올라갔다.

"남편이 늘 그런 식이니?"

"응."

남편은 끼니때 아내가 옆에 없으면 안 될 것 같은 생각을 갖게 만들었다. 그는 자신이 안 먹고 있으면 언젠가 챙겨줄 것이라고 본능적으로 아는 것 같았다. 의도적인지 습관인지는 모르겠지만. 그러나 적어도 자신의 행위에 아내가 어떻게 반응할지 미리 계산한 판단은 아닐 거라고 생각했다.

"그건 사랑이 아니라 옆에 두고 부리고 싶은 집착이야."

"집착이라니!"

"넌 그러니까 순진하게 시댁에게 이용당하고 있는 거야."

"뭐?"

"넌 걱정도 팔자다. 그런 것에 신경 쓸 필요가 없어."

"그럼 어떻게 해?"

"그것은 일종의 마누라 길들이기야."

친구가 장난스런 눈빛으로 말을 계속했다.

"어른인데 왜 굳이 먹으라고 하느냐고? 배가 고프면 알아서 먹겠지. 숟가락질 못 하는 세 살 먹은 아기도 아닌데."

친구는 한숨을 쉬고 나서 계속 말을 이었다.

"네가 문제라고 봐."

"뭐? 내가 문제라고?"

여자는 깜짝 놀랐다.

그것은 신혼 초부터 있어 왔던 일이었다. 시어머니의 밥을 챙기면서 더 드시라고 권하는 일이 임무가 되었다. 갱년기를 겪고 있는 시어머니는 오십견 때문에 어깨가 아파서 수저를 들 힘도 없다면서 한 숟가락을 남기곤 했다. 밥을 남겨야 아프다는 말을 할 수 있기 때문이었다.

여자가 결혼한 직후 시어머니는 60세였다. 그 나이에 오십견을 앓았다. 오십견 갱년기에는 오래 묵은 무청 시래기가 최고라고 했다. 지붕 서까래 밑에 걸어둔 무청 시래기는 거미들의 안식처였다. 거미줄에 엉켜 있던 무청 시래기를 삶아서 통증이 있는 어깨에 찜질을 하면 효과가 있다고 했다. 그러면서 시어머니 말로는 오래될수록 약효가 좋다고 했다.

어느 날 시어머니가 시래기를 구해와서 양은솥에 삶았다. 오래

된 초가지붕에 고인 썩은 물처럼 검은 물이 되었다. 그것을 건져 수건에 싸서 어깨에 얹었다. 썩은 물이 배어나와 옷에 번졌다. 사방에서 흘러나온 썩은 물은 많은 일거리를 만들었다. 그것은 물론 며느리인 여자의 몫이었다. 시어머니의 내복과 저고리에 시커먼 물이 번져서 삶아 빨아야 했다. 한 번 치료할 때마다 일거리가 산더미로 쌓였다.

훗날 오십견에 대해 알아보았다. 어깨에 통증이 와서 팔을 마음대로 움직일 수가 없는 병이다. 중년 이후 50대에 생긴다 하여 오십견이라 붙여진 이름이다. 어깨주위관절염이라 한다. 요즘은 마흔에도 걸리며 서른에도 걸린다. 아프다고 팔을 가만히 두면 근육이 굳어질 수 있으므로 팔운동을 꾸준히 해주는 것이 좋다. 한의학에서는 견응肩凝이라 부른다. 견응이란 문자 그대로 어깨가 뭉쳐(응어리)다는 표현이다. 즉 경맥이 막혔거나 기와 혈이 정체되어 생기는 것으로 보고 있다. 오십견은 크게 특별한 병변이 없으면서 생기는 '유착성 관절낭염'과 '2차성 동결견'으로 구분한다.

시어머니는 늘 당신은 약하고 아픈 사람이었다. 며느리가 자신을 돌봐주어야 한다고 굳게 믿고 있었다. 남편도 마찬가지였다. 남편도 아내에게 보호받고 싶어 했다. 두 사람 '돌보미'가 그녀의 직업인 것 같았다. 그녀의 삶은 자연스럽게 시집 식구의 비위를 맞추는 것이 관례가 되고 습관이 되어버렸다. 시어머니 살아생전 이런 삶이 계속 이어졌다.

결혼 후 20년을 시어머니 밥상 앞에 앉아 "어머니, 더 드세요"

라는 말을 녹음기 틀 듯 반복하며 살았다. 밥상 앞에 앉아 시어머니가 수저를 놓을 때까지 권하고 또 권했다.

"어머니, 더 드세요."

"더 드시라고요."

"더 드셔야 해요."

한 끼도 빠짐없이 앵무새처럼 반복 또 반복이었다. 같은 말을 수도 없이 반복 또 반복!

그런데 시어머니에게서 배턴을 이어받았는지 남편도 늘 아프다고 했다. 여자는 또 남편에게 같은 말을 반복해야 했다. 더 먹으라고. 남편이 밥그릇을 비우면 남편에게 먹어줘서 고맙다고 말했다. 더구나 요즘은 남편이 아프니 당연한 일이라 여겼다.

'화가 치민다. 왜 나는 결혼 이후 하루도 빠짐없이 시어머니와 남편 밥 먹이는 일을 계속해야 했을까? 그리고 언제까지 해야 할까? 누가 시키지도 않은 일이니 자업자득이다. 길들이기를 잘못한 탓이리라.'

그들은 밥 먹으라고 간절히 말해야 겨우 수저를 들었다. 그렇지 않으면 먹거나 말거나 한다고 속으로 꽁하고 삐치기 일쑤였다. 삐치거나 말거나 놔두어도 상관없었지만, 다른 일로 트집을 잡히고 결국 그 여파는 여자에게 돌아왔다.

한심했다. 젊었을 때는 참을 수 있었지만 계속 이어지다 보니 지겨워졌다. 그리고 자신의 몸도 아프게 되니 화가 났다. 사실 그들에겐 잘못이 없었다. 공연히 여자 스스로 그렇게 하지 않으면 안 된다고 생각하는 것이 문제였다.

'이제 와서 회의懷疑에 빠진다. 왜 그들의 보호자 역할을 자처했을까? 이다음 나는 누가 돌볼까? 아무도 내가 먹는 일에 신경 쓰지 않을 텐데. 습관화된 걸 어쩌랴. 하지만 나, 박수희는 씩씩하다. 그들은 못 먹고 나는 잘 먹는다. 이 법칙은 앞으로도 변하지 않을 것이다.'

이렇게 생각하면서도 여자는 자신도 누군가의 보호를 받고 싶었다. 하지만 기대하기란 요원했다. 그동안 습관화되고 남편을 잘 거두어야 한다는 이데올로기에 익숙해진 사고思考 패턴이 문제였다.

여전히 여자는 밥상 앞에 앉아 더 먹어야 한다고 남편에게 권하고 있었다.

"싫어. 밥맛이 없어. 싫다고!"

남편이 짜증을 냈다. 안 먹겠다고 고개를 흔들면서 어리광을 부렸다. 일생에 한 번쯤은 여자도 그러고 싶었다. 보호 본능을 일으키는 가냘픈 여자였으면 싶었다. 남편에게 기대어 그녀도 보호받고 싶었다. 물론 희망사항이었다. 지금 이 심각한 시점에 무슨 터무니없는 어리광 타령이란 말인가. 그녀는 혼자 헛웃음을 지었다.

우리는 모두 한때 별이었다

여의도 벚꽃 축제가 한창이었다. 국회의사당을 끼고 한강변을 따라 이어진 도로 양편에 왕벚나무가 만개하여 이곳은 꽃 천지로 변했다. 꽃구경을 나온 인파로 사람들이 밀려다닐 정도였다.

잘생기고 키가 큰 젊은 남자가 사람들의 시선을 잡아끌었다. 그 남자는 자신과 닮은 남자아이를 어깨 위에 목말을 태우고 걷고 있었다. 목말을 탄 아이가 아빠 머리를 붙들고 이따금씩 손으로 벚꽃가지를 잡으려다 놓치자 까르르 웃음을 터트렸다. 나뭇가지가 얼굴을 간질은 모양이었다. 아이 엄마인 듯 보이는 그 옆의 여자는 키가 작았는데 그 광경을 보고 웃고 있었다. 세상에서 가장 아름다운 풍경이었다.

윤중로 벚꽃 축제에 참가했다가 돌아가는 중이었다. 1960년에 결혼한 여자는 남자가 아이를 업는다는 것은 상상도 못하고 살았다. 남편은 친구들 중 가장 먼저 결혼했다. 남편은 결혼한 사실이 실감나지 않아서 그랬는지 아들이 태어나자 집에서는 몰라도 밖에 아들을 데리고 나간다는 것은 있을 수 없는 일이라 여겼다. 결혼한 것 자체가 부담스럽다고 했다. 아들이 생기자 민망하고 창피하다고도 했다. 외출할 때는 여자가 아기를 둘러업고 기저귀 가방을 들고 앞서 가는 남편을 열심히 쫓아갔다. 그녀는 그때 생각을 하니 한숨이 나왔다. 그때에 비하면 요즘 세상은 참 많이도 변했다.

조금 걸어가니 시원한 강바람을 맞을 수 있는 한강 선착장이 보였다. 여의도는 꽃구경하러 온 김에 한강 선착장에서 유람선도 타려는 사람들로 북적댔다. 유람선을 즐기는 방법을 설명한 표지판엔 일본말이 세 개나 들어가 있었다. 섬둑, 강둑이라는 우리말을 버리고 쓰는 윤중제(輪中堤, 와쥬테이わじゅうてい)와 선착장(船着場, 후나츠키바ふなつきば), 유람선(遊覽船, 유란센ゆうらんせん)이 그것이었다. 대표적으로 선착장이라는 말을 사전에서 찾아보면 '배가 와서 닿는 곳. 나루터로 순화'라고 되어 있다. 선착장을 우리 토박이말로 하면 '나루터'이고 조선시대에는 '진津'으로 썼다.

인파를 헤치고 지하철 5호선 여의나루역으로 향했다. 여의나루역 입구에 도착할 무렵 느닷없는 호통 소리에 뒤를 돌아봤다. 많은 사람들이 모여 있고 왁자지껄한 목소리가 들렸다. 소리 나는 곳으로 가서 사람들 틈 사이로 비집고 들어가 보니 젊은 남녀가 보이고 옆에서 어떤 할머니가 젊은 여자를 향해 화를 내고 있었다.

"아무리 배워먹지 못했기로서니……"

호통은 젊은 여자에게 하는 소리였다.

"성치 않은 남편에게 아기를 맡기다니!"

그러면서 할머니가 젊은 여자에게 뭐라 뭐라 말했는데 주위가 시끄러워서 알아들을 수 없었다. 아마도 욕설을 퍼붓는 것 같았다. 젊은 부부가 꽃구경을 왔다가 알지도 못하는 할머니에게 호되게 당하는 중이었다. 갑자기 날벼락을 맞은 것 같은 얼굴로 젊은 여자는 얼굴을 붉히며 서 있었고 그 옆에는 남편인 듯한 남자가 두 살쯤 된 아기를 업고 있었다. 손에는 아기의 기저귀 가방이 들려 있었다.

나이가 좀 있는 구경꾼들도 한마디씩 해대기 시작했다.

"이런 나쁜 것을 봤나!"

"남편은 아기를 업고 기저귀 가방까지 드는데 지는 빈손일세!"

"허! 여자가 상전일세."

할머니의 불호령에 젊은 여자가 울면서 두 손으로 얼굴을 가리자 남자는 그런 아내를 멍하니 바라보고 있었다. 아기가 할머니 호통 소리에 놀랐는지 울음을 터뜨리자 물고 있던 뭔가가 땅 위에 떨어졌다. 그 뭔가는 작고 동그란 물건인데 땅 위에서 몇 번 튕기더니 앞으로 또르르 굴러갔다. 아기를 달래려고 입에 물린 젖꼭지였다. 남자는 아기의 젖꼭지를 줍기 위해 이리저리 고개를 돌려봤으나 보이지 않는 듯했다. 쉽게 찾을 수 없는 듯 한참을 두리번거리더니 이리저리 걸으며 찾기 시작했다. 걸을 때마다 다리를 절뚝거렸다. 뒤뚱거리는 남자를 보면서 불청객들은 더 분통을 터트렸다. 젊은 여자를 향해 비난을 퍼부었다. 폭동이라도 일으킬 기세였다. 지나가던 사람들이 무슨 일인가 하고 몰려들었다. 모두들 남자가 불쌍하다고 했다.

"요즘 젊은 여자들은 양심도 없어."

모여든 군중들은 화를 냈다. 그들의 시선이 젊은 부부에게 쏠렸다. 불의를 보고 참지 못하는 정의의 사도 같았다. 절뚝이며 아기를 업고 기저귀 가방까지 든 남자. 면 가방 속엔 우유병, 장난감 같은 아기용품이 들어 있었다. 겉모습만 보면 누구나 화를 낼 것 같은 상황이었다.

생판 얼굴도 모르는 젊은 여자에게 화를 내는 할머니는 자신의 아들과 며느리를 생각했을지도 모른다. 몸도 성치 않은 남편을 부려먹으면서 건강한 자신은 혼자 편히 가는 것을 보고 남의 일이라도 화가 나서 참을 수 없었을 수도 있다. 별생각 없이 겉모양새를 보면 남자가 불쌍해 보인다. 장애가 있는 사람에게 모든 짐을 지게 하는 것은 학대이고 폭력이다. 하지만 아내 입장에서 보면, 다른 여자들처럼 남편이 아기를 안고 가는 모습을 보고 부러웠을 것이다. 장애가 있는 남편 옆에서 시중들고 돌보기만 하다가 모처럼 꽃구경을 나와 자신도 남들처럼 그렇게 해보고 싶었을 수도 있다. 남편 입장에서 보면, 장애가 있는 자신과 결혼해준 것만도 고마울 수 있고, 남들처럼 평소 남편 노릇도 제대로 못하는 마당에 적어도 나들이 나와서는 할 수 있는 한 아내를 돌보고 싶었을지도 모른다. 그리고 잘생긴 아들과 교감하고 싶었을 수도 있다. 자신의 불편한 몸 때문에 늘 아내 혼자 힘든 일을 하는 걸 보고 미안했을 수도 있고, 자신을 위해 애쓰는 아내에게 남들처럼 남편 노릇을 하고 싶었는지도 모른다. 남들 행동에 타인이 개입하면 상황이 어려워지는 법이다. 당사자가 되어보지 않고는 모르기 때문이다. 젊은 여자는 시어머니도 아니고 아무 연관도 없는 사람들에게 일방적으로 당하니 얼마나 황당하고 억울할까. 남편이 자청해서 아이를 업은 것일 수도 있는데, 그것이 젊은 여자의 죄일까?

여자는 젊은 시절 시장을 보다가 길에서 남편을 만나면 골목길에 숨은 적이 많았다. 몰골이 흉해서 그가 창피해할 것 같았기 때문이다. 마치 엄마가 된 기분이었다. 부모를 창피하게 생각하는 아들을 위해 먼저 피하는 엄마 심정이랄까. 늘 배려라는 짐을 지고 살았다. 그의 입장에서 생각하고, 늘 그를 이해하면서 엄마처럼 그를 보호하며 살았다.

목말을 태우고 활짝 웃는 그 젊은 아빠처럼 여자도 남편에게 그렇게 하고 싶었다. 그러다가 곧 생각을 바꿨다. 남편에게 어리광을 부리기로 했다. 그가 안하면 내가 하면 된다는 심산이었다. 평소 가끔 가졌던 생각의 하나였다. 실천에 옮기고 싶었다. 가끔 삐치기도 해서 남편에게 위로도 받고 싶었다. 하지만 이론은 이론일 뿐 현실에선 통하지 않았다. 갑자기 그 절룩이는 젊은 남편과 사는 젊은 여자에게 연민이 갔다.

언젠가 남편은 불쑥 여자에게 이런 말을 했다.

"내가 말하면 당신은 이견을 말하지 마."

여자는 이 무슨 뚱딴지같은 소린가 하는 표정으로 쳐다보면서 말했다.

"지금 이게 무슨 소리래요?"

여자가 의견을 말하면 말대꾸한다고 화를 내고, 입을 다물면 태도가 불량하다고 화를 냈다. 이때는 중용이 필요했다. 남편의 말에 대들고 논쟁을 벌이다가 적당한 선에서 승복하면 그의 위상도 세우고 그녀 자신도 자존심 정도는 세울 수 있었으니. 또 그가 승리감을 갖도록 할 수 있었으니. 하지만 그건 그의 엄마 역할보다 더 어려운 일이었다. 그에게 "웬 배부른 수작이냐?" 하고 속으로 말하며 참았다. 남편은 자신에게 승리감을 갖도록 해주는 여성을 이상형으로 생각하는 경향이 있는 것 같았다. 하지만 남편의 이상형이 되는 건 참 어려운 일이었다.

남편은 술을 일체 마시지 않았다. 언젠가 술 먹는 남자가 좋다고 말했더니 그는 입술을 비틀며 비꼬았다.

"당신은 아직 뜨거운 맛을 못 봐서 그래."

예전 아랫방을 세준 적이 있었는데 그 집 남편이 술만 마시고 집에 들어오면 아내를 개 패듯 팼다. 그 집 여자는 맞으면서도 잘못했다고 두 손으로 빌었고, 그 집 남자는 아랑곳하지 않고 난동을 부리기 일쑤였다.

"당신이 그런 놈하고 살아봐야 하는데……. 그래야 그런 말이 쏙 들어갈 텐데……."

잠시 호흡을 가다듬고 남편은 다시 말을 이었다.

"술이 고주망태가 되어 집에 와서 마누라를 개 패듯 패고, 취해서 했던 말을 또 하고 또 해서 아주 그냥 사람 질리게 하고……. 술친구와 어울려 돌아다니면서 집에도 안 들어오고, 길바닥에서 잠이나 자빠져 자고, 파출소에서 남편 찾아가라는 전화나 오고……. 그래봐야 당신이란 여자가 정신을 차리지. 배부른 수작하고 있네."

혀를 끌끌 차며 계속 말을 했다.

"하긴 그다음 날 마누라 약을 사오고 먹을 것도 사오고……, 아무튼 이상한 놈이었어. 그렇게 할 거면 애초에 때리지를 말던가."

예를 들어도 꼭 극한 상황만을 들먹였다.

"그게 아니라……"

여자는 입을 열었다가 말문을 닫았다. 더 이상의 대화는 에너지만 소비할 뿐이었다. 무슨 말을 해봐도 소용이 없었다.

남편을 떠올릴 때마다 좋은 일보다는 안타깝게도 잘못한 일들만 떠올랐다. 사랑받았다는 기억보다는 나무랄 때가 먼저 떠오르고, 실책에 대해 힐난을 받은 기억들이 대부분이었다. 한국 남자들은 속으로 사랑한다는 말이 있는데, 다 웃기는 말이다. 돈 번다는 유세로 모든 것을 자신들 위주로 해야 하는 줄만 안다. 자신들이 벌어 먹이는 여자들은 절대 복종해야 한다고 믿는다.

여자가 '을'의 처지에서 남편의 비위를 맞추는 것은 살아남으려는 과정이었다. 남편은 '갑'질을 하면서 가족을 위해 희생한 대가여서 당연하다고 여겼다. 아내가 다른 의견을 말하거나 불만을 표시하면 자존심이 상해서 펄쩍펄쩍 뛰었다. 다른 여자와 바람을 핀 적도 없고, 오로지 아내만을 사랑했고, 법에 어긋나는 일도 하지 않았기 때문에 늘 떳떳하다는 태도였다. 자신의 울타리 안에서 세상 걱정을 하지 않고 살게 해주면 분수를 지키라는 투였다.

"건전한 생활인으로 살면 됐지, 뭘 더 어떻게 해?"

남편의 불평은 끝이 없었다.

"새삼스럽게 낭만을 따져서 왜 사람 피곤하게 해?"

그런 말을 들을 때면 화가 났지만 별수는 없었다. '사는 게 뭐지?' 혼자 생각할 뿐이었다.

여자가 말하고 싶은 것은 술 마시는 남자는 취한 상태에서 집에 오면 미안한 마음을 보태서 아내에게 애교를 부릴 줄도 안다는 것이다. '당신이 제일 예쁘다'거나 자신이 지은 죄도 있고 또 술 먹은 김에 쑥스러움이 없어져서 '당신을 사랑한다'는 말도 할 줄 안다는 것이다.

원칙에 충실한 여자의 남편은 공기처럼 없어서는 안 되는 꼭 필요한 존재였다. 하지만 오래도록 함께 있으면 숨이 막힐 것 같았다. 그녀가 잘못했을 땐 그냥 지나가는 법이 없었다. 꼭 지적하거나 나무라거나 화를 냈다. 그렇다면 잘 했을 땐 칭찬해주느냐, 그것도 아니었다. 그건 당연하다는 듯 말없이 지나갔다.

남편의 인상은 그런대로 착한 인상이다. 좋게 말하면 너그럽고, 굳이 꼬집어서 흠을 잡자면 둔한 쪽이다. 지인들은 남편에 대해 얘기할 때 꼭 착하다는 말을 하곤 했다.

"남편이 착해서 좋으시겠어요!"

"예? 음…… 그렇죠."

여자는 짧게 대답했다. 그리고 혼자 중얼거렸다.

"살아보면 좋기만 한 것은 아니에요. 둔해 빠진 부분도 많아요.”

그런데 그런 둔한 면 때문에 덕을 많이 보기도 했다. 잘못을 지적하고 따지려 들 때 화제를 다른 곳으로 바꾸어서 모면하곤 했다. 그렇게 해서 넘어간 적이 한두 번이 아니었다.

두 사람은 식성과 성격도 완전히 달랐다. 남편과 함께 커피도 마셔본 적이 없고, 그렇다고 술은 더욱이 그랬다. 오로지 먹고사는 일이 최선인 남자와 살아가는 것도 만만치 않았다. 불평을 해서도 안 되고 짜증을 부리거나 투덜대서도 안 되었다. 여자가 불만을 나타내면 그는 아무런 잘못도 없고 가족을 위한 죄밖에 없다고 억울해했다. 그녀는 다소곳이 남편 옆에서 그의 짝으로 손색이 없는 품위 있고 자랑스러운 모습만을 지녀야 했다. 남들에게 보여지는 것을 중요하게 여기는 남편은 그것으로 자신의 자존심을 대신하려는 것 같았다. 길들여진 갑과 을의 관계는 쉽사리 바뀌지 않았다. ‘갑’이 행패를 부리는 상황에서 다른 세상으로 뛰쳐나가고 싶다는 욕망도 꿈꾸었지만 마음뿐이었다. 남편이라는 울타리 안에서는 적어도 안전망은 확보한 상태 아니겠는가. 그렇게 생각하며 바깥세상이란 곳을 모르기 때문에 돌출 행동은 두려워서 엄두도 내지 못했다.

젊어서부터 홀로서기를 해야겠다고 자주 결심했었다. 우주에 불변의 법칙은 없다고 생각하면서 시간이 지나가면 모든 게 변하기 마련일 거라고 믿었다. 하지만 시간이 가고 나이가 들면서 생각이 바뀌었다. 모르는 세계에 도전해야 하는 일을 포기해야 했다. 내적 갈등이 있었고 많은 상념이 지나갔다. 시간이 날 때면 자유와 희망, 꿈, 윤리, 남편, 세상, 미래, 행복해질 확률 등을 사유思惟했다. 그러면서 여자는 남편 그늘에서 안전함을 느꼈다. 완전히 길들여져 다른 세상은 꿈도 꾸기 싫어졌다. 지금껏 안주해 있던 우물 안이 가장 편안하고 안락하다고 여겼다. 처음 목줄이 매어졌을 때는 불편해서 몸부림을 쳤다. 수십 년 이어지다 보니 이젠 목줄이 있는지조차 잊어버렸다. 현재 당면한 문제를 해결하면 된다고 단순하게 생각하기도 했다. 진화된 것인지 살아남으려고 적응한 것인지 모르겠지만.

남편은 화가 나면 말을 안 하고 외박하는 것으로 대신했다. 성질 급한 여자가 견디다 못해 말을 걸어도 못 본 체했다. 그가 말을 안 하는 이유는 간단했다. 여자가 무심하다는 거였다.

참다못한 여자가 먼저 말을 걸었다. 화해하자고 먼저 다가간 것이다.

"그렇게 잘난 체하더니 이제 와서 화해는 무슨……"

딱 거절이었다. 말을 안 하는 기간은 화가 난 정도에 따라 달랐다. 돈이 드는 일도 아닌데 무슨 호강을 시켰다고 툭하면 묵비권일까 싶었지만, 그 묵비권 앞에서 할 수 있는 일이 없었다. 남편의 묵비권은 아내에게 굽히기 싫어하는 그의 성격 탓이었다. 그러면 답답한 걸 못 견뎌 하는 여자가 먼저 말을 걸곤 했다. 남편이 빨리 늙어지기를 바랐다. 늙어 기운이 없어지면 못된 버릇도 고칠 테지! 이렇게 생각하며 시간이 지나기를 기다렸다.

"여보, 당신은 복이 많아요."

"웬 뚱딴지같이 복 타령이야?"

"왜냐하면 이다음에 당신이 늙으면 복수하려고 했거든……."

"그래?"

"그런데 내가 예수를 믿어서 복수를 안 하기로 했거든."

"누가 당신을 말려. 마음대로 하시지요."

남편은 여자의 말을 농담으로 받았다.

지금까지 아까운 시간을 낭비한 것 같았다. 젊음으로 투정부리던 시간이 빨리 지나가기를 바랐으니. 가만히 있어도 시간은 지나가는데.

헌신 포비아

'헌신 공포증'이란 말을 생각해보았다. 보편적으로 아는 그런 맥락보다는 여자가 말하려고 하는 뜻은 조금 달랐다. 요즘 헌신 공포증은 주로 남자에게 나타나는 것 같고, 헌신하기 싫어하는 경향은 점점 더 많아지는 듯했다. 남자들이 결혼을 기피하는 현상 중의 하나는 헌신에 대한 부담이 크기 때문이기도 한 것 같았다. 배우자에게 헌신하는 일은 남편들로서는 여간 곤혹스러운 일이 아닌 듯싶었다.

부모로부터 여자는 처음부터 헌신해야 한다는 교육을 받고 자랐다. 생각하면 생각할수록 억울한 일이 아닐 수 없었다.

언젠가 남편이 여자에게 말했다.

"내게 너무 잘 하지 마. 부담스러워……."

"그래요? 잘 해주는 것도 부담스러워요?"

남편은 일찍부터 받으면 줘야 한다는 이치를 깨달은 것 같았다. 아내로부터 배려를 받다 보니 그게 부담스럽다는 거였다. 그러면서도 아내가 무심하게 대하면 건방지다느니, 그렇게 오래 살고도 남편 기분 하나 맞출 줄 모른다느니 하며 핀잔을 주곤 했다.

상대에 대한 이해나 배려는 모두 헌신의 또 다른 이름이다. 신에게 봉사하며 섬긴다는 의미도 있고, 인간과 인간이 만나서 서로 맞추어가며 살아야 한다는 의미이기도 하다. 헌신하려는 마음이 못마땅하고 피하고 싶어진다면 상대를 배려하거나 친절하게 대하기 싫다는 말이 아닌가. 그렇다면 사랑하지도 말고 결혼도 하지 말아야 한다. 언젠가 남자들이 원하는 이상형을 말하는 걸 들은 적이 있다. "낮에는 요조숙녀, 밤에는 요부! 그것도 남자가 원할 때." 참 웃기는 말이다. 어떻게 남자가 원할 때만 요부가 되고 요조숙녀가 된다는 말인가. 반대로 여자가 남자에게 '낮에는 돈 잘 버는 일꾼, 밤에는 상남자'를 원한다고 하면 과연 뭐라고 할지 궁금하다. 자신이 필요할 때만 상대의 배려를 원한다면 아무리 관대한 신이라도 변덕스러운 이기주의에 치를 떨 일이다. 자신이 주기 싫으면 상대로부터도 받지 말아야 한다. 그럼에도 남자들은 여자들이 뭘 원하는지, 그렇게 말하는 것이 얼마나 여자들에게 열패감과 절망을 안겨주는지 모르는 것 같다.

남편과 부부가 아니라면 이런 말을 거론할 필요도 없다. 친구 사이라면 만나지 않거나 상대방이 원하는 만큼만 해주면 되는 간단한 일이기에. 그런데 두 사람은 부부였다.

여자는 궁금했다. '나는 그의 이상형일까?'

1960년 4·19혁명이 나던 해에 남편은 공무원 시험에 합격해

시청에 다녔다. 당시의 공무원 월급은 한 달을 버텨내기가 힘들 정도로 박봉이었다. 매달 25일 전기요금 낼 돈이 부족할 때가 있었고, 월말이 다가오면 돈이 바닥나서 일주일쯤 빈손으로 지내야 할 때도 있었다. 한 달 생활비를 받지만 집안에 일이 생기면 턱없이 부족했다.

신혼 초였다.

어느 날 퇴근해서 집에 들어온 남편이 여자를 불렀다. 저녁 준비를 하다가 왜 부를까 궁금해하면서 방에 들어갔더니 바지를 가리키며 가까이 오라고 손짓했다. 이 사람이 오늘따라 왜 이리 성질이 급할까, 아직 저녁 식사도 전인데. 속으로 웃으면서 다가갔다.

남편이 호주머니에 동전을 넣고 다녔더니 주머니가 구멍이 났다며 꿰매달라고 했다. 그러면서 동전을 꺼냈다.

"당신, 동전 줄까?"

남편이 장난스럽게 물었다.

"고마워요."

그 동전으로 다음 날 시장에서 두부와 콩나물을 살 수 있었다. 그러고도 동전이 남았다. 월말이 가까워 돈이 바닥난 판에 '이게 웬 횡재'지 눈이 번쩍했다. 동전이 많아서 요긴하게 썼고 월급이 나올 때까지 버텨낼 수 있었다. 동전이 몇 개였는지 정확히 기억해낼 수 없지만 꽤 많았다. 그 후 월말이 가까워지면 남편은 동전을 주었고 여자는 그때마다 고맙다고 했다. 가끔씩 호주머니를 뒤져 텔레비전 위에 동전을 놓고 가기도 했다.

남편은 동전을 건넬 때마다 농담을 했다.

"당신, 돈 좋아하지? 여기 있어!"

남편이 동전을 꺼내면서 웃었다.

"돈 싫어하는 사람이 어디 있어요?"

장난삼아 동전 한 개를 건네주어도 늘 남편에게 고맙다고 인사를 했다. 아내가 행복해하는 걸 기대하는 것 같아서 늘 습관처럼 인사를 했다. 생활비에서 잠시 빌려간 돈을 되돌려줄 때도 받을 때면 고맙다고 인사를 했다.

"당신 돈을 돌려주는데 뭐가 고마워?"

"그래도 떼어먹지 않고 주니 고맙지요."

"당신에게 또 빌려야겠네."

남편 얼굴에 웃음꽃이 폈다. 빈말로 하는 말이라도 그가 즐거워하는 것을 보면 힘이 났다. 세상에는 돈 없이도 남을 행복하게 해줄 수 있는 일이 많았다. 굳이 고맙다는 말에 인색할 것은 없다는 게 여자의 지론이었다.

요즘 남편은 회사에서 할 일이 별로 없어졌다. 회사 일은 딸에게 물려줬다. 참신한 아이디어를 내고 사업을 확장하고 고객관리나 영업 등에 관여할 필요가 없었다. 회사에 나가도 창업주가 할 일은 없었다. 그럼에도 그는 회사 출근하는 일에 열성을 쏟았다.

남편이 회사에 출근할 때면 여자는 현관에서 "잘 다녀오세요" 라고 말하면서 두 팔을 머리 위로 올려 하트를 그렸다. 그러면 남편은 "돈 많이 벌어 올게. 당신 돈 좋아하지?" 하면서 웃곤 했다. 요즘 남편은 거의 매일 회사에 출근했다.

아픈 남편에게 현관에서 인사를 할 때면 남편은 그때 생각이 나는지 꼭 이렇게 응답했다.

"여보, 돈 많이 벌어 올게."

여자는 두 팔을 머리 위로 올리고 하트를 그렸다.

"여보, 하늘만큼 땅만큼 많이 벌어 오세요."

유치하게 살기로 했다.

오늘도 어김없이 출근하는 남편에게 하트를 날렸다. 여자는 거실로 돌아와서 성경을 펼쳤다. 남편은 싫든 좋든 여자의 우주이고 세상이었다. 지금껏 그가 없는 삶은 생각해보지 않았다. '그를 사랑해야 해서, 그래서 사랑했다'고 말하고 싶었다. 성경을 읽을 때면 성경을 읽고 있는 것이 아니라 성경이 자신의 이야기를 들어주고 있다는 느낌을 받았다.

> 성공하고 원하던 일을 이루어내고 돈을 많이 벌고 쾌락을 마음껏 누리고 지식을 쌓고 권력을 잡은 사람들이 행복한 듯 보인다. 그럼에도 누구에게나 궁극적으로 죽음은 닥친다. 어찌되었든 누구나에게 죽음은 온 세상을 평준화시킨다.
>
> 〈전도서 1장 12~18절〉

지식은 인생이 덧없음을 더욱 선명하게 깨닫게 해준다. 인간은 자연의 질서에 순응해야 하며 그렇게 함으로써 생명의 순환이 이루어진다. 세상의 어떤 말로도 죽음을 받아들이고 자신의 소멸에 순응하라는 것은 있을 수 없다. 잔인하고 받아들이기 어렵다. 그리고 두렵다.

요즘 여자는 단순한 삶이 오히려 두려움을 없애는 데 도움이 되고 있음을 새삼 깨닫고 있었다. 예상보다 담담한 표정인 남편을 쳐다보면서 딸과 그녀는 안도의 숨을 내쉬기도 했다. 자신들이 지레짐작으로 걱정했다고 서로 눈길을 주고받았다. 그가 좌절하지 않도록 용기를 주어야 한다는 신념에는 변함이 없었다. 그렇게 하려면 주변에서 심각한 분위기를 만들어서는 안 되었다. 마지막까지 태연한 행동으로 그를 안심시켜야 한다는 것. 딸과 합의를 보지 않았어도 여자는 잘 알고 있었다.

남편이 큰 병이 아니라는 것을 스스로에게 입력시키려고 애를 썼다. 그래서 아무렇지도 않다는 듯이 행동하려고 노력하고 있었다.

2부

모험, 그리고 의문과 의혹

게임의 시작

창밖에서 요란한 사이렌 소리가 들린다. 또 한 명의 응급 환자가 도착한 모양이다.

병실에서 남편과 이야기를 주고받았다. 대화라고 하면 현재의 이야기에서 시작되었다가 대개는 과거에 대한 이야기로 흘러간다. 그중에서도 특히 시집 식구에게서 받은 차별과 모멸감, 그리고 무시당한 일에 대해서 불만이 터져 나온다.

"당신은 뭘 보고 내게 시집을 왔어? 난 속이려고 한 적이 없는데."

남편이 물었다.

"알아요. 당신은 누굴 속일 사람이 아니지요. 우리 엄마가 당신만 보고 지레짐작으로 좋은 집이라고 생각한 거지요. 나도 당신을 이용하려고 했어요. 이용이라기보다는 탈출하고 싶었어요."

결혼, 그 자체에 대한 후회로 시작해서 후회로 일관된 결혼 생활이었다.

여자 자신이 어쩔 수 없이 선택한 결혼이었음에도 그때를 후회했다.

'아! 후회 없는 삶이 있을까? 다음 생엔 또 무엇 때문에 후회할까? 이생의 기억이 남아 있다면 다른 길을 선택하겠지. 그렇다면 그땐 또 어떤 고통이 기다리고 있을까? 지금은 미래에 대한 상상은 접어두자! 어차피 다음 생은 없을 것이고, 있다 해도 생명이 있는 한 후회 없는 삶은 없을 테니까.'

경기도 용인은 지금은 서울 근교 도회지로 변화했지만 당시엔 시골 농촌이었다. 큰딸은 살림 밑천이라는 말이 있듯이 맏이로 태어난 여자는 부모님을 도와 농사짓는 일에 동참했다. 학교를 파하고 집에 오면 많은 일들이 기다리고 있었다. 우선 동생을 업고 부엌으로 들어섰다. 부뚜막 위엔 엄마가 전쟁을 치르듯 일꾼들 밥을 해먹인 흔적이 여기저기 그대로 남아 있었다. 저녁밥을 하려고 무쇠솥을 열어봤다. 바닥에 먹다 남은 밥에 밥주걱이 꽂힌 채 눌어붙어 있었다. 밥주걱을 빼들고 밥을 사발에 눌러 담았다. 그런 다음 솥에 물을 부어 바닥에 눌어붙은 밥알을 불려놓았다. 그런데 솔로 닦아도 쉽사리 밥알이 떨어지지 않았다. 엄마를 원망했다. 아무리 급해도 밥을 다 퍼놓고 물이라도 부어놓았다면 이렇게 아득하지 않았을 텐데. 한숨이 나왔다. 점심 먹은 설거지를 하고 저녁 준비를 해야 하므로 쉴 틈이 없었다. 이런 일이 끝없이 펼쳐지는 고난의 행군이었다.

'맏이는 살림 밑천'이라는 속담에 어울리는 맏이가 여자였다.

엄마 일을 거들어 육아를 함께했다. 동생들을 업어주고 밥하고 빨래를 도왔다. 일거리는 산더미처럼 쌓이고, 해도 해도 되풀이되는 시지포스의 바위처럼 느껴졌다. 무엇보다도 힘든 것은 문화시설이 없다는 점이었다. 친구들은 거의 모두 서울로 올라갔고 여자는 외톨이가 되었다. "임금님 귀는 당나귀 귀!"라고 외치고 싶어도 소통의 창구와 말할 상대가 없었다. 여자에게 고향은 질식할 것 같은 공간이었다.

많은 책을 읽었다. 할 수 있는 일이 책 읽는 일밖에 없었기 때문이다. 톨스토이의 소설《안나 카레니나》를 읽고 많은 생각을 하며 일기 비슷한 독후감을 쓰게 된 것도 이때의 일이었다.

단순한 불륜일까? 남부러울 것 없는 안나는 편안한 삶을 버리고 험난한 사랑을 선택한다. 귀족 부인이 젊은 장교와 위험한 사랑에 빠진 것이다. 안나와 브론스키는 염문을 뿌리고, 이 사실은 즉시 상트페테르부르크의 상류사회 전체로 은밀하게 퍼져간다. 이 일로 안나의 인생은 추락한다. 체면 때문에 이혼해주지 않는 남편과 자식의 무게에 짓눌려 결국 달리는 기차에 몸을 던진다.

결혼한 여자는 남편을 떠나 사랑을 선택하면 부도덕한 여자로 지탄을 받으며 인생이 끝나게 된다. 옳지 않은 일로 간주되어 사회로부터 지탄을 받다가 죗값으로 죽어야 한다면, 이것은 권선징악인가? 사회 통념상 불륜녀의 마지막 코스는 파멸이다. 그렇다면 안나에게 벌을 준 것은 누구인가? 안나 자신인가? 사회제도인가?

소설의 키워드는 자유와 사랑의 격정, 불륜, 고독, 세상으로부터의 단절이다. 그리고 파멸이 예견되어 있다. 사회적 규범을 지키며 사는 것이 정답인가? 반기를 들면 벌을 받아야 하는가? 그로 인한 불행은 자업자득인가? 그렇다면 신은 왜 안나에게 열정을 주었고, 그것이 채워지지 않아도 참으라고 명령하는가? 열정을 심어주고 나서 절제하라고 하는 건 온당치 못한 게 아닐까? 안나는 남편의 냉정함을 견디며 여자로서 의무를 다하고 살아야 한다. 한 인간의 운명을 누가 정해줬지? 그것도 자신의 의지로 태어난 것이 아니라 여자로 태어난 것에 대한 신의 저주인가? 그 운명을 누가 정해주었지? 꼭 남편에 예속된 삶이 한 여자의 올바른 인생인가?

안나가 불륜 때문에 파멸의 길을 걸어간 것 같지만 실상은 사회와의 단절, 고립 때문에 무너진 것이다. 물론 불륜이 원인 제공은 된다. 하지만 결정적인 요소는 아들을 보고 싶은 열망도, 사랑을 잃은 자의 슬픔도 아니다. 그녀를 죽게 만든 것은 사회로부터 철저히 고립당했기 때문이다. 그녀가 설 곳은 없었다. 최후의 선택을 할 수밖에 없었다. 반면에 브론스키는 비록 안나와 사랑의 도피를 했지만 사회로부터 완전히 고립된 것은 아니었다. 처음엔 지탄을 받았지만 시간이 지나면서 원래 위치로 복귀할 것이다. 하지만 여자와 남자는 다르다. 같은 사랑의 도피였지만 사회는 안나를 고립시켰다.

오죽하면 인간은 사회적 동물이라 했던가. 작가가 말하고자 하는 의미는 무엇일까? 이 부분은 왜 언급했을까? 말하고자 하는 대목은 어디에 숨어 있을까?

이것저것 생각하면서 고민해보는 날이 많았다. 그런데 책을 읽고 토론할 상대가 없었다.

여자는 상상했다. '소녀가 세계와 맞닥뜨린다. 껍데기를 깨고 나오려 안간힘을 쓴다. 진짜 자신만의 길을 찾아야 하는 시간이 기다리고 있는 것이다.'

책 읽기를 좋아하는 여자는 밤이면 늘 책을 읽었다. 감명 깊은 문장이나 새로운 언어는 필기를 해두기도 했다. 그리고 일기를 썼다. 하지만 늘 허전했다. 누군가와 이야기하면서 같은 감동을 즐길 상대가 없었다.

일기는 자신과의 대화였다. 그런데 혼자만의 대화는 한계가 있었다. 이 부분을 좋아하는데 다른 사람은 어느 대목이 마음에 들었을까? 자신과 다른 시선, 다른 각도의 비판을 듣고 서로 의견을 나누고 싶었다. 절대 고독. 공감할 상대가 없다는 것은 세상과도 떨어져 있는 상태와 같았다.

고향에 대한 추억이 과거형이라면 아름답게 기억될 수 있다. 그러나 현재진행형이라면 사정이 달라진다. 농촌이 얼마나 외로운 동네인지 학교에 다닐 땐 미처 몰랐다. 학교를 졸업하고 나니 말 한마디 섞을 친구가 없었다. 하루 종일, 한 달 두 달, 일 년 열두 달 또래들과 소통 없이 지냈다. 막막한 고독과 외로움이 뼈저리게 느껴지는 곳, 여자가 생각하는 농촌이었다.

여자가 탈출할 수 있는 유일한 길은 결혼이라는 탈출구였다. 그곳이 유토피아라고 기대한 것은 아니었지만 지옥일 거라곤 상상도 하지 않았다. 견딜 만한 곳이 될지 그렇지 못할지는 자신의 처신이나 행동에 달렸다고 생각했다. 선한 의지를 갖고 있는 한 잘 해낼 수 있을 거라고 믿었다. 그리고 고향을 떠나고 싶었다. 시집살이를 해본 적이 없는 엄마는 모든 것은 자신이 할 탓이라고 말했다. 그 말을 믿고 별 의심 없이 결혼을 해버렸다. 현재와 미래를 자신의 기준대로 재단한 것이다.

'어디를 가든 이곳보다는 낫겠지?'

이런 마음이었다. 그래서 자신의 착한 마음만 믿었다. 그러나 그곳에는 치러내야 할 고통이 먼저 와서 기다리고 있었다. 운명을 회피하려고 했지만 고통이 먼저 알고 쫓아온 것이다.

'조약돌을 피하려고 하면 할수록 앞에 수만 석이 기다리고 있다'는 말이 생각났다. 어른들이 운명을 피해보려고 했으나 실패한 이야기였다. 어른들이 생활 속에서 경험한 지혜였다. 여자에게 딱 어울리는.

숨기고 싶은 이야기

시부모님은 경제권이 없어 작은아들 결혼은 큰아들이 담당했다. 그런 관계로 신혼여행도 가지 못한 채 큰집 건넌방에 신방을 차렸다. 거북한 장소였다. 잔치에 온 손님들이 가득한 안방 건너였기 때문이었다. 여자가 처음으로 치러야 할 첫날밤이었다. 첫날이 꼭 그날이어야 할 필요는 없음에도 철없는 두 사람은 선부른 상식으로 결혼을 하면 꼭 합방을 해야 한다는 생각이었다. 아무 상식도 없던 그녀는 숨죽이며 당한 일이었다. 남편도 얼결에 치러낸 일이고.

여자는 그때 요 위에 번져 있는 붉은 피를 발견하고 당황했다. 남편은 요를 뒤집어 깔아놓자고 했다. 아침이면 시어머니가 들어올 텐데 흔적을 없애야 했다. 해결 방법이 떠오르지 않았다. 궁리 끝에 마당에 있는 수돗가로 나가 대야에 물을 담아 방으로 가지고 들어와 빨아 흔적을 지우기로 했다.

금방이라도 안방 문 열리는 소리가 날 것 같았다. 뒤에서 분합문이 드르르 열릴 것 같기도 했다. 조심조심 까치걸음을 해 방문을 열었다. 그리고 분합문을 열고 마당으로 나갔다. 곧 숨이 멎을 것 같았다. 들키면 목숨 줄이 끊어질 것 같은 긴장감이 서늘한 공포로 다가왔다.

조금만 움직여도 영롱한 소리를 내는 놋대야에 물을 담아 다시 까치걸음을 해 방 안으로 들어섰다. 소리가 나면 어쩌나 하고 간이 오그라들었다. 가슴을 졸였다. 숨도 쉬지 못할 것 같았다. 시간이 없었다. 방에 들어와 요 위의 피 묻은 부분을 지르잡고 빨았다. 그리고 요를 뒤집어 깔아 젖은 부분을 말렸다. 가까스로 해결을 본 것이다. 하지만 아직 끝난 것은 아니었다. 다시 수돗가로 나가 조심해서 물을 쏟아내야 했다. 놋대야에서 소리가 날까 봐 대야 밑을 손으로 받히고 살며시 바닥에 놓았다. 모든 흔적을 없애자 안도감이 찾아왔다.

노심초사하며 아침을 맞았다. 여자는 첫날밤 추억을 회상하면 치욕이란 단어가 떠오른다. 이성에 대한 호기심이나 두근거리는 가슴은 상상할 수 없었다. 문학 작품에 나오는 아름다운 환상은 접어두더라도 비참함에 모든 것이 허물어졌다.

씁쓸한 추억이었다. 이런 시작이라면 인생 첫머리부터 행복과는 멀어진 일이었다. 마치 강간당하듯 치러낸 첫 경험이었다. 밤새 피 묻은 요를 바라보며 잠 못 자고 고민하던 첫날밤이었다. 남편은 처음부터 도움이 되지 않았다. 그냥 요를 뒤집어 깔아놓으면 된다니! 아기 신랑처럼 무책임했다. 잠시 회피하면 된다는 남편의 사고방식을 이해할 수 없었다. 결혼 초부터 남편은 일을 저

질러놓는 사람이고 여자는 해결하는 사람이었다. 그에게 대책 따윈 없었다. 이후 모든 일의 해결사는 여자였다.

다달이 월경을 치를 때면 고통스러웠다. 개울 빨래터에서 빨랫감 속에 숨긴 월경한 기저귀를 동리 아주머니들 몰래 빠느라 진땀이 나곤 했다. 남에게 보이지 않게 처리하는 일이 고역이었다. 여자로 태어난 고통 중 하나였다.

아침에 들어온 시어머니와 큰동서는 뒤집혀 있는 요를 보더니 이상하다는 듯 고개를 갸웃했다. 혼수 구경을 하러 들어온 친척 아주머니도 보였다. 여자는 어깨를 잔뜩 움츠렸다. 지금 생각하면 얼마나 미개한 일인가. 첫날밤을 치른 신혼 방을 아침 일찍 불쑥 들어오는 사람들이 어디 있을까.

그냥 놔두었으면 얼마나 창피했을까? 지금도 그때를 회상하면 아찔하다. 그 후 몇 년이 지나도 남편에 대한 애정이 생겨나지 않았고 그저 당한 일로 그쳤다.

그즈음 여자는 폴란드 작가 마렉 플라스코의 《제8요일》에 대해 자주 생각했다. 내용은 이랬다.

젊은 여대생 아그네시카와 연인 피에트레크는 사랑을 나눌 방을 찾아 헤맨다. 벽이 있는 방, 즉 그들이 섹스할 수 있는 공간이 필요하다. 그들을 가려줄 장소는 없다. 방을 찾아 헤맨다고 없는 방이 있을 리가 없다. 피에트레크는 친구를 찾아가 잠시 방을 빌리기로 한다. 친구는 고향에 다녀오려고 한다며 내일 방을 빌려주기로 약속한다. 다음 날 피에트레크는 친구에게 방 키를 빌리러 간다. 아그네시카는 피에트레크가 나타나기만 기다린다. 피에트레크는 빈손으로 돌아온다. 친구가 애인이 찾아왔다며 방을 빌려줄 수 없다는 것이다. 아그네시카는 피에트레크가 약속한 방을 구하지 못하자 방황한다. 그런 중에 어떤 남자의 유혹을 받아들인다. 남자는 아그네시카와 잠자리를 가진 후 시트 위에 붉은 피를 보고 기가 막혀 한다.

"에이 재수 없어! 못난 년. 지금껏 뭐하고 아직도 처녀야?"

남자가 아네시카의 빰을 때린다. 엉뚱한 놈에게 따귀까지 맞은 그녀는 처녀혈이 묻은 침대보를 빨아놓고 남자의 집을 나온다. 뒤늦게 피에트레크가 방 키를 가지고 나타나지만, 그녀는 이미 남자에 대한 흥미를 잃은 상태다. 그 후 두 연인은 각자의 길로 가고 만다.

처녀라고 따귀를 때리다니! 하지만 따귀를 때리는 남자도 이유가 있었다. 아내 몰래 다른 여자를 데리고 왔는데 침대를 처녀혈로 더럽혔으니 난감했을 것이다. 어쨌든 참 황당하기 그지없는 스토리였다.

첫날밤을 치르고 첫 친정 나들이를 할 때의 일이었다. 새색시인 여자의 짐은 흑석동 시댁으로 보내고 큰집에서 출발하기로 했다. 여자는 시댁에서 만들어놓은 한복을 입고 떠날 채비를 했다. 당시 신행 풍습은 신부는 시댁에서 만들어놓은 한복, 신랑은 처가에서 준비해준 옷을 입고 처갓집을 방문하는 것이었다. 그런데 시댁에서 내놓은 옷은 연분홍색 인조 치마저고리였다. 11월 22일 싸늘한 날씨에 코트도 없이 맨 저고리 차림이었다. 남편은 여자의 친정집에서 해준 양복과 코트를 챙겨 입은 상태였다. 여자는 처량했다.

시댁에서 싸준 이바지 음식은 더욱 초라했다. 잔치에 쓰다 남은 비계가 절반은 되는 돼지고기 한 토막과 양조장 막걸리. 술은 양조장에서 말로 갖다놓고 잔치를 치르고 남은 것인데 김이 빠져 말 오줌같이 짐짐해진 상태였다. 항아리 밑에 남은 술을 됫병에 담아온 것이었다. 면 보자기는 홀치기 무늬가 있는 구멍 뚫린 국방색이었다.

중매를 선 시이모는 큰언니인 시어머니 집에 머물렀고, 시이모부는 시골로 가야 했다. 여자의 친정과 같은 마을에 살고 있어서 함께 떠났다. 노량진에서 시외버스를 타고 수원역에서 내려 용인행 버스로 갈아타야 했다. 시이모부는 저만치 앞서가고 있었다. 그 뒤를 쫓아가면서 남편에게 말했다. 시골에서 국민학교도 못 나온 친구가 시집을 가도 비단 뉴똥 치마저고리를 선물 받는데 인조로 만든 옷을 입고 가자니 창피해서 어떻게 하냐고 울먹였다. 남편은 그녀 말을 듣더니 그 길로 안 가겠다고 도망을 쳐버렸다. 아무것도 모르고 형수와 어머니가 장가를 가라고 해서 움직인 것뿐이라고 말했다.

여자는 더 허망했다. 대책도 없이 책임 회피만 하고 있었다. 시이모부는 정류장에 도착해 있을 터인데, 난감하기가 그지없었다. 도망가는 남편을 쫓아가서 잡고 사정했다.

"지금 안 가면 어쩔 거냐고요? 친정집에서 기다리고 있을 텐데. 신랑 없이 나만 가면 소박맞은 줄 알 텐데."

뒷일을 감당할 수 없었다. 해결책이 없었다. 당장 정류장에서 기다리는 시이모부에게 말을 하고 가든지 안 가든지 해야 할 것 같았다. 대책 없기론 그때 알아봤어야 했다.

그래도 11월 22일 쌀쌀한 날씨에 인조 치마저고리만 입은 새색시가 국방색 보자기를 들고 시외버스를 타려고 종종 걸음 치는 모습이 측은해 보였는지 남편은 이렇게 말했다.

"미안해! 이다음에 당신에게 꼭 예쁜 옷을 사 줄게."

그 후 남편은 약속을 지켰다. 여자가 예쁘게 차려입은 모습을 좋아했다. 그리고 부담 없이 뭐든 할 수 있도록 도와주었다.

여자가 나중에 작가가 되리라고 예상한 사람은 없었다. 험난한 과정을 거쳐서 수필가가 되었고 다시 험난한 과정을 거쳐서 소설가가 되었다. 언젠가 마포가든호텔 뒤편에 위치한 '왕의 식탁'이란 식당에서 족발을 먹게 되었다. 신출내기 작가인 그녀는 좌석 끝자리에 앉아 있었다. 소설가 모임이었는데 무슨 일로 회식을 했는지는 기억에 없지만 식당 이름이 특이했다는 것과 족발이 맛있었다는 기억만은 또렷했다.

우선 이곳의 족발이 일반 족발과 다른 것은 '종물'에 있었다. '왕의 식탁'은 신선하고 영양가가 풍부한 토종 식재료를 넣은 사골 육수를 종물로 사용했다. 종물은 족발을 삶는 육수로, 족발 맛을 좌우하는 핵심이 된다. 족발을 가장 맛있게 만들려면 종물을 재탕해서 사용해선 안 된다. '왕의 식탁'은 그날그날 매장에서 직접 종물을 우려내고, 족발 손질부터 삶는 것까지 전부 매장에서 손수 작업했다. 먹음직스럽게 삶아진 족발은 어리굴젓, 밀쌈, 주꾸미가 들어간 사골 국물과 함께 제공된다. 이 모습이 익숙하지 않은 여자는 처음엔 의아한 반응을 보이기도 했지만 전남 무안에서 직접 가져온 어리굴젓과 부드러운 족발을 담백한 밀쌈에 싸먹어 보고 그 독특한 풍미에 반하지 않을 수 없었다.

어느 모임에서든 술이 들어가면 이러저러한 이야기가 나오고, 또 이러저러한 이야기를 하다 보면 배우자 이야기가 나오기 마련이다. 신출내기 작가였던 여자는 선배들이 돌아가면서 권하는 술잔을 받다 보니 꽤 마셨다. 술을 많이 마셨어도 신출내기가 정신을 잃거나 비틀거리면 안 될 것 같았다. 옆자리에 앉은 선배 소설가를 즐겁게 해준답시고 이야기를 건넸다. 정신은 말짱한데 목소리는 술에 잔뜩 취해 있었다. 정리하면 이런 이야기였다.

"우리 남편은 제가 예쁘게만 하고 다니면 된대요. 돈이 얼마가 들든 상관없대요."

"부럽네요. 부군께서 아카데미 수상감이네요."

"뭐, 사람 사는 게 다 거기서 거기죠."

"……."

선배는 아니꼽다는 눈빛인지 부럽다는 눈빛인지 모를 표정으로 신출내기를 한 번 훑어보고는 폭탄주를 들이켰다. 여자는 웃음이 나왔다. 고생하며 살아온 걸 모르고 말만 들으면 '얄미운 년 시리즈'에 들어갈 말이었다.

고등학교 시절 이야기다. 여자는 코르셋을 구경한 적도 없었지만 비슷하게 만들 줄 알았다. 가슴이 튀어나온 것을 감추려고 애쓰거나 한복을 입으면 유방이 크게 보여서 맵시가 나지 않는다고 생각하던 시절이었다. 고모들은 대개 속치마 허리폭을 넓게 만들어 가슴 전체를 감싸고 앞여밈 처리를 해서 입고 다녔다. 그것에 착안해서 여자는 허리를 졸라매어 아름다운 몸매로 보일 수 있는 속옷을 만들기로 했다. 광목천으로 가슴뿐 아니라 허벅지까지 내려오도록 넓게 만들고, 허리 부분은 잘록하게 만들었다. 그리고 어깨 부분에 줄을 달았다. 특히 가슴 부분은 신축성이 없는 두꺼운 광목천이 말려 위로 올라올 것 같아 어깨와 똑같이 다리 쪽에도 줄로 연결해서 입었다. 그때 외국영화도 본 적이 없었고 코르셋이 어떻게 생겼는지, 아니 있는지조차 모르던 시절이었다. 그냥 허리가 가늘어지고 싶었을 뿐이었다.

여자의 집은 빨래를 말릴 때 바깥마당에 줄을 매고 그 위에 빨래를 널어놓았다. 그러고는 빨랫줄을 장대로 받혔다. 윗집 아저씨가 지게에 나무를 해가지고 바깥마당을 지나다녔는데 빨랫줄에 널어놓은 옷가지가 나뭇짐에 걸려 딸려갈 때가 종종 있었다. 지게 위에 청솔가지도 섞여 있고 봄이 되면 개나리 몽우리도 지게 위에서 너울거렸다. 가끔 짐 위로 팬티라도 딸려간 날은 다음 날 아주머니를 통해서 돌려주었다. "이거 이 집 딸 거 맞죠?" 아주머니 흉내를 내면서 엄마가 팬티를 줄 땐 얼마나 부끄러웠는지 몰랐다.

어느 날 윗집 아주머니가 찾아왔다.

"이것이 옷인가?"

고개를 갸웃했다.

"어디에 입는 옷인지 아무리 봐도 모르겠어."

아저씨가 지게에 얹혀온 빨래를 주인에게 돌려주려고 보니 이상한 옷을 발견했다는 것이다. 코르셋이었다. 이거 처음 보는 옷인데? 어떻게 입는 거지? 갑옷처럼 생겼는데? 아주머니와 아저씨가 옷을 들고 이리 보고 저리 봐도 어떻게 입는 옷인지 용도를 몰라 뒤척이면서 궁금해했다고 했다.

"그 집은 아들만 있는 집이어서 상상도 못 했을 거야."

엄마는 딸에게 코르셋을 내밀었다.

여자는 창피해서 얼른 받아 감추었다. 부끄러워서 방 안으로 뛰어 들어가서 나오지 않았다. 그 일을 가지고 엄마는 두고두고 웃어댔다.

여자는 뚱뚱하다고 생각해서 어떻게 하든 배와 허리를 졸라맬 궁리를 했다. 예쁜 옷을 보거나 하면 직접 디자인해서 만들어보는 취미는 이때부터 생겨났다.

친정에서 한복만 가지고 온 여자는 한여름을 나기가 어려웠다. 교복만 입다가 긴 치마저고리를 입으려니 부담스럽고 무엇보다도 더워서 견디기 힘들었다. 양장점을 갈 형편이 못 되어 맞춰 입을 처지도 아니었다. 이웃집 처녀의 블라우스를 잠깐 빌려서 신문지에 본을 뜨고 시장에서 포플린 천을 끊어다가 블라우스를 직접 만들어 입었다. 재봉틀이 없어 손으로 꿰매어 만들었다. 남편의 나팔바지 다리 쪽을 뜯어서 스커트를 만들기도 했다. 남편은 넓적다리가 굵어서 바지를 입으면 늘 양쪽 가랑이 쪽이 먼저 닳아 못 입곤 했다. 그 후 옷을 직접 손으로 만들어 입었고 아이들에게도 예쁘게 만들어 입혔다. 그리고 언제나 나름대로 예쁘게 하고 다녔다.

옷에 대한 관심이 많았던 여자는 초겨울에 외투도 없이 인조치마저고리만 입고 첫 친정 나들이 갔을 때의 치욕을 잊을 수 없었다. 친정부모를 떠올리면 가슴이 메었다. 결혼하고 첫 친정 나들이를 할 때 남들은 선물꾸러미를 들고 가는데, 그녀는 돼지고기 한 토막과 쉬어빠진 막걸리가 담긴 됫병을 국방색 보자기에 싸들고 갔던 것이다. 남편도 어떻게 해야 하는지 몰랐지만, 모르기는 그녀도 마찬가지였다. 양조장 막걸리는 심심해서 하대를 받던 시절이었다. 그것도 모라자 잔치 삼 일 동안 손님을 접대하고 남은 김빠진 막걸리였다. 시집간 딸이 가져온 술을 친구들과 함께 마신 아버지는 얼굴을 찡그리는 친구들을 보기가 민망했다고 했다.

"친구들 표정을 보고 얼굴이 화끈했어. 우리를 무시해도 유분수지, 이건 너무하네."

아버지가 했다는 말을 엄마로부터 전해 듣고 여자는 마음이 아팠다. 가게에서 청주라도 한 병 사들고 왔더라면 망신을 덜 당했을 것인데. 아니면 아예 가져가지 않았으면 친구 분들을 부르지 않았을 텐데.

위험한 항해 I

모든 도전에는 대가를 치르게 되어 있는 법인가 보았다. 그동안 모르고 지낸 자유라는 것이 무엇인지 결혼하고 나서 깨닫게 되었다. 시부모가 무섭고 남편이라는 사람도 낯설었다. 몸과 마음을 꽁꽁 묶어놓고 수십 년, 아니 일생을 걸어야 하는 일을 쉽사리 결정한 것 같았다. 여자와 친정엄마는 결혼을 너무나 단순하게 생각했던 것이다.

자청해서 자신의 목에 목줄을 채운 셈이었다. 시간이 지나 그 목줄이 느슨하게 되었다고 해서 목줄이 없어진 건 아니다. 족쇄가 닳아서 저절로 풀리거나 그 족쇄가 소속감으로 느껴지게 될 때, 그때가 돼서 자유로움을 느낀다고 해도 그건 진정한 자유가 아니다. 그것은 자신도 모르게 세뇌된 착각에 불과하다. 목줄이 좀 느슨해져 목줄의 감각이 떨어진 상태였을 뿐이다. 자유란 게 있는지조차 모를 때, 그때서야 진정한 자유가 찾아온다.

시집살이에서 아무리 억울한 일이 있어도 해명하는 건 불가능했다. 해명이란 곧 말대답이었다. 잘못도 없는데 입을 막으라고 했다. 그로 인해 자신이 저지른 일이 아님에도 죄를 뒤집어쓰고 억울한 감옥살이를 해야 하는 죄수 심정이었다.

시어머니는 이렇게 말했다.

"네가 또박또박 해명을 하면 그것은 어른을 모욕하는 행위다. 명심해라!"

그러면서 어른들이 화를 내더라도 저절로 풀릴 때까지 기다리라는 말을 덧붙였다.

'갑'은 자신이 오해했던 무고죄에 대해 없던 죄가 풀렸어도 사과를 하거나 인정하는 법이 없었다. 시어머니의 자존심이라도 건드리게 되면 곤란해지기 일쑤였다. 며느리인 여자는 막무가내로 묵비권을 강요받았고 자신의 의견을 말할 수 없었다.

자유가 그리웠다. 친정에서는 자유가 무엇인지 느끼지 못했다. 그야말로 자유를 누렸기 때문이다. 굳이 자유를 들먹일 필요가 없었다. 그때는 단순했다. 그냥 자신의 의견을 말하면 되었다.

시집에서는 없는 죄를 뒤집어써야 하는 일도 부지기수였다. 답답했다. 어른의 말이 틀렸어도 언젠가는 해명이 될 일이라고 했다. 시간이 지나면 저절로 해결될 일을 가지고 조급하게 대들면 안 된다고 했다.

"어디서 배워먹지 못한 행동을 해! 네 집에서 그렇게 가르쳤니?"

시어머니는 며느리의 어디를 건드려야 직격탄이 되는지 알았다. 말끝마다 친정엄마를 들먹여서 초장부터 며느리의 기를 꺾으려고 작정한 것이다.

"어딜 감히 시부모에게 말대답이냐?"

호통을 치는 데는 나름대로 이유가 있었다. 조목조목 따지거나 해명을 하게 내버려두면 자신의 실책이 드러날까 봐서 며느리의 입을 원천봉쇄하는 것 같았다. 그래서 그런지 무조건 잘잘못을 가리기보다 기다리면 되는 일이라고 했다. 그래서 '갑'인 시댁에서 '을'인 며느리가 살아갈 방법으로 귀머거리 3년, 봉사 3년, 그리고 벙어리 3년이라고 했던가. 그것은 교활한 갑의 횡포였다.

여자는 두 손을 모았다. 막다른 골목에 몰린 기분이었다. 머릿속에 싸한 감정이 흘렀다. 슬픈 건 아니었다. 슬픔 따윈 이미 익숙했다. 엄마는 지금 무엇을 하고 있을까. 아마 밭에서 열심히 일을 하고 있겠지. 엄마가 보고 싶었다.

시어머니가 결혼하라고 했을 때 남편은 무조건 결혼하기 싫다고 말했다.

"독립할 준비도 되어 있지 않고…… 공부도 더 하고 싶고……"

시부모 나이는 각각 66세와 60세였다. 환갑이 되면 죽을 준비를 해야 한다고 믿는 분들이어서, 죽기 전에 작은아들에게 짝을 지어주고 떠나야 한다고 노래를 불렀다.

여자네 친정집 같은 동리에 살던 시이모는 온 주민이 다 아는 천사표였다. 천사의 큰언니가 시어머니였다. 엄마는 천사의 언니라면 인품은 말할 것도 없고 안 봐도 된다고 했다. '뭐니 뭐니 해도 돈보다는 사람이 우선'이라는 지론을 갖고 있었다. 시어머니 또한 그녀를 보고 간 후 중매를 선 동생에게 색시가 착해 보인다고 말했다. 선본 아가씨가 부자가 될 인상이라고 굳게 믿고 밀어붙이기로 작정한 것이다. 어른들끼리 모여서 어떻게 하든 결혼시키기로 양가에서 합의를 봤다.

고등학교 졸업과 동시에 정 씨 집성촌인 마을에서 양반 행세를 하는 댁에서 눈여겨보고 점찍어둔 처지였다. 그러나 여자는 늘 주위에서 봐오던 사람은 싫었다. 신비롭지도 않았고 원하던 타입도 아니었다. 그러나 일찍부터 주위에서 들썩인 탓에 결혼은 생각하고 있었다.

엄마는 큰딸인 여자가 다섯 살이 되면서부터 동생들 돌보는 일을 맡겼다. 그것이 늘 마음에 걸렸는지 큰딸을 너무 많이 부려먹었다고 하면서 이제 해방시켜주기로 작정한 것이다.

"여태껏 고생만 시켰으니 이제 편안한 곳에서 잘 살아야 해. 늙은 시부모님이, 그것도 작은며느리이니 널 얼마나 사랑해주겠니?"

엄마는 딸을 다독였다.

"이 어미가 네게 해줄 수 있는 일은 동생들 치다꺼리에서 해방시켜주는 것이야. 그곳에 가서 행복하게 살아라."

그러면서 사랑받고 못 받고는 자기 하기 나름이라고 강조했다.

얼마 후 군대 제대를 앞둔 남편이 선을 보러 왔다. 아무리 현실도피로서 선택한 결혼이라도 남편을 본 여자는 깜짝 놀랐다. 언젠가 길에서 본 장교는 보무도 당당하게 걷는 폼이 멋있고 고급해 보였다. 백마 탄 왕자는 아니더라도 반듯한 군복에 멋있는 군모를 상상했었다. 그런데 건강이 좋지 않아서인지 얼굴엔 기미가 잔뜩 끼고 졸병 군복이 초라해 보였다. 거기다 키도 작았다. 큰 실망이었다. 아무리 탈출을 선택했어도 이건 아니다 싶었다. 달갑지 않았다.

다음 날 중매를 선 천사표 시이모가 찾아왔다. 신랑 댁에선 찬성하는데 색시가 별로 좋아하지 않는 것 같다고 했다. 그 말을 들은 엄마는 신랑감이 선해 보인다고 했다.

"너 같은 순둥이는 그런 집에 가야 잘 살 수 있어."

"………."

"무엇이 문젠데?"

엄마가 펄쩍 뛰었다.

"시부모는 예순이 넘은 노인이고 서울에 집도 있겠다, 형님이라는 사람이 좋은 직장에 다니니 나중에 동생 취직자리도 알아서 구해줄 테고. 너도 생각해봐라. 이보다 더 좋은 혼처가 또 어디 있는지."

엄마는 딸을 설득시키려 열심이었다.

서울에서 형님이 잘 사니 동생을 잘 살도록 해줄 것이라고 믿고 있었다. 혼인의 조건 중 형제의 경제 환경을 최우선으로 거론하기도 했다. 무엇보다도 시어머니가 결혼을 적극적으로 권했는데 훗날 들은 이야기는 색시가 복이 있어 보였기 때문이라고 했다.

훗날 남편도 그 당시 상황을 이렇게 말했다.

"나도 당신 못지않게 난처했어."

"남자가 난처할 게 뭐가 있어요?"

남편을 바라보며 물었다.

"답답했던 건 나도 마찬가지였어. 결혼할 때가 아니어서 피해 다녀도 엄니가 죽기 전에 며느릴 봐야 한다고 우겼지. 형수가 더 적극적이었어. 늙은 부모님을 담당하기 싫어서 동생에게 떠넘길 수 있는 유일한 방법을 생각해낸 거지. 그 해결책이 바로 나를 빨리 결혼시키는 것이었고."

남편은 잠시 멈추었다가 말을 이었는데 내용은 이랬다.

무엇보다 시부모님은 작은아들을 끔찍이 아끼고 사랑했다. 자신들이 살아 있을 때 작은아들 짝을 지어주고 죽어야 한다는 일념에 적극적으로 밀었다. 큰아들 내외는 늙은 부모를 동생에게 떠맡길 궁리 끝에 동생을 결혼시켜 부모님과 함께 살게 하려고 계획했다. 마침 시어머니가 작은아들을 좋아하니 동생과 사는 게 어떠냐고 물었다. 시어머니는 대찬성이었다. 시어머니와 큰동서는 서로 의도는 달랐지만 결과적으로 이해관계가 맞아 떨어진 것이다. 동서를 얻어 시어머니와 묶어놓고 한시름 잊자는 것이었다. 시어머니와 큰며느리가 처음으로 의견의 일치를 본 순간이었다.

시어머니의 아들 사랑은 일일이 열거할 수 없을 정도였다. 그 반대급부로 끊임없이 며느리를 비하했고 아들의 훌륭한 점을 읊었다. 시어머니에게는 보기도 아까운, 보기만 해도 아까운 아들이었다. 그런 아들을 며느리에게 맡겨놓았으니 얼마나 불안했을까. 그래서 선택한 것이 신혼방 지키기였다. 아까운 아들을 지켜내는 일이었다. 사랑하는 건 좋은데 너무 사랑하면 탈이 생기기 마련인가 보았다. 며느리라는 여자가 애지중지하는 아들을 탐하게 해서는 안 된다고 굳게 결심을 하게 된 것이다.

스무 살의 여자는 매사에 조심했다. 밤에는 강간당하는 기분으로 수동적 태도로 일관했으나 시어머니 눈에는 며느리가 사랑하는 아들을 야금야금 갉아먹는 기생충으로 보였는지 못마땅해했다.

시어머니는 며느리를 처음부터 길들이기로 작정한 듯했다. 큰며느리에 대한 불만이 컸던 터라 결심은 더욱 강하게 작용했다.

시어머니는 결혼하기 전 아들을 불러 앉히고 말했다.

"이 어미와 약속을 해라."

그리고 약속을 받아냈다.

첫째, 절대로 베갯머리송사를 듣지 말 것.

둘째, 마누라 말을 듣지 말 것.

그러면서 여자 말 들으면 안 된다, 그러면 집안이 망한다, 네 형수를 봐라, 이렇게 강조했다.

남편도 늘 형수가 마음에 들지 않았던 터였다. 어머니와 형수가 대립해 있는 상황이었다. 그런 사실을 알고 있는 그는 어머니 말을 거스르지 않을 것이라고 결심했다. 시어머니의 세뇌 교육이 결실을 본 것이다.

"엄니. 걱정 말아요. 난 형님처럼 형수님 말만 들어서 엄마 속을 썩이는 그런 멍청이는 안 될 거니 안심해요."

남편은 기꺼이 자진해서 약속했다.

"너, 정말이지?"

시어머니는 기뻐했고 착한 작은아들에 대한 기대가 컸다.

"다시 한 번 말해두지만 기집은 새색시 때부터 잡아야 한다. 그렇지 않으면 고삐 풀린 망아지가 되고 결국 집안이 망하는 지름

길이란다."

"엄니 말 명심할게요."

시어머니의 세뇌 교육은 성공적이었다. 이때부터 모든 권한은 시어머니였고 '갑'으로 등극했다.

언젠가 데이트 중 남편이 말했다.

"나는 아무것도 바라지 않아요. 오직 우리 엄니에게 잘 하는 것 하나뿐이에요."

여자는 그에게 신경 쓰지 않아도 된다고 했다.

약속

약혼 의식이라곤 중매를 선 시이모를 통해 보내온 사주단자四柱單子가 전부였다. 약혼이라지만 약혼식도 없었고 청홍색 보자기에 신랑의 사주와, 예물로 반지와 시계가 왔을 뿐이었다. 그야말로 조촐했다.

아직 제대가 조금 남아 있는 상태에서 약혼한 남편이 휴가를 받아 집으로 찾아왔다. 함께 서울로 올라가서 데이트를 하기로 한 것이다. 여자는 서울에 있는 큰집에서 지내기로 했다. 약혼자와 극장에도 가고 나름대로 데이트를 즐겼다. 한강이 보이는 흑석동 현충원에서 이야기하다가 저녁을 먹고 통금 시간에 맞춰 택시를 탔다. 마지막 시발택시가 손님을 부르고 있었다. 네 명이 차야 떠나는 택시가 마지막 손님인 그녀를 태우고 종로를 향해 출발했다. 막 택시가 떠나는 순간 닫힌 문에 대고 그가 소리를 질렀다.

"내일 11시!"

"어디서 만나요?" 묻고 있는데 택시가 떠나버렸다. 허공에 대고 물어본 셈이었다. 약속 장소를 정하지 않았으니 막막했다. 차 안에서 아무리 생각해도 내일 어디서 만난다고 했는지 기억이 없었다. 고민해봤지만 확실하게 정하지 않은 장소인데 생각이 날리가 없었다. 아무리 궁리해도 11시에 어디로 나가야 할지를 몰랐다. 막연하기만 했다. 밤새 잠이 오지 않았고 다음 날 아침이 되었다. 오전 10시쯤 무작정 나섰다. 그리고 머리에 떠오른 생각. '어제 만났던 다방으로 가자!' 종로 2가에 있는 자이안트 다방으로 발길을 향했다. 궁여지책으로 혹시나 하는 기대감이 들었던 것이다. 하지만 그곳에 나타날 리 만무했다. 무의미한 기다림이었다.

다방에서 한 시간을 앉아 있다가 나왔다. 갈 곳이 없었다. 육이오전쟁이 끝날 무렵 경기도 용인에서 중학교를 졸업하고, 서울에 있는 고등학교로 진학했던 중학교 동창이 부근인 익선동에 살고 있었다. 낙원동과 익선동 그리고 큰집이 있는 와룡동은 인근에 위치해서 걸어서 다니는 곳이었다. 큰집과도 가까워 방학 때면 그 친구를 만나곤 했다.

큰집으로 그냥 돌아가기 싫어 근처 익선동 친구에게 갔다가 큰집으로 가니 그가 다녀갔다고 했다.

"큰일 났다. 어딜 갔었니? 신랑감이 단단히 화가 난 모양이더라. 음료수도 안 마시고 그대로 갔으니 어떡할래?"

큰어머니가 깜짝 놀라며 그가 남기고 갔다는 메모지를 내밀었다.

'덕수궁 앞에서 오후 3시에 기다리겠습니다.'

여자는 그제야 어제 덕수궁으로 놀러가자고 한 말이 떠올랐다. 하지만 놀러가자고 했지 정문에서 기다린다고 하진 않았다. 그런데 남자는 덕수궁에 놀러가자고 했으면 당연히 정문일 거라고 생각했고, 그녀는 꼭 집어 어디서 만나자는 말을 듣지 못했기 때문에 서로 엇갈렸던 것이다.

메모지를 받아들고 시계를 보니 1시 반이었다. 큰어머니는 아직 2시도 안 되었으니 점심을 먹고 나가라고 했다. 당황한 여자는 점심 먹을 여유가 없었고, 마음이 바빠서 그냥 집을 나와 덕수궁으로 향했다. 종로 3가에서 덕수궁 정문까지 걸어서 30분도 채 안 되는 거리였다. 약속 시간보다 30분 일찍 도착해서 기다렸다. 마음이 초조했다.

8월 중순, 태양이 온 대지를 태워버릴 것처럼 쏟아붓고 있었다. 은행나무 가로수 옆에 서서 기다렸다. 연분홍 오간자 통치마에 흰 망사 저고리 차림으로 덕수궁 매표소 담장 그늘에 서 있었다. 30분만 기다리면 되었다. 미안해서 일찍 나왔지만 그건 그의 의중을 알아듣지 못한 자신의 책임이라 여겼다. 그가 고생한 만큼 대가를 치르겠다고 작정하자 마음이 편했다. 서로 상쇄시킨다는 마음이었다. 약속 시간에서 30분이 지나고 4시에 접어들었다. 한군데 있지 못하고 플라타너스 가로수 사이를 서성거렸다.

몇 시간째 할 일 없이 서성이는 여자를 주변 사람들이 수상하게 보는 것 같았다. 구두 수선공, 신문팔이, 잡상인, 매표소 직원 등 다양한 사람들이 흘끔거렸다. 시골티가 잔뜩 묻은 아가씨가 하염없이 서서 누굴 기다리는 것이 안쓰러웠을지도 모른다. 차츰 그들 보기가 창피했다. 정문 앞에 서 있다가 해가 움직이는 대로 그늘을 찾아 옮겨 다녔다. 걸을 때마다 오간자 특유의 레이스 무늬, 그 무늬 사이로 반사되는 빛깔이 참 고왔다. 이유가 어디에 있든 약속을 지키지 못해 큰집으로 찾아오게 했으니 미안했다.

그늘이 정문을 점령하더니 점점 더 깊어지고 있었다. 급기야 가로수를 넘어, 차도를 지나, 반대편 빌딩까지 침범한 상태가 되었다. 온 세상이 그늘에 잠기고 있었다. 아무리 기다려도 약혼자는 보이지 않았다. 그 많은 시간을 고민하면서 미련을 가지고 서성였다. 앉을 자리도 없이 서 있는 일은 고통이었다. 푸른 은행잎이 하늘을 가리고 있는 은행나무 밑 둥지에는 노랗게 된 잎도 있었다. 나무 아래 떨어진 은행잎을 주워 만지작거리며 하염없는 시간을 보냈다. 눈을 찌를 것 같던 태양은 서서히 산들 바람과 함께 저물어 가고 있었다.

막막함. 하지만 그 자리를 뜰 수 없었다. 어디선가 몰래 숨어서 여자의 인내심을 시험할 것이라 상상하기도 했다. 여자를 한여름 길바닥에 4시간을 세워둔 남자였지만 꼭 나타나리라는 믿음이 있었다. 시골에서 올라와 서울 지리에 익숙하지 않은 약혼녀를 길거리에 버려두지 않을 것이란 믿음이었다. 피치 못할 사정이 있겠지. 늦게라도 나타나 사과할 거야. 미련퉁이는 어리석게도 주문을 외우며 자신과의 싸움을 벌이고 있었다.

여자는 미련스럽게도 긴 시간 그 자리를 지켰다. 두 사람의 생각 차이는 광장처럼 넓었다. 끝내 그는 나타나지 않았다. 바람을 맞았다는 것, 복수를 당했다는 것을 생각하며 돌아섰다. 눈물이 났다. 큰어머니 보기도 창피했다.

여자는 사춘기부터 소설을 많이 읽어 남자에 대한 로망이 있었다. 아무리 현실 탈출이 목적이었다고 해도 남자는 처음이었다. 그동안 상상해온 것과 현실은 다르다고 해도 첫 남자, 더구나 약혼자를 만나는 일에 이런 일을 겪으니 암담했다.

설마하니 이렇게 기다리게 할 일은 없을 것 같았다. 나오지 못할 무슨 부득이한 일이 생겼을지도 몰랐다. '나라면 어땠을까?' 여자는 자신을 기준으로 이해하고 또 이해해보려 했다. 하지만 아무리 생각해도 이건 아니었다. 최선을 다한 만큼 이젠 체념해야 했다. 태어나서 이렇게 바람을 맞고 복수를 당해보기는 처음이었다. 쓸쓸했다. 비참했다. 눈물이 앞을 가렸다.

남자는 서울이 집이었지만 여자는 용인에서 온 시골 아가씨였다. 당연히 서울 지리에 서툴렀다. 다행히 큰집이 창경궁 부근인 와룡동이어서 세종로, 덕수궁, 피맛골이 있는 익선동, 원남동 사거리 정도는 알고 있었다.

한잠도 못 자고 여자는 다음 날 새벽에 일어났다. 그의 집 주소를 알고 있었기에 찾아 나서기로 했다. 길눈이 어두운 그녀는 물어물어 흑석동 약혼자가 살고 있는 집으로 찾아갔다. 마침표를 찍고 싶어서였다. 결판을 내야 했다. 부득이한 사정이 있었는지도 듣고 싶었다. 어쨌든 그의 해명을 듣고 끝낼지 말지를 결정해야 했다.

마침 일요일이어서 남자는 오전 11시 미사를 보러 성당에 가고 없었고 시어머니 될 분이 반갑게 맞이했다.

"어제 왜 안 나왔어?"

곧장 물었다.

"이 더위에 군복을 입고 기다린 사람을 생각해봤니?"

"저는 약속 장소를 말하지 않아 몰랐어요. 그리고 어제는 3시에 만나자고 해서 7시까지 기다렸다가 오지 않아서 찾아온 거예요."

"녀석도 원 참. 어제는 걔 친구들이 약혼자를 보자고 해서 덕수궁 앞에서 기다렸다고 하더라. 한여름에 얼마나 더웠겠니."

여자가 아무리 이야기를 해도 시어머니 될 분은 아들이 기다린 이야기를 하면서 친구들 보기가 민망했다는 아들 입장만 이야기했다. 그냥 돌아오고 싶었지만 매듭은 지어야 했다. 조금 있으려니 약혼자가 성당에서 돌아왔다.

여자는 적어도 어제 어찌된 일이냐고 물을 줄 알았다. 그런데 예상과는 다른 이야기가 그의 입에서 튀어나왔다.

"엄니, 저 사람이 왜 우리 집에 왔어요?"

"애가 지금 무슨 소리 하는 거야?"

"엄니, 나와 상관없는 사람이니 내보내요."

'날 더러 가라고?' 여자는 귀를 의심했다. 어떻게 자신의 집에 찾아온 사람을 다짜고짜 가라고 하는지 영문을 알 수 없었다. 원수지간이라도 자초지종은 들은 다음 행동해야 하는 거 아닌가 싶었다. '가라'는 말을 듣고 있는 자신이 한심했다.

'이놈아, 여기 있으라고 해도 간다. 하지만 집에 가서 엄마에게 뭐라고 말하지?' 여자는 순간이지만 많은 생각이 들었다.

시어머니 될 사람은 웃으며 그러지 말라고 했다. 그는 설명할 틈도 주지 않고 여자를 내쫓으려 했다. 마침 옆에 사는 그의 친구가 카메라를 들고 찾아왔다. 세 사람에게 마루에 앉아보라고 했다. 사진을 찍어준다는 것이었다. 그는 관계없는 사람과 사진을 찍을 이유가 없다고 뿌리쳤다. 옆에 앉아보라는 자기 어머니 권고까지 물리쳤다. 그가 자기 어머니와 실랑이를 벌이는 모습을 보면서 치사함을 느꼈다. 이렇게까지 다른 사람의 말은 들어보지도 않고 외골수로 나가는 인간을 본 적이 없었다. 그냥 돌아서 갈까 하다가 결론을 내기로 마음을 먹었다. 어제 자신이 그럴 수밖에 없었다는 설명을 하고 끝장을 내야 할 것 같았다.

여자는 엄마에게 자신의 행동에 대해 이해시킬 만한 충분한 이유가 필요했고, 자신 스스로 깔끔하게 해결하고 싶었다. 그런데 뭐라고 해명해야 할지 난감했다. 모든 일을 후회 없이 하자는 것이 여자의 마음가짐이기도 했다. 살다 보면 후회가 없을 수 없으나 되도록 그렇게 행동하려고 노력해왔다.

'운신할 수 없다'는 말을 실감하는 중이었다. 다리가 떨렸다. 갑자기 거대해진 몸을 어떻게 처치해야 할지 부담스러웠다. 그가 휑하니 대문을 향해 나가려고 하자 시어머니 될 사람이 아들을 불러 세웠다. 여자는 '돌아가라'는 약혼자와 붙잡는 시어머니 될 사람 사이에서 이러지도 저러지도 못하고 엉거주춤 서 있었다.

눈물이 날 것 같았지만 독하게 눌러 참았다. '그래 여기 있으라고 해도 안 있어.' 입술을 물고 침착함을 지켰다.

"잠깐만 이야기해요."

미련이 있어서가 아니라 자신의 행동에 대해 설명하지 않을 수 없었다.

"약속 장소를 말하지 않았고, 몰랐다고요……."

여자가 딱딱한 목소리로 말했다.

"그래서 헤맸고. 오후 내내 기다렸다고요."

그도 이해가 되었는지 아무 말이 없었다. 따지고 싸워야 했지만 오늘만 참고 집으로 내려가기로 했다. 집에 가서 그때 끝내면 그만이라는 생각이 들었다. 여자는 아무 일도 없었던 것처럼 행동했다. 그녀는 한 번도 자신이 억울한 만큼 되돌려준다는 오기도 복수심도 품지 않았으므로 다른 사람도 그런 줄 알았다. 약혼한 남자는 이해가 되었는지 태도를 바꾸었다. 서로 오해한 것 같다고 했다. 잠시 섭섭했지만 그도 미안했을 거란 터무니없는 이해로 끝나버렸다.

다음 날 결정적인 행동을 미룬 채 시골집으로 내려갔다. 아무리 생각해도 분하고 억울했다. 결혼할 남자를 따라 서울로 데이트를 하러 간 여자는 설렘을 가지고 있었다. 선을 본 것이 처음이었고, 선을 본 남자와 두 번째 만남이었다. 그리고 선을 본 이후로 처음 데이트였다.

엄마를 보자마자 왈칵 눈물이 쏟아졌다. 엄마 품에 안겨 흐느껴 울었다.

"엄마, 나 결혼 안 할 거야."

한 번 울기 시작하자 그 울음은 통곡이 되었다.

"왜? 왜 그러니?"

자초지종을 듣고 난 엄마는 묵묵부답 잠자코 있었다.

"내가 약속을 안 지켰다고 복수를 했어. 지가 잘못해놓고서는."

당시 여자는 아무리 화가 나더라도 다른 사람에게 욕을 할 줄 몰랐다.

"네가 싫다면 그렇게 해라. 소문이 좀 맘에 걸리지만 괜찮다. 살다가 헤어지기도 하는데 그보다는 낫다."

엄마는 깊은 한숨을 쉬었다.

시골 사람들 사이에서는 약혼자가 왔다가 함께 서울로 올라갔다면 이미 버린 몸이라고 소문이 났을 것이다. 그러면 혼삿길이 막히는 건 불을 보듯 뻔했다. 이 모든 것을 알고도 엄마는 딸에게 선택권을 준 것이다.

약혼을 취소하려면 행동 대장이 필요했다. 액션을 취할 사람이 있어야 했다. 사주단자를 도로 돌려보내야 하는 일을 누가 할 것인지가 관건이었다. 장성한 오라버니라도 있었다면 사주단자를 되돌려주었을 것이다. 우물쭈물하는 사이에 시간이 흘러갔다.

남편의 신세 갚기

결혼 생활은 남편의 신세 갚기부터 시작되었다. 시어머니는 말끝마다 '내 아들을 어떻게 키웠는데'를 입에 달았다. 그러면서 아들을 키우며 가졌던 희망에 대해 이야기했다. 그동안 아들을 키우느라 수고한 값을 물어줘야 한다는 논리였다. 그 값을 미래의 며느리에게 물어내라 하려고 키웠단 말처럼 들렸다.

"내 아들을 어떻게 키웠는데."

아들을 키우기만 하면 금시발복할 줄 알았다니 기가 막힐 노릇이었다.

'내가 키워달라고 원한 것도 아닌데, 나더러 어쩌라고?'

여자는 툇마루에 앉아 한숨을 쉬었다.

'자기들이 즐겁게 만들고 키웠으면 그것으로 끝난 것 아닌가? 아들에 대해 품었던 기대를 며느리가 대신 충족시켜야 한다니? 아들을 키울 때 희망을 가졌고 최선을 다해 키운 값을 물어달라니?' 여자는 기가 막혔다.

앞으로 남은 길고 긴 시간을 시어머니와 함께 지내야 한다고 생각하니 눈앞이 캄캄했다. 그런 말을 들을 때마다 속으로 울부짖으며 가슴을 쥐어짰다. 어린 아내 혼자 아픔으로 허덕여도 남편은 있으나 마나 한 투명인간과 마찬가지였다.

'아! 사면초가구나.'

여자는 친정엄마에게 불평했던 일만 생각났다. 그리고 후회했다. 엄마의 사랑으로 태어난 은혜를 갚지 못한 것이 가장 괴로웠다. 이제야 엄마의 끝없는 사랑을 알 것 같았다. 자신의 죄를 성찰하고 회개했다.

'잘못했어요, 엄마! 엄마가 있는 곳이 천국이었음을 알았어요.'

여자는 이렇게 시작하는 편지를 엄마에게 썼다.

'엄마. 사랑하는 엄마!'라고 쓰다가 여자는 목이 메었다. 엄마의 사랑이 얼마나 크고 소중한가를 몰라본 죄를 고백하고 또 속죄했다.

'내 엄마. 당신은 최고의 선물인데 몰랐어요. 저의 죄를 용서해 주세요.'

여기까지 쓴 여자는 생각했다. '엄마는 딸의 편지를 받고 무슨 감정을 느낄까? 엄마의 마음이 얼마나 아플까? 그저 엄마에게 속죄한다는 핑계로 괴로움을 하소연하는 게 잘 하고 있는 짓일까. 사랑하는 딸을 위해 시집을 보냈는데 괴로워하면 엄마 가슴에 비수를 꽂는 격 아닌가. 슬픔을 맛본 사람만이 달콤한 맛을 안다고 했던가. 오죽하면 옛말에 딸에겐 글을 가르치면 안 된다고 했을까. 시집살이하면서 편지를 쓸까 봐 그런 말이 생겨났나 보다.'

편지를 더 이상 쓸 수가 없었다.

'권리를 찾겠다고 반기를 들면 어떻게 될까? 쫓겨나거나 이혼을 당할 것이다. 또 한 번 친정부모 가슴에 못을 박는 일이 될 것이다. 무엇보다도, 사랑하는 딸이 잘 살기를 바란 부모님의 기대와 희망을 저버렸다고 자책하면서 날마다 눈물을 흘리며 평생을 살 것이다.'

여자가 생각에 잠겨 있을 때 시어머니의 꾸짖는 소리가 들렸다.

"주둥이가 석 자는 나왔네."

시어머니가 어떤 말을 해도 묵묵히 듣고만 있었다. 무슨 말을 해야 시어머니가 원하는 답이 되는지 알 수 없었다. 묵묵부답이 취할 수 있는 여자의 전부였다.

"주둥이에 똬리를 얹어도 여러 개는 얹을 수 있겠네!"

친정에서는 한 번도 들어보지 못한 말이었다. 새로운 속담도 많았고, 비유도 참 많았다. 그러고 있는데 저녁에 남편이 퇴근해 돌아왔다. 시어머니는 아들 발 씻을 물을 댓돌 위에 대령해놓고 수건까지 들고 옆에 서 있었다.

남편이 세수한 물에 발을 씻으며 물었다.

"엄니, 저 사람 왜 우거지상이에요?"

"내가 저 잘되라고 좀 나무랐더니 저런다."

저녁상을 들고 안방으로 들어갔다. 남편은 저녁을 먹으려다가 여자를 불러 앉혔다.

"당신 이리 와 앉아봐."

밥상을 가리키며 앞에 꿇어앉으라는 듯이 말했다. 아랫목에 시어머니와 남편 그리고 옆에 시아버지가 앉아 있었다.

"엄니한테 빌어."

여자는 추운 윗목에 앉아 부들부들 떨었다. 하루에 연탄 한 장씩 사용하는 안방 윗목은 차가운 냉골이었다. 추위보다는 분해서 온몸이 더 떨렸다. 아무리 참는 게 미덕이라지만 이건 아니지 않은가, 이렇게 생각하며 말없이 일어났다.

'남편이라는 놈이 지 어미와 애비 앞에 마누라를 앉혀 놓고 훈계를 하다니! 그러면서 지 어미에게 빌으라니! 잠시 기다렸다가 우리끼리 따져도 되는 일을. 그런데 무엇에 대해 빌어야 하지?'

남편은 자신이 허락도 안 했는데 일어서는 여자를 보고 어이가 없어 했다. 잠시 밖에서 서성이다가 밥을 다 먹은 것 같아 안방으로 다시 들어갔다. 말없이 밥상을 들고 나가 설거지를 끝내고 건넌방으로 가서 누웠다. 자동인형처럼 웃기만 해야 하는 입장이었다. 잘못도 없는데 빌어야 했다. 시집살이가 아니라 남편살이 같았다.

남편이 나섰다는 점에서 모욕감은 몇천 배로 올라갔다.

'내가 지금 여기 왜 왔지? 피가 흐를 정도로 아프고 고통스러워하는 사람이 정말 나인가? 그러면 지금 나라고 느껴지는 이 본질은 뭐란 말인가? 내가 원하든 원하지 않든 뇌에서 어떤 명령이 떨어지고 가슴에 전달되면 살아 있음과 연결된다. 그래서 세상과 연결되고 무엇인가가 생각되어지는 것이 나였다. 그런데 이 상황은 도대체 뭐란 말인가?'

신혼 방인 건넌방은 안방에서도 이불 뒤척이는 소리가 다 들릴 만큼 비좁은 공간이었다. 좁은 마루에서 시어머니가 아들과 며느리의 은밀한 소리까지 다 듣고 있을 정도였다. 굳이 엿듣지 않아도 들렸다. 신혼 방엔 이불장과 자그마한 화장대가 있었다. 요를 깔고 누우면 10센티미터쯤 여백이 생겼다. 그녀는 되도록 남편 몸이 닿을까 봐 화장대 옆쪽으로 붙어 눕곤 했다.

방으로 온 남편이 여자의 어깻죽지를 힘껏 잡아챘다. 억, 소리가 나도록 아팠다. 하지만 소리를 낼 수 없었다. 한참을 그대로 있었다. 어깨가 빠지는 줄 알았다.

"무엇 때문에 화가 나서 부어터진 얼굴이야?"

돌아보자 씩씩거리며 말을 해보라고 을러댔다.

"할 말 없어요."

"뭐? 잘, 났, 어, 정말!"

"아니에요."

말하기 싫어 짧게 대답했다.

"잘났다는 말이지?"

"나도 말하기 싫을 때가 있어요."

"무슨 얘기야?"

"사람 마음속까지 지배할 순 없는 법이에요. 기쁘지 않은데 웃을 수 없다고요."

세차게 고개를 저으며 말을 이었다.

"그러니 날 그냥 내버려두세요."

"뭐? 잘, 났, 어! 잘났다고!"

남편은 그동안 말없이 순종하던 아내가 의외의 반응을 보이자 기가 막혀 했다. 자존심 상해하며 곧바로 베개를 들고 안방으로 건너갔다.

"엄니, 난 저 잘난 여자랑 못 살아. 엄니가 내보내요."

투정부리듯 자기 어머니에게 말했다.

"엄니가 좋아서 결혼하라고 해서 했으니 알아서 보내요."

결자해지結者解之하라는 말이었다. 시어머니는 아들의 말에 기쁨이 솟아오른 듯했다. 아들이 포기한 것이다. 며느리 생살여탈권이 자신에게 넘어온 것이다. 그 후 시어머니는 '갑'질을 본격화했고 의기양양해했다.

"네가 아무리 아양을 떨어도 내 아들이 네 편일 것 같니? 당장 너를 친정으로 쫓아보낼 수 있어."

그러면서 시어머니는 마음대로 권력을 휘둘렀다. 아들이 승낙한 것이어서 힘이 된 것이다. 대개 시어머니들은 며느리를 들볶으면서도 아들 눈치를 보게 되어 있다. 아들이 무서워 함부로 하지 못한다. 그런데 아들에게서 전권을 위임받은 시어머니는 득의양양했다. 며느리를 처단할 권리, 전권을 움켜쥔 권력을 행사할 수 있어 자신만만했다.

"하하. 호호."

안방에서 웃는 소리가 들렸다.

"이 시에미가 죽으면 서방에게 물 없는 세수를 시키겠구나."

시어머니가 아랫목 자리를 아들에게 내주고 베개를 들고 여자가 있는 방으로 건너왔다. 그리고 밤새 훈계를 했다. 그녀는 혼자 있고 싶었지만 어쩔 수 없었다. 금방 담배를 피웠는지 구린 냄새가 진동했다. 시어머니는 화가 났을 땐 담배를 연거푸 다섯 대 이상 피우기도 했다. 놋쇠로 된 곰방대가 뜨거운지 방 닦는 걸레로 싸서 들고 왔다. 구린내를 휘감은 시어머니가 옆에 붙어 있으니 죽을 맛이었다. 일 년에 몇 번 머리를 감았는지 모를 만큼 악취를 풍기며 옆에 누웠다. 좁은 방은 피하고 싶어도 피할 곳이 없었다. 코를 틀어막아도 시어머니 머리에서 나는 찌든 동백기름 냄새와 담배 냄새에 질식할 것 같았다.

마루 건너에서 남편 목소리가 들려왔다.

"엄니가 결혼하라고 해서 했으니, 엄니가 처리해요. 난 몰라!"

위험한 항해 Ⅱ

여자의 신혼은 자살을 꿈꾸는 것으로 시작됐다. 스스로 제 발등을 찍은 것이다. 어떻게 하면 이 난국을 헤쳐 나갈 수 있을까? 고민해봐도 해결책은 없었다. 날마다 자살할 방법을 찾아 헤맸다. 결론은 딱 하나, 그것은 자신이 사라지는 일뿐이었다. 온갖 방법을 다 궁리해봤다. 독약을 구할 수도 없고 그렇다고 목을 맬 밧줄을 구할 방법도 막연했다. 그러다 어찌어찌 시간이 지났고, 그 견딘 시간들이 목숨을 부지했다.

갑자기 변한 새로운 환경에 갈피를 잡을 수 없이 정신이 나간 상태였다. 하루하루 종말을 경험하고 있었다. 학교에서는 공부도 잘하는 모범생이었고 집에서는 부모님을 도와주던 착한 딸이 천덕꾸러기가 된 것이다.

원하지도 않은 임신을 했고 모든 것을 혼자 해결하면서 견뎌냈다. 임신한 것을 알고 얼마나 절망했는지 몰랐다. 축복을 해도 모자랄 판에 자살을 꿈꾸는 엄마가 어디에 있을까? 여자는 첫 아이인 아들의 불안한 정서가 못난 자신 때문이라고 자책했다. 이 모든 것이 자신이 선택한 것이고, 자신이 만들어낸 업보였다.

시어머니는 며느리를 향해 끊임없이 핀잔을 주었다. 새벽에 눈 뜨자마자 타박이 시작되고 그 타박은 날이 저물고 저녁이 되고 밤이 와서도 계속되었다. 끝이 보이지 않았다. '나'라는 사람이 눈앞에 보이지 않아야 끝날 전쟁이라고 여자는 생각했다.

"전주댁 며느리는 지참금을 많이 가져왔고 뒷골 가평댁 아들은 처가에서 집을 사줬다더라. 며느리만 얻으면 행복할 줄 알았는데 미련 곰탱이를 데리고 왔어."

하루 온종일 친정식구를 들먹이거나 아니면 집안에서 일어나는 모든 나쁜 일을 며느리 탓으로 돌렸다. 지치지도 않고 끊임없이 남의 집 며느리와 비교하고 또 비교했다.

'이게 무슨 경우인가? 다른 집은 며느리에 대한 대접도 훌륭하고 예물에도 많은 정성을 들였다는 소문도 있는데. 주지도 않고 받기만 하려는 사람은 도둑이 아닌가. 며느리가 입이 없어 말을 안 하는 줄 아는가.' 여자는 억울했다.

시어머니는 며느리에 대한 이야깃거리로 재미를 붙인 것 같았다. 시어머니는 할 일이 없었다. 그래서 며느리를 타박하는 일에 재미를 붙인 것 같았다.

"사람 잘못 들어오면 집안이 망한단다."

대놓고 말했다. 곰탱이 대신에 복덩이가 들어왔으면 금시발복도 가능하다는 말도 했다. 여자는 처음엔 화가 났지만 시간이 갈수록 헛웃음만 나왔다. '지금껏 자신들 복은 어디다 내팽개치고 굳이 며느리 복에 의지하려고 하는가? 무슨 이런 억지가 다 있는가?' 오직 며느리에게 행운이 쏟아질 것으로 믿고 여자를 선택한 것 같았다.

여자는 '곰탱이'나 '물왕태'로 불렸다. 그렇게 불리며 날마다 종살이를 하고 있었다. 그 사이사이 남편에 대한 불만보다 시어머니에 대한 불만이 더 컸다. 근본 원인을 해결해야 할 당사자인 남편에 대한 불만은 당분간 접어야 했다.

점심 설거지를 끝내고 나면 언제나 머릿속이 텅 비었다. 무슨 생각 같은 걸 할 겨를이 없었다. 그냥 막연히 부뚜막에 앉아서 쉬곤 했다. 누가 불행하라고 한 사람도 없고, 행복하라고 한 사람도 없었다. 하지만 살려면 억지로라도 행복해야 했다. 그런데 이 상황에서 행복하려면 어떻게 해야 하는지, 무엇을 해야 행복해지는지 여자는 몰랐다. 이럴 때 헤르만 헤세의 시를 만났다. 헤르만 헤세는 '행복'에 대해서 이렇게 말했다.

> 행복해진다는 것.
> 행복은 '무엇'이 아니라
> '어떻게'의 문제이고
> 행복이란 대상이 아니라 재능이다.

행복은 재능이라고? 여자는 혼란스러웠다. 행복이 상대적인 대상이 아니라 자신의 재능이라니? 그 뜻을 제대로 알기는 어려웠다. 그러나 아래에 이어지는 말에서 헤르만 헤세가 말하고자 하는 행복이라는 개념을 어렴풋이 알 것 같았다.

> 모든 소망을 단념하고
> 목표와 욕망도 잊어버리고
> 행복을 입 밖에 내지 않을 때
> 행위의 물결이 네 마음에 닿지 않고
> 너의 영혼이 비로소 쉬게 된다.

그래서 여자는 결심했다. '어떤 경우에도 나는 행복할 권리가 있다. 재능을 타고난 낙천주의자로 변신할 것이다.'

그녀 안에서 자신도 모르는 생존을 위한 본능이 발동했다. 세상이 어떻게 되든 걱정하지 않기로 했다. '내 위치에 맞게 종으로 살면 된다. 걱정은 주인이 하는 것이다.' 집안에 대한 걱정이나 시부모 모시는 일은 물론이고 앞으로 어떻게 살아야겠다는 의식도 없었다. 그저 하루하루 주어진 일을 열심히 시키는 대로 했다. 주인의 역할도 주어지지 않았는데 굳이 종이 주인을 걱정할 필요는 없었다. 그건 그들의 일이므로. 하루 종일 밭을 갈아도 불평 없는 착한 소가 되었다.

'태평댁', '곰탱이' 또는 '물왕태'가 여자의 별명이었다. 그 뜻을 정확히는 몰라도 멍청이를 부르는 말로 알고 있었다. 실은 동리에 좀 모자란 여자 거지 별명이었다. 누가 불러도 웃기만 하는 거지였는데 사람들은 그녀를 태평이 또는 물왕태라고 불렀다. 그녀의 이름이나 성을 아는 사람은 없었다. 바람처럼 나타났다가 바람처럼 사라지곤 했다.

'나는 진짜 물왕태는 아니다. 그런데 나는 남들이 물왕태라고 불러도 아무렇지 않고 상관하지 않기로 했다. 그저 즐거운 듯 웃고 시부모 말을 잘 듣고 열심히 밥하고 열심히 빨래하면서 지내자. 행복도 재능이라는 헤르만 헤세의 말을 실천해보자.'

시어머니는 기분이 좋을 때는 여자에게 이렇게 말했다.

"쟤는 속도 없나 봐. 그냥 좋다네."

여자는 시어머니 친구들이 놀러올 때면 벗어놓은 고무신들을 재빨리 모아서 수돗가에서 수세미로 깨끗이 닦은 다음 댓돌 위에 물기가 빠지도록 엎어놓았다. 그녀들은 저녁 무렵 집에 가려고 마루로 나오다가 깨끗해진 고무신을 보고 흐뭇해했다. 시어머니 친구들이 며느리 잘 들어왔다고 칭찬하면 시어머니는 마루 위에서 만족해하며 얼굴에 웃음꽃을 피웠다. 그때가 시어머니에겐 전성기였고, 여자에겐 시어머니 뜻대로 움직였던 시절이었다. 그리고 꿈을 포기한 시절이기도 했다.

후에 시어머니는 여자의 손을 잡고 이렇게 말했다.

"그때 너와 살았을 때가 가장 행복했구나."

시어머니는 그런 여자를 두고 "너는 속도 없다"고 하며 천하태평이라고 했다. 시어머니는 당신의 며느리가 희망을 버렸다는 사실을 몰랐다. 여자는 희망을 버리면 고통도 없다는 것을 그때 알았다. 하지만 사람이 영원히 속을 빼놓고 살 수는 없는 것인지 마음속에선 의문이 솟아올랐다. 얼마 전까지 본 적도 없는 사람과 함께 살면서 왜 그들에게 잡혀 살아야 하는지, 궁금하고 슬펐다.

그리고 시간이 날 때면 혼자 부엌에서 인생을 생각해보았다. '이것이 과연 내가 살아가야 할 인생인가?' 생각하면 할수록 절망이 찾아와 똬리를 틀듯 자리를 잡고 있었다. 이러려고 시집을 왔던가, 후회하고 또 후회했다.

'친정엄마에게 시집에서 하는 일의 백분의 일만 했어도 후회가 없을 텐데. 이 세상에서 나를 제일 사랑하는 내 엄마에게 고마운 줄도 모르고 감히 툴툴댔다니.' 자꾸만 허한 가슴에 바람이 들어왔다. 그런데 가슴에 구멍이 뻥 뚫려 있는지 이내 바람소리도 들리지 않았다.

"엄마! 잘못했어요. 난 지금 천벌을 받고 있어요."

문고리를 붙들고 중얼거렸다.

여자가 맡은 '역할'은 무조건 남을 위해 살아야 하는 운명인가 보았다. 수고에 대한 한마디 언급도 없는 무한대의 봉사를 하고 있었다. 시어머니는 물론이고 큰동서도 고생하는 여자에게 연민의 눈길 한번 주지 않았다. 시부모가 작은아들만 끼고 도니 당연한 결과인지도 몰랐다.

세상은 여자가 뼈가 부서지는 고통을 받고 모욕을 받아도 아는 체하지 않았다. 괴로움에 허덕이고 피눈물을 흘려도 하늘은 상관하지 않았다. 허허벌판에 홀로 선 외로운 나그네 같았다. 같은 편이라고 믿었던 남편은 방패 역할은커녕 오히려 방조자였다. 같은 편이어야 함에도 자기 아내를 지켜줄 힘도 의지도 없었다.

시어머니

시어머니는 유별난 점이 많았는데 그중 식습관을 빼놓을 수 없었다. 첫째는 식사를 하면서도 계속 말을 한다는 것이고, 둘째는 젓가락으로 반찬을 끊임없이 뒤적거린다는 것이었다. 특히 여자를 나무랄 때 그 증상이 더 심하게 나타났다. 식사를 할 때 여자는 언제나 밥상 앞에 앉아서 시어머니가 하는 이야기를 들었다. 그러면서 밥숟가락을 들 때마다 "더 드세요"라고 반복하는데 식사를 많이 하라는 의미였다. "더 드세요"를 시어머니가 수저를 밥상 위에 놓을 때까지 계속했다. 자연히 젓가락질하는 모습을 쳐다보게 되곤 했다.

시어머니는 무슨 음식이든 젓가락으로 끊임없이 뒤집어놓았다. 남편은 별말이 없었다. 여자의 눈엔 다 보이고 더럽기가 그지없었다. 더럽다고 느끼는 것도 촌수 따라 다르다더니 남편은 자기 어머니라 그런지 모르는 것 같았다. 수십 번 혀로 침을 묻히며 입에 들락거리는 수저를 보고 있으면 더러워서 죽을 것 같았다.

반찬을 뒤적이는 것은 입맛이 없어서라고 했다. 그러면서 마지막엔 꼭 한술을 남겼다.

"어머님, 왜 그러세요?" 이렇게 묻고 싶었지만 감히 물어볼 수 없었다. 이제껏 아무에게도 지적당하지 않았는데 네 눈에 보인단 말이지, 하고 달려들 것 같았기 때문이었다. 식습관이야 어떻든 상관하지 않으면 그만이었다. 그런데 문제는 남긴 밥을 며느리인 여자에게 먹으라고 한다는 점이었다. 시어머니는 음식을 먹을 때 혀를 앞으로 쑥 내밀고 음식을 향해 혀가 미리 마중을 나가는 듯한 자세를 취했다. 입 속에 수없이 들락거린 숟가락으로 뒤집었던 비빔밥을 며느리더러 먹으라는 것이었다.

언젠가 이때의 이야기를 아들딸에게 들려줬더니 펄쩍 뛰었다.

"엄마는 싫다고 하지 그랬어? 에이 구역질 나."

이해하지 못하겠다는 표정으로 아이들이 펄쩍 뛰는 것도 당연했다.

"그건 비겁했네요."

저항한다고 죽이지는 않았을 것 아니냐며 원망하는 투로 쳐다봤다. 하지만 여자는 저항할 수 없었다. 죽기보다 싫은 일도 해야 했다. 무엇인지 모르는 거대한 힘 앞에 눌려 있었다. 저항해도 소용없음을 알았고, 일만 더 커질 것이라 판단했고, 자기편이 없어 홀로 무너져서 갈 곳을 잃을 것이라 우려했다. 같은 편이라는 버틸 언덕이 없었다.

시어머니가 먹다 남긴 음식을 기꺼이 먹어야 했다. 음식이 귀하기도 했지만 무엇보다도 시어머니가 무서웠다. 시어머니는 존엄의 대상이었다. 요즘 '갑'질하는 상사도 문제지만 대들지 못하고 순응하는 젊은이도 문제라는 이야기가 사회문제로까지 되고 있다고 한다. 그들도 공포심 때문에 종처럼 기어서라도 살아남으려고 몸부림치는 것인지도 모를 일이다.

시어머니의 말을 거역한다는 건 있을 수 없는 일이었다. 그것은 반역이고 결혼 생활이 끝나는 것을 의미했다. 또한 친정부모 가슴에 대못을 박는 일이고 고향 사람들로부터 손가락질을 받을 게 빤한 일이기도 했다. 이 한 몸 희생해서 가족을 마음 편하게 할 수 있다면 기꺼이 희생하리라, 그것이 여자의 마음이었다.

"왜, 시에미가 먹던 것이 더럽다는 게냐?"

아니라는 것을 증명하고 살아남으려면 앞에서 먹어야 했다. 남편 식습관도 시어머니와 똑같았다. 뒤적이는 것도 마지막에 꼭 조금 남기는 버릇도 같았다. 그리고 말은 안 했지만 남긴 것을 여자에게 먹게 하는 것도 같았다. 비록 강요는 아니었지만. 남편은 또 시어머니처럼 밥을 남기고는 늘 입맛이 없다는 말을 했는데, 이것은 여자에게 자신을 보살펴야 할 대상으로 인식시키고 귀한 존재로 받들게끔 유도하는 행위와 다를 바 없었다. 이것은 또한 시어머니가 아들을 교육시키고 며느리를 길들이는 작전이 성공했음을 의미하기도 했다. 또한 자신이 죽은 후 덜렁대는 며느리 손에 아들을 맡겨야 한다는 것을 걱정하고 마음을 놓지 않는다는 증거이기도 했다. 그래서일까. 여자는 자의 반 타의 반으로 두 사람의 의도대로 행동하고자 했다.

남편은 여자가 밥상만 차려놓으면 일부러 그러기라도 하는 양

한두 숟가락 뜨다가 그만두고 일어났다.

"입맛이 없어."

"입맛이 없어도 더 들어요."

여자는 매 끼니때마다 반복해서 말했다. 주변에선 그냥 밥상을 차려두면 알아서 먹을 텐데 왜 그러느냐고 했지만 그렇게 안 해 본 것도 아니었다. 그럴 때면 꼭 덧붙이는 말이 있었다.

"무슨 마누라가 남편이 식사를 하거나 말거나 관심을 두지 않지? 우리 엄니는 밥숟가락에 반찬을 올려주면서 한술만 더 뜨라고 하는데."

사람은 환경에 적응하기 마련인 모양이었다. 시간이 흐르면서 여자도 시댁이라는 새로운 환경에 적응하기 시작했다. 자신이 만들어놓은 족쇄에 자신을 옭아매는 것이었다. 사람들은 자신의 삶은 자신이 만들어가는 것이라고 했다. 환경에 적응하다 보니 자신도 모르게 길이 들었다. 길이 든다는 말은 꼭 그렇게 해야 된다는 의식이 들게 하는 것과 같았다. 그렇게 하면 마음이 편안해지고 자신도 모르게 남편에게 밥을 더 먹으라고 권하게 되었다. 남편이 밥을 다 먹으면 여자는 행복했다.

"다 먹어줘서 고마워요."

박수를 치기도 했다.

"밥은 내가 먹었는데 왜 당신이 고마워해?"

여자는 그저 웃었다.

결혼을 11월 21일에 했는데, 1월 달에 시어머니가 성당 새벽

미사를 다녀오다가 미끄러져서 오른쪽 팔목이 부러지는 사고가 생겼다. 이때부터 시어머니와 함께 긴긴 투병이 시작되었다. 노인들은 팔이나 다리에 깁스를 해서 고정시켜 놓으면 염증이 생긴다고 했다. 빨리 회복되기 어려우므로 부목을 해서 날마다 붕대를 풀고 뜨거운 찜질을 하라고 했다. 접골원에서 하는 물리치료 방식이었다.

추운 겨울 아침, 조심스럽게 문을 열고 마루로 나가면 등줄기가 써늘했다. 분합문을 열고 부엌으로 들어서면 찬 기운이 뼛속까지 스며들었다. 연탄불 위에 알루미늄 솥을 놓고 소금물을 끓였다. 그리고 그 속에 수건을 넣고 삶았다. 뜨거운 수건을 차가운 수건으로 싸들고 안방에 들어가 시어머니의 부러진 팔목 위에 수건을 놓았다. 뜨거울 것 같아 입으로 호호 불어 살짝 얹어놓았다. 조금이라도 뜨거우면 난리가 났다.

"앗 뜨거! 이 시에미를 데워 죽이려고 작정을 했냐?"

엄동설한에 별다른 난방 시설 없이 연탄 한 장으로 하루를 버티는 시절이라서 안방은 방한복을 입어야 할 정도로 추웠다. 조금만 있어도 벌써 물수건이 다 식었다. 그러면 또 같은 절차를 거쳐 부엌을 들락거렸다. 앉을 시간도 서 있을 시간도 없었다. 엉거주춤한 채 두 시간 이상을 간호하고 나면 스물한 살 젊은 나이에도 녹초가 되었다.

이 일이 6개월간이나 지속되었다. 친정집에서라면 벌써 짜증을 냈을 것이고, 친정엄마라면 딸을 그렇게 하도록 내버려 두지도 않았을 것이다.

시어머니 입장에선 어찌 보면 아들을 빼앗아간 며느리였다. 무의식중일지 모르겠지만, 사랑을 빼앗아간 연적인 며느리에게 언제나 가혹하고 냉정하게 대했다.

“이런 빌어먹을 일이 다 있어?”

자신의 불편함이 제일이고 며느리의 수고에 대해선 한 번도 미안하다거나 수고한다는 말을 하지 않았다. 새사람이 잘못 들어와서 다친 것이고 모든 불행의 근원인 며느리에게 고마워할 수가 없었던 것이다.

인간이 얼마나 냉정하고 가혹한지를 따져볼 겨를도 없이 허덕거렸다. 지나고 나서 돌이켜보니 스물한 살밖에 안 먹은 어린 며느리를 소 부리듯 했던 것이다. 싸늘한 눈초리로 바라보고 혹사시키면서도 미안한 기색을 보이지 않았다.

아침 식사가 끝나면 팔을 못 쓰는 시어머니를 위해 머리를 감기는 일이 시작되었다. 날마다 시어머니 머리를 빗기고 쪽을 쪘다. 한 번도 쪽을 쪄본 적이 없었으나 어느 순간 우수한 전문가가 되어 있었다. 그리고 버선을 신기고 팬티를 갈아입혔다. ‘내 아이’라면 사랑스럽고 작아서 힘이 들지 않을 테지만, 잔소리만 해대는 시어머니는 커다란 짐이었다.

그런데도 철없는 남편은 모른 척했다. 자신의 어머니 일인데도 눈을 감았다. 청맹과니가 된 것인지 어머니 일에 무관심이었다. 아내의 수고를 안다면 도와주어야 마땅한데 남편이라는 작자는 아예 생각 자체가 없었다. 시아버지 또한 며느리는 당연히 그렇게 해야 한다는 식이었다.

자신도 모르는 사이에 '노인 전문가'로 탄생했다. 시부모의 한복 바지저고리와 치마저고리를 깨끗이 빨아서 꿰맬 줄 알았다. 종을 부려도 이보다는 덜할 듯싶었다. 인격 모독이라는 말이 딱 어울리는 모습이었다.

무엇보다 고통스러운 것은 이런 상황이 언제 끝날지 모른다는 것이었다. 언제까지 해야 되는지 모른다는 불안감으로 미칠 지경이었다. 고통의 시간이 영원할 것 같았다. 이 감옥에서 헤어날 길은 죽음뿐인 것 같았다. 출구가 없다는 절망감에 모든 희망을 놓아버리고 싶었다. 모든 것을 포기한 상태가 되었고, 목숨을 부지할 일말의 의지도 없었다.

시어머니의 아들 지키기

1960년대는 물론이고 1970년대에 들어서서도 오락 시설이 별로 없었다. 오직 라디오를 듣는 게 전부였다. 여자는 하루 종일 라디오를 들으며 청춘과 낭만을 흘려 보내야 했다. 육아와 집안 살림을 하면서 라디오를 듣는 게 유일한 즐거움이었다.

저녁 시간은 여자의 시간이었다. 시부모님 시중을 들고 각종 집안일을 하다가 밤이 되어야 겨우 쉴 수 있었다. 남편과의 오붓한 시간이기도 했다. 라디오에서 연속극이나 뉴스를 들으며 두 사람은 이야기를 나누었다.

얼떨결에 첫 아이를 낳고 시간이 지나자 둘째를 가지라고 몸이 충동질을 해댔다. 남편은 이유도 없이 시름시름 피곤해하고 아프다고 했다. 시어머니가 무슨 일이 있어 노량진 본동에 있는 큰아들네에 기거하고 있을 때였다. 시어머니는 날마다 노량진에서 작은아들이 사는 흑석 3동 꼭대기까지 오르내렸다. 작은아들 부부가 같이 있지 못하게 하기 위해서였다. 여자에게도 아들을 살려야 한다고 설득했다.

"걱정 마세요, 어머니."

여자는 담담하게 대답했다.

시어머니는 며느리가 조심하겠다는 약속을 했어도 눈으로 보지 않고는 못 견뎌서 아들 퇴근 시간에 맞추어서 흑석동 고개까지 올라왔다. 그리고 다음 날 아침에 아들이 출근하면 그제야 큰아들네로 돌아갔다. 젊은 부부가 못 미더워서 날마다 부부 방을 지킨 것이다. 부부가 한방에 기거하지 않으면 병을 고칠 수 있다는데 반대할 이유가 없었다. 그동안 누차 그 문제에 대해 이야기를 들었고, 압박을 받아오던 때였다. 여자는 순순히 받아들였다. 그리고 자신에게도 약속을 지키기로 했다.

여자는 자신도 모르게 부부가 한자리에 들면 남편 병이 악화될 것이란 강박증이 생겼다. 시어머니에게 하도 많이 들어서인지 여자 자신도 그럴지도 모른다는 생각이 들었다. 그 말이 정말인지는 석연치 않았지만. 시어머니가 아들을 지키려고 날마다 찾아오자 여자는 짜증이 났다. 남편도 마찬가지였는지 여자에게 생트집을 잡았다.

집에 냉장고가 없던 시절이라 김치를 담으면 한나절도 지나지 않아 시어버렸다. 우물에 줄을 길게 늘어뜨려 물에 담가놓아도 효과가 없었다. 연한 열무로 겉절이를 만들어 저녁상을 차렸다. 시어머니가 밥상을 훑어보더니 인상이 험악해졌다.

"우리 아들이 왜 아픈가 했더니, 네가 설익은 김치를 먹여서였구나!"

밥상을 보면서 한탄했다.

"우리 아들은 알맞게 익은 신김치를 좋아하는데 겉절이라니!"

"엄니, 저 사람이 그런 반찬을 만들 줄이나 알겠어요?"

남편이 한술 더 떠서 시어머니 편을 들었다.

'이건 무슨 말인가! 듣고만 있어도 화가 날 지경인데 맞장구까지 치다니. 뭐 이런 경우가 다 있어. 그렇지 않아도 나쁜 것은 모두 며느리 탓으로 돌리는 제 어머니에게 그런 말을 하다니. 이런 쳐 죽일 놈이 다 있나.'

너무 기가 막혔다.

아무리 그래도 그렇지 유일하게 편이 되어주어야 할 사람이…… 속이 끓었다. 욕은 흉보면서 배운다고 했던가. 시어머니가 잘 쓰는 욕이 입 밖으로 튀어나올 뻔했다.

"때려죽여도 죄가 남을 놈."

이 말은 시어머니가 자주 쓰는 말인데 아주 많이 화가 났을 때는 죽이는 횟수가 올라갔다. '열두 번을 때려죽여도 죄가 남을 놈'이라고 욕하기도 했다. 오죽 화가 나면 열두 번을 더 죽여도 죄가 남는다고 했을까.

여자는 남편을 향해 속으로 소리쳤다.

"저런 때려죽여도 죄가 남고도 남는 놈!"

당장 남편을 때려죽여도 직성이 풀릴 것 같지 않았다. 힘이 있다면 면상에 주먹을 날리고 싶었다. 권투 시합에서 상대방 선수 턱에 어퍼컷을 날리면 침이 튀면서 마우스피스가 날아가고 고개가 위로 휙 젖혀지듯 남편을 그렇게 패주고 싶었다. 어퍼컷으로 남편의 머리가 돌아가도록 힘껏 한 방 날려도 모자랄 것 같았다. 한 번이 아니라 열두 번도 더 주먹을 날려도 시원치 않을 것 같았다.

여자는 남편이 자신에게 왜 적대감을 가졌는지 알고 있었다. 저녁마다 노량진에서 흑석 3동까지 헐레벌떡 달려오는 자기 어머니를 보면서 기분이 좋지 않았던 것이다. 자신이 아파서 죽을 병이 든 것도 아니고, 그냥 그저 늘 피곤하고 입맛이 없는 상태인데 자기 어머니가 고생한다고 생각한 것이다.

'저 등신 같은 놈, 너라는 놈은 언제쯤 안 아플 건데. 하루도 피곤하지 않은 날이 없다니까.'

이변이 없는 한 남편의 피로는 계속될 것이다. 아내와 함께 있어서 생긴 병이라니, 이해해야지 별수 없었다. 시어머니 지론에 감히 반기를 들 수는 없었다.

"에이 치사해서…… 싫다 싫어."

일상이 행복하지 않았다. 행복하지 않은 여자는 속으로 툴툴거릴 때가 많았고 표정도 우울해 보였다.

자기중심적 사고를 가진 남편은 아내 입장은 생각하지 않았다. 오직 우울한 표정이 싫다는 것 이외에 아무것도 신경 쓰지 않았다. 왜 그런지 관심조차 없는 남편은 제 어머니 편을 들 뿐이었다.

어느 날 시어머니가 백기를 든 사건이 생겼다. 몸살이 나서 노량진 고갯길을 넘어서 오다가 힘이 부쳐서 도로 돌아간 것이다. 시어머니가 하루를 비운 사이 남편은 모처럼의 기회에 어떻게 좀 해보려고 '얼씨구나' 여자 곁으로 기어왔다.

"당신 어머니 말을 들어야지 왜 이러는데요?"

'바보 같은 놈! 그래도 사내라고, 지금껏 뭐하다가 갑자기 이러면 곤란하지. 이 멍청아!'

여자는 철딱서니 없는 남편을 쉽게 받아들이기 싫었다. 시어머니와 남편이 한통속이 되었을 때 여자는 자신에게 맹세했다. 단순한 약속이나 다짐이 아니었다. 두 모자를 향한 반란이고 시위였다.

'소원이라면 마음대로 해. 쳐다보기도 아깝다는 아들을 보호하고 보호해서 백 년을 함께 살든지 당신들 하고 싶은 대로 해. 아무 말도 안 할 테니까. 앞으로 내가 저 놈과 같이 잠자리를 하면 사람도 아니다.'

여봐란 듯이 시어머니에게 보여주고 싶었고 공조한 남편의 모가지도 비틀고 싶었다. 오기로 참아내고 버티려고 몇 번이나 자신을 담금질했는지 몰랐다.

"내 참 치사해서……"

남편이 그렇게 말하자 여자는 잠시 마음이 흔들렸으나 곧 속으로 다짐했다.

'당신 어머니 말이나 잘 듣지, 왜 이제 와서 나에게 기어오느냐고. 치사한 놈.'

여자는 모욕적인 상태를 아직 극복하지 못했는데 타협하려드는 자신이 한심했다. "모자란 년." 자신에게 욕을 하고 자책했으나 화가 가라앉지 않았다.

신은 인간에게 말한다. 서로 사랑해서 자손을 번창시키라고. 원수를 사랑하라고. 여자는 신을 사랑하고 인간을 사랑하려고 노력했다. 그런데 신과 인간을 향해 욕을 하고 원망을 하고 있었다. 신은 인간에게 사랑이라고 거짓말로 꼬셔놓고 아이를 낳아 기르게 했다. 도저히 피할 수 없는 유혹을 만들어놓고 받아들이는 순간 죽음이 기다리고 있어도 선택할 수밖에 없도록 했다.

곤충의 번식 과정을 관찰해보면 처절하다. 지구상에 살아남아 종족을 번식시키려는 처절한 행동을 보면 인간과 다를 바 없다. 사마귀는 교미 후에 암컷이 수컷을 잡아먹는 엽기성으로 유명하다. 수사마귀는 자신보다 덩치가 2배가 넘는 비대한 암사마귀의 등에 착 달라붙은 채 떨어지지 않는다. 교미 시간은 몇 분 만에 끝나는데 이후 무서운 광경이 기다리고 있다. 암컷은 낫처럼 생긴 긴 앞다리를 포클레인처럼 척척 휘저으면서 툭 튀어나온 눈을 뒤룩거린다. 수컷은 부들부들 떨면서 암컷을 껴안는다. 암컷이 입을 벌린다. 수컷은 피하지도 않고 암컷의 입으로 빨려 들어간다. 암컷은 눈을 껌벅이며 수컷의 머리를 삼켜버린다. 수컷은 당황해하거나 발버둥치지 않고 차분하게 암컷의 먹이가 되어 자손 번영을 위해 영양원이 되어준다.

시어머니는 며느리가 사마귀 암컷으로 보였을까. 당신의 아들이 한 번의 남녀 교접으로 암컷에 잡아먹히는 수사마귀가 될까봐 노심초사하는 걸까. '여자의 본능'일까. 왜 아들 부부 관계에 신경을 쓰는지 알 수 없었다.

시어머니가 며느리와 아들 사이를 갈라놓으려고 가운데서 잔다는 말은 들어봤으나 자신에게 이런 일이 닥치리라고는 짐작도 못했다. 해괴한 일이라고 생각했지만 마음대로 할 수 없는 일이어서 참을 수밖에 없었다. 부끄럽고 창피한 일인데도 시어머니는 유치한 '여자의 본능'대로 행동했다.

인간은 배가 고프면 배가 고프다고 말하고 무언가 먹고 싶으면 먹고 싶다고 말한다. '배가 고프다'는 말을 아무렇지도 않게 자연스럽게 내뱉는다. 배고픈 사람이 음식을 허겁지겁 먹든 얌전하게 먹든 뭐라고 말하거나 비하하는 사람은 없다. 하물며 음식을 몰래 훔쳐 먹어도 크게 나무라지 않는다. 오죽 배가 고프면 그랬을까 하고 이해하려고 한다. 그런데 섹스라면 문제가 달라진다. 허겁지겁 밥을 먹을 때처럼 행동하거나 달려들면 사람들은 삽시간에 천박이라는 구렁텅이에 몰아넣는다. 그리고 손가락질을 한다. '사랑이 고프다'는 말을 하면 갑자기 천박하다는 인상이 든다. 왜 그럴까? 그래서 여자들은 외롭다고 에둘러 말하는 것인지도 모른다. 외롭다고 말하면 좀 고상해 보일까?

여자는 지금도 연애소설을 쓰던 때의 상황이 눈앞에 아른거린다. 말의 의미를 고구考究해보았고, 작가가 된다면 이 점에 대해서 이야기해보려고 마음먹었다. 특히 사랑을 나누는 장면을 어떻게 쓸까? 많이 궁리해보았다. 굳이 설명하면 구차스럽고, 그렇다고 해서 직설적인 표현을 쓰자니 용기가 나지 않았다. 지금은 그때를 회상하며 젊음이 얼마나 찬란한 시절이었는가를 그리워하기도 한다. 극도의 배신이나 분노! 아니었다. 지금 생각하면 극도의 기쁨 또는 찬란한 감정들이 날아다니고 솟아오르는 시절이었다.

그때 그 일로 사랑하는 딸이 태어났다고 늘 말해왔다. 이 세상에 태어나서 가장 잘한 일을 묻는다면 이렇게 대답할 것이다. "우리 딸, 지혜를 낳은 것이지요." 그리고 시어머니 몰래 남편과 한 몸이 되던 때가 전성기였다고.

서로 만나면 남편 흉을 보는 친동생 같은 성당 친구가 있다. 언젠가 그 베로니카가 여자에게 물었다.

"수산나 형님!"

"왜?"

"서부영화에서 총을 한 번 쏴서 죽였으면 됐지 왜 자꾸 쏜대요? 확인 사살인가요?"

여자는 서부영화에서 본 존 웨인과 클린트 이스트우드를 떠올리면서 대답했다.

"응, 맞아."

"나도 한 번 쏴서 분이 안 풀리면 쏜 데를 또 쏴야 직성이 풀릴 것 같아요. 오늘 아침 그 인간이 속을 뒤집어놓고 나가는 모습을 보니 그런 생각이 들더라구요."

베로니카는 자그마한 공장을 운영하는 남편을 돕고 있는데 직원들보다 더 열심히 일했다. 처음 시작할 때 은행에서 돈을 빌리고 모자라는 돈은 친지나 친구에게 빌렸다. 그동안 빚에 쪼들리다가 겨우 빚이 줄어든 상태였다. 남편은 돈을 좀 쓰고 살자고 했고 베로니카는 빚을 다 갚을 때까지는 참자고 했다.

"당신은 그렇게 궁상을 떨다가 평생 그 꼴로 살게 될 거야."

"누군 쓸 줄 몰라서 손톱이 닳아서 없어질 때까지 일하는 줄 알아요?"

"이제 좀 쓰면서 살아도 되잖아?"

"정신 차려요."

베로니카는 자신이 조금이라도 느슨해지면 일하는 사람들 능률이 떨어질까 봐 직원들보다 두 배 넘도록 열심히 일했다. 그런 아내 앞에서 궁상스러워 못 살겠다니. 베로니카 남편은 속을 뒤집어놓고는 골프백을 들고 나갔다고 했다.

둘은 맞장구를 쳤다.

"그런데 우리는 그 못된 놈들과 왜 살고 있지?"

"그야 뭐, 우리가 못나서일걸요."

"그런 면도 있지만 밖에 나가 봤자 베로니카 남편만한 남자가 없을걸. 지금 우리 처지에 계산서 두드려 보면."

"그 나물에 그 밥 아닐까요. 안 그래요?"

베로니카가 웃으며 말을 이었다.

"우리가 뭐 어때서요? 단추를 잘못 끼운 거죠."

"아니, 결국 그들을 사랑해서야."

"형님, 나 오늘 동대문시장 갈 건데 같이 가요."

"뭐 사러 가는데?"

"남편 셔츠 맞추려고 옷감 사러 가려구요."

"그래? 그러면 우리 남편 것도 살 겸 같이 가자."

이렇게 금방 죽일 것처럼 흉을 보다가도 남편을 위한 일상이 계속된다. 두 사람에겐 공통점이 있다. 둘 다 남편이 동안童顔이어서 아내가 누님뻘 정도로 보인다는 점이다. 그런데도 둘은 남편 가꾸기를 즐긴다. 그런 남편을 바라보는 것을 좋아하는 것이다.

"얼굴에 점 빼는 곳을 알아뒀어요."

"그래? 우리 남편도 점 빼줘야 하는데 얼마야?"

"그건 가 봐야 알지요. 나도 소개받았는데 잘한다고 소문이 났어요."

지금 생각해봐도 우스웠다.

'말과 행동이 다른 것, 이것을 사랑이라고 말할 수 있을까. 나와 베로니카는 둘 다 남편을 사랑한다. 불평을 하면서도 그들을 위하는 것은 사랑이라고 말해도 된다. 사랑하지 않으면 왜 그들을 위하고 좋은 것을 주려고 하겠는가. 사랑의 기본이다. 왜 그 못된 남편이 젊어 보이도록 애를 쓸까. 사랑하기 때문이다. 어리석게도 다른 사람에게 자기 짝이 멋있게 보이는 것이 자랑스럽기 때문이다. 이유가 어찌되었든 나와 베로니카는 이런 점에서 의기투합한다. 그리고 시장으로, 성형외과 병원으로 좋은 정보를 찾아 헤맨다. 사는 게 별것인가? 화가 날 땐 분노하고 시간이 지나면 서로 사랑하면서 살아가는 것이다. 다른 사람들도 다 그렇게 살아간다. 전업주부들의 화제는 남편과 시집 식구다. 너나 할 것 없이 크고 작은 흉을 보면서 스트레스를 푼다. 그러한 탈출구마저 없으면 질식해서 못살 것 같아서다. 남편과 싸운 후 집을 뛰쳐나가 밤거리를 헤매다가 후회하고 울기도 한다. 그러다가 집으로 돌아온다. 다 그렇게 산다.'

여자는 그렇게 생각했다.

어찌되었든 친구들 만나면 화제의 중심은 언제나 남편 흉을 보는 거였다. 오늘 아침에도 여자는 베로니카와 통화해 하소연했다.

"우리 남편 또 삐쳐서 말 안 한 지가 일주일째야. 내가 전화 통화하다가 남편이 퇴근한 것을 몰랐는데 그것 가지고 난리야. 뭐 본체만체하고 전화만 했다는 거야. 하루 종일 일하고 남편이 집에 들어왔으면 양해를 구하고 급히 끊고 다음에 걸면 되지 무슨 중요한 이야기라고 그랬냐는 거야."

남편이 화를 낸 발단은 이랬다. 일주일 전, 여자가 베로니카와 통화하고 있는데 남편이 퇴근해서 집에 왔다. 들어오는 걸 보고도 전화를 끊기도 뭐하고 해서 목인사만 하고 계속 통화를 했다. 통화를 마치고 나니 남편이 화를 내고는 방으로 들어가버렸다. 여자와 얼굴이 마주치면 고개를 돌렸다. 그날부터 남편은 말을 하지 않았다. 그는 여자가 전화기를 붙들고 수다 떠는 걸 좋아하지 않았다. 지친 몸을 끌고 집에 왔는데 본체만체하고 전화기만 들고 수다를 떨고 있는 아내를 보자 화가 났을 것이다. 그날은 베로니카와 통화 중이었는데 남편이 그 시각에 급히 전할 말이 있어서 집으로 전화했고 통화 중이었다. '하루 종일 일하는데 여편네는 종일 전화기를 붙들고 있다니. 아직도 이야기가 덜 끝났단 말인가.' 그렇게 생각했을 것이다. 남편 퇴근 무렵에 또 베로니카로부터 전화가 걸려왔다. 전화를 받으면서 연신 현관 쪽으로 관심을 두기는 했다. 베로니카는 자기 남편에 대한 불만을 쏟아내고 있었다. "다 같은 자식인데 남편 놈은 혼자 효자야. 동생들은 그런 형에게 모든 것을 미루는 얌체인데도 이 바보가 그걸 모르고 무조건 자기 어머니의 생신상을 나보고 차리라는 거지 뭐예요. 진짜 효자 났어, 효자." 이런저런 말이 이어져 전화를 끊을 수 없었던 것이다.

언젠가 남편이 여자에게 물었다.

"여자들은 이상해. 그렇게 불만이 많은데 어떻게 살아?"

"여보, 그건 그냥……"

할 말이 없었다. 여자가 봐도 이상할 만했다. 남자 입장에서야 말할 것도 없겠다 싶었다.

"이용할 가치가 있어서겠지요."

얼떨결에 대답했다.

"두고두고 부려먹겠다는 말이군."

"평생 벌어다 줄 사람을 미쳤다고 버려요?"

"허, 이 사람이……"

"흉은 투정이고 사랑해달라는 말이죠. 그것도 모르고 남자들은 그냥 화부터 내잖아요."

'나'를 사랑하는 법을 배워야 했다

밤늦게까지 남편과 함께 라디오 연속극을 듣고 밤 12시쯤 이불 속으로 들어가 누웠다.

"아이고 다리야!"

남편이 얼굴을 찌푸렸다. 다리가 아파서 못 자겠다는 것이다. 라디오를 들을 때 말했다면 오죽이나 좋았을까. 그러나 다리가 저리고 쑤셔 통증 때문에 잠을 못 자겠다는 남편을 어쩌겠는가. 여자는 자리에서 일어나 꾸벅꾸벅 졸면서 남편의 다리를 주물렀다. 한쪽씩 넓적다리부터 종아리까지, 그리고 발바닥과 발뒤꿈치에 있는 아킬레스건까지 주무르자 남편은 슬그머니 잠이 들었다. 잠이 든 줄 알고 살며시 누우려하자 "끙" 하고 반대쪽 다리를 내밀었다.

'그러면 그렇지 그냥 지나칠 리가 없지.'

여자는 할 수 없이 나머지 다리를 주물렀다.

"진작 말했으면 좋잖아요. 꼭 자려고 할 때면 아파 죽는다고 하니, 원."

반은 졸면서 다리를 주무르다가 잠에 취해 스르르 손에 힘이 빠지면 여지없이 "아이구 아파" 하는 소리를 질러댔다.

"진작 초저녁부터 말했으면 지금쯤 잠을 잘 수 있잖아요."

같은 잔소리를 또 하게 했다.

"눕기 전엔 그런 대로 견딜 만했는데 막상 잠을 자려고 누우니 더 쑤시고 아파서 잠을 잘 수가 없어."

남편은 '배려'라는 말을 모르는 사람 같았다. 그 후에도 잠자리 들기 전에 마사지시키는 버릇은 한 번도 고쳐지지 않았다.

'아! 이 웬수 같은 인간을 어쩌지.'

부부는 아픈 사람을 돌봐야 한다는 것이 남편의 지론이었다. 그리고 언제나 아픈 사람은 남편 자신이었다.

"이다음에 당신이 아프면 내가 다 돌봐줄게."

"언제? 그런 때가 오기는 오려나?"

남편은 늘 몸살감기를 끼고 살았다. 그럴 때면 다리에서 팔 주무르기를 추가시켰다. 그런데 그놈의 몸살은 하루거리로 왔다. 하루 괜찮은 것 같다가도 다음 날이면 또 몸살이었다.

여자는 남편의 팔과 다리를 어떻게 주물러야 하는지 잘 알고 있었다. 소위 남편 마사지 전문가였다. 어깨에서부터 아래로 천천히 내려와 손바닥을 주무른다. 손바닥을 뒤로 제치고 손가락 하나를 펴준다. 중지와 새끼손가락을 남편 손가락 사이에 넣고 엄지로 그의 손바닥을 강하게 누른다. 그러다가 바깥쪽으로 쓸어내리면 스르르 눈을 감았다.

그러나 아무리 전문가가 다 되었다 해도 굵은 근육이 뭉친 장딴지를 주무를 때는 한계점에 이르곤 했다. 팔이 저리고 쥐가 났다. 발바닥을 골고루 마사지하고 발뒤꿈치 아킬레스건을 자극해서 피로를 풀어줘야 마무리가 되는데, 한 시간이 넘어 두 시간이 다 되도록 잠도 못자고 주물러도 그만하라는 말이 없었다. 체력이 바닥나 어쩔 수 없이 끝을 내면 남편도 미안했는지 더 해달라는 말을 못하고 슬그머니 돌아누웠다. 이젠 됐다는 말이었다.

시어머니의 감시에도 불구하고 마침내 둘째가 생겼고 만삭이 되었다. 둘째를 가지라는 하늘의 뜻이었던 모양이다. 여자는 만삭의 몸인데도 남편의 발 마사지를 계속해주었다. 심지어 산통이 왔을 때도 발 마사지를 멈추지 않았다. 배가 남산만한 몸으로 통증이 올 때는 잠시 쉬고 있다가 통증이 물러나면 다시 남편 발을 잡고 마사지를 했다. 산통을 겪으면서도 아침에 남편 도시락을 싸서 출근시켰다.

출근하려던 남편이 배를 부여안고 산통을 겪느라 쩔쩔매는 여자를 보고 이렇게 말했다.

"난 몰라. 엄니가 있으니까."

오후에 달려온 시어머니는 진통을 겪는 여자를 보고서야 미안하다고 했다. 그러면서도 고통을 견디며 이를 악물고 신음을 삼키는 여자를 버려두고 사라졌다. 알고 보니 이웃집에서 잡담을 하고 있었다.

첫아이는 친정에서 낳았는데 친정엄마는 딸을 붙잡고 절규에 가까운 울음을 터트렸다. 통증 와중에도 친정엄마의 표정이 보였다. 어쩔 줄 몰라 몸부림치는 친정엄마는 산통으로 고통받는 딸보다 더 고통스러워했다.

"내가 무슨 죄를 지었길래 딸이 애 낳는 것을 다 봐야 하나."

딸과 고통을 함께했던 친정엄마와 시어머니는 하늘과 땅 차이였다.

여자는 혼자서 고통을 견디다가 아이를 낳았다. 시어머니는 이웃집에서 잡담을 하느라 며느리가 혼자 아이를 낳는 것도 모르고 있었다.

"어머니, 어디 계세요?"

소리쳐 불러도 감감 무소식이었다. 누구의 도움도 받지 않고 혼자 아이를 낳은 것이 다행이었다. 잘못되어 병원에라도 실려 갔으면 시어머니의 원망이 하늘을 찔렀을 것이다. 아들의 등골을 빼먹는 년이라고 말했을 것이다. 옛날이야기가 나왔을 판이다. 밭을 매다가 들어와서 애를 낳았다는 전설 같은 말이 튀어 나왔을 것이다. 시어머니가 어떻게 아이를 낳았는지는 모른다. 자신이 그랬다는 말인지, '그랬다더라'라는 말인지도 모른다. 어쨌든 돈이 들면 난리를 쳤을 것이다. 지참금도 없는 주제에, 라고 했을 것이다.

'아! 다행이다. 병원 신세를 지지 않아서…….'

여자는 원망하지 않고 그렇게 생각했다.

친정엄마는 늘 '남에게 잘하라'는 말만 했지 '자신을 사랑해야 한다'는 말은 한 적이 없었다. 왜 자신이 낳은 귀한 딸인데도 시집 식구에게 희생하라고만 가르쳤는지 모르겠다. 무조건 순종하고 희생하는 건 그들에게 먹잇감이 되고 만만하게 보였을 뿐 도움이 되지 못했다는 생각이 들었다. '네 생명은 네가 지키라고 말해주었더라면 상황이 좋아졌을까?' 그때는 그런 생각조차 못했다. 남을 위해 살라고 가르친 친정엄마도 외할머니의 교육 탓이었을까? 어떻게 보면 여자는 '남을 위해 희생하며 살라'는 친정엄마의 교육을 몸소 실천한 모범생이었다.

남편 마사지사 역할을 17년 넘게 했다. 그렇게 영원히 지속될 것 같던 남편의 마사지사 임무를 끝내게 된 건 또 다른 곳에서 여자의 역할이 필요했기 때문이었다. 시아버지가 중풍으로 쓰러진 것이다. 여자의 또 다른 임무가 남편에게서 시아버지로 이어졌다.

3부

우리는 타인에게 닿을 수 있는가

시아버지

농부의 딸로 태어난 여자는 자신이 맡은 역할에 충실하려는 고지식한 면이 있었다. 모든 일에 최선을 다해야 한다는 강박적인 사고를 갖고 있었다. 그런 그녀가 작은며느리인데도 중풍 걸린 시아버지를 집에 모시고 병간호를 하게 되었다.

중풍으로 쓰러진 후 시아버지가 여자를 손짓해 불렀다. 언어장애 때문에 알아듣기가 쉽지 않았지만 말의 요지는 알 수 있었다.

"에미야. 너밖에 없구나. 옛말에 부처님을 살찌우든 마르게 하든 그건 '석수장이 손에 달렸다'는 말이 있다. 그러니 네가 돌 깎는 '석수장이'가 되어 나를 건강하게 만들어서 걸어 다니게 해다오."

처음부터 무엇을 바라거나 승산이 있어서 시작한 일이 아니었다. 누구나 늙어갈 것이고, 자식으로서 부모를 돌보는 것이 당연한 일이었다. 그냥 마음만으로 해낼 수 있으리라 믿고 내린 결정이었다. 어쩔 수 없이 병든 시아버지는 온전히 그녀 몫이 되었다.

여자는 시아버지 문제만 해도 자신이 맡은 이상 그 누구도 도와주길 바라지 않았다. 도와주겠다고 해도 방해만 될 것이므로 거절하고 싶었다. 비록 원하지 않았다고 해도, 누구도 도와주는 사람은 없었다. 그녀는 시아버지의 부탁도 있었지만 부모에게 효도하고 모든 일에 최선을 다하라고 가르친 친정에서의 교육을 실천하려 애썼다.

친정에서도 큰딸인 여자는 맡은 책임을 다하려고 노력했다. 일요일이면 밭매기며 집안일을 부모님이 시키는 대로 했다. 자신에게 시킨 일은 힘이 들어도 해내야 하는 책임감이었고 그녀의 성격이기도 했다. 가을이 되면 부모님은 바깥마당에 콩, 팥 등 타작거리를 널어놓고 장에 가셨다. 그러면 오후에 그녀가 도리깨로 콩 타작을 했다. 앞면이 다 털렸으면 반대로 한 번 뒤집어 놓고 도리깨질을 또 했다. 도리깨질이 끝나면 알곡은 모아놓고 콩대나 팥대는 분리시켜 따로 멍석 위로 옮겼다. 장에서 돌아온 아버지는 그녀에게 풍선風扇을 돌리게 했다. 바람을 일으키는 도구인데 날개가 달려 있어 비중이 큰 낟알은 앞에, 비중이 작은 것은 멀리 날아갔다. 그녀는 아무리 팔이 아파도 군말 없이 풍선을 돌렸다. 부모님이 고생을 하는데 자신이 거들어야 했다. 지붕 위에 얹어두었던 고추가 마르면 꼭지를 따는 일도 그녀 차지였다. 마당에 커다란 멍석을 깔아놓고 빗자루를 들고 지붕 위로 올라가 널어두었던 고추를 쓸어내리면 고추와 지푸라기가 멍석 위로 가득히 떨어졌다. 혼자서 그 꼭지를 따야 했고, 가을볕이라고 해도 한낮엔 제법 따가웠다. 한 가마니가 넘는 고추더미는 좀처럼 줄어들지 않았다. 등살이 찢어지듯 아프고, 몸이 뒤틀릴 정도의 고된 노동이었다. 가을 해가 넘어가고 어두워질 때쯤 일이 끝났다. 그때서야 허리를 펴고 좀 쉴 수 있었다.

여자가 시아버지를 돌본 것은 너무나 인간적인 시아버지의 말씀 때문이기도 했다.

"아이구, 엄니! 내가 이렇게 될 줄을 누가 알았겠어요!"

시아버지의 어눌한 탄식을 듣는 순간 연민이 솟아올랐던 것이다.

"불쌍한 아버님."

어느 누구도 자신이 그렇게 되리라고 예상한 사람은 없었을 것이다. 늙고 병들고 죽는 거에 자유로울 수 있는 인간은 없었다. 그렇게 애절하게 어머니를 부르는 시아버지의 심정이 이해가 갔다. 그렇게 아파하는 시아버지에게 최선을 다해야 할 것 같은 생각이 들었다.

중풍으로 쓰러진 시아버지의 병수발은 시아버지와 한방에서 지내야 하는 일부터 시작되었다. 쉴 새 없이 불러대는 시아버지 요구 때문이었다.

"옆구리가 배긴다. 돌아 눕혀다오."

"배가 고프다."

"쉬가 하고 싶다."

오른쪽이 마비된 시아버지는 움직이지 못했다. 몸을 움직여줘야 했다. 무엇보다 욕창이 생기지 않도록 주의해야 했다. 돌려서 눕히기, 일어나 앉히기, 밥을 떠먹이기, 물수건으로 온몸을 닦아주기, 면도와 이발하기 등 해야 할 일이 수두룩했다. 남편은 직장으로, 아이들은 학교로 가고 나면 그때부터 시아버지 돌보기가 시작되었다. 머리 감기고, 발 닦아주고, 창칼로 발뒤꿈치 굳은살을 깎아내고, 이부자리를 걷어내어 햇빛에 말리고, 새 옷으로 갈아입히고 나면 온몸에 땀이 쏟아졌다.

여자는 오른쪽이 뻣뻣한 시아버지를 일으켜서 앉혀놓고 밥 먹이는 노하우가 생겼다. 누워 있는 환자를 뒤에서 깍지를 끼고 일으켜 끌어안고 먼저 구석으로 가서 벽을 등지고 앉는다. 그리고 재빨리 빠져나와 옆으로 쓰러져 도로 누워버리기 전에, 그러니까 바닥으로 스르르 미끄러지기 전에 앞으로 가서 두 다리로 시아버지 몸을 지탱한다. 자세를 안정시킨 후 미음을 떠먹인다.

시아버지를 맡은 책임을 다하려고 나름 애를 썼다. 하지만 시간이 지나면서 의무적인 일상이 되었다. 효부는커녕 귀찮아하는 마음까지 생겼다. 처음 약속대로 마음을 다하지 못한 때가 많았다. 이웃들이나 친척들이 와서 위로라고 하는 말이 그녀를 겁주고 갔다.

"어휴! 중풍은 3년을 넘기면 9년을 간다는데 고생이 많겠수."

그럴 때마다 여자는 큰 한숨을 내쉬었다. 9년이라니, 그렇게 오래 살면 큰일이라고 진저리쳤다. 9년을 살까 봐 걱정이 되어 빨리 돌아가길 빈 날도 많았다. 사람이 앞에 일어날 일을 안다면 좀 더 희생했어도 될 텐데. 막연히 언제일지 모르는 두려움으로 시중을 들면서 시아버지를 사랑으로 대하지 않았던 것이다.

그 후 여자는 시아버지 이야기를 수필로 써서 〈월간 에세이〉에

극찬을 받으며 등단했다. 결국 시댁에서의 일이 문학을 하게 했고, 도움이 되었고, 그 후 소설가로 성장시켰는지도 몰랐다.
〈월간 에세이〉에 실린 수필은 이렇다.

눈부시게 맑은 날씨였다. 코 고는 소리를 듣고 안방을 나왔다. 시아버지가 누워 있던 시트와 이불 커버에 묻은 오물을 대강 털어내어 빤 다음 삶아서 다시 빨았다. 새로 갈아 끼운 지 하루 만이다.

어디선가 쿵, 하는 소리를 어렴풋이 들었으나 무심히 넘겼다. 이웃집에서 나는 소리거니 하며 빨래를 널었다. 로션을 손에 바르고 엉덩이를 마루 위에 내려놓았다. 오전 내내 서 있었던 것이다. 얼마나 지났을까.

방 안이 너무 조용했다. 귀를 세웠다.

낮잠이 너무 길다는 생각에 시아버지 방문을 열어보았다. 시아버지가 보이지 않았다. 그녀는 부엌으로 굴러갔다. 순간, 심장이 얼어붙을 것 같았다. 부엌 바닥에 널브러져 있는 시아버지. 옆엔 고구마 바구니가 엎어져 있었다.

"아버님!"

겁에 질려 흔들며 소리쳤다. 시아버지가 꼼짝도 하지 않았다. 무서웠다. 119에 전화를 하고 곧장 남편에게 전화를 걸었으나 계속 통화 중이다.

119 구급차가 사이렌을 울리며 도착했고 병원으로 곧장 달려갔다. 병원에 도착해 남편에게 전화했다. 남편이 달려왔다.

"당신이라는 사람은, 도대체 뭐하는 거야? 이 지경이 되도록 내버려두다니!"

남편은 몸을 떨었다.

황당했다. 그동안 외출 한번 마음놓고 해보지 못했다. 시아버지에게 중풍이라는 불청객이 찾아와 사지四肢를 얼음 막대기로 만들어버렸다. 언어장애까지 겹쳐 무슨 말인지 알아듣지 못할 정도로 어눌했다. 그런 시아버지를 혼자 감당해왔다.

"당신이 결정한 일이잖아? 애당초 확실하게 못한다고 했어야지."

힘들다고 툴툴거리는 낌새라도 보이면 남편이 말했다.

"죽기 살기로 버티었다면 몰라. 슬그머니 당신이 떠안은 모양새였어. 그래놓고 이제 와서 자꾸 공치사를 하면 어떻게 하자는 거야. 이젠 나도 지겨워!"

처음부터 아내 입에 재갈을 물려놓을 작정을 했나 보았다. 그녀는 무슨 말이라도 하고 싶었지만 무슨 말을 해야 할지 떠오르지 않았다.

아침상을 받아놓고 있던 중이었다. 앞에 앉은 시아버지의 밥그릇은 남편이 한술 뜨기도 전에 비어 있었다. 빈 숟가락을 들고 달그락 소리를 내며 밥 떠먹는 시늉을 했다. 아들의 밥숟가락이 입으로 오르내리는 것을 멀거니 바라보는 시아버지와 남편의 눈이 서로 마주쳤다.

남편이 두어 번 밥술을 뜨다가 원망 섞인 눈으로 아내를 흘긋 쳐다보고는 앞에 놓인 밥그릇을 자기 아버지의 빈 그릇과 바꾸었다.

반찬과 국까지 말없이 앞으로 밀어놓았다. 시아버지는 앞에 앉은 아들을 보고 씩 웃었다. 티 없이 순진무구한 웃음이었다. 남편이 젓가락으로 밥상 가두리를 탁탁 내리쳤다.

"당신, 아버지 배 곯리지 마. 대소변 좀 많이 하면 어때? 밥도 간식도 눈곱만큼 배급하는 모양인데 너무하는 거 아냐?"

그렇게 말하곤 남편은 말없이 수저를 놓았다. 눈앞에 벌어지는 상황만 보면 나쁜 며느리였다. 그녀도 알았다. 하지만 어쩔 수 없었다. 하루, 아니 몇 달 동안이라면 무조건 시아버지가 원하는 대로 해줄 수 있었다.

'자신들은 직장을 핑계로 손도 꼼짝하지 않아 놓고 이제 와서 효자인 척하기만 하면 된다. 남편은 덮어놓고, 안됐어 하며 선심만 쓰면 된다. 그런데 그다음 일은 누가 감당해야 하나? 먹은 것의 10배가 넘게 밖으로 나오는 배설물이 아니더라도 식사 조절이 아버지를 위하는 길인 줄 왜 모를까.'

어느 날 아침 남편은 무슨 생각이 들었는지 몇 숟가락 뜨다 말고 아버지 얼굴이 떠오른다며 눈시울을 붉혔다. 시아버지가 돌아가시고 얼마 지나지 않았을 때였다.

"배를 곯게 하지만 않았어도……"

끝내 말을 잇지 못했다.

"배를 곯게 했다고요? 내가? 당신, 그럼 그때 왜 말 안 했어요?"

이럴 수가! 어떻게 제 아내를 믿지 못하는지 기가 찼다. 이 세상 누구보다도 그녀를 믿어야 할 사람이 아닌가. 아직도 아내가 아버지를 굶겼다고 믿는 모양이었다.

한참 동안 아내를 바라보던 남편이 다시 입을 열었다.

"내 가슴이 얼마나 아팠는지 알아? 그때 불평을 했다면 그 화가 아버지에게 돌아갈 것 같아 참았던 거야."

띄엄띄엄 젖은 목소리로 말하면서 아내에게 향했던 눈길을 내리깔고 베란다 창가로 얼굴을 돌렸다. 그런 모습을 보자 그녀는 화가 나서 견딜 수가 없었고 남편과 충돌하더라도 어쩔 수 없다는 기분이 들었다.

남편을 향해 말문을 열었다.

"자기는 손가락 하나 까딱하지 않고 철저히 나만 부려먹고 이제 와서 '효자' 가슴이 아팠다고? 그때 당신은 아버지를 위해 뭘 했는데? 사업상이라면서 허구한 날 늦게 들어왔잖아? 그리고 모두들 내가 아버님 수발들 때 손님처럼 가만히 앉아 있어 놓고…… 기가 막혀!"

아내의 예기치 못한 반격에, 아니면 새삼스럽게 아버지 사후 '효자'는 불효가 마음에 걸렸는지, 이유 없이 화를 냈다. 그 당시 아내의 처지나 해명은 들을 생각도 하지 않고, 자신의 입장이 억울하다는 듯 씩씩거리고 있던 그가 자리에서 벌떡 일어섰다.

"그러니까 당신 말은 내가 일부러 집에 늦게 들어왔다고?"

구둣주걱이 휙 날아오며 공기를 갈랐고, 현관문 닫히는 소리가 꽝, 하고 들렸다.

그녀는 전원電源이 들어간 장난감 인형처럼 벌떡 일어서서 남편이 사라진 현관 쪽으로 천천히 움직였다. 그곳에는 남편이 부려놓고 나간 분노가 아직 가라앉지 않고 공기 속에 스며들어 욱신거리고 있었다. 우산살 사이에 처박혀 있는 구둣주걱이 눈에 들어왔다. 가지런히 놓였던 그녀의 신발이 남편의 거친 발길에 채여 흩어져 있었다. 아내에게 휘두르고 싶었던 남편의 폭력이 그대로 남아 있었다.

뭘 어찌해야 할지 몰랐다. 남편이 던지고 나간 구둣주걱을 집어 들고 한참 노려보다가 급히 안방을 향해 공처럼 굴러갔다. 남편 잠옷이 허물어지지 않고 고스란히 남아 있었다. 두 개의 구멍, 작은 원 위에 또 하나의 원. 남편의 몸통이 빠져나간 잠옷이 허물 벗은 뱀 껍질처럼 보였다. 어금니를 사리물고 잠옷을 내려다보다가 구둣주걱을 쳐들었다.

"이 나쁜 놈, 죽어버려! 너 같은 놈을 남편이라고 믿은 내가 바보다."

머리 위에서 구둣주걱이 정적을 가르며 잠옷 위로 내리꽂혔다. 널브러진 잠옷이 추레하게 너덜거리며 옆으로 밀려났다.

"어딜 가? 나쁜 놈!"

잠옷을 끌어다놓고 다시 후려치기 시작했다. 시간이 얼마나 흘렀을까. '먼지 나게 두드렸다'는 말을 떠올리며 손에 쥔 구둣주걱을 내려다봤다. 작정을 하고 분풀이했는데도 들끓던 마음이 가라앉지 않았다. 갑자기 눈물이 핑 돌고 벌판에 홀로 남겨진 기분이었다.

'어쩌란 말인가.'

이른 낮이었다. 온종일 먹는 타령으로 지새우는 시아버지와의 입씨름이 지겨워 단팥빵과 뻥튀기 과자를 머리맡에 내놓았다.

'어쩌면 설사를 하지 않고 그냥 통과할지도 몰라.'

시아버지가 즐겨 드시는 부추 부침까지 곁들여 내놓았다.

"그래, 우리 딸내미 기특하구나. 너밖에 없어."

시아버지의 입이 함박만큼 벌어졌다. 기분이 좋을 때는 어눌한 말투로 '딸'이라고 불렀다. 점심상을 치운 뒤 마당에서 빨래를 하고 있는데 애원조로 부르짖는 소리가 문틈을 비집고 나왔다.

"아가, 아가야"

방으로 달려갔다. 투두득 푹 푹, 다리 사이에서 쏟아지고 있었다. 그날따라 산똥 냄새가 머리를 강타했다. 한꺼번에 밀려나오는 대변을 항문 괄약근이 감당할 수 없었고, 참을 사이가 없었나 보았다. 욕심껏 먹은 음식을 위가 감당하기에 벅차서 내보내기로 작정한 것 같았다. 소화가 덜된 음식물은 배 속에서 트러블을 일으키며 몇 배로 불어나서 팽창해 있었다.

이것이 시작이었다.

그녀의 몫은 몹쓸 년이라는 욕설과 함께 날마다, 하루에도 몇 번씩 이렇게 배설물을 떠안는 일이었다. 눈은 냄새보다 더 빠르게 반응했다. 코를 찌르는 악취와 울컥 올라오는 구역질. 눈물이 찔끔거렸다. 시도 때도 없이 세탁물이 차고 넘쳤다. 고무장갑도 없이 맨손으로 배설물을 치웠다. 1975년, 그때는 고무장갑이 있는 줄도 몰랐다. 오물이 손에서 미끈거렸다. 손톱 사이에 배어든 냄새를 닦고, 또 닦아도 그대로 남아 있었다. 빨랫비누로 닦아내도 구린내가 없어지지 않았다.

시아버지는 중풍으로 쓰러진 후 잘 되지 않는 발음으로 작은며느리인 그녀에게 말했다.

"에미야, 날 좀 살려다오. 부처님을 살찌우거나 마르게 하는 일은 석수장이의 재량이다. 그러니 석수장이인 네가 나를 돌봐서 살찌우고 낫게 해다오."

이렇게 시아버지는 그녀의 몫이 되었다.

목욕

여자는 반쪽을 못 쓰는 시아버지를 불편한 쪽이 눌리지 않도록 조심스레 돌아 눕히고 얼마가 지나면 반대로 눕혔다. 그렇지 않으면 몸에 욕창이 생길 수 있었고 무엇보다 시아버지가 괴로워했기 때문이었다.

누워 있는 시아버지에게 밥을 먹이는 것도 쉬운 일이 아니었다. 처음엔 미음을 묽게 쑤어서 숟가락으로 떠먹였는데 입 밖으로 흘리거나 삼키지를 못했다. 그래서 숟가락 대신에 플라스틱 빨대를 사용하기로 했다. 빨대를 입에 물리고 미음을 먹게 했더니 효과가 있었다. 그러나 곧 문제가 발생했다. 사레가 들려 재채기를 하거나 목에 걸릴 때가 종종 있었다. 그러다가 음식물이 목에 걸려서 숨을 쉬지 못하는 일이 발생했다. 이런 일이 생기리라고는 미처 예기치 못했다. 등을 두드려도 목에 걸린 음식물이 입 밖으로 나오지 않았다. 이런 일을 겪으면서 시간이 흐르자 노하우가 생겼던 것이다.

시아버지를 목욕시키는 일은 더 큰일이었다. 개인 주택인데 화장실이 바깥마당에 있었다. 문턱을 넘고 마루를 지나야 했다. 업고서 화장실까지 간다는 건 애초부터 불가능했다. 누워 있던 자리에 비닐을 밑에 깔아놓고 본격적인 작업을 시작했다. 우선 대야에 물을 떠다놓고 입고 있는 옷을 벗겨야 했다. 헐렁한 윗옷의 고름을 풀어 한 팔을 꺼낸 다음, 등 뒤로 옷을 젖혀 목 뒤로 넘겨놓고 다른 팔을 빼냈다. 먼저 머리부터 감기고 얼굴을 씻겨서 수건으로 닦았다. 그런 다음 물수건에 비누칠을 해서 팔뚝에서 겨드랑이로 올라가며 문지르고 손가락 사이를 문지른 다음, 다시 같은 동작을 반복했다. 부끄러워할 부분은 이불 홑청으로 가리고 눈을 감은 채 문질렀다. 시아버지의 자존심을 건드리지 않고 닦아주는 기술도 터득했다. 커다란 타월을 들고 예민한 부분 근처에 대고 문지르면 되었다.

목욕을 마치면 자리에 앉혀놓고 바리캉으로 머리를 깎고 면도를 했다. 치아가 몇 개 남지 않아 움푹 들어간 입 주위는 조심하지 않으면 베이기 쉬웠다. 턱수염은 밀기가 어려우므로 한 손으로 입술을 밀어 올려야 했다. 시아버지는 기분이 좋은지 어릴 적 고향에서 함께 놀던 친구 이야기를 자꾸 꺼냈다.

"아버님, 그냥 암말 하지 마세요. 그러다 베이면 어떡해요."

냉정하게 말할 수밖에 없었다.

면도를 끝내면 마지막으로 손톱과 발톱을 깎았다. 손톱은 두꺼웠으며 발톱은 나무 등걸처럼 더께가 져서 물에 불려도 손톱깎이로는 쉽게 깎이지 않았다. 그래서 작은 칼로 밀어내야 했다. 대야 밑에는 발에서 떨어진 허연 살비듬이 그득해서 발톱을 깎을 때마다 속이 울렁거렸다. 때로는 일이 크게 벌어지기도 했다. 간지럽다고 발버둥치는 바람에 발 닦은 물을 엎지를 때가 있었다. 그럴 때면 물이 방바닥에 넘치고 깔아놓은 요를 흠씬 적시기도 했다. 요 밑에 있는 비닐을 새로 깔고 이부자리 정리를 끝내자면 아침 일찍 서둘러도 점심시간이 지나야 겨우 숨을 쉴 수 있었다.

어느 날 시장에 다녀오느라 잠시 집을 비웠다가 돌아오니 요 밑에 깔아놓은 비닐이 방 모퉁이에 널브러져 있었다. 반신불수인 시아버지가 몸부림을 치며 한쪽 팔로 비닐을 빼버린 것이다. 요 밑에 깔린 비닐이 싫다는 표시였다.

물론 보람도 있었다. 몸을 깨끗하게 씻기고, 하얀 면바지와 윗저고리를 입히고, 요 밑에 비닐을 깔고, 이부자리를 정리하면 대충 끝이 났다. 힘이 하나도 없었지만 후련했다. 자신의 손길로 다듬어진 '시아버지 부처'가 보기 좋았다. 양볼이 발그레하고 편안해 보였다. 그것은 다른 무엇과도 비교할 수 없는 즐거움이었다. 이마의 땀을 팔뚝으로 문지르며 여자는 이제야 제대로 '돌'을 다듬게 된 자신이 대견했다. 예쁘게 돌을 깎아 부처님을 만든 것이다.

"동서는 전문 간병인처럼 잘하네."

큰동서가 감탄스럽다는 표정으로 옆에서 탄성을 질렀다. 그녀는 시아버지를 거들려는 척하려다 그만두기 일쑤였다. 시어머니는 웅얼거리기만 했다.

"딸도 하기 어려운데……."

그때 자부심을 느꼈고, 그 찬사를 믿고 싶었다. 그러고 보니 시아버지도 칭찬인지 뭔지 모르지만 그의 밑을 닦을 때 어색해하며 말했었다.

"넌, 며느리지만 딸이야."

겨울이 끝나고 봄이 오자 시아버지 병세는 눈에 띄게 호전되었다. 옆에서 거들면 걷기 운동도 가능할 정도였다. 실내에서 할 수 있는 운동이 무엇일까, 생각하다 창문틀에 못을 박아 노끈을 꽈서 매달았다. 시아버지는 창문에 걸린 줄을 잡고 서서 블록 담장에 피어오른 장미에게 말을 건네곤 했다.

"너는 해마다 피어나 좋겠다!"

말하자면 행복한 봄날이라고 할 수 있었다.

회복의 기미가 보이자 담배를 피우고 싶어 했다. 여자가 담뱃불을 붙여 입에 물리면 얼굴이 환해졌다. 그러던 어느 날 시아버지가 혼자 있을 때 문제가 생겼다. 불편한 팔로 담뱃불을 붙이려다 불을 낼 뻔한 일이 발생했던 것이다. 이후 모질게 담배를 치워버렸다.

"에미야, 담배 한 대만 피우면 안 되겠니?"

애원하는 시아버지 말에 못들은 척했다.

"못된 년!"

처음 결혼할 당시만 해도 시부모는 여자의 삶을 쥐고 흔들 수 있는 막강한 권력을 가진 사람들이었다. 그런데 이제는 반대로 그녀가 그들의 건강과 생명을 움켜쥔 보호자, 아니 권력자가 된 셈이었다.

병문안을 온 시아버지 친구들이나 친척 어른들이 가져오는 처방은 날로 새로워지고 종류도 다양했다. 유명하다는 한의원, 침술원, 민간요법 등이 심신을 고달프게 했다.

어느 날 시이모의 아들 내외가 병문안을 오면서 '찹쌀떡'을 해 갖고 왔다. 누워 계시면 소화 능력이 떨어질 수 있는데 찹쌀은 소화가 잘 된다고 했다. 이 말을 듣자 시아버지 눈이 반짝했다. 찹쌀떡을 어디에 감추어둘까 걱정이 앞섰다. 간식으로 조금씩 줘야 하는데 떡을 보았으니 틀림없이 마구 먹으려고 할 것이었다. 다음 날 오후 시장에 다녀와서 간식을 준비하려고 숨겨둔 찹쌀떡을 찾아보니 비어 있었다. 급히 방으로 달려갔다. 시아버지가 눈을 까뒤집고 버둥거리고 있었다. 여자는 순간 생각했다. '이대로 놔둘까? 이대로 있으면 모든 것이 끝난다.' 잠시 그 자리에 서 있었다. '며느리 삶을 송두리째 앗아간 시아버지, 온 집안을 악취로 떡칠해놓은 음울함의 근원인 그가 없어진다면 자유로울 것이다. 독약을 잘못 간수해서 저지른 과실치사도 아니고, 집에 없었다고 하면 그만이다. 먹고 싶은 것을 먹고 죽으면 행복할까. 시아버지 스스로 운명殞命을 자초한 것이고, 나는 못 본 체하면 된다. 그렇다면 완전범죄다. 하지만 미필적 고의, 양심이라는 형벌이 있지 않은가.' 여자는 자신의 내면에도 살인의 DNA가 숨어 있다는 사실에 놀랐고, 그런 자신에게 전율했다.

"지금 너 무슨 생각을 하는 거냐?"

친정엄마의 부릅뜬 눈이 여자의 뒷덜미를 잡아채는 것 같았다. 그 순간이 몇 분, 아니 몇 초가 지났는지 몰랐다. 찰나刹那였을 것이다.

정신을 차리고 부엌에서 물을 한 컵 들고 달려갔다. 목에 걸린 '찹쌀떡' 때문에 시아버지는 물을 넘기지 못했다. 입 속에서 떡을 후벼내고 등을 두들긴 끝에 겨우 숨을 텄다. 대문을 열어놓은 채 언덕 아래 약국으로 뛰었다. 바람이 휙휙 지나갔다. 다리가 자꾸만 후들후들 떨렸다.

지난여름의 일이 생각났다. 생명을 끊어놓는 일이 얼마나 크고 무서운지 그때 알았다. 친정에 다니러 갔을 때, 친정엄마가 닭을 발목만 묶어서 보자기에 싸주었다. 미리 잡아가지고 가면 상할지 모르니, 시어른에게 몸보신을 시켜드리라고 준 것이었다. 그 닭을 본 시아버지는 활짝 웃으며 기대에 차 있었다. 그 눈길을 보고 남편이 퇴근할 때까지 그냥 기다릴 수 없었다. 어렸을 때 어른들이 닭을 잡는 것을 보았다. 너무나 쉬워 보였다. 해낼 수 있을 것 같아 도전했다. 닭 모가지를 잡고, 있는 힘을 다해 비틀었다. 우두둑, 소리가 났다. 그래도 쉽게 죽지 않았다. 발로 밟아도 여전히 날갯죽지를 퍼덕였다. 이러지도 저러지도 못했다. 울 수도 없었다. 다시 이를 물고 비틀린 목을 밟았다. 시간이 얼마나 흘렀는지 몰랐다. 이윽고 움직임이 멈췄다. 한숨이 나왔다. 끔찍해서 진저리를 쳤다. 그러나 며칠간은 시아버지의 고기 타령을 없앨 수 있어 다행이었다.

지갑

좁은 공간에 지어진 개인 주택은 이 집 저 집 음식 냄새가 담을 넘어 돌아다녔다. 안개처럼 눈에 보이지 않게 주위에 스며들었다. 음식 냄새를 맡은 시아버지는, "날 굶겨 죽일 작정이냐?"며 지팡이로 방문을 두들겼다. 맛있는 것은 저희끼리만 먹는다고 화를 냈다.

'찹쌀떡 사건'으로 그렇게 혼이 나고도 날마다 매시간, 배고파 죽겠다며 먹는 타령이었다. 시아버지의 위장, 뱃구레는 남들보다 몇 개는 더 있는 것 같았다. 밥 한 공기, 무나물, 김 몇 장, 곰국만으로도 허리가 휘어졌다. 어쩌다 곰국이 떨어져 된장국을 올리면 화난 시아버지 목소리가 등 뒤에서 들려왔다.

"내가 소냐? 풀만 먹으라니!"

밥상을 밀치며 시아버지는 고기 타령만 했다. 오직 고기만 먹으면 금방이라도 일어설 수 있으리란 일념이 시아버지 머리를 꽉 채우고 있는 것 같았다. 남편의 빈약한 월급봉투로는 아이의 학비와 시아버지 병간호에 드는 비용을 충당하기에 턱없이 모자랐다. 장조림, 곰탕, 불고기를 시아버지 밥상에만 번갈아 올려도 보름만 지나면 월급봉투가 바닥났다. 그냥 있을 수가 없어서 계란이나 값싼 홀떼기짐승의 힘줄이나 근육 사이에 박힌 고기로 대체하곤 했다.

"고기는 지들만 먹고 나는 힘줄이나 기름덩어리만 주는구나."

시아버지 한탄에 일일이 거론할 필요는 없었다. 어쩌겠는가, 월급으로 모자라는데. 더 이상 변명의 여지가 없었다.

무거운 돌덩이를 깎고 있지만 시아버지인 돌부처는 끊임없이 땀을 요구했다. 몸이 부자유스러운 시아버지를 위해 온종일 밥상을 차리고, 청소하고, 늘어진 몸을 부축해 변기에 앉히고, 일을 마친 후에 뒤 닦아주고…… 일일이 여자의 손이 필요했다.

'내 인생이 이게 뭐지?' 언제 끝날지 모른다는 절망감이 온몸을 감싸고 있었다. 이렇게 사는 것이 삶이라고 생각하니 도망칠 수만 있다면 그렇게 하고 싶었다.

"무엇이 그리 재밌어 웃고들 있나? 나는 이렇게 아픈데."

어쩌다 아이들과 웃기라도 하면 시아버지는 웃는 것을 가지고 시비를 걸었다. 웃을 일도 없지만 마음대로 웃지도 못했다. 환자가 있는 집에는 공기도 우울했다.

'아무리 생각해도 이건 잘못된 일이다. 언제까지라는 한계도 없고 결승점도 없이 무한 질주만 해야 하니. 날마다 바래고, 삭아 비틀어질 삶……. 몇 달 또는 몇 년, 끝날 때를 미리 알 수 있다면 30년이라도 기꺼이 수고할 각오가 되어 있지만 이건……'

미래는 기약이 없고 불투명했다. 여자에게 맡겨진 최대 의무는 시아버지가 부처님처럼 만족스러운 미소와 함께 걸을 수 있게 하는 일이었다. 그러나 그녀의 손이 약손도 아니고, '석수장이' 손은 더더욱 아니었다. 그래도 처음에는 남편의 격려가 피로회복제 역할을 했다. 하지만 차츰 그 격려도 벗어날 수 없는 짐으로 느껴졌다. 되도록 '즐거운 마음'으로 해야 한다는 좌우명, 자기최면도 효력을 잃어갔다. 돌부처를 예쁘게 다듬으려 해도, 예쁜 부처는 고사하고 여위어만 갔다. 쇠약해지는 부처님을 보면서 힘이 부쳤다. 처음부터 순탄할 것이라 예상하지는 않았지만 이렇게 고된 일이라고는 미처 몰랐다. 남편이 알아주면 그것으로 만족하리라 생각했다. 그러나 모두들 그 힘든 하루하루를 선심 쓰듯 자신에게 맡겨놓고는, 피곤에 지쳐 쓰러져도 '젊으니까, 앞길이 많으니까, 그러니 괜찮아'라고 여기며 아무도 여자를 돌보지 않았다.

시아버지는 혼잣말로 신세 한탄을 했다.

"엄니! 내가 어쩌다가 이 꼴이 되었을꼬? 아이고, 엄니! 어딨어?"

그럴 때면 시아버지가 측은했다. 어느 누군들 자신의 말년에 수족을 못 쓰고 누워 있게 될 줄 알았을까. 여자는 명치 밑이 아려왔다. 그러나 연민도 잠시, 같은 일이 반복되다 보니 측은한 마음도 희미해지고 귀찮기만 했다.

시아버지는 '민이 에미'라는 말 대신에 '엄마야!' 하고 여자를 불렀다. 모성애를 자극해서 효도를 끌어내려고 하는구나, 하는 터무니없이 못된 생각도 들었다. 물론 시아버지는 그렇게 교활한 사람은 아니었다. 다만 아기처럼 끊임없이 며느리인 여자 손에 매달려 있으려고 했을 뿐이었다.

여자는 우울증과 불면증에 시달렸다. 짜증이 늘면서 남편의 귀가 시간은 점점 늦어져 갔다. 늦게 들어온 남편은 여자가 뭐라고 하기도 전에 고리눈을 치떴다.

"얼마나 사시겠어? 참아야지."

"그런 말이 아니잖아요. 모두들 내 손에만 의지하려드니까, 당신은 말로라도 좀 거들어달라는 거죠."

"집에 있는 사람이 해야지 어쩌겠어?"

밖에서 일하는 사람더러 아버지를 보살피는 일까지 해야 하느냐며 오히려 불만이었다.

여자는 심하게 몸살을 앓았다. 차가운 비가 내리는 어두운 날이었다. 얼굴엔 홍역을 앓는 아기처럼 붉은 점이 돋아났다. 그즈음 좀처럼 잠이 오지 않았다. 병원에서는 스트레스가 원인이라며 약을 주었다. 약의 효과도 잠시뿐이었다. 남편은 아직 돌아오지 않았다. 겨우 저녁상을 차려놓고 쓰러졌다. 여자가 아들을 시켜 들고 들어가게 한 밥상을 받은 시아버지가 '에미는?' 하고 눈으로 물었다.

"할아버지, 엄마가 아파요!"

아들이 말했다.

"아이고, 우리 에미가 아프니 어떻게 해!"

시아버지는 태산이 꺼지도록 한숨을 내쉬며 걱정했다.

해열제를 먹고 겨우 정신을 차린 여자가 밥상을 가지러 들어갔을 때 시아버지가 앉으라는 손짓을 하더니 천천히 이불 밑에서 낡은 지갑을 꺼냈다. 그러곤 어눌한 말로 더듬거리며 병원에 가 보라고 돈을 꺼내주었다. 시아버지의 지갑은 특별했다. 한 번 들어가면 나올 줄 모르는, 한 번도 열리지 않던 지갑이었다. "돈이 힘이야!" 하며 절대로 열지 않았던 것이다.

여자는 가슴이 뭉클했다. 자신의 몸살에 시아버지가 그렇게 가슴 아파할 줄은 몰랐다. 눈물이 핑 돌았다.

"아니 괜찮아요."

"……."

시아버지가 돈을 쥐어주었다.

"아니 괜찮아요."

그리 말하면서도 여자는 그 돈을 받아쥐었다. 시아버지의 염려가 본인 자신을 위해서건 아니건 그건 문제가 되지 않았다. 자신을 돌볼 사람이 필요했다 하더라도 며느리 건강을 진정으로 염려했던 것이다.

죽음

고기만 먹으면 당신의 병이 나을 것으로 알던 시아버지였다. 추석이었다. 불고기를 커다란 접시에 담아 밥상에 올렸다. 반가워할 줄 알았는데 한 귀퉁이를 헐었을 뿐 절반도 못 비웠다. 여자는 깜짝 놀랐다.

"아버님, 왜 이렇게 조금만 드세요?"

"글쎄. 더 먹을 수가 없구나."

오죽했으면 그 좋아하던 불고기를 남겼을까. 그때부터 시아버지의 병은 점점 깊어져갔다. 차츰 식사는 죽에서 미음으로, 미음에서 물로 이어지다가 마침내 곡기를 끊었다. 그리고 곡기를 끊은 지 일주일 만에 세상과 이별했다. 추석인 음력 8월 15일부터 음력 1월 13일까지 다섯 달을 버티다 맞이한 죽음이었다. 병든 시아버지를 보살핀 지 3년이 조금 지났을 때였다.

자칭 효자 아들들은 아버지의 죽음 앞에 의례적인 슬픔도 접은 채 장례 절차며 알릴 사람 명단 찾기에 분주했다. 아주 이성적으로 행동했으며 때로는 팔짱을 낀 구경꾼 같은 방관자적 입장을 취했다. 큰아들 내외는 물론이고 효자 아들인 양 행동하던 남편까지도 홀가분한 얼굴이었다.

여자는 장례식 내내 가슴속에서 터져 나오는 울음을 멈출 수 없었다. 안타까웠고, 그 정도만 살 줄 알았다면 좀 더 잘 해드릴 것을, 하는 후회가 앞섰다. 아마도 저들은 여자가 죄책감 때문에 그러리라 생각했을지도 몰랐다.

기어코 큰동서가 옆에서 한마디 했다.

"울기만 하면 제일이야? 새삼스럽게 효부인 척하지 말지."

아주 대놓고 비아냥거렸다. 여자는 아랫입술을 앙다물고 흐르는 눈물을 훔쳐냈다. 시아버지가 부르는 소리가 들리는 듯했다.

"나 배고파!"

"에미야! 나 어떻게 해?"

그동안 시아버지가 부를 때마다 가슴이 덜컥 내려앉았었다. 꼭 일을 저질러놓고 불렀던 것이다. 여자는 자신을 되돌아봤다. 힘이 들어 못 살겠다고 몸부림쳤던 시간들이, 말막음으로만 잘하는 시늉했던 모습들이, 귀찮아서 대충 보살피는 척만 했던 위선들이 여자를 덮쳤다. 반성하고 또 반성했지만, 시아버지에 대한 연민과 그동안 불평했던 죄책감에서 벗어나지 못했다.

시장으로 향하는 삼거리에 친구 혜자가 살고 있었다. 그곳은 여자의 유일한 쉼터였다. 점심상을 차려놓고 틈을 이용해 시장을 보고 나서 돌아오는 길에 잠깐씩 혜자네 집에 들렀다가 올 때가 있었다. 혜자에게 시집살이의 어려움을 풀어내고 나면 마치 폐암 환자가 산소를 공급받은 것처럼 숨통이 트였다.

어느 날 낮에 시장에 들러서 남편이 좋아하는 병어와 갈치를 사들고 혜자네 집에 들렀다가 오후 4시쯤 집에 돌아왔다. 시아버지가 돌아가시고 한 달이 지났을 무렵이었다. 남편이 회사에서 일하다 말고 점퍼 차림으로 뛰어와서 소리를 질렀다.

"아침에 나갔다가 저녁에 들어오는 사람이 낮에 무슨 일이 있었는지 어떻게 알겠어? 적어도 부모에게 효도는 못해도 배를 곯게 해서는 안 되는 거잖아?"

무슨 소린가 했더니, 예전에 있었던 일을 들먹거리는 거였다. 그날 낮에 시아버지가 점심을 먹고 난 뒤 시장에 들렀다가 혜자네 집에 잠깐 들렀었다. 마침 혜자가 점심을 먹고 있었고, 점심을 안 먹었으면 조금만 먹고 가라고 붙들어서 점심을 먹고 돌아왔었다. 아마도 그때 큰동서가 집에 다녀갔던 모양이었다. 시아버지는 아침 식사 후 낮 12시 전에 일찍 점심을 드리면 좋아했다. 시아버지가 점심 먹은 것을 잊어버리고 며느리가 밥을 안 주고 나갔다고 했을 테고, 큰동서가 자기 남편에게 일렀나 보았다. 대충 상황이 그랬다. 그리고 그걸 형이 동생에게 말했던 거고. "너 없을 때 아버지를 굶겼대." 그 말을 들은 남편이 급히 택시를 타고 집에 왔던 것이고, 분에 못 이겨 구두를 벗어던지고 급히 마루로 올라서서는 손가락으로 여자를 가리키며 소리를 질러댔던 것이다.

"당신……"

남편은 말을 못하고 부들부들 떨며 더듬기까지 했다.

"아버지에게 점심도 안 드리고 돌아다녔다는 거 다 알아."

입술이 실룩거렸고 얼굴의 힘줄이 보일 정도로 흥분해 있었다.

"적어도 효도는 못할지언정 부모를 굶기는 일은 있을 수 없는 거 아냐?"

"밥을 안 드렸다고? 내가? 누가 그래?"

"다 알고 왔어."

"도대체 무슨 얘기하는지 모르겠네. 그럼 내가 아버님과 함께 한방에서 자면서 지낼 때 당신들은 뭐 했는데? 왜 당신도 같이 자봤으면, 그러면 감시가 되었겠네?"

"당신 책임져.

"뭘? 뭘 책임져? 굶겨 죽인 책임? 그래 책임진다, 어쩔래?"

"형에게 다 들었어. 당신이 아버지를 굶겼다고."

3미터도 안 되는 마루를 사이에 두고 안방과 건넌방이 있었다. 그럼에도 불구하고 여자는 안방에서 시아버지와 함께 기거했었다. 남편 말에 숨이 막힐 정도로 어이가 없었다. 남편에게 소리를 지르고 싶었으나 말이 나오지 않았다. 목이 잠겨 숨을 쉴 수가 없었다. 입 안엔 침이 말랐다. 갑자기 혀가 굳어갔다. 그릇에 냉수를 담아놓고 밤새 숟가락으로 혀를 녹여내 겨우 숨을 쉬었다.

남편과 큰동서 내외, 그들이 공모해서 여자를 고통의 구렁텅이로 밀어 넣고 이제 와서 저희들은 효부가 되고 여자를 천하의 불효막심한 나쁜 년으로 몰고 있었다. 이렇게까지 비겁해도 되는가 싶었다. 시집 식구들에게 이용만 당했다고 생각하니 너무 억울해서 울 기운도 없었다. 그때의 정황을 설명해도 남편은 듣지 않았다. 생각만으로도 화가 났는지 씩씩거리다가 휙 바람 소리를 내며 밖으로 나가버렸다. '효자 아들'만 존재했고, 의무를 다하려고 노력한 여자는 몹쓸 며느리가 되어 있었다.

'저들은 지금껏 내가 지고 있는 짐의 무게를 알기나 할까? 나를 얼마나 부려먹어야 만족할까? 무거운 짐을 나 혼자 지게 해놓고 이제 와서 잘못했느니 나쁘다느니 할 수 있는가? 내가 지금 고통받고 있는 만성 소화불량, 불면증, 우울증을 그들은 알기나 할까? 그들은 내 불평을 귓전으로 넘겼고 어떻게 하든 굴러가는 시간만 견디던 사람들 아니었나.'

여자는 3년이 넘는 긴 시간을 누워서 불평만 하는 중풍 걸린 시아버지와 씨름하며 견뎌냈다. 지치고 슬펐다. 시아버지의 와병 기간 3년은 여자에겐 30년에 해당하는 긴 시간이었다. 사랑이란 아픈 '향기'를 품고 산 시간이었다. 비록 불평도 하고 짜증도 내고 했지만 그건 인간이기 때문이었다. 병든 시아버지와 함께 있는 그 힘든 시간, 불평은 잠깐 잠깐 나올 수밖에 없는 인간의 소리였던 것이다.

그 고통의 세월은 태어나서 처음으로 누군가에게 진정으로 필요한 사람이 된 시간이었다. 사랑은 아름답기만 한 것은 아니다. 서로 부대끼는 사이에 생긴 미운 정은 고운 정보다 훨씬 더 질긴 감정이다.

시아버지가 그리웠다. 좀 더 잘 해드릴 것을……. 시아버지 얼굴을 떠올리면서 마음을 가라앉혔다. 그동안 자신이 '돌부처'를 깎아온 것이 아니라 시아버지가 '나'라는 돌을 다듬어 왔는지 모른다고 여자는 생각했다. 주는 사랑. 물론 원해서 한 건 아니었지만 하늘이 그녀에게 사랑을 실천할 수 있는 기회를 준 셈이었다. 3년 동안의 삶, 절망이라 여겼던 시아버지와 함께한 삶은 고통을 넘은 은총의 시간이었다.

여자는 앞으로의 삶을 생각했다. 이제부터 자기 자신을 깎는 '석수장이'가 되리라 마음먹었다. 있는 그대로, 현재 이 순간을 감사하게 받아들이리라 다짐했다.

"아버님, 당신은 아시죠? 미움보다는 연민이…… 그리고 사랑이 더 컸음을……."

시아버지를 추모하며 고개를 들자 하늘이 보였다. 솜털 구름이 떠 있는 하늘은 그 어느 때보다 아름다웠다.

황금빛 환상

시아버지가 투병하는 동안 지옥을 경험했다고 해도 과언이 아니었다. 행복했던 기억은 아예 없었고, 늘 가슴이 답답했다. 공기가 희박한 곳에 있는 것처럼 숨을 헐떡이기 일쑤였다.

언젠가 큰아들네에 가 있던 시어머니가 시아버지를 보러왔을 때 일이 터졌다. 시어머니가 아픈 시아버지를 돕는답시고 거들다가 함께 넘어진 것이다. 그 일로 시어머니는 허리를 다쳤고 큰동서는 작은아들 집에서 다쳤으니 다 나아서 오라는 고집을 부렸다. 안방이라고 해도 좁은 방에서 두 노인이 서로 아프다고 아우성이었다. 양쪽에서 이구동성으로 아프다고 단말마의 비명을 질러댔다.

시어머니를 데리고 병원에 갔으나 의사는 별 치료약이 없다며 약을 주고는 그냥 가라고 했다. 노환이고 아주 허리가 부러진 것은 아니라고 했다. 집으로 돌아온 시어머니는 당신이 아는 민간요법을 주문했다. 시장에서 사온 대파에다 식초를 넣고 찧어서 허리에 붙이는 일이었다. 방 안은 물론이고 집 안 전체가 파와 식초 냄새로 그득했다. 속이 터질 것 같았다.

당시 여자는 30대 초반인데도 얼굴에 기미와 발진이 생겼고 목울대가 아파서 침을 잘 삼키지도 못했다. 목울대는 겉으로도 통증이 튀어나오는지 손을 댈 수 없을 정도로 아팠다. 어쨌든 중풍 걸린 시아버지가 돌아가실 시간을 알았다면 덜 귀찮아했을 것이다.

단테는《신곡》에서 지옥문 입구는 모든 희망을 버리는 곳이라고 했다. 여자도 희망은 버릴 수 있었다. 하지만 몸이 아프고 괴로운 것은 더 이상 참을 수 없었다. 이곳에 영원히 갇힌다고 상상만 해도 지옥보다 더 끔찍했다. 지옥은 생명 그 이후의 일이었다. 차라리 죽는 것이 나을 것 같았다.

단테의《신곡》에는 지옥에도 못 가는 인간 군상群像이 나온다. 육체가 없어도 영혼은 지옥과 연옥을 간다. 그곳에서 받는 고통은 육체적인 의미도 있지만 육체적인 성격을 지닌 영혼들의 고통을 언급한다. 지옥에도 못 갈 인간이란, 존재마저도 있을 수 없는 무존재다. 'Nothing!' 이는 세상에 없는 존재를 말한다.

여자는 지옥보다 더 무서운, 완전히 사라질 것을 원했다. 지옥에 영원히 갇힌다는 것은 언젠가 생명이 아니라도 연옥이나 구원의 기미가 주어진다는 의미였다. 그 지옥도 사양하고 싶었다. 영원히 무존재이고 싶었다. 아무것도 아닌 무존재, Nothing이 편할 것 같았다.

친정엄마는 그래도 부모인데 참으라고 말했다. 그래도 혈육인데 어쩔 수 없지 않느냐고 말했다. 그래도, 그래도, 그래도……를 끊임없이 말했다. '그래도' 때문에 희생을 강요받고 스스로 받아들이면서 지내왔다.

시아버지의 죽음 때문에 며느리로서 최선을 다하지 못한 자신을 책망하면서 울었다. 애절하게 우는 여자에게 큰동서는 비아냥거리기만 했다. 모두 제 설움에 운다고. 만약 딸도 고모들도 없는 처지에 우는 사람이 없었다면 상갓집 체면이 말이 아니었을 것이다. 장례식 사흘 내내 한 사람도 우는 소리가 없다면 이상하게 보였을 것이고, 아무도 울지 않는다면 상갓집에 대해 의문이 생겼을 것이다. 그렇지 않아도 작은아들네 집에서 장례를 치르는 것을 두고 큰아들은 데려온 자식이라는 추측들을 했다.

어떻게 된 인간들인지 시어머니는 물론 시아주버니와 동서 그리고 남편까지 여자에게 수고했다는 말 한마디 하지 않았다. 자신들의 남편, 아버지를 온전히 맡겨두고선.

시아주버니가 다가와 기껏 한다는 소리가 이랬다.

"제수씨, 너무 슬퍼하지 마세요. 어머니가 계시잖아요."

여자는 어처구니가 없었다. '이게 무슨 말인가? 그들의 어머니를 나한테 또 맡기겠단 말인가.' 그때 알았다. 사람은 착하기만 하면 손해라는 사실을. 친부모처럼 열심히 돌봤지만 돌아오는 것은 또다시 시어머니라는 난공불락의 돌덩이를 떠맡으라는 말이었다.

형제뿐인 시댁은 시아버지는 중풍이 들었고, 시어머니는 노환으로 눈이 보이지 않았다. 두 사람을 함께 돌보는 것이 무리여서 각각 한 분씩 맡았다. 그래서 함께 있던 시어머니가 큰아들네에

가 있었던 것이다. 후에 생각해보니 잘한 일이 아니었다. 미우니 고우니 해도 두 사람은 부부이고 사랑하는 사이였다. 그런데도 자식들이 편의상 갈라놓았으니 못할 짓을 한 셈이었다.

그러던 일이 시아버지가 돌아가시자 또 큰동서 부부는 시어머니를 작은며느리인 여자에게 떠넘기려 한 것이다. 불평을 해야 신도 인간도 알아듣는가 보았다.

'너무 잘 하면 안 된다.'

결국 그동안 수고했다고 말하면 시어머니가 자신들 차지가 될까 봐 겁났기 때문이었다. 인간은 참으로 모질고 악한 것 같았다. 중국의 순자荀子가 주장한 성악설性惡說이 맞는 것 같았다.

여자가 남편에게 말했다.

"아버님은 그래도 우리를 그리 오래 고생시키지 않았어. 하지만……"

여자의 겸손 어린 말이 끝나기도 전에 남편이 대답했다.

"그럼, 그랬지. 우리 아버진 그렇게 많이 고생시키지 않았지."

미련스러운 건지 뻔뻔한 건지 알 수가 없었다.

'이런! 네가 인간이냐? 내가 한 말에 망설임도 없이 맞장구를 치게!' 여자는 남편이 "당신, 수고가 많았지?"라고 말할 줄 알았다. 뜻밖의 말에 여자는 어안이 벙벙해졌다. 모자라는 건지 제 손으로 안 해봐서 쉽다고 생각한 건지 이해가 되지 않았다.

'멍청이 같은 놈, 그걸 말이라고 하니!'

자신을 낳아준 부모를 손가락 하나 까딱하지 않고 앉아서 피의 흐름도 하나 없는 아내에게 떠맡겨놓고도 아무렇지 않게 지내는 비양심적인 모습에 치가 떨렸다. 남자들이란 아무리 여자들 말의 행간을 읽지 못하도록 태어났다지만 평소 조금이라도 아내가 자신의 부모에게 헌신하는 모습을 보았으면 그렇게 반응한다는 것은 있을 수 없는 일이었다. 이건 강도보다 더 나쁜 놈이었다. 타인의 수고를 갚지 않고 날로 떼어먹는 파렴치한이었다.

여자가 원하는 대답은 단순했다.

"3년은 길지. 당신이 그동안 수고했어."

예상은 빗나갔고 미련퉁이 남편이 옆에서 다행이라는 듯한 표정으로 서 있었다. 저런 미련퉁이와 함께 살아갈 앞날이 새삼 걱정되었다. '저 미련퉁이가 내 인생이란 말이지? 남은 내 인생을 어떡하지?' 포기하자고 다짐했어도 튀어나오는 분노는 어쩔 수 없었다. 그도 자신의 아버지에 대한 부담감이 컸을 거라고 억지로라도 이해해보려고 노력했지만 이건 아니었다. '인간이 이리도 염치가 없단 말인가! 중풍 환자인 시아버지를 3년 동안이나 혼자 돌봐온 나에게 고생했으니 좀 쉬어야 한다고 말하는 사람이 한 명도 없다니! 수고해보지 않아서 모르는 것인가? 으레 며느리가 해야 하는 일이라서?' 지금껏 착하게 잘 했으니 또 하란 말이었다. 착한 사람은 계속 희생해도 되는, 그러니까 아무런 생각도 없는 존재인 줄 아는 모양이었다.

친정엄마가 사돈인 시아버지 방을 치우면서 계속 구역질을 했다. 그리고 여자를 안쓰럽게 쳐다보며 말했다.

"우리 딸이 애를 많이 썼구나."

너무 착하게 살지 마라

너무 착하게 살지 마라. 지나치게 지혜롭게 살 것도 없다. 그러다가 망할 이유가 어디 있는가? 때가 있을 것이다. 착한 사람은 착하게 살다가 망하는데 나쁜 사람은 못되게 살면서도 고이 늙어가더구나. 그러니 너무 착하게 살지 마라. 지나치게 지혜롭게 굴 것도 없다. 그러다가 망할 이유가 어디 있는가? 그렇다고 너무 악하게 살지도 마라. 어리석게 굴 것도 없다. 그러다가 망할 이유가 어디 있는가?

〈전도서 7장 15~17절〉

착하게 살려고 해서 착하게 산 것은 아니었다. 탈출구가 없어 착할 수밖에 없었던 것이다. 누구든 자신의 권리를 찾고 싶어 한다. 그런데 근사한 말로 달리 표현하자면, 자아실현이나 자급자족할 힘이 없어서 착함이라는 굴레를 쓰고 견뎌낸 것이다.

성경에는 온갖 진리가 다 들어 있었다. 전도서에 있는 '너무 착하게 살지 마라'는 말에 공감했다. 불평하지 않고 말을 잘 들으면 궂은일을 또 맡으라고 하는 일이 생겼다. 그들은 여자가 힘들지 않은 줄 알거나 적성에 맞는다고 생각했다.

전도서에서 착하게 살지 말라는 뜻은 자신을 희생하지 말라고 여자에게 하는 말인 것 같았다. 착하게 살면 그것으로 그만이고, 희생이라고 해놓고 그 이상 불평도 하지 말라는 충고가 아닐까 싶었다.

그 후 여자의 큰동서는 시어머니를 모셔가라고 압력을 넣었다. 몸은 큰아들 집에 있어도 마음은 온통 작은아들 생각뿐이라는 것이 그 이유였다. 자신은 그렇게 위하는 부모라면 단칸 셋방이라도 모실 것이라고 했다. 작은아들인 남편만 사랑한다는 명목으로 시어머니를 또 여자의 차지가 되게 하려는 것이었다.

여자도 시어머니는 달갑지 않은 존재였다. 여자는 한 번도 시어머니의 사랑을 받아본 적이 없었다. 그냥 남편의 어머니일 뿐이었다. 예전에 큰아들보다 작은아들을 더 사랑했든 미워했든 그것은 며느리인 여자와는 상관이 없는 일이었다. 아들만을 사랑했던 부모 은혜를 왜 며느리가 갚아야 하는지 여자는 이해할 수 없었다. 사랑으로 키운 아들과 결혼한 죄를 며느리한테 묻는 건가? 도무지 알 수가 없었다.

큰며느리에게서 눈엣가시 취급을 받아도 시어머니는 그곳에 계셨다. 작은아들네 집에 가면 주변에 친구가 없었기 때문이었다. 큰아들네 집은 시어머니 성당 친구들이 가까이에 있어서 시간을 보내기에 편했다.

큰일을 치르고 쉴 사이도 없이 또다시 남편에게 문제가 생겼다. 그동안 병든 시아버지에게 신경을 쓰느라 남편에게 관심을 갖지 못했던 것이다. 그랬더니 잠복해 있던 병이 다시 도졌다. 입맛이 없다고 했고 컨디션이 시원치 않았다. 이번에는 눈에 다래끼까지 생겼다. 며칠이 지나자 얼굴에 염증이 생기고 눈과 코, 귀로 그리고 입 주위로 번져나갔다. 그것도 처음엔 조그맣게 났다가 사라지는 것이 아니라 눈에서 시작된 염증이 귀밑까지, 코에서 얼굴 전체로 번져가더니 입 안으로까지 번졌다. 염증이 끊이지 않았다. 병원에 가서 항생제 치료를 받고 수술을 해서 염증을 가라앉히면 며칠 후에 또 다른 곳에서 불쑥 종기가 나타났다. 그러더니 급기야 황달이 생겼다. 민간요법에 의지하던 중 덕수궁 근처에 있는 원자력병원을 찾았다. 그때 담낭에 이상이 있다고 했다. 담낭 검사를 일주일 앞두고 여러 가지 복잡한 검사를 받았다.

검사 결과를 보러 가던 날 여자는 하느님께 기도했다.

"저 사람을 살려주십시오. 그렇게만 된다면 다른 여자를 사랑한다고 해도 용서하겠습니다."

그런 약속을 한 건, 남편이 다른 여자를 사랑하는 걸 보는 게 최고의 고통이라고 생각하기 때문이었다. 여자 딴에는 가장 어렵고 힘든 일을 견뎌내야 하는 약속을 해야 살려주실 것 같았다. 주제넘게 신이 요구한 것도 아닌 일을 스스로 결정해서 약속한 것이다. 그때는 남편이 다른 여자를 사랑한다는 것이 얼마만큼의 괴로움인지 몰랐다. 단순한 생각에 큰 고통이라는 것만 알고 신께 약속을 한 것이다.

시청 앞에서 마음을 졸이며 걸어서 원자력병원에 도착했다. 다행히도 남편은 크게 이상이 없다는 진단이 나왔다. 앞으로 간을 잘 돌봐야 한다는 전문의 소견만이 붙어 있었다.

그 후 여자는 남편의 간을 보호하기 위해 최선을 다했다. 뾰루지 같은 염증이 생기면 급히 간장 보호제를 챙겼다. 달콤한 음식을 좋아하는 남편에게 먹지 말라고 늘 잔소리를 했다. 그리고 모든 것을 챙겼다. 밖에 나가서 활동하는 남편을 일일이 쫓아다니면서 점심 식사를 챙기는 일까지는 할 수 없었지만.

남편을 무심코 내버려두었다가는 더 큰일이 벌어질 것 같았다.

4부

폭풍

사랑은 지독한 혼란

신세계

여자가 한강이 바라다 보이는 단독 주택으로 이사를 온 것은 시아버지의 병구완에서 벗어나 3년이 지난 후였다. 집은 부부의 삶뿐 아니라 노력이 합쳐진 공간이자 두 사람의 인생 그 자체이며 부부가 힘들여 쌓아올린 보람이었다. 앞으로 평화를 묻어야 할 안식처이기도 했다.

아침마다 사무실로 출근하는 남편은 안방에 걸린 거울을 들여다보면서 머리를 깔끔하게 뒤로 빗어 넘겼다. 여자는 그런 그의 옆에서 넥타이를 골라주면서 꾸물거리지 말고 대강하라고 잔소리했다. 하지만 그것은 국이 식어버릴까 봐 걱정하는 사랑의 표현이었다. 창문에선 아침 햇살이 방 안으로 쏟아져 들어왔다. 아침상을 앞에 두고 신문을 보는 게 남편의 취미라면 취미였다. 밥상머리에 앉은 여자는 반찬을 집어 밥에 얹어주며 빨리 먹으라고 재촉했다. 남편은 밥을 먹으면서도 동업하는 사장 이야기나 새로 시작할 사업 이야기를 들려줬다. 때로는 세상 돌아가는 이야기도 했다. 화제는 다양했다. 여자는 그런 사소함이 주는 평화를 즐겼다. 그가 즐거워하면 그녀도 행복했다. 그 역시 그녀가 즐거워하면 행복해했다. 사랑을 준다거나 받는다는 개념 자체가 필요 없었다. 헌신이 아니라 자신의 수고가 가족을 행복하게 한다면 그건 자신의 것이고 남편 것이라 믿었다.

스스로 생각할 때 두 아이의 엄마이지만 여전히 매력적이라는 사실도 여자를 기분 좋게 만들었다. 물론 부부라도 언제나 같은 각도에서 볼 수는 없었다. 각자의 욕망, 기분, 즐거움이 다를 수밖에 없다는 것도 알았다.

애초 여자가 남편 안문혁과 결혼한 것이 탈출이었든 도피였든 그것은 문제가 되지 않았다. 주어진 운명을 받아들였고 최선을 다했다. 그녀도 한때 사랑에 대한 환상을 품고 있었던 적이 있었다. 온몸이 감전되는 것 같은 전율, 사방이 어두워지고 오직 그 한 사람에게서 빛이 발산하는 것 같은 그런 사랑을 꿈꾸었다. 그 사람과 촛불이 켜진 카페에서 마주 앉아 와인으로 건배를 하고 느긋한 밤을 갖고 싶었다. 각자 낮에 있었던 일, 사랑에 대한 관점, 함께 있는 것으로 시간과 공간을 잊게 하는 꿈을 이야기하고 싶었다. 멋진 사람들이 살고 있는 신세계를 늘 꿈꾸어왔고 언젠가는 그곳에 도착하리라는 믿음을 갖고 있었다.

그런데 이제야 그곳에 도착했다는 느낌이 들었고, 마침내 꿈이 이루어졌음에 감사했다. 매일 아침 자신의 손길이 닿은 단정한 차림새로 출근하는 남편을 보면 흐뭇했다. 그를 배웅하러 대문 밖까지 따라 나가서 손을 흔들고, 골목길을 돌아 보이지 않을 때까지 지켜보았다. 낮에는 남편을 기다렸고 저녁에는 밥상 앞에 마주앉아 하루 일과를 서로 이야기했다. 행복한 나날이었다. 남편이 가져다줄 환상의 세계에 빠져 서슴없는 열정을 온몸으로 표하기도 했다.

결혼 15주년 기념일 때였다. 점심 식사 후 사무실에 있는 남편에게서 전화가 걸려왔다.

"당신 저녁 7시에 회사 근처에서 전화해."

"알았어요."

전화를 받은 여자는 기뻤고, 그것만으로도 흐뭇했다. 그동안 변변히 해준 것이 없고 시부모님 모시는 일 등으로 수고했다면서 호텔에 초대한 것이다. 저녁 7시에 두 사람은 만났고 함께 H호텔 일식당으로 들어섰다. 가슴이 부풀어 올랐다. 대나무 실내 정원, 은은한 갓등 조명, 깨끗한 테이블도 마음에 들었다. 계산이 많이 나올까 봐 신경이 쓰여서 걱정스러운 얼굴로 남편을 쳐다보았다. 그는 걱정 말라는 듯 예약석을 가리켰고 이 정도는 즐겨도 된다며 그녀를 의자에 앉혔다. 느긋한 자세로 그의 얼굴을 한참 들여다보았다. 새삼 그가 참 잘생겨 보였다. 미리 준비해둔 정식이 나왔고, 따끈한 정종도 유리컵에 담겨져 나왔다.

"불만 있으면 말해봐! 오늘은 그동안 당신이 가졌던 불만을 다 풀어주려고 해."

남편은 그렇게 말하고는 부드러운 눈길로 여자를 바라보았다. 그런데 그토록 많았던 불만이 떠오르지 않았다. 투덜거렸던 일들을 잠시 생각해보았다. 친구와 어울리기 좋아하는 남편이 연락도 없이 밤을 새고 다음 날 집에 들어왔을 때 화를 냈고, 아무렇게나 마루에 던져놓은 양말을 찾지 못할 때 불평했고, 뒤집힌 짝짝이 양말을 접으면서 잔소리했고, 밥상을 차려놓고 빨리 먹지 않으면 따뜻할 때 먹으라고 투덜댔다. 그녀가 불평한 것들은 대개 그러한 사소한 것들이었지만, 그런데도 아무것도 떠오르지 않았다. 그때 그 당시 그렇게 불평했던 것들이 아무렇지도 않았다. 그 순간의 행복이 그런 불만을 잠시 잊게 했는지도 모르지만 어쨌든 아무것도 떠오르지 않았다.

"아이들은 어떻게 하죠?"

"당신이나 많이 먹어. 그 애들은 앞으로 우리보다 더 즐기고 살 날이 많아."

남편은 여자의 얼굴을 빤히 들여다보며 "당신 건강이 최고야!" 했다. 그러고는 "재산 목록 1호는 당신, 박수희 여사!"라고 목소리를 높였다. 둘이서 건배를 했고 정종 두 잔을 마셨다. 남편은 술을 좋아하지 않기에 그의 잔도 그녀가 마셨다. 잠시 진공 상태에 놓인 기분이었다. 두 사람은 별것 아닌 우스갯말에도 자꾸 웃음이 나왔고, 그 웃음에 행복해했고, 서로의 얼굴을 보며 현실의 경계가 사라짐을 보았다. 남편의 말이 귓가에 들려왔다. "행복이란 어떤 불만도 없는 상태야. 상대방이 투정을 부려도 사랑스럽게 보이는 거라고."

그때였다.

"잠깐, 생각났어! 당신에게 할 말이 있어."

혀가 잔뜩 꼬부라진 소리로 여자가 소리쳤다.

"너! 아니, 당신 나쁜 놈이야. 툭하면 내 말을 잘라 먹고, 화나면 말 안 하는 거…… 그거 최고로 나쁜 거야. 알았어?"

그런 여자를 남편은 싫어하지 않았다. 처음 보는 것처럼 멍하니 바라보다가 잠시 후 그런 그녀가 귀엽다는 듯 웃음을 터뜨리고는 그녀의 손을 꽉 잡았다.

여자는 기고만장했다. 큰 소리로 하고 싶은 말을 했다. 옆을 지나가던 손님들이 힐끔거리며 돌아보았지만 아랑곳하지 않았다. 남편은 손가락 하나를 그녀의 입술에 대고 주위를 돌아보았다.

"알았어, 알아. 그런데 좀 조용히! 쉿, 조용히. 나도 알아."

취중이었지만 소란으로 주변을 불편하게 만드는 건 여자가 원하는 바는 아니었다. 그녀도 입술에 손을 대고 남편 흉내를 냈다.

집으로 돌아오는 길, 비틀거리는 여자의 팔을 붙들고 똑바로 걷게 하면서 남편은 주위를 살폈다. 사람들이 아내를 이상한 여자라고 오해할까 봐서였다. 남편이 택시를 잡으려고 이리저리 둘러보며 손을 흔드는 동안 그녀는 남편 팔을 붙들고 "창피하게 해서 미안하다!"고 소리쳤다. 그리고 그녀의 소리치는 말은 계속되었다.

"미쳤어! 네가 마시라고 했잖아!"

가로수를 붙들고 소리쳤고, 남편의 등짝을 후려갈기며 소리쳤다. 택시를 타고 집에 돌아올 때까지 여자는 술에 취해 있었다. 그리고 소리침은 계속되었다.

"내가 당신을 얼마나 사랑하는지 알지? 나쁜 놈, 너 그것 모르면 진짜 나쁜 놈이야. 아, 상쾌해!"

다음 날 아침 여자는 창문을 열고 푸른 하늘을 보았다. 행복하고 상큼했다. 노란색 니스를 칠한 원목 마루 위에 발자국이 새겨져 있었다. 밤새 식구들이 찍어놓은 것이다. 그 마루를 거울처럼 반짝거리게 만드는 일은 그녀의 몫이었다. 마루를 닦으면서 행복했다. 저녁이 되면 속속 집으로 돌아와 또 발자국을 찍을 마루를 내려다보며 뿌듯해했다. 이것은 사실 이 집으로 이사 온 이후 하루도 거르지 않고 하는 그녀의 행복한 일상이었다.

그러면서 여자는 앞으로 더 많이 행복해질 거라는 예감에 빠져들었다. "어떤 상태가 행복한 순간인가?" 누군가 이렇게 묻는다면 "지금 이런 순간, 별다른 감정이 없어도 그냥 평온한 상태, 부부간 걸림이 없이 아이들 이야기를 할 수 있는 이 집!"이라고 대답하고 싶었다. 그러고는 웃으면서 한마디 덧붙이고 싶었다.

"자, 이제부터 나의 시간, 나의 공간이야!"

맏딸 증후군

어쩌면 팔자란 스스로 타고나는 거 아닐까 싶다. 그놈의 몹쓸 '맏딸 증후군'이 여자의 일생을 따라다닌 걸 보면.

행복한 숨을 좀 쉬는가 싶었는데 숨 돌릴 사이도 없이 이번에는 친정 식구들이 집으로 몰려왔다. 시골 사람들은 서울에 비빌 언덕만 있으면 모두 빌붙어 살려고 했다. 여자의 친정 식구들도 마찬가지였다. 친척 집에라도 얹혀살고 싶은 마당에 큰딸인 여자네 집이 서울에 있으니 당연한 일로 여겼다.

여자는 동생들을 자기 자신처럼 챙겼다. 그들의 앞날을 생각했고 자신이 그 처지였다고 해도 그렇게 했을 것 같았기 때문이었다. 시골에 있으면 취직도 어렵고 농사짓는 일 이외에 다른 희망이 없었다. 대학 입시에 붙었는데도 있을 곳이 없어 포기한 일도 떠올랐다.

남동생은 서울에 있는 대학에 합격을 해서 여자네 집에서 학교 다니는 것이 어쩌면 당연했고, 밑의 여동생은 서울에 와서 직장에 다니다가 결혼을 시키기로 했다. 아버지가 안 계셨으므로 친정엄마는 비빌 언덕이라고는 큰딸밖에 없다고 생각했다. 그렇지만 굳이 따지자면 꼭 여자가 떠맡을 이유는 없었다. 다 큰 동생들인데 굶어죽을 일도 아니었다. 그러나 어떻게 하든 좀 더 나은 삶을 살도록 도와주고 싶었다. '맏딸 증후군' 때문이었다. 큰딸로서의 의무감에 동생들을 돌봐야 한다는 짐을 스스로 짊어졌다. 시아버지가 돌아가시고 큰 집으로 이사를 하게 된 것도 한몫을 했다.

그즈음 남편은 형님과 사업을 같이하다가 의견이 맞지 않아 서로 충돌하는 일이 잦아서 불가피하게 새로 회사를 만든 상태였다. 새로운 경리 직원이 필요했는데 고등학교를 졸업하고 서울에 취직하려고 올라온 여자의 막내 여동생, 그러니까 막내 처제를 채용하기로 결정했다. 이렇게 한집에서 친정 식구 모두와 살게 되었다.

막내 여동생 다미는 귀엽고 천진했다. 순수해서 누구도 미워할 줄 몰랐다. 다미는 처음부터 회사에 적응을 잘했다. 작은 구멍가게 수준에서 출발한 회사 또한 매출이 급증했다. 회사에서 늘 웃음으로 손님을 맞이했고, 한 번 다녀가거나 전화를 받은 사람의 음성을 기억해두었다가 친절하게 안부를 묻곤 했다. 존재 그 자체로 주위 사람들을 즐겁게 만들었다. 회사 직원들도 다미와 더불어 한마음이 되었고 회사는 활력이 넘쳐났다.

다미는 성심껏 남편을 도왔고 회사 일도 자기 일처럼 성의껏 해냈다. 주변에서는 경리 아가씨를 보려고 손님이 온다는 소문이 생길 정도였다. 다미는 여자 입장에서도 필요한 존재였다. 회사에서 일어나는 정보를 알리는 창구였고, 친정엄마를 도우며 여자의 짐을 덜어주었다.

친절하게 손님을 대하는 다미를 본 사람들이 말했다.

"나도 저런 처제가 있었으면 좋겠어."

예쁘고 싹싹하기까지 해서 남편 친구들도 입만 열면 남편을 부러워했다. 그때마다 남편은 어깨를 으쓱하며 능청을 떨었다.

"누가 데려갈진 모르지만 복 많은 놈일 거야."

그러면서 좋은 신랑감 있으면 중신이나 좀 하라고 했다.

날마다 남편은 일찍 일어나 부산스럽게 출근 준비를 했다. 다미와 함께 출근하려고 허둥대면서 거울을 들여다보는 그의 얼굴이 환했다. 행여 다미가 먼저 나설까 봐 밥을 먹다가도 급히 일어나곤 했다. 사장과 나란히 출근하는 것을 다른 직원이 보면 좋지 않다고 충고했지만, 그는 여자의 말을 듣지 않았다. 현관문 열리는 소리가 들리면 행여 놓칠까 봐 화들짝 일어나면서 소리를 질렀다.

"처제, 같이 가!"

"저 먼저 갈게요. 형부, 천천히 오세요."

다미가 나갔는지 대문 닫히는 소리가 들렸다. 남편이 허둥대며 황급히 뛰쳐나갔다. 다미와 날마다 데이트하는 기분으로 출퇴근하는 그는 눈에 생기가 돌고 젊은 피를 수혈한 것처럼 하루하루 놀랍도록 젊어졌다. 또 사업이 잘 풀려서인지 자신감도 넘쳐흘렀다.

좋은 점이 있으면 나쁜 점도 있는 법이라고 했던가. 시간이 흐르자 다미로 인해 문제가 생기기 시작했다. 남편과 다미 사이가 친족 관계를 넘어선 경지까지 가고 있다는 느낌이 들었다. 동안인 남편은 날마다 더 젊어지는 것 같았고 여자는 점점 더 피폐해져 가는 것 같았다. 남편의 얼굴에선 전에 없이 광채가 났다. 처제인 다미를 향해 사랑스런 눈빛을 보냈고, 상대적으로 가족을 대하는 그의 태도는 지루해 보였다.

처음 시작한 사업이라 자본금이 적어서 남편은 늘 절약해야 한다고 말했다. 그에게 가족은 돈 먹는 하마였다. 끝없이 쇠붙이를 먹어치우는 불가사리와도 같았다. 돈을 먹어 치우는 존재들, 학비와 생활비를 지불해야 하는 군상들이었다. 적은 자본금으로 출발했던 터라 사업상도 어려움이 많았다. 월말이 되면 직원들 월급 주기도 빠듯했다. 회사엔 늘 돈이 모자랐다. 남편과 생활비 협상을 했다. 그는 여자에게 생활에 필요한 돈을 적어내라고 했다. 통신비, 아이들 학비는 그가 부담할 테니 생활에 꼭 필요한 것만 요구하라는 것이었다. 사실 주식비가 차지하는 비율은 아주 낮았다. 엥겔계수만으로 살 수 있는 것도 아니었다. 주식비에 부식비를 넉넉히 잡아도 숫자로는 계산이 안 되는 부분이 생겼다. 생활비는 줄줄이 새나가는 하수구 같았다. 늘려 잡아도 이상하게 모자랐다.

친정 식구들을 다 데려다놓은 마당에 생활비까지 더 달라는 말을 차마 꺼내기 어려웠다. 여자네 식구는 아들, 딸 합쳐서 4명이었다. 그런데 친정 식구는 여동생 둘에 남동생 그리고 친정엄마까지 올라오면 4명이니 온 가족이 사위에게 들러붙어 사는 셈이었다.

로션 하나를 사는 것도 힘이 들었다. 그것도 외상으로 들여놓으면 한 달이면 외상값을 갚기도 전에 빈병이 되었다. 친정엄마를 빼더라도 얼굴이 일곱이었다. 동생들이 휴지를 펙펙 꺼내 쓰는 것을 보면 간이 오그라들곤 했다. 그래서 아침마다 한 장 이상 쓰지 말라고 잔소리를 해야 했다. 과일도 여자네 가족만 있으면 사흘을 먹을 수 있는 양이 한 끼면 끝이 났다. 한꺼번에 몰려온 친정 식구 때문에 빈곤층으로 전락했다. 그녀는 혼자 짊어진 짐을 누구에게 원망할 수도 없는 처지였다. 길거리에 내팽개쳐진 거지가 된 느낌이었다.

회사에서 기여도가 높아지고 형부의 눈길이 부드러워지자 다미는 기세가 등등해졌다. 형부가 자신을 아끼는 것을 알고 있기 때문이었다. 시간이 지나면서 권력의 추가 다미에게 기울어졌다. 주객이 전도된 것이다. 어느 겨를에 여자는 '갑'이라는 권력을 차지한 여동생 다미와 남편의 눈치를 보는 상황이 되었다.

적은 생활비로 열심히 살고 있는 여자는 허탈했다. 주부로서 식생활을 책임지려 해도 하루하루 견디기가 힘들었다. 서서히 '을'의 입장으로 추락해갔다.

갑자기 소설《롤리타》를 읽은 기억이 났다. 1955년 프랑스 파리에서 출판되어 화제가 되었으나 다음 해 판매 금지가 되고, 1958년 미국에서 재발간되어 베스트셀러가 된 러시아 망명 작가 블라디미르 나보코프의 작품이었다. 롤리타는 의붓아버지인 험버트가 자신을 사랑한다는 사실을 알고 터무니없는 조건을 요구한다. 사랑할 때 '갑을' 관계는 누구일까. 많이 사랑하는 사람이 약자가 된다. 험버트는 약자다. 어린 소녀 롤리타는 주도권을 가지고 그를 애태운다. 일부러 냉정하게 대하다가 살짝 허점을 내비쳐서 혹시 가능할지도 모른다는 희망이라는 고문도 할 줄 아는 줄다리기의 명수다. 금지된 사랑에 목을 매는 험버트는 어린 롤리타에게 농락당하면서 자신의 욕망이 만들어낸 목줄에 끌려 다니다가 비참한 최후를 맞는다. 인정하기 싫지만 사랑이란 많이 사랑하는 자가 '을'이다. 여유가 있고 적게 사랑하는 자가 승자의 세계다. 결국 해결의 열쇠는 어린 롤리타에게 있었다.

남편은 여자와 아이들만 보면 늘 화를 냈다.

'자기들끼리 낄낄대고 좋아하면 됐지, 왜 누가 뭐라 하지도 않았는데 화를 내는 건 무슨 심보래. 나쁜 놈 같으니!' 여자에겐 잔소리한다고 빗긴 눈으로 보고 아이들에겐 학교 성적이 떨어졌다고 화를 냈다. 반면에 회사에 기여하고 있는 다미에겐 꼼짝달싹 못했다. 지금으로서는 속수무책이었다. 다미가 회사에서 없어서는 안 된다는데 무슨 말이 필요하겠는가. 결국 먹고사는 일이 우선이므로 참아야 했다.

언젠가 여자가 남편 앞에서 한국 남자들을 성토한 적이 있었다. 한국 남자들의 사고가 자신들 위주라는 것은 일찍부터 알고 있었지만 가족제도에도 문제가 있음을 알게 된 것이다. 남자들 사이에선 예쁜 처제는 유혹해도 된다는 농담이 난무했다. 처제를 사랑하지 못하면 바보라고 하는 말들을 남편 주변 친구들에게서 들은 적도 있었다. 사실 아내를 닮고 매일 보는 친숙한 처제는 남자들의 로망이 될 수도 있었다. 시숙, 그러니까 남편의 형은 어려운 관계로 쳐다보지도 못하면서 처가의 처제는 언제고 사랑할 수 있는 가벼운 존재로 여기고 있었던 것이다.

"이 사람아! 그런 말이 어딨어. 그건 파렴치한 인간들이 저지르는 짓이고 대부분의 남자들은 그렇지 않아. 그런 놈들은 처제뿐 아니라 모든 여성에게 나쁜 생각을 갖고 있는 놈들이야."

"지금 당신이 그러고 있잖아요." 이렇게 큰 소리로 말하고 싶은 걸 속으로만 중얼거리고 참았다. 더 이상 자신이 비참해지기 싫어서였다. 그런데 속으로 말한 걸 들었다는 듯이 남편이 소리쳤다.

"당신 지금 뭐라고 했어? 당신은 나를 그렇게 못 믿어?"

"암말도 안 했어요……."

"당신, 저질 아냐?"

남편은 여자에게 화를 내면서 단호하게 고개를 가로저었다.

사업상이라는 명목으로 술집이나 직업여성과 한두 번 자고 다니는 것은 충분히 이해할 수 있었다. 일시적인 일탈이니 직업여성과의 관계에는 신경 쓰지 않아도 된다고 생각했다. 곧 돌아올 테니까. 그리고 그런 것은 모르면 그만이었다. 딴살림을 차렸어도 모르고 지나면 어쩔 도리가 없다고 생각했다. 마음이 괴롭지는 않을 테니. 하지만 어린 처제를 마음에 품고 정신적인 사랑을 하는 남편을 받아들이기는 힘들었다. 그러나 구체적으로 아무 증거도 없을 뿐 아니라 본인이 아무 사이도 아니라는데 어쩔 수 없는 노릇이었다. 그러나 눈앞에서 사랑의 불꽃을 발산하는 광경을 보기란 지옥이 따로 없는 일이었다. 이제 좀 허리를 펴고 살게 되었나 싶은 순간 예상치 못한 복병이 닥친 것이다.

여자는 괴로움에 못 이겨 본당 신부를 찾아가 고해성사를 청했다. 상대의 입장을 생각해보라고 했다. '윗사람으로서 동생을 사랑해서 참고 기도하라고? 빌어먹을 하느님! 참을 수 있다면 왜 매달리고 있는데. 해결할 수 없으니 하는 말이지. 동생의 입장에서 생각해보면 된다고? 그건 나도 알고 있어. 무슨 그런 무책임한 말이 다 있어!' 여자가 믿고 매달리는 하느님은 위로가 되지 않았다. 화를 돋울 뿐이었다. 고해성사를 해도 도움이 되지 않았다. 한 인간이 이렇게 애를 쓰고 있는데 믿고 매달리는 신은 어디서 무엇을 하고 있는지 행방이 묘연했다.

'빌어먹을 하느님! 어디서 뭘 하고 있기에 내 소리가 안 들리느냐고요.' 이 고통이 지나갈 때가 있기는 할까? 아니 영원할 것 같았다. 회사가 필요로 할 때까지 끝나지 않을 것 같았다. '어떤 고통도 곧 지나간다고 믿으라고? 조금만 참으라고? 그 조금이 언제인데? 언젠가 끝날 때가 있으니 기다리라고? 설마 죽기 전엔 끝나겠지. 그렇게 믿으라고? 그런 잔인하고 무책임한 말은 신이 아니라도 누구나 할 수 있는 얘기 아냐. 신이란 존재, 당신처럼 육신이 존재하지 않고 정신이나 성령만 있다면 나도 평화를 찾을 수 있어. 존재하지도 않으면서 착하게 살 수도 없게 만들어놓고 진리라는 말로 입을 틀어막겠다니. 마음의 평화를 어떻게 찾아야 되는데? 천국에 갈 수 있다고? 그런 사탕발림이 언제까지 통할 것이라고 인간에게 강요하는가. 인간의 마음을 이용해서 착하게 살라고 하다니. 그런 신을 어떻게 믿으란 말인가. 착하게 살라고 하는 게 더 나빠. 가당치도 않고 지킬 수도 없는 용서란 말은 어디서 나왔는데? 착하고 싶은 인간의 마음을 내세워 비겁한 요구를 하는 존재! 신이 있다면 다 거짓이야. 그런 신은 영원히 물러가도 돼!'

여자는 괴로움에 흥분해 있었다.

불안정한 세계

여자는 남편에 대한 전문가인 동시에 매니저였다. 그의 외모까지 담당하는 것은 당연했다. 아침마다 남편이 세수를 하고 나면 안방 큰 거울 앞의 의자에 앉혀놓고 드라이기로 머리 손질을 해주곤 했다.

"여보. 나, 미장원을 하면 잘 할 것 같아."

"어련하시겠어?"

"머리를 만져보면 딱 알 수 있어요. 어디를 살리고 죽일지. 들어간 곳은 코드를 세워 말아서 살려 볼륨을 주어야 하거든."

2:8 가르마를 타고, 가르마 부분을 롤로 세워서 드라이를 하고, 그 위에 스프레이를 살짝 뿌리면 하루 정도는 흩어지지 않고 그대로 버텼다. 반듯한 이마가 드러나면서 단아해 보였다. 남편의 단정한 모습을 보면 기분이 좋았다. 잘 가꾸어 회사로 출근시킬 땐 그가 '또 다른 나'라고 믿었다. 남편은 늦게 출근해도 되었다. 다미가 오기 전에는 남편과 아침상을 물리고 앉아 커피를 마시면

서 신문을 보는 조용한 시간을 만끽했었다. 아이들이 일찍 학교에 가고 나면 둘이서 신문에 난 기사에 대해 이야기를 주고받기도 했었다. 참 행복한 시간이었다.

그런데 다미가 집에 오고부터 모든 게 변해버렸다. 남편은 다미를 따라가려고 부랴부랴 출근을 서둘렀다. 아침밥도 제대로 먹지 못하고 부리나케 뒤쫓아 나갔다. 이유는 간단했다. 같은 회사로 출근하는데 쓸데없이 다미 혼자 버스를 타게 하는 것이 낭비라는 거였다. 맞는 말이긴 했지만 다미와 같이 일찍 출근하는 남편을 보면 서운했다. 여자는 대문 밖에서 늘 하던 대로 잘 다녀오라고 인사를 했다. 그러면 남편과 다미는 뒤돌아보며 손을 한 번 흔들어 보이고는 급히 사라졌다.

'남편과 여동생, 그들은 마음을 다해 서로 사랑하는 사이다. 용서 못해!' 이렇게 생각하면서도 어쩔 도리는 없었다. 온 세상 전부라고 생각하며 가꾸고 사랑한 남편을 잃어버린 것이다. 전에는 사근사근하지는 않더라도 여자의 말에 즉각 반응하는 남편이었다. 그런데 요즘 그는 여자만 보면 할 말이 사라지는지 무표정했다. 그냥 돌덩이처럼 말없이 앉아 있다가 나갈 뿐이었다. 다미가 없으면 웃지도 않았다.

어느 날 아침, 여자의 불편한 심기를 눈치챘는지 퉁명스럽게 남편이 물었다.

"도대체 불만이 뭐야?"

대꾸가 없자 휙 돌아보며 다시 물었다.

"당신이 원하는 것이 뭐야? 말해봐."

말하기도 구차스러웠지만 여자는 용기를 냈다.

"당신이 다미와 같이 출근하고, 집에 돌아와서도 장부 정리만 하고, 그러는 당신을 보면 남편을 잃어버린 것 같아서……"

"당신 제정신이야? 지금 그런 생각할 때야? 쓸데없이."

"아침 출근만이라도 나중에 하면 안 돼요?"

남편은 그러겠다고 대답했다.

다미와 함께 출근하지 못한 남편은 무표정으로 방 안에 주저앉아 있었다. 마치 끈 떨어진 연처럼 보였다. 아침마다 생기가 돌던 얼굴은 우울로 뒤덮였고 어깨는 축 처져 있었다. 여자에게 한마디 말도 건네지 않았다. 눈길도 주려고 하지 않았다. 아침마다 쾌활하게 웃던 모습도 사라졌다. 허리를 구부린 채 손목시계를 보며 시간만 재는 그는 마치 출발 신호가 떨어지기를 기다리며 일분일초를 카운트하는 달리기 선수 같았다. 억지로 10분쯤 옆에 잡아 앉혀 봐도 소용이 없었다. 그런 얼굴은 보는 이로 하여금 부아만 치밀게 했다. 짜증스럽고 침통한 얼굴……. 차라리 빨리 출근시켜 버리는 편이 나았다. 공연히 부질없는 짓으로 남편 불만만 가중시킬 뿐이었다. 이틀도 지나지 않아 여자는 포기하고 말았다.

아침 햇살을 받으며 신문을 보던 남편, 아침 밥상에 앉아 얘기하고 출근하던 남편이 그리웠다. 남편을 대문 밖에 나가서 배웅을 하던 날이 그리웠다. 그때는 무엇이든 자신의 것이었고, 상쾌한 아침 풍경이 있었고, 빛나는 하루가 있었다. 그 아침을 다시 찾고 싶다는 소망을 품으며 창가에 다가서서 정원에 내리는 빗줄기를 바라보며 눈물을 닦아냈다.

바람이 거세지는지 창문이 흔들거리고 빗줄기가 점점 굵어지고 있었다. 남편에게 다미의 존재가 점점 커지고 있음을 느끼기 시작하고부터 여자의 존재는 작아졌다. 보이지 않는 힘에 의해 여자는 그림자로 물러나 있었다. 여자는 가슴이 아렸다.

행복은 물이나 공기 같은 속성을 지니고 있다는 걸 알게 되었다. 익숙해져 있어서 체감하지 못하다가 결핍을 느낀 후에야 그 사실을 깨닫게 되는……. 아이들이 100점짜리 시험지를 들고 왔을 때 기뻤고, 새집을 샀을 때 행복했다. 그들의 스위트홈은 이제부터 시작이라 여겼고 희망에 부풀었다. 하지만 마음놓고 행복하다고 느낄 사이도 없이 행복은 살짝 들어왔다가 어느새 도망가버렸다.

남편은 여자의 행복을 손에 쥔, 그러니까 그의 행동이나 말 하나하나에 여자의 행불행이 걸려 있는, 여자의 삶 자체였다. 그동안 튼튼하게 구축했다고 믿은 집은 거푸집이었다. 여자는 아무것도 할 수 없는 자신을 내려다봤다. '언제부터? 왜? 누가? 나의 자리를 무너뜨렸지? 이제 어떻게 해야 하지?' 막막했다. 20년 아래인 여동생과 자신을 비교하고 의식한다는 발상 자체가 유치한 일이고 어처구니가 없음을 잘 알았다. 하지만 청순한 아름다움도 시간과 장소, 그리고 누구와 비교되느냐에 따라 그 역할이 변하기 마련이었다. 다미의 선함도 때에 따라선 악이 될 수 있었다. 너무 예쁜 것도, 그 존재 자체로 독이고 죄가 되었다.

'순하게 생긴 여자와 매혹적인 여자가 비교된다면, 그것은 덜 매혹적인 사람에겐 독이 된다. 못생긴 여자는 자기보다 예쁜 여자의 광채를 쫓아가려 하고, 매혹적인 여자는 못생긴 여자를 배경으로 해서 두드러져 보이고 싶어 한다. 인간의 삶 곳곳에 포진한 힘에는 경제와 욕망이 도사리고 있다. 인간의 삶에 가장 기본적인 뼈대는 욕망이다. 그 욕망은 정확하게 권력을 지향하기 마련이다. 자신에게 매혹적으로 다가오는 것, 자신의 생존에 필수불가결한 것, 자신에게 욕망을 불러일으키는 것, 그것이 곧 권력이다. 거기에는 미모, 경제력, 지식, 재미도 포함된다. 그리고 그 권력은 성적 충동까지 유발한다. 그런 권력은 누가 정해주는 것도 아니지만 자연적으로 순위가 결정된다. 지금으로서는 기득권이 있는 나에게 힘이 남아 있는지, 매혹적인 여자 다미가 힘이 있는지 아무도 모른다. 하지만 곧 순서는 정해질 것이다.'

여자는 괴로움을 속으로 삼켰다.

고향에 있는 친정엄마가 모처럼 서울에 올라온 건 한 달 후였다. 다미까지 맡겨두었으니 신경이 쓰였던 모양이었다. 여자의 아들 승민과 딸 지혜는 새벽에 도시락을 챙겨들고 학교로 떠났고, 남은 식구들과 친정엄마가 식탁에 둘러앉았다. 식탁 모서리에 앉아 숟가락을 들면서 친정엄마가 남편에게 말했다.

"요즘 사업은 어떤가? 다미를 맡겨놓고, 미안하네."

"장모님, 걱정 마세요. 처제가 잘해요."

여자는 밥을 조금 떠서 입에 넣고 젓가락으로 김치를 집었다. 끝부분이 칼질이 덜 되어 있어서 김치 줄기가 길게 올라왔다. 손으로 찢으려다 남편이 교양이 없다고 할 것 같아 그냥 입으로 가져갔다. 김치가 짜서 급히 밥을 입에 넣었다. 모두들 눈을 커다랗게 뜨고 우물거리는 그녀의 입을 쳐다보고 있었다. 남편의 어이없는 표정과 그녀의 시선이 맞닥뜨렸다. '그렇게 많이 먹으니 살이 찌지' 하는 표정이었다. 남편은 자고로 여자는 날씬해야 한다며 살을 빼라고 한 적이 있었다. 자신이 봐도 너무 미련해 보였다. 그런데도 살을 뺄 수가 없었다. 살찌는 체질이어서 마음대로 되지 않았다. 숭늉을 가져오려고 일어서는데 소리가 들려왔다.

"처제는 너무 말랐어."

"아이, 무슨 말씀이세요."

남편은 앞에 놓인 굴비 접시를 다미 앞으로 밀어 놓았다. 그러고는 눈치채지 못하게 식탁 아래 있는 발을 앞으로 내밀어 다미 발을 슬며시 건드렸다. 순간 여자는 얼굴이 화끈 달아올라서 얼굴을 돌렸다. 식구들 앞에서 대놓고 다미에게 먹으라고 말하기엔 곤란했던 모양이다. 평소 남편에게 맛있는 것을 먹이고 여자는 남은 뼈만 발라먹었기에 다리가 후들거렸다. '그렇게 안타까우면 데리고 다니면서 많이 먹여. 누군 먹을 줄 몰라서 못 먹는 줄 알아? 네놈 먹으라고 그런 거지. 사람 입은 마찬가지야.' 같이 먹으면 지금 생활비로는 감당하기 어려웠다. 생활비를 아끼고 입이 짧아 반찬 투정하는 남편을 위해서였다. 친정엄마는 못 본 척했고, 다미는 겸연쩍은 얼굴로 여자의 눈치를 살피며 말했다.

"왜 그러세요, 형부. 형부나 많이 드세요."

남편은 여자가 옆에 있건 없건 다미를 향해 질주했다. 사랑의 눈길은 물론이고 함께 지내는 사이에 생긴 자연스러움이 묻어 있었다. 아무 거리낌이 없었다. 손을 잡거나 어깨를 끌어안는 가벼운 신체 접촉쯤은 상관없다는 투였다. 두 사람은 24년이라는 나이 차이도 극복한 것 같았다.

20여 년을 함께 살아왔지만 어울리지 않는 사람은 여자였다. 남편보다 더 나이 들어 보이는 얼굴, 꼽슬꼽슬한 파마머리, 잠이 오지 않아서 마신 술로 습기가 빠진 눈 주위, 우울해하는 모습…… 열 살도 더 늙어 보였다. 다미 쪽이 남편과 더 잘 어울렸고, 다미의 밝은 표정으로 인해 남편 모습은 한층 밝아 있었다. 그들의 실루엣, 하모니는 여자가 보기에도 잘 어울리는 한 쌍이었고 누가 봐도 아름답게 보일 것이었다.

"어제 왔던 그 손님이 처제 좋아하는 모양이던데?"

아침에 일어나 거실로 나온 다미에게 어깨를 툭툭 치면서 먼저 농담을 건넨 건 남편이었다. 마치 밤새 다미 생각만 하고 있었다는 듯이.

"형부는…… 무슨……"

다미도 눈을 흘기는 것으로 화답했다. 그들이 주고받는 짓거리를 보는 여자가 오히려 민망할 정도였다. 다미 얼굴에 두어 개 돋은 여드름을 가리키며 남편이 너스레를 떨었다.

"사랑하는 사람이 생긴 모양이네?"

다미의 여드름 자국에 손이 가려다 말고 갑자기 동작을 멈추더니 발레리노처럼 빙글 몸을 180도 틀어서 돌아섰다. 그러자 도망치는 몸짓을 하던 다미도 몸을 빙글 돌리더니, 그런 말이 어디 있느냐며 쫓아가는 시늉을 했다.

유치했다. 그들의 장난이. 하지만 그들은 영화처럼 살고 있었다. 유혹하고 유혹받는 눈빛, 그 사이사이에 오가는 은밀한 거래. 두 사람이 무심코 하는 행동 하나하나가 모두 사랑으로 보였고 살갗의 감각, 스킨십을 통해 육체의 향연까지 즐기는 것 같았다.

언제부턴가 여자는 출근 인사를 하기도 민망해졌다. 두 사람이 함께 출근하는데, 남편은 대답이 없었고 뒤도 돌아보지 않았다. 다미만 웃으며 뒤돌아봤다. 다미에게 꼬박꼬박 인사를 하게 되는 셈이었다. 그것도 현관문을 열어주고, 대문까지 나가서……. 꼴이 점점 우습게 되어가고 있었다. 가사 도우미로 전락한 것 같았다. 아이들은 학교로 가고, 그 뒤를 이어 남편과 다미가 떠나간 집. 여자를 기다리는 건 설거지와 빨래였다.

위험한 관계 I

남편 문혁이 느닷없이 다미 얘기를 꺼낸 것은 친정엄마가 다녀가고 열흘쯤 후였다.

"요즘 처제 많이 힘들 거야. 집안일은 시키지 마."

"내가 무슨 일을 시킨다고 그래요?"

"처제 방에서 앓는 소리가 나던데."

남편의 목소리가 잠겼다.

"뭐라고요? 앓는 소리를 한다고요? 자기 속옷은 스스로 챙기라고 한 것뿐이야. 당신이 참견할 일이 아니에요!"

형부가 힘들게 일하는 처제를 챙겨준다는 건 여자 입장에서는 고마워해야 할 일이고, 그런 그가 고마웠던 적도 있지만 지금은 상황이 바뀌었다. 저 인간이 갑자기 머리가 비었거나 자신을 무시한다는 의구심이 들었다.

"화장실 가다 우연히 들었어."

남편이 변명하듯 말했다.

"기가 막혀! 왜 다미만 안됐어 하는데?"

당황한 여자는 하마터면 말을 더듬을 뻔했다.

"무슨 말을 그렇게 해! 다미가 회사에서 하는 일이 얼마나 많은데. 그게 마음에 걸려서 그러지."

"당신 딸 지혜는 지금 고등학생이에요. 그 애가 얼마나 힘든지 당신이 알기나 해요? 밤늦게까지 공부하는 애는 안 힘들고? 애비라는 사람이 어째 자기 새끼는 모르고 처제 걱정만 하는지 몰라."

여자는 쯧쯧 혀를 차며 말했다.

"지금 뭐랬어? 말버릇하곤. 생각해봐. 다미는 승민이랑 겨우 두 살 차이야. 하루 종일 손님들과 입씨름하며 점심 먹을 새도 없는 애야. 그리고 회사일이 잘못될까 봐 얼마나 걱정을 많이 하는데. 당신은 언니가 돼 가지고 그런 어린 동생이 대견하지도 않아?"

"그래, 당신은 계속 착한 나라 해라. 나는 나쁜 나라 할게. 됐어요?"

여자의 비아냥거림에 남편은 답답한 듯 가슴을 쳤다.

"당신, 지금 다른 사람 생각 따윈 아예 하지도 않지? 난 집에만 들어오면 답답해. 자유를 구속당한 기분이 어떤 건지 모르지? 내가 한마디 하면 당신은 제멋대로 다미와 연결시키고 나쁜 쪽으로만 갖다 붙이고. 그건 나에 대한 모욕이야! 남편에 대한 믿음이 고작 그 정도라는 거에 질렸다! 질렸어!"

"……."

여자도 알았다. 이유를 몰라서가 아니었다. 그러나 남편이 변명하면 할수록 명쾌해지기는커녕 기분만 더 나빠질 뿐이었다.

"제발…… 쓰레기 같은 잡념, 집어 치워!"

남편은 여자의 입에 재갈을 물려놓듯 말하고는 덧붙였다.

"자기 동생이 그렇게 노력을 하는데 싫어하다니! 당신이란 사람은 참……"

남편은 윗입술이 일그러진 채 기가 막힌다며 혀를 찼다. 할 말이 없었다. 이론적으론 맞는 말이기 때문이었다.

"왜 마귀 같다고 말하지 그래?" 여자는 속으로 중얼거렸다. 다미와 남편의 얼굴이 자꾸 나란히 겹쳐졌다. 자식처럼 여기리라던 기대감이 이렇게 변하다니, 뒤틀린 사고思考에 사로잡힌 자신이 한심했다.

남편은 어릴 적부터 본 처제는 익숙한 딸 같다며, 회사를 돕는 처제는 보호해야 할 대상이지 사랑할 처지는 아니라고 했다. 그의 말을 그대로 믿고 싶었다. 그런데 믿음보다는 자꾸 불안해지는 것은 어쩔 수 없었다. 왜 그런지도 알 수 없었다. 남편은 아내가 어떤 상태인지 무슨 고민을 하는지 관심도 없었다. 마음이 떠나면 몸이 떠난다는 말이 맞는가 보았다. 그럴수록 여자는 남편 품이 그리웠다.

그날 밤, 남편 가슴을 파고 들어가 보았다. 끌어안아도 꿈쩍도 하지 않았다. 귀찮다는 듯이 몸을 뒤틀더니 손길을 뿌리쳤다. 돌아누운 남편을 보는 자신의 처지가 슬프다 못해 처절했다. 몸과 마음에 찾아드는 절망감. 잠든 남편 등 뒤에서 차가운 기운이 뿜어져 나왔다.

여자는 이를 악물고 결심했다. '언제고 복수하리라. 최고의 복수는 무엇일까? 다른 남자와 사랑을 하는 거 아닐까. 그런데 그건 현실적으로 어렵다. 하지만 두고보자. 최고의 방법을 찾아낼 테니. 그냥 지나가는 거지라도 만나 사랑을 할까. 아! 이런 비참한 인생이 있다니. 사랑으로 가꾸어놓은 남편이 나를 배신하다니! 사랑이라고 믿고 다독이며 보살핀 남편에게 배신을 당하다니!'

웬일인지 시어머니는 다미에 대해 아무 불평도 없었고, 오히려 살갑게 대했다. 아들이 좋아하는 것을 알았기 때문일까. 어미로서 동물적인 후각이 벌써 냄새를 맡았는지도 몰랐다. 시어머니라면 남편의 입장을 이해할 것이다. 옛말에 '첩며느리 꽃방석에 앉힌다'는 말이 그냥 나온 것이 아닐 터. 아들이 행복해하는 모습을 보면 좋을 것도 같았다. 사춘기 소년처럼 풋풋한 감정에 들떠 있는 모습이라니, 예상치 못한 상황이었다. 그동안 정신없이 달리다가 이제야 여유를 갖게 되었고, 다미가 더 없이 달콤한 휴식처로 보이는 모양이었다. 새로운 사랑을 경험하고 있는 것 같았다. 여자가 남편의 엄마라면 이해하고도 남을 일이었다. 남편은 부모에 이끌려 결혼했고, 곧바로 가족을 책임져야 하는 가장으로 살아왔다. 사랑을 꿈도 꾸지 못한 채 현실에 허덕인 셈이었다. 청춘을 불태울 연애도 못해봤다. 어떻게 생각하면 일시적인 환상에 젖어 허우적거리는 것을 눈감아줘도 되는 일이었다. 하지만 여자는 성자도 아니었고 그의 엄마도 아니었다.

여자가 봐도 다미는 사랑스러운 아이였다. 사랑스럽게 타고난 건 다미의 의도가 아닐 수도 있었다. 그녀는 다미의 출현으로 모든 것을 잃었다는 허탈감이 들었다. 지금까지 헛살았다는 생각이 들었고, 인생이 다 무너진 것처럼 허무했다. 영원히 이 상황에 갇혔다는 열패감이 들었고, 끝나지 않을 것처럼 막연했다.

사랑이라는 환상에 중독되어 무지개처럼 사라질 판타지임을 알면서도 부나비처럼 달려드는 남편을 그대로 내버려둘 수는 없었다. 그를 사랑하기 때문이었다. 그렇다고 무턱대고 다미를 내칠 수도 없었다. 방을 얻어 다미를 내보낼 여유도 없었다. 월급의 일부를 저축해서 목돈을 만들기에는 앞으로 많은 시간이 필요했다. 설혹 돈이 있더라도 선뜻 다미를 다른 곳으로 내보내지 못할 것 같았다. 친정엄마에게 설명할 일도 마땅치 않았고, 질긴 혈육의 정도 있었다.

다미는 쉼 없이 살아 움직였다. 몸 움직임뿐 아니라 외관도 변했다. 손톱은 하루를 넘기지 않았다. 매니큐어는 핑크에서 청색으로, 와인색에서 다시 흰 꽃무늬로 바뀌곤 했다. 긴 머리 파마가 지루했던지 단아한 단발머리로 바꾸기도 했다. 콧소리로 말하고 어깨를 출렁이며 춤추듯 걸었다. 쉬지 않고 수다를 떨었다. 회사 돌아가는 근황과 다른 회사 사람들 이야기, 형부가 했다는 말 등을 속사포처럼 떠들어댔다. 너무 솔직해서 숨길 줄을 몰랐다.

어느 날 퇴근해서 집에 돌아온 다미가 이상하다는 표정을 지으며 눈을 동그랗게 떴다. 순진한 것인지 모자란 것인지 안 해야 될 말까지 해서 여자의 심기를 건드렸다.

"언니! 형부는 집 담장만 보면 그때부터 화를 내. 이상해……."

처음 그 말을 들었을 때는 웃으면서 지나쳤지만 생각해보니 다미와 함께 출근을 하면서부터 쭉 그랬던 것 같았다. 일부러 인상을 구기며 들어오는 사람처럼 굳은 표정이었고 눈꼬리에 힘이 들어가 있었다. 여자와 말하기 싫다는 표정이 역력했다.

그날도 늦은 저녁이었고, 밖에는 바람이 심하게 불고 있었다. 아무 이유 없이 습관처럼 굳은 얼굴로 들어서는 남편에게 물었다.

"당신은 왜 나만 보면 화를 내요?"

남편은 기다렸다는 듯 즉시 대답했다.

"당신 스스로에게 물어봐. 거울을 한번 보라구! 뭐가 불만인지, 허구한 날 부어터져서 있잖아……."

얼굴이 이미 싸늘하게 변해 있었다.

"밖에서는 괜찮았고?"

차마 다미와 함께 있으면, 이란 말은 꺼낼 수 없어 에둘러 말했다. 대화로 화해해보려고 해도 결국은 다미를 연결해서 생각했다.

"부어터져 있는 당신 얼굴만 보면 그냥 답답해."

"기가 막혀! 그래서 일부러 인상을 구기며 들어오는 거예요?"

하지만 남편은 반응하지 않았다. 무표정한 얼굴에 냉기만 돌았다. 여자의 입을 가로막는 그만의 방법이었다. 원인은 팽개치고 아내를 볼 생각만 해도 짜증이 난다는데 할 말이 없었다.

'난 잘 해보려고 노력하는데 그래서 행복한 척 웃기도 하는데, 저 인간은 무조건 내가 싫단 말이지?' 왜 사랑하지 않느냐고 싸울 수도 없는 일이었다. 가버린 사랑을 잡을 수도 없는 일이었다. 속수무책이었다. 눈에 보이지 않는 것을 가지고 싸워봤자 번번이 지고 말 일이었다.

남편의 황금 사과

남편은 출근을 하면서 여자에게 퉁명스럽게 말했다.

"나에 대해 쓸데없는 상상 같은 거 하지 말고 당신은 아이들만 신경 써!"

불만이 가득 찬 얼굴로 자신의 얼굴만 보면 여자의 불평이 나올 것 같은지 미리 차단시키는 것 같았다. 남편은 요즘 여자를 볼 때마다 짜증을 부렸다. 제 동생에게 질투나 하는 여자가 한심하다는 듯 대했다.

"할 일 없으면 잠이나 자 둬!"

남편이 출근을 하고 방 청소를 하다가 옷장 밑에서 생전 처음 보는 대학 노트를 발견했다. 숨긴다고 숨긴 것 같은데 오늘은 깜박한 것 같았다. 남편의 일기장이었다.

남편과 제 동생은 돈 버느라고 눈 돌릴 틈도 없이 바쁜데 웬 생트집인가 모르겠다. 아내의 잔소리를 피하려면 일찌감치 출근하면 된다. 서둘러 집을 나섰다. 월요일 아침부터 휴일 후유증에 시달린다. 모처럼 어제 관악산에 올라갔다 왔더니 다리에 알이 배긴 것 같다.

오후가 되자 아침부터 분주했던 사무실이 조용해졌다. 회사는 자유다. 심술궂은 마누라 눈치가 안 보여서 다행이다. 집에선 이럴 수도 저럴 수도 없다. 잘못 말하다가는 트집을 잡힐 것 같은 위험이 있다.

다미가 홍삼즙을 가져왔다. 사무실에 휴게실 겸 상담실로 쓰는 공간이 있어 활용하는 곳이다.

"한 잔 쭉 드세요."

"이거 너무 쓴데?"

마시지 않겠다고 하다가 다미가 내민 컵을 받아들었다.

"몸살인가 온몸이 아프네."

다미는 그냥 돌아서기가 안됐는지 말없이 내 어깨를 잡고 마사지 자세를 취했다. 목덜미를 주무르는 다미의 숨소리가 귓가에 머물렀다. 숨소리를 이렇게 가까이 듣는 일은 처음이었다. 마치 소리를 손으로 보고 눈으로 만지는 것 같았다. 꿈을 꾸듯 눈앞이 몽롱했다. 소파 위에 누운 내 육신을 천천히 이완시켰다. 하지만 사지는 내 불온한 욕망을 알아차리고 굳은 채였다.

"형부, 긴장을 푸세요. 등에 근육이 뭉쳤어요."

나는 늘 팔다리가 아프다. 근육통에 시달린다. 가뜩이나 몸을 마사지하는 것을 좋아하는데 예쁜 다미가 정성을 다해 마사지를 해주니 금상첨화다. 낙원에 든 것 같다.

만개한 장미원에 서 있는 기분이다. 이루 형언할 수 없이 향긋한 냄새. 어롱거리는 빛다발. 정강이가 후들거리고 가슴속에서 둥둥

북소리가 울리고 있다. 내 몸과 마음이 다미에게 내던져졌다. 설사 다미가 칼로 내려친다고 해도 이 저릿하고 황홀한 순간을 거절하고 싶지 않다.

"형부, 어깨에 힘이 잔뜩 실렸잖아요. 잠깐만요, 힘 빼고요. 내가 풀어드릴게요."

다미의 부드럽고 따스한 손이 목 언저리를 더듬더니 바로 아픈 부위를 꾹 집어낸다. 다음 순간 다미의 엄지가 살갗 속으로 깊숙이 파고든다. 기묘한 열기로 발갛게 무르익은 석류처럼 손끝에서 벌어지는 씨알들. 다미가 힘이 드는지 훅 더운 입김을 뱉어낸다.

"근육이 뭉쳐서 그래요. 형부, 갑자기 안하던 운동을 하니 이렇게 근육이 뭉치는 거예요."

말끝이 잦아든다.

"형부, 움직이지 말아요."

다미 말에 깜짝 놀란다. 어디 낙원에라도 와 있는 줄 알았는데 사무실 소파에 누워 다미의 마사지를 받고 있다. 헉, 몸을 뒤집어 바로 드러누웠다. '내가 왜 이러는가, 이건 아닌데, 이건 사람의 짓이 아닌데……'

자책을 하면서도 나, 안문혁은 짧은 치마에 민소매 블라우스를 입은 다미의 희고 매끄럽고 동그스름한 어깨를 와락 두 팔로 부둥켜안는 상상을 한다. 다미가 토해내는 여린 숨결, 살갗 위로 굽이치는 가느다란 손가락, 어깨 위로 흘러내린 긴 머리카락이 내 얼굴에, 등에 스칠 때마다 나는 완전히 무저항 상태로 다미의 포로가 되고 만다. 나는 도저히 더 이상 자신을 견제할 수 없고, 더 이상 인내할 수도 없다. 나는 눈을 감는다.

내 삶의 빛이요, 내 생명의 불꽃, 내 영혼. 내 관능 속에 죄 없는 다미를 개입시켜 다미에게 해를 끼치지는 않을까. 나는 고개를 저었다. 잠깐의 일시적인 감정일 뿐이야!

다미, 너는 나에게 향기로운 와인, 평생 한 번밖에 맛볼 수 없는 최고의 와인이다. 내 와인 잔이 찰랑찰랑 넘친다. 와인 애호가처럼 후각과 미각에 상상력을 보태면 더없는 행복일 거 같다. 네 향기를 음미하고 혀로 맛보며 그 경험을 통해 하나의 예쁜 그림을 그리고 싶다. 다미에게서 풍겨지는 향기의 여운을 예민하게 잡아내고, 부드러운 미소를 놓치지 않으려고 눈동자를 고정시키고, 손끝 섬세한 촉각을 통해서 다미 피부를 만져보고 싶다. 배와 배를 맞대고 눈을 감은 채 말이 필요 없는 살의 움직임을 느끼고 싶다. 나는 한 손엔 와인을 다른 한 손엔 독배를 들고 누워 있다. 처음이자 마지막 잔이라 해도…… 이런 순간이 내 생애에 다시 올 수 있을까? 마지막이라는 무서운 함정을 파놓고 나를 기다리는 것 같다. 마지막일지도 모른다고 유혹하는 소리.

나는 지금 와인의 우아함 대신에 나를 파괴시켜버릴 폭탄주를 마시려고 한다. 태풍처럼 밀려드는 욕망, 가당치 않은 이런 유혹은 이런 기회가 다시 오지 않으리란 절박함 때문이리라. 상황은 결국은 자신이 만드는 것이 아닌가. 상상하니 두렵다. 하지만 지구가 멸망하더라도 나는 이 독주를 마시고 싶다. 어떤 극한 상황에 몰리고 있다는 불안감이 머리를 조일수록 가슴만 터질 것 같다. 미친 파도처럼 밀려오는 쾌락에 더 이상 견딜 수 없는 순간, 번개처럼 자신을 쪼

개버릴 쾌감에 몸을 맡기고 싶다. 숲 한가운데로 내리꽂히는 힘, 그 힘은 여자의 그곳을 향해 기운차게 돌진하고 몸은 온통 젖은 채 혼신을 다해 비명을 지르고 싶다. 아! 절박하다. 손가락과 손가락을 하나씩 엇갈라 잡고 이마에서 떨어지는 땀방울을 핥으며 목을 조르듯 숨조차 쉴 수 없는 그 순간을 느끼고 싶다. 세상에서 가장 날카로운 칼이 목을 긋는다 해도, 나는 그 독배를 들고 싶다.

하지만 그런 파렴치한 짓을 하는 건 인간으로선 있을 수 없는 일이다. 그냥 상상만으로도 행복하다. 불온한 욕구를 품는다 해도 겉으로 드러내지 않으면 된다. 나는 다미라는 존재로부터 한 발짝도 도망갈 수 없다는 것을 안다. 나는 망가져도 상관없다. 그 부분에 가서 쉼표가 아닌 마침표를 찍고 싶다. 입술만이야. 일부분일 뿐이야. 입술 정도야. 와락 껴안는다. 온몸이 푸들푸들 떨리고 가슴은 쿵쾅거린다. 폭풍 같은, 아니 낙뢰 같은 울림이다.

다미야, 나의 다미야.

커다란 날숨 속에 다미의 매끄럽고 향기로운 혀의 감촉이 오관을 불러낸다. 그 한순간 나의 잠자던 세포들이 일시에 아우성치듯 깨어난다. 아랫도리에 솟구치는 힘, 대책도 없이 신음소리를 질러댄다. 아주 잠깐 동안 제정신이 아닌 상태로 다미의 입술에 입술을 비비며 키스를 퍼붓는다. 다미의 달콤새콤한 입김이 나의 입 속으로 깊숙이 빨려든다. 두 팔을 늘어뜨린 채 거절도 호응도 하지 않는 다미의 온순한 반응에 다시금 내 욕정이 휘몰아친다. 어디로, 어디까지? 세상 끝까지 나아가리라. 다미에게 가고 싶은 욕망이, 이 순간이 마지막이라도 상관없다는 자폭적인 체념이, 내게 용기를 부추긴다. 불온한 기운이 용기라는 미끼를 던진다.

다미를 안고 싶다. 다미의 몸속으로 여행을 하고 싶다. 다미와 함께라면, 이 순간 죽음을 택할 수 있다면, 그렇게 하고 싶다. 그러나 죽음은 선불리 선택할 수 없을 것이다. 욕망을 따라가다 보면 파멸이다. 나는 눈을 감고 잠시 후우, 하고 호흡을 가다듬는다.

"형부, 숨 막혀요."

다미의 코맹맹이 목소리에 퍼뜩 정신이 들었다.

"미안해."

나는 음심淫心이 들킨 것 같아서 자신도 모르게 미안하다고 사과했다. 그 사이 다미는 말없이 내 두 팔을 슬며시 걷어냈다. 마음속에 품었던 일이 부끄러워 눈을 뜰 수가 없다. 지금 갑자기 치닫는 이 감정은 지금껏 다미와의 관계가 순수하다고 말한 내 자신을 저버리는 일이다.

다미는 내가 갈 수 없는 길이다. 알면서도 날마다 밤마다 다미에게 난 길, 다미가 존재하는 한 감미로울 것 같은 그 길을 상상하며 나는 잠을 이루지 못한다. 수수한 아내의 뒷모습을 볼 때마다 죄책감을 느낀다. 다미와 함께 퇴근을 할 때마다 아내의 눈길이 내 등짝에 집요하게 매달려 있음을 알고 있다. 초기에는 힘들었다. 마음이 아프기도 했고, 가책도 느꼈다. 그러나 길들여진 유혹이 이성을 박탈하고 마비시켰는지도 모른다.

'이젠 네 맘대로 해, 다미 없인 하루도 못살아.' 마음 밑바닥에서 욕망이 소리친다. 자신이 뻔뻔해지고 있음을 스스로 깨닫는다. 엊그제만 해도 그랬다. 작은 우산을 같이 쓰고 점심을 먹으러 가던 길이었다. 느닷없이 나타난 아내가 앞을 가로막았다.

"잘들 놀고 있네." 아내는 아무 말도 안 했지만, 아내의 어금니 사이로 나온 쇳소리가 작은 우산 속에서 다미와 팔짱을 끼고 있는 내 심장에 날아와 꽂히는 것 같았다. 잘못을 들킨 소년처럼 잠시 동안 우물거렸다. 곁에 찰싹 달라붙었던 다미가 한 걸음 물러나면서 "언니!" 하고 불렀다. 형부와 팔짱을 끼고 작은 우산 속에서 비비대며 걷던 깜냥치곤 대담한 대응이었다.

"언니, 우리 점심 먹으러 가는데 같이 가요."

다미가 태연하게 행동했다. 쑥스러워한다든가, 미안해하는 것 같지 않았다. 천연덕스럽고 자연스러웠다. 늘 그런 식으로 형부와 팔짱 끼고 점심 식사 나들이를 하고 있었다는 태도였다. 현실적인 상황 자체를 망각한 행동이라든가, 어떤 관계의 범주를 넘나들고 있다는 인식이 전혀 없는 태도였다.

아내는 한 발짝 물러서며 우리에게 다가오지 못했다. 마치 철옹성 같은 궁전에 들어올 수 없는 열외자로 밀려난 이방인 같았다.

"당신도 같이 가지."

나는 얼결에 당황해하며 말했다. 아내가 시퍼렇게 불어터진 얼굴로 길바닥에서 소리칠 것 같았다.

"부끄럽지도 않아? 너희들은 도덕이나 인격이라는 것은 어디다 팔아먹었니." 아내가 이렇게 말하며 어깨를 들썩이며 헐떡이는 것 같았다. 하지만 아무 말도 하지 않았다. 그대로 있으면 아내가 어떻게 나올지 모른다는 위기감이 앞섰다. 나는 우산을 다미에게 건네고 빠르게 음식 골목으로 걸어 들어갔다.

"재수 없어. 여기서 만날게 뭐람." 나도 모르게 입 속으로 중얼거렸다. 그 말이 아내의 귀에 들어갔을 것 같아 뒤를 돌아봤다. 아내는 못 들은 것 같았다.

아내에게 전혀 연민 같은 게 없는 건 아니다. 그런 애잔한 마음을 연민이라고 이름 붙인다면 말이다.

결혼 초, 어머니는 늘 내가 안방에서, 당신 곁에서 자기를 원했다. 건넌방에 부부 잠자리를 마련하는 기척이 들리면 어김없이 어머니가 베개를 들고 건너왔다.

"잠이 안 와서, 이야기나 좀 하려고."

이유는 그랬지만 기실 어머니는 금쪽같은 아들을 아내가 독식하는 꼴을 보지 못하는 것 같았다. 부부가 나란히 서서 무슨 말을 주고받기라도 하면 어머니의 길게 찢어진 흰자위 많은 눈이 금세 살기가 등등해지곤 했다.

"나는 애가 커서 뛰어다닐 때도 남편 얼굴을 제대로 보지 못하고 살았어. 요즘 것들은 부모가 있거나 말거나 낄낄거리니 원, 세상이 어떻게 된 건지. 쯧쯧."

아내는 내게 비아냥거렸다.

"그런데 애는 어떻게 만들었대요? 아유 그 내숭들하곤."

어머니에 관한 말이라면 난 할 말이 없다. 그러는 한편으로 아내가 시장에서 포장지로 물건을 싸들고 온 잡지 쪼가리나 신문지를 열심히 읽고 있는 모양을 보면 나는 부아가 치밀었다.

"뭐야? 그런 건 읽어 뭐해!"

타박을 주기도 했다. 그건 아내가 많이 배운 남자들, 의사나 아이들의 학교 선생님이나 텔레비전에 나오는 명사들을 바라보는 눈에 담긴 부러움과 선망을 보았기 때문인지도 모른다. 자기 남편보다 우월한 남자들을 바라보는 아내의 눈에 껍질을 들씌우고 싶어 나는 은근히 애가 단다. 그게 왠지 불쾌하다. 내 집 울타리 안에서 이웃집 사내를 엿보기라도 하는 것 같은 질투심이다.

그런 올곧지 못한 감정들이 나날이 조금씩 자랐는지도 모른다. 다미가 나타난 이후부터 그런 징후는 농후해지기 시작했다. 정작 아내가 거추장스럽고 밉기까지 했다. 죄받지, 하면서도 팽팽하게 당겨진 미움은 누그러지지 않았다. 다미라는 존재가 나의 무기력하게 꼬여가던 중년의 마음을 단칼에 잘랐다. 이제는 감출 수도 수습할 수도 없다. 가슴 한 자락에 구멍이라도 뚫린 듯 윙윙 바람 소리가 난다. 그 바람 소리의 정체는 죄의식이나 반성을 위한 어떤 조짐이 아니라 다미에 대한 절박한 그리움으로 환치된 아우성이나 다를 바 없다.

마침내 덜미를 잡히고 말았다는 열패감에 눈앞이 어질거린다. 변명의 여지가 없다. 더 이상의 노골적인 접촉을 보여주지 않았을 뿐 내심으로는 날마다, 밤마다 다미의 달콤한 환상 속에서 뭉그적거리고 있지 않은가. 환상뿐인가. 스쳐 지나가는 다미의 체취를 킁킁대거나 소맷자락이라도 한 번 만져보려고 하지 않는가. 조금 더 진전해서 요즘 들어서는 다들 퇴근하고 텅 빈 사무실에 남아 서류철을 뒤적거리는 다미에게 백 허그를 하거나 스스럼없이 머리카락 냄새를 맡기도 한다. 어느새 다미라는 존재로부터 발산되는 온갖 부스러기들을 만지고, 맡고, 감정의 욕심을 채운 셈이다. 이제 타성으로 굳어져버렸다. 단 하루도, 단 한 시간도 다미가 없다면 숨 쉬고 살 만한 세상이 아니라는 것을 깨달았을 때 나는 내심 소스라친다. 그러는 내 무람없는 버릇이 아내에 대한, 세상에 대한 가책으로 다가오기도 하지만 그건 아주 짧은 순간의 깨우침일 뿐이다.

그 이상 결정적인 짓은 하지 않았다. 그 어떤 것도 다미에게 요구하지 않았다. 필사적인 노력의 결과라는 사실을 아내는 알지 못한다. 마흔을 넘어선 지금 심리적인 허기증이 어떤 것인지 아내는 모른다. 알려고 하지도 않을 것이다. 이건 시들어 가는 남자의 중독이다. 아니, 사랑이다. 스스로도 제어 못하는.

우기 때마다 찾아오는 근육통이 올해도 어김없이 어깨 위에 달라붙는다. 몸이 무겁고 땅속으로 꺼져 들어갈 것 같다. 하긴 며칠 동안 무리했고, 제대로 숙면을 취하지 못했다. 아내를 두고 거실 소파에서 잠을 잔 탓인지도 모른다.

아직 비는 그치지 않았다. 우울하다. 다미와 있다고 날마다 기분이 좋은 것은 아니다. 채워지지 않은 욕망 때문인지 몰라도 우울한 감정을 다스리기가 힘이 든다. 집에 들어가면 아내를 보기도 싫다. 아내의 불만을 모른 척 막는 방법은 말을 안 하는 거다. 그렇다고 그것도 쉬운 일은 아니다. 일부러 심기가 불편한 척해야 하고 화를 내야 한다. 그러면 며칠은 잔소리를 피할 수 있다.

공연히 아내에게 데몬스트레이션을 했더니 몸이 더 아프다. 아내가 의심하는 것처럼 매 순간마다 다미만 생각하는 건 아니다. 한 집안의 가장이며, 두 남매의 아빠이고, 요즘 질투로 눈에 불을 켜고 있는 것처럼 보이는 박수희의 남편이기도 하다. 대단한 사업체는 아니지만 나는 우리 직원들의 생계를 책임지고 있다. 젊고 예쁜 다미에게 나의 전부를 헌납할 처지가 아니다.

그런데도 마치 무언가에 중독된 사람처럼 잠시도 다미를 보지 못하면 심한 허탈증에 빠지고 만다. 다미는 진정 나에게 '팜 파탈'인가.

여자는 일기를 읽으며 자신의 촉이 맞았음에 경악을 금치 못했다. 눈앞이 노랗게 변했고, 한동안 일어서지를 못했다. 하지만 여자는 잠시 정신이 돌아오자, 이 일기는 자신이 못 본 것으로 하자고 다짐을 했다. '나는 모르는 일이다. 남편이 소설이 꽤나 쓰고 싶었던 모양이다. 남편이 소설을 다 끝낼 때까지 못 본 척하자.'

이렇게 비밀로 묻어두기로 했다. 잊기로 했다. 그리고 남편을 믿기로 했다.

위험한 관계 Ⅱ

일기 사건이 있고 나서 며칠이 지난 제법 싸늘한 초겨울밤, 여자가 성당 반모임에 참석했다가 집으로 돌아가는 길이었다. 이웃에 사는 성당 교우들과 한 달에 한 번씩 모이는 반모임이 끝난 것은 평소보다 늦은 밤 10시였고, 교우들은 인사를 나누고 발 빠르게 각자 집으로 사라졌다. 집까지는 걸어서 10분쯤 되는 언덕길에 들어섰을 때였다. 불빛 사이로 걸어오는 남녀 커플을 보는 순간, 몸이 얼어붙는 느낌이었다.

여자는 망연자실茫然自失 그들을 바라보았다. 두 사람의 웃음이 어두운 골목길을 훤하게 밝히고 있었다. 얼굴뿐 아니라 온몸으로 빛을 뿜어내며 행복하다는 말이 색색으로 흘러나오고 있었다. 연인은 군중 속에 섞여 있어도 특별한 빛을 뿜어낸다. 하얗게 웃고 있는 얼굴, 번쩍이는 광채, 화살처럼 주고받는 빛, 가로등 불빛에 드러난 두 사람 자체가 그랬다. 바로 발광체였다.

남편이 무슨 말을 했는지 다미는 손으로 입을 가리고 허리를 꼬면서 웃고 있었다. 두 사람은 형부와 처제, 사장과 직원의 관계가 아니라 남자와 여자로 발전한 상태인지도 몰랐다. 그들 사이에는 누구도 끼어들 수 없는, 보이지 않는 끈으로 연결된 듯했다. 남편은 여자와 비슷한 다미에게, 그 익숙함 때문에 쉽게 마음이 열렸을지도 몰랐다. 가로등 아래 보이는 남편은 잘 익은 복숭아 같았다. 저렇게 밝은 얼굴은 여태까지 한 번도 본 적이 없었다.

여자는 갑자기 발밑이 흔들리면서 온몸이 블랙홀로 빨려 들어가는 듯한 기분에 휩싸였다. 또다시 잊기로 한 그 일기장이 떠올랐다. 그동안 의심해온 여자의 육감은 빗나가지 않았다. 삶은 때때로 결정적인 순간을 놓치지 않게 했다.

평소라면 아무것도 모르고 방 안에 앉아 TV를 보고 있을 시간, 그들은 몸으로 음악을 만들어내고 있었다. 사랑의 앙상블. 악기를 연주하면서 마주보는 눈, 실루엣에서 아름다운 선율이 흘러나왔다. 듀엣으로 연주를 하는 두 사람의 리듬을 깨면 안 될 것 같았다. 마주치는 두 눈길에서 불꽃이 튀고, 가슴 밑바닥에서 떨림이 솟아오르고, 전생으로부터 인연의 바람이 불어와서 두 사람을 감싸는 듯한 느낌이었다. 여자는 두 사람의 사랑 앞에 자신이 들어설 수 없는 거대한 힘을 느꼈다. 여기까지가 자신의 자리인 것처럼 그 자리에 못 박힌 채 서 있었다.

지금까지는 막연했다. 일기를 보았을 때도 남편이 혼자 상상을 하고 있다고 생각했다. 마음 한구석이 늘 편치 않은 그 무엇에 눌려 있었지만 그래도 직접 눈으로 보기 전에는 참을 만했다. 여동생이라고 하지만 다미는 엄연히 자신이 아닌 다른 여자였다. 남편과 다미, 두 사람이 무심히 던지는 말 한마디, 눈길, 손놀림…… 그 불순한 사랑을 주변 사람들이 모를 리가 없었다. 어쩌면 두 사람만 모르는지도 몰랐다. 서로 몸을 만지는 손길에서 몸을 주고받은 사람들만이 할 수 있는 자연스러움이 배어 있었다. 익숙함 바로 그것이었다.

"이제들 오네요!" 이렇게 반기면서 달려가고 싶었다. 그런데 그럴 수 없었다. 두 사람 앞에 나타나려면 상당한 용기가 필요할 것 같았다. 지금 그럴 만한 용기가 없었다. 어디선가 누군가 "지금 나서지 말라!"고 경고하는 소리도 들리는 것 같았다. 여자는 반사적으로 골목 담장 옆에 몸을 숨기고 고개를 내밀어 주위를 살폈다. 무언가 큰 잘못을 저지른 기분이 들었다. 다행히 아무도 보는 사람이 없었다. 그제야 그녀는 자신의 비겁함, 아니 나약함을 탓했다.

남편과 다미가 대문으로 사라지자 여자는 대문 앞 돌계단에 한참 동안 주저앉아 있었다. 그들이 떨어져 있는 시간은 집에서 잠들 때 잠시였다. 그것도 바로 옆방이었다. 아침부터 남편과 함께 회사로 출근하는 다미였다. 그들은 하루 종일 같이 있다가 퇴근도 함께했다. 그리고 집에 와서도 그날 있었던 회계장부를 맞춘답시고 같이 있다가 잠깐 옆방으로 가서 대여섯 시간을 자고는 함께 출근했다.

지금쯤이면 두 사람이 각자의 방으로 가서 잘 시간이었다. 숨을 한번 고른 다음 문을 밀자 끼익, 하는 소리가 그날따라 유난히 크게 들렸다. 층계를 오르는 두 발이 자꾸 후들후들 떨렸다. 현관문을 밀고 마루로 조심해서 올라섰다. 가슴에 허한 바람이 몰려왔고, 포진한 어둠 속에서 발밑이 흔들리고 있었다.

마루에 선 여자는 모른 척 안방으로 들어섰다. 다미는 제 방으로 갔는지 보이지 않고 남편은 잠옷으로 갈아입고 있었다. 남편의 얼굴을 쳐다보니 좀 전에 환했던 그 얼굴은 온데간데없었다. 집으로 들어오자마자 곧바로 작정하고 구겼을 것이다. 냉담한 얼굴로 말없이 앉아 있기가 뭣한지 마지못해 한마디 던졌다.

“지금 몇 신데, 어딜 갔다 오는 거야?”

화가 난 표정이었다.

“염치없는 놈! 지금 상황에선 친절해야 되는 거 아니니? 싫은 걸 억지로 웃어달라는 게 아냐. 집에 들어와서 낯짝이라도 펴면 어디가 덧나니?” 이렇게 말을 하고 싶었지만 그러면 일기도 읽고 둘의 사랑도 훔쳐본 걸 알아챌 것 같았다. 게다가 둘의 관계를 인정해주는 꼴이 될 수도 있었다. 그건 원하는 바가 아니었다.

“성당 반모임이 있어서……”

겨우 참고 대답했다. 남편은 문갑 위에 놓인 신문을 펼쳐들다가 도로 내려놓으면서 시계를 흘끗 보고는 물었다.

“도대체 몇 시에 끝났는데?”

여자의 대답을 듣자고 한 말은 아닌 듯했다.

“지금껏 즐겁게 낄낄대다가 들어와놓고 웬 생트집이야?” 이렇게 대꾸하고 싶었지만 이번에도 억지로 참았다.

“자리 깔게 비켜 봐요.”

짜증을 눌러 삼키고 남편을 밀치며 말했다.

"당신, 점점 사람을 지겹게 만들고 있는 거 알아?"

남편은 한마디 던지고 돌아앉았다. 그 순간 여자는 슬퍼졌고 화가 났다. 침묵이 흘렀다. 더 이상 가만히 있을 수가 없었다.

"그래? 그럼 당신은 요즘 내게 어떻게 하고 있는데?"

"……."

"당신은 어떤 얼굴을 하고 들어오는지 알아요? 거울이나 한번 보시지! 그 비틀린 입술하곤……"

더 이상 대꾸하기 귀찮다는 듯 남편은 털컥 누워버렸다.

'어떡하지?' 여자는 고개를 옆으로 저었다. 일기를 보고 두 사람을 눈으로 본 후, 행복한 삶은 끝이라는 절망감이 들었다. '앞으로 내가 떠안을 질투를 어떻게 감당할 수 있을까?' 여자는 질서가 무너지고 순수는 사라졌다고 생각했다. 추악하고 저속한 차원으로 얼룩질 운명을 예감했다.

지금껏 여자를 움직이게 한 삶의 원동력은 사랑이라는 힘이었다. 그리고 그동안 시부모에게 봉사한 값이라고 믿었다. 지금의 위치를 지켜온 기득권과 새로운 사랑을 저울질해보았다. 그 권력의 축, 남편의 사랑이 다른 곳으로 옮겨간 것이다. 무엇이든 그 당사자에게 매혹적으로 보이게 하거나 생존에 필요하다고 느끼게 하는 것, 당사자에게 욕망을 불러일으키게 하는 것, 그것이 곧 권력이었다. 그렇다면 남편이라는 권력자에게 다미는 모든 요건에 들어맞는 사람이었다. 누가 그녀에게 물러나라고 한 사람은 없었다. 그 자리에 그대로 지키고 있으면 되었다. 그런데 지구는 돌고 있었고, 그녀는 그 자리에 있었고, 세상은 저만치 앞서 가 있었다.

여자는 혼자 벽을 등지고 앉아 무릎을 세운 채 창문을 바라보았다. 바람이 부는지 창문이 자꾸 덜커덩거렸다. 그동안 아이를 낳고 가족이 잘 되기를 바라면서 살아왔다. 가족은 남에게 양도할 수 없는 특별한 존재라 알았고 그러면 모든 것을 다 이루는 거라 믿었다. 다른 건 모두 어리석은 짓이거나 아니면 자신의 세계에 속하지 않는 것이라고 여겼다. 열악한 시대를 견뎌낸 아내라는 이름은, 때로는 전사처럼 투지를 불태울 줄도 알았다. 시어머니와 시아버지를 모시고 20여 년을 버텨낸 사람이 가질 수 있는 은근한 자긍심도 있었다. 그것은 그녀의 표상인 동시에 세상을 지탱하고 발전시키는 원동력이었다. 그런데 헌신하고 복종하는 것이 미덕이라는 시절이 지나가고 있었다. 그녀의 헌신은 남편에겐 짐일 뿐이었다. 사랑에는 전혀 도움이 안 되고, 무기 구실도 못하는 헌신이 되어버렸다. 그동안 남편과 함께 고생하면서 얻은 기득권이면 충분하다고 여겨왔다. 그런데 아니었다. 시어머니의 잔소리와 시아버지의 병구완은 물론 지금껏 제사를 지내고 있는 조강지처도 아무 쓸모가 없었다. 하늘에 대고 소리소리 외쳐도 들어줄 사람이 없었다. 그동안 쌓아왔다고 믿어온 견고한 성城은 혼자만의 망상이었다. 여자의 발판이 송두리째 무너지고 있었다.

'시간은 왜 앞으로만 흐를까. 지난 시간들, 지나온 일들은 아무리 헌신했어도 소용이 없는 것인가. 현재만 중요하다. 지나간 일을 내세우는 것은 의미가 없다. 그것에 대한 얘기나 공치사를 바란다면 상대의 마음에 짐만 지울 뿐이다. 이 절박한 심정은 왜일까? 불행하다고 심신이 아우성이다. 해결할 방법은 떠오르지 않는다. 머릿속에 다미와 남편에 대한 상상이 꽉 들어 차 있어 다른 생각이 들어갈 자리가 없다. 남편의 인격을 믿어보려고도 해봤다. 그런데도 혹시나 하고 불온한 의심이 고개를 쳐든다. 이건 좋고 나쁘고의 문제가 아니라 원초적인 본능의 문제다. 고민을 마비시키려면 술이 최고다. 지금으로서는 이 꼴 저 꼴 보지 않고 그냥 콱 죽어버리는 것이 상책이다. 술은 즐거울 때 마셔야 탈이 안 난다고 한다. 그런데 나는 탈이 나고 싶다. 어떻게 하면 아무 고뇌 없이 죽을 수 있을까. 술로 잡념을 피할 수 있다면 얼마나 행복할까. 사유 자체를 없애고 내 존재를 부정하고 싶다.'

여자는 술을 병째 마셨다. 술이 들어가니 잠시 왜 사는지, 하는 의문이 생겼다. 살 필요가 없음을 깨달았다. 머릿속을 비우는 일이 최선이었다.

밤새 고통이 몰아쳤다. 머리가 깨질 것 같고 구역질과 복통이 한꺼번에 몰려왔다. 온 방을 헤매다가 화장실에 갈 틈도 없이 토하고 말았다. 죽든 살든 모른 척하던 남편도 술 냄새가 진동하는 토사물엔 어쩔 수 없는지 한숨을 쉬었다.

"이 지겨운 마누라를 죽일 수도 없고……"

남편이 마지못해 토사물을 치웠다. 술도 잘 먹지 않는 그로서는 최대 고역이었을 것이다. 구역질을 참으며 가까스로 토사물을 치운 남편은 화가 나서 죽을 지경인 표정이었다. 다행인지 몰라도 남편은 술 취한 사람은 사람 취급을 안 했다. 그래서 그런지 앞에 대고 잔소리 또한 안 했다. 이제부터 그는 화난 만큼 외박을 할 것이다.

"아이고, 술 먹은 저 얼굴 좀 봐!"

남편은 혀를 끌끌 차며 아침도 거르고 나가버렸다. 이제 뒤치다꺼리가 남아 있었다. 남편은 술주정과 토사물로 곤욕을 치렀으니 곧 그 대가로 몇 배의 고통을 되돌려줄 것이다. 남편은 자신이 받은 고통은 결코 잊지 않는 사람이었다.

그 후 여자와 말을 섞지 않고 입을 다문 지 보름을 넘겼다. 또 그 트레이드마크인 묵언 작전에 들어간 것이다. 그녀가 제일 못 견뎌하는 것이 무엇인지 알아서 툭하면 '말 안하기'를 무기로 사용했다. 며칠간 집에 들어오지도 않았다. 화가 어느 정도 많이 났는지 알 수 있는 방법 중 하나가 집에 들어오지 않는 일수日數로 가늠할 수 있었다. 이번에는 상황으로 봐서 많은 시간이 걸릴 것 같았다.

훗날 여자는 소설가협회가 있는 마포에서 소설가 몇이서 술자리를 가진 적이 있었다. 영양탕의 원조라는 할머니가 운영하는 허름한 집이었다. 나무 도마 위에 김이 무럭무럭 나는 수육을 올려놓고 술을 마셨다. 이런저런 이야기가 오고가는 중 소설가 한 분이 그녀의 생년월일과 시時를 물었다. 그는 사주를 보더니 남편 덕이 많다고 했다.

'이런 사이비 같으니…… 남편 덕은 무슨……' 하고 속으로 생각하며 웃어넘겼다. 사주를 봐준 사람의 성의도 있고 해서 남편에 대해 생각해보았다. 마침 화제가 술버릇으로 이어졌다. 각자 자신의 술버릇을 이야기하기 시작했다.

술 못 먹는 남편은 술 취한 사람은 제정신이 아니라고 여기므로 크게 개의치 않았다. 여자는 곧잘 그 점을 이용했다. 그녀는 평소 남편의 성격을 알고 있기에 참고 있다가 그렇게라도 화를 풀곤 했다.

여자는 사람들에게 자신의 술주정 때문에 남편이 곤욕을 치른 일화를 이야기했다.

"나는 화가 나면 술을 왕창 마시고 남편에 대한 불만을 쏟아내요. 술김에 스트레스를 푸는 거죠. 스트레스를 푸는 방법 중 최상이에요."

여자는 술 못 먹는 남편에게 술 먹고 토해낸 토사물을 치우게 한 이야기를 살을 더 붙여가며 했다. 같이 있던 모든 작가들이 박수를 치며 그런 남편은 머리에 이고 살라고 했다. 남의 속도 모르고 하는 참 어이없는 말이었다.

딜레마

여자는 출근하는 남편을 따라 현관으로 나섰다. 마지못해 구둣주걱을 내밀었다. 구둣주걱을 받아쥔 남편이 그녀를 쳐다보았다.

"당신이 원하는 대로 해줄게!"

체념한 표정이었다.

"당신이 불안해하는 이유가 뭔지 모르지만 처제 때문이라면 걱정하지 마. 나도 많이 생각해봤어. 제 마누라 하나 기쁘게 해주지 못하는 사람이 무슨 일을 하겠어."

그러면서 그는 다미와는 아무런 문제가 없지만 당신이 원하면 그대로 따르겠다고 했다. 그리고 어떤 희생이 따르더라도 감수할 각오가 있다고 덧붙였다.

"처제가 없으면 사업에 당장 지장이 있지만 다른 직원을 구하면 되고. 처제를 다른 회사로 보낸다면 남들이 납득하지 못할지도 모르지만, 뭐 상관없어! 당분간 회사가 부실해져도 당신이 편하다면, 그쪽을 선택하겠어. 당신이 원한다면……"

여자는 대답하지 않았다. 여자가 듣고 싶어 하지만 동시에 두려워하는 그 무엇을 말하리라는 것을 직감했다.

"처제는 어느 회사에 가든지 잘 해낼 거야. 서로 스카우트하려고 눈독 들이고 있어. 일 잘한다는 소문이 나서 몸값이 높아진 셈이지."

'그러니까 그 많은 이유를 대면서 나더러 선택을 하란 말이지?' 남편은 여자에게 일명 소피의 선택을 하라고 하는 것이다.

미국 작가 윌리엄 스타이런의 대표작《소피의 선택》을 읽고 충격을 받아 한동안 멍했던 기억이 있었다.

제2차 세계대전 때 폴란드인 소피의 아버지와 남편은 반反유대주의자인데도 교수, 유대인이라는 이유로 나치의 학살 정책에 끌려가 총살당했다. 이후 소피는 두 아이와 아우슈비츠 수용소로 보내진다. 도착하자마자 독일군은 살 자와 죽을 자를 갈랐다. 긴 행렬에 어린 아들딸과 함께 서 있던 소피에게 독일 장교는 협박한다.

"두 아이 중에서 가스실로 보낼 아이를 선택하라!"

소피는 애원한다.

"나에게 선택하도록 하지 마세요!"

두 아이 중 하나를 선택하지 않으면 둘 다 죽이겠다는 협박에 소피는 병약한 어린 딸을 '선택'해버리고 만다. 소리소리 지르며 독일 병사에게 안겨 멀어지는 딸을 보며 소피는 오열한다. 두 아이 손을 잡고 선 소피. 큰아이는 엄마를 바라보며 자신을 버리지 말아달라고 애원하고, 작은아이는 엄마의 품에서 떨어지지 않으려고 발버둥친다. 작은아이는 자신이 손을 놓는 순간 죽을 것이라는 것을 안다. 불안에 떠는 큰아이는 자신의 운명을 안다. 자신을 버릴지도 모르는 엄마의 선택을.

소피가 두 아이를 안고 피눈물을 흘리던 모습이 눈앞에 그려졌다. 삶은 우리에게 순간순간 무수한 선택을 강요한다. 지금 이 순간, 소피처럼 여자도 절박한 선택을 해야 했다.

자식처럼 사랑해야 할 예쁜 여동생 다미의 젊음이 가져다준 활기는 온 집안을 즐겁게 했다. 그뿐 아니라 남편에게 있어 다미는 그의 모든 일을 전담해주는 비서이고, 부富를 가져다주는 복덩어리인 동시에 만능 엔터테이너였다. 더욱 중요한 것은, 다미는 어렵던 회사를 살려낸 인재였다. 고마워해야 할 중요한 존재였다.

'남편이 다미로 인해 표정이 밝아졌다고 해서 문제가 될 것은 없지 않은가. 다미가 도움이 되고 있는 처지에. 도처에 젊은 여자들이 출렁이는데 오직 다미만 붙들고 트집을 잡는 셈이 아닌가. 모든 책임은 내가 져야 한다. 다미를 남편 문혁의 눈앞에 데려다 놓은, 원인 제공을 한 내 죄다. 그놈의 맏딸 증후군! 동생들을 돌봐야 한다는 의무감 때문에 저질러진 일이다. 그래놓고 이제 와서 남편이 자신에게 관심이 없다는 투정으로 일관하며 치사하게 전락한 셈이다.'

남편은 쓸데없는 일에 신경 쓰기 싫다며, 이제 지쳤다며 다미를 내보낼지 말지를 결정해달라고 했다. 이건 일종의 협박이었다.

"당신이 원하는 대로 해줄게. 말해봐. 그렇게 신경에 거슬리면 다미를 내보내도 돼. 당신이 결정해."

크게 선심을 쓰듯 여자에게 선택하라고 했다. 폭탄 돌리기 공을 넘겨받은 것이다. 남편은 여자가 내보내는 쪽을 선택하지 못할 것을 알고 있었다. '비겁한 놈!'

남편은 자기 형님과 동업을 했는데 서로 갈등을 겪다가 독립했다. 이제 자리를 잡아가는 상황이었다. 매출이 신기록을 갱신하며 상승하는 처지에 회사의 주역인 다미를 내보낸다는 것은 불가능한 일이었다. 먹고사는 일이 우선인 시절이었다. 남이라면 어떤 손해를 보더라도 보내버리면 된다지만, 다미를 내보내면 주변에서 말도 많고 탈도 많을 터였다. 탐을 내고 있는 경쟁자들에게 빼앗길 것이 빤하기도 했다. 그렇게 되면 남편과 여자는 견딜 수 없을 것이다. 무엇보다도 회사에 대한 애착이 남다른 남편이었다. 그 회사에 기여하고 있는 다미를 내보낼 수는 없는 일이었다. 이런 식으로 여자를 떠보는 것은 악질에 가까웠다.

"나쁜 놈! 왜 나더러 선택하라고 하는 거야. 네가 결정해!" 남편에게 소리치고 싶었다. 소피처럼 어느 한쪽을 포기할 수 없는 상황인데도, 그는 여자에게 전권을 주겠다며 선택하라는 것이었다. 그건 앞으로 자신에게 아무 말도 하지 말라는 것과 같았다. 여자의 사지를 묶어놓을 심사였다.

"당신이라면 어떻게 하겠어? 말해봐. 지금 내가 어떤 말을 할 수 있겠어?" 여자는 이렇게 소리치고 싶었다. 굳이 줄 필요도 없는 선택권을 준다고 하고 있었다. 이미 정해진 일이었다. 남편은 알고 있었다. 지금으로서는 그녀가 어떤 선택도 할 수 없으리라는 것을. 선택에 대한 아무 권한이 없다는 것을. 그가 제시한 해결

방안은 모두 사업과 연관되어 있었다. 남편 사업은 여자에게도 마찬가지로 목숨 줄이었다.

여자는 어느 쪽으로도 선택할 수 없었다. 어떻게 해볼 역할도 없었고 자신도 없었다. 언니에게 의지해온 동생을 내보낼 수도 없고 확실한 명분도 없었다. 다미는 회사에서 없어서는 안 될 커다란 영향력이 있는 인재로 발전한 상태였다. '다미가 없다면 회사는 어떻게 하지?' 해결할 수 있으면 그건 고민이 아니었다.

가만히 제자리에 있더라도 추락하는 것은 여자 자신이었다. 가슴앓이와 저속한 질투로 얼룩진 삶은 어떻게 하든 그녀 몫이었다.

자신을 의심한다는 눈치를 알아챈 다미가 울면서 말했다.

"언니, 나는 형부와 언니를 부모처럼 생각했어요. 어떻게 해야 형부에게 잘 하는 건지 몰라, 최선을 다해 잘 해보려고 한 것뿐이에요."

형부와 언니를 '부모'처럼 의지하러 왔다고 했다. 언니라고 하지만 나이 차이는 부모와 자식 간 못지않았다. 언니만을 믿고 의지하려고 찾아온 것이다. 낯선 곳에서 살아남아야 한다면 단단하고 견고한 동아줄이라고 믿은 형부를 잡아야 했을지도 몰랐다.

소피는 딸의 예상대로 딸을 나치에게 주어버렸다. 딸은 소피 품을 떠나 끌려가면서도 엄마를 부르며 살려달라고 울부짖었다. 아들 역시 일시적으로 목숨은 구했지만 수용소로 보내지고 소피는 결국 아들마저 잃었다. 그런 비운의 엄마 소피를 보는 느낌이었다. 《소피의 선택》은 인간의 잔인함이 어디까지인가를 보여주는 것 같았다. 모든 결정권자는 딜레마의 덫을 놓고, 덫에 걸린 사람이 발버둥을 치다가 피투성이가 되어 나오는 모습만을 지켜봤다.

여자는 친정엄마의 마음을 알았다. 눈에 넣어도 안 아픈 사랑하는 막내 딸, 홀로 설 수 없는 그 딸이 지금 억울하게 모함을 당하고 있다고 느낄 것이다. 친정엄마는 피눈물을 흘리고 있을 것이다.

"큰애야 부탁이다. 네 동생을 믿어야 해. 난 다미 얘기를 듣고 깜짝 놀랐다. 난 내 자식들을 나쁘게 키우지 않았다. 그건 너도 잘 알잖니."

"엄마, 그게 아니에요."

"다미에게 물어봤더니 울면서 말하더라. 아무 일도 없었다고, 그리고 그럴 마음도 없단다. 엄마가 형부에게 잘 하라고 해서 그랬을 뿐이란다. 형부가 화투 치다가 밤을 새우고 곧바로 회사로 출근할 때면 뜨거운 물을 수건에 적셔서 세수를 도와주면 좋아할 거라고 해서 그렇게 했고, 깨끗해진 모습으로 손님들과 접대하도록 했단다. 그게 잘못이라면 잘못이겠지만…… 그리고 등산하고 출근한 다음 날 어깨를 주물러드렸을 뿐이란다. 형부니까, 그렇게 아무 거리낌 없이 한 거겠지. 안 서방은 큰애 너도 알다시피 안 하던 운동을 하면 알이 배겼다고 꼭 팔다리를 주물러달라고 하잖니. 운동은 형부가 해놓고 식구들만 들들 볶는다고 언니가 진저리를 치는 것 때문에 그렇게 했단다."

친정아버지가 돌아가실 때 다미는 열두 살이었다. 친정엄마는 막내딸 다미가 어떤 존재인지 알고 있었다. 남편을 먼저 보낸 빈

자리, 쓸쓸한 마음을 달래주던 딸이었다. 늘 품에 품고 같이 자던 아이였다.

처음 다미가 서울에 왔을 때 엄마가 눈물을 흘리던 모습을 여자는 기억했다. 사랑하는 애인을 잃은 것보다 더 슬퍼했다.

"이제 다미가 내 품에서 떠난 것 같아."

"일요일마다 엄마에게 간다잖아."

"잠자리가 옮겨지면 에미 품을 벗어나게 되는 거지."

다미를 끌어안고 자던 엄마는 다미의 빈자리가 컸던 모양이었다. 그 쓸쓸함 때문에 눈물을 보였다. 그런 엄마에게 다른 설명은 필요 없었다.

"아니……"

말문이 막혔다.

"엄마, 그게 아니라……"

설명을 하려다 입을 다물었다. 이 미묘한 감정을 설명할 방법이 없었다. 설명해봤자 엄마는 모를 것이다. 이거 아니면 저거라고 단순한 이분법이 전부인 엄마에게 설명할 길이 없었다. 엄마는 단지 성적 행위만 아니면 괜찮다고 여겼다. 성행위를 대신할 모든 신체 접촉에 대해서는 몰랐다. 그리고 큰딸인 여자에게 그건 오해라고 막내딸의 억울함만을 주장했다. 그 앞에 달리 무슨 말을 할 수 있을까. 여자는 할 말이 없었다.

엄마의 처지가 얼마나 난처한지 알고 있었다. 큰딸에게 신세지는 게 미안해서 눈물만 흘렸다. 목숨보다 더 아끼는 막내딸을 오해하는 큰딸이 미운 건 사실이겠지만 내색을 못하고 에둘러 큰딸을 이해시키려고 했다. 엄마로선 대놓고 양쪽 누구를 편들 수 없을 것이다. 막내딸이 불쌍해도 속만 끓이고 아무 말도 못하는 것 같았다. 엄마의 그런 심정을 충분히 알아차렸지만 큰딸과 막내딸 사이에서 쩔쩔매는 엄마를 여자는 못 본 척했다.

"저녁을 같이 먹고 다녔다는 말도 사실이긴 하더라. 친구 기은이가 오기도 했고. 그러면 안 서방은 기은이에게 저녁을 사준다고 기은이도 붙잡았대."

기은이는 다미 친구였다. 기은이가 다미를 찾아올 때마다 남편이 저녁을 먹여 보낸다고 했다.

"형부!" 기은이도 그렇게 불렀다고 했다. 그때마다 남편 안문혁은 까무러치게 반가워했을 것이고, 행복해 죽는 표정을 지었을 것이다. 예쁜 애교덩어리들과 저녁을 먹고 2차로 맥주집까지 들렀다가 다미와 어깨를 나란히 즐겁게 집에 왔을 것이다.

한집안에서 천국과 지옥이 갈린 순간이었다. 집에서는 매월 25일 내는 전기요금이 없어 전전긍긍하다가 좀 도와달라면 꿈적도 않던 남편이었다. 규모 있게 알아서 쓰지 않았다는 말만 되풀이할 뿐이었다.

더러는 거래처 사람들을 만나 저녁을 먹기도 했다고 했다. 그때는 다미가 필요했을 것이다. 그런 날들이 많았으니 그건 여자도 알고 있었다. 회사 일을 핑계로 자유롭게 저녁 시간을 즐긴다는 것은 알고 있었던 것이다.

어느 날 모처럼 남편의 기분이 좋아 보였다. 늘 얼굴을 찡그리던 그였다. 여자도 덩달아 안심이 되어 물어봤다.

"오늘 무슨 좋은 일이라도 있어요?"

"거래처 사람을 만났는데 그 사람이 다미 때문에 거래를 계속 하겠다고 하더라고."

결국 다미 때문에 기분이 좋다는 말이었다.

저녁 회식으로 즐거워진 두 사람은 기분이 좋아보였다. 한집에 머물고 있으니 숨길 수도 없는 일이었다. 남들은 다 아는데 자신들만 모르는 것 같았다. '연인'이란 이런 모습이라고 설명하지 않아도 바보가 아니라면 모든 사람들이 알 정도인데. 저절로 알게 하는 행동을 하면서.

"너, 의심 마귀가 들렸구나. 그렇지 않으면 네가 동생에게 그럴 리가 없지."

여자는 입을 다물었다. 친정엄마에게 설명해도 소용없다는 걸 알았다. 엄마 처지로서는 두 딸 모두 사랑했고 누구에게 잘잘못을 말할 수 없었을 것이다.

다미는 언니의 질투가 딱하다는 표정이었다. 옆에 있는 형부가 불쌍해 보이기까지 한다고 했다.

"너는 지금 누구 편을 드는 거니?"

"누구 편을 드는 것이 아니고, 형부를 이해하고 싶어지네요."

"그렇다면 언니 입장은 이해가 안 되고?"

"난 솔직히 언니가 왜 그러는지 잘 모르겠어요. 난 늘 함께해봐서 알아요. 사업하느라 힘든 형부의 고통을 안다고요. 힘들다는 걸 잘 아니까 그 입장을 이해하게 돼요. 그뿐이에요."

"다른 사람의 눈에는 어떻게 비치겠니?"

“그것을 사람들이 사랑이라고 말한다면, 나는 모르는 일이에요. 그렇게 생각한다면, 그건 각자의 몫 아닌가요?”

‘몸의 마찰은 감정을 유발한다. 상대에게 불필요한 희망을 심어주게 된다. 결국 그들이 가까워진 일은 마사지 때문인가 보다. 처음부터 인간의 감정을 교란시키는 일은 몸의 교류, 마찰이다. 그렇다면 그들의 감정을 교란시킨 요소 또한 몸의 마찰이었을 것이다. 작은 원인을 제공하고 그 이후 저절로 나타나는 행위와 부수적인 감정을 가지고 우리는 사랑이라고 한다. 그리고 그 때문에 죽기도 한다.’

여자의 생각은 계속 꼬리를 물고 이어졌다.

> 지구가 아니라 태양이 돌아야 가능한 일이다. 중심에 이르고자 하지만 항상 다른 한쪽으로 치우치게 된다. 인간의 지식 탐구는 신을 위한 것이기는 하지만 신의 도움 없이는 이룰 수 없는 것이란 의미를 내포하고 있다. 우주의 진리 그 자체가 목적이며 인간의 힘만으로 알아낼 수 없다.
>
> 〈여호수아 10장 12절〉

‘서로 양립할 수 없는 두 개의 사랑. 현재 사랑이 눈앞에 버티고 있는 한 어렵다. 사랑은 절제시키려는 세력이 존재할수록 속도에 가속도가 붙는다. 우주의 진리로도 알아낼 수 없는 운명도 젊음이 있는 한 그 안에 갇혀 헤어 나올 수 없다는 것이 문제다. 개인적인 노력은 아무 소용이 없다. 지내 놓고 보면 끝나지 않을

것 같던 긴 장마도 태양이 얼굴을 내밀 때가 온다.'

여자의 생각은 이쯤에서 특유의 여유로움으로 바뀌어 있었다.

이 또한 지나가리라.(This, too, shall pass away.)

기도

그즈음 친정엄마는 큰딸인 여자네 집에 자주 방문했다. 엄마가 있으면 서로 대화가 통해서 여자도 마음이 편했다. 교회에 열심인 엄마는 성경 이야기를 자주하면서 교만하지 말라고 했다.

"난 우리 새끼들이 너무 가난해서 하느님 원망할까 봐 걱정했어. 그래서 하느님 원망하는 일 없이 사는 게 소망이었어. 하느님은 교만을 가장 미워하셔. 자랑을 하면 옆에서 듣고 있던 마귀가 시샘해서 '너 그래?' 하며 고통을 줘 시험하면 어떻게 해. 우선은 마귀의 힘이 커서 사람들은 절망하게 되지만, 지내 놓고 보면 신은 마지막에 나타나는 것 같더라. 난 내 자식들이 신의 눈 밖에 날까 봐 겁나."

갈급함 때문에 찾았던 성서 공부였다. 신의 눈 밖에 날까 봐 그랬던 것보다는 남편과의 관계를 화목하게 되돌리기 위해서였다. 여자는 무엇에라도 매달려야 했다. 나름대로 삶의 의미도 넓게 살펴보고, 다미의 입장도 이해하려고 했다. 성서 공부를 하면서 그 무한한 진리에 공감하고, 위로가 되었다. 성당 일도 다시 시작했다. 기도회를 다니며 하느님께 자신의 비열함, 질투의 더러운 감정을 없애달라고 빌고 또 빌었다. 피를 흘리는 기분이었다. 자신의 잘못을 인정했고, 남편 입장에서 그를 배려하자고 작정했고, 마음을 고쳐먹었다. 만약 신께서 이토록 고통스러워하는 자신의 번민을 보신다면 사랑스러운 말을 해주실 것 같았다. 또 지금의 광분을 녹여주실 만한 말을 해주시길 원했다. 그걸 바라는 건 절대로 주제넘지 않다고 생각했다. 지금껏 봉사해온 인생인데, 그만한 것을 요구할 자격은 충분히 된다고 믿었다. 여자는 밤샘 기도에 매달렸다. 참을 수 없는 눈물이 여자의 눈에서 흘러나왔다.

사랑이신 주님! 부당한 대우를 받거나 억울한 일을 당할 때마다 그리고 불리하다고 생각될 때마다, 자신의 정당성을 큰 소리로 외치고 싶은 유혹에 번번이 굴복하고 마는 것이 저 자신임을 잘 알고 있습니다. 화가 치밀 때는 감정을 그대로 폭발시켜야만 건강하게 오래 살 수 있다고 합니다. 인류 구원을 위해 커다란 십자가를 지신 주님께서 나를 따르라 하시며 묵묵히 앞장서 가시는데, 저는 작은 십자가마저 무겁다고 불평하고 살아왔습니다. 주님, 십자가를 지고 앞장서 가신 주님, 십자가를 거부하고 싶은 유혹에 넘어가지 않도록 도와주십시오. 그리하여 매일매일의 십자가를 불평 없이 수용할 수 있도록 성숙시켜주십시오.

그러자 주님의 응답이 들려오는 듯했다.

순간순간 네게 일어나는 모든 일들 위에
내 표지가 찍혀 있음을 굳게 믿고 신뢰하면서
네게 다가오는 매 순간을 그대로 받아들여라.
그러니 먼 데서 찾지 말라.
나는 바로 네 옆에 있다.
너의 가정, 네가 만나는 사람들, 부엌이
네가 사랑을 바치는 제대祭臺다.
그리고 내가 거기 너와 함께 있다.
이제 가라.
그리고 네 삶으로 너의 길을 완성하여라.

여자는 새로운 세계에 들어선 듯한 느낌을 받았고, 모든 바람이 이루어질 것 같이 가슴이 부풀어 올랐다. 전능하신 신에게 매달릴 수 있다는 건 얼마나 다행한 일인가. 여자의 기도는 한순간에 보상받을 수 있을 것만 같았다.

그러나 신은 좀처럼 오지 않았다. 기도는 기도에 그칠 뿐 마음을 착하게 다스리려고 하면 할수록 의심과 분노만 쌓여 갔다. 세상은 마치 그녀하고는 아무 상관도 없는 것처럼 잘만 굴러갔다. 아무것도 달라지지 않았다. 있지도 않은 신에게 매달렸을 뿐이었다. 그것은 자신의 욕망을 어쩌지 못해 몸부림친 것에 불과했다.

신, 옳고 정당한 심판자로서 언젠가는 선이 이긴다고 인간을 세뇌시킨 그 이름에 저주를 내리고 싶었다. 신은 개인의 사정 따위엔 관심이 없으니 스스로 찾아나서야 하지 않나 하는 생각도 들었다.

'내가 원하는 삶은 어디 있는가? 언제까지나 착한 사람도 없고, 언제까지나 나쁜 사람도 없다. 처한 상황, 서 있는 곳이 사람을 선하게도 악하게도 한다. 사형 선고를 받은 예수께 가시관을 씌우고 예수를 때리고 침 뱉고 조롱한 로마 병사들이 특별히 악한 사람은 아니었을 것이다. 그것은 몰이해에서 연유되었을 것이다. 아무리 착한 사람이라도, 내게 악하게 대한다면 그는 나쁜 사람이다. 세상 사람에게 정신적인 안정과 행복을 가져다준다고 해도, 나에게가 아니면 신은 아무 소용이 없는 껍데기에 불과하다.'

하지만 신은 없다고, 자신의 편이 아니라고, 아무리 부르짖어도 마음속에서는 신의 소리가 들려오고 있었다.

"나는 결코 너를 버리지 않으리라. 나는 항상 네 옆에 있느니라!"

아직 희망을 놓지 말라고, 더 성숙해지라고 다그치는 소리였다.

어느 날 주일미사를 마치고 휴게실에서 커피 한잔을 하는데 '성서 공부' 포스터가 눈에 띄었다. 순간, 구원받는 것 같은 기분을 느꼈다. 일주일에 세 번씩 성서 공부를 하러 다니기 시작했다. 마포 절두산성당에서 해방신학을, 명동성당에서 베소라 성경 및 성서 40주간 등을 이수했다. 인생을 반추하며 겸손을 배우려고 애썼고, 삶을 어떻게 견뎌낼까 고민도 했다. 공부하는 즐거움도 있었다. 성서 공부에서 얻은 지혜를 실생활에 적용하리라고 결심했다.

여자는 아침마다 남편의 구두를 닦아 가지런히 놓았고 아침 인사를 다시 시작했다. 조급하게 굴지 말자고, 대가를 바라지도 말자고 자신에게 다짐했다. 그러나 남편의 태도는 냉담했다.

"잘 다녀오세요!"

여자의 목소리는 현관문의 금속성 울림에 잘려져 나갔다. 여자의 노력에도 불구하고 남편의 마음을 잡기엔 긴 시간이 필요할 것 같았다.

성령 세미나 네 번째 시간, 그날 주제는 봉사와 회유였다. 강사의 간증 내용은 남편을 회유시킨 이야기였는데 듣고 있는데 희망이 생겼다. '그래, 좀 더 잘해 보자!'

남편은 술을 마시지 않으니 주정도 물론 없었다. 애인을 두고 딴살림을 차리지도 않았다. 부족하지만 생활비도 잘 줬다. 여자만 마음을 풀면 간단한 셈이었다.

간증 강사의 남편에 비하면 여자의 남편 문혁은 착한 편이었다. 친정 식구들이 있다고 불평도 하지 않았다. 이번에도 여자는 '나 자신'을 죽이리라 결심했다. 예수께서 지고 골고다 언덕을 오르신 저 고통스러운 십자가의 무게를 가늠해보면서 그분께 어깨를 짓누르는 고통을 이겨나갈 수 있는 힘을 주십사고 기도했다.

사랑하는 주님! 나는 손해볼까 봐, 누가 나를 업신여길까 봐 늘 경계하고 경계하며, 단 한 번도 나를 먹거리로 내어놓을 수 있는 마음의 여유를 갖지 못했습니다. 가진 것 얼마를 내어놓으라면 할 수는 있겠습니다. 약간의 봉사 활동도 할 수 있겠습니다. 그런데 나를 음식으로, 먹거리로 내어놓아 씹히고 먹히는 것은, 쪼개지고 바서지고 먹히는 것은 정말 자신이 없습니다. 그러나 주님, 도와주십시오. 떼어지고 나누어지는 당신처럼 타인에게 나를 먹거리로 내어놓게 하여 주십시오.

주님의 응답이 들려오는 듯했다.

지금 네가 걷고자 하는 길은
너 홀로 걷는 것이 아니다.
내가 너와 함께 걷는다.
그러나 이 차이를 기억하라.
내가 내 생애를
내 죽음으로 장식하기 전까지
내 생애는 미완성이었다는 것을.
너의 '길'은
네 삶으로 장식할 때
비로소 완성되리라.

그날은 남편이 일찍 들어올 것 같은 예감이 들어서 저녁 밥상에는 그가 좋아하는 병어조림을 올리기로 했다. 집에 돌아오는 길에 여자는 돈을 아끼지 않고 물 좋은 병어를 샀다. 멸치, 양파, 다시마 등을 넣고 우려낸 물에 파, 마늘, 고춧가루, 간장, 고추장을 조금씩 넣고 밑에 무를 깔고 그 위에 병어를 얹었다. 양념을 살며시 붓고 중불에 졸였다. 생선조림 냄새가 나기 시작하자 뚜껑을 열고 위로 올라오는 국물을 숟가락으로 생선 위에 끼얹으면서 정성을 다해 졸였다. 드디어 남편이 돌아왔다. 안방으로 들어선 그가 넥타이를 풀고 양복 상의를 벗고 있었다. 여자가 재빨리 뒤따라 들어가서 상의를 챙기려 하자 말없이 손을 뿌리쳤다. 옷을 빼앗기지 않으려고 팔에 힘이 들어 있었다. 싫다는 표시였다. 하지만 그녀는 빼앗다시피 옷을 받아 옷걸이에 걸었다. 급히 부엌에 들어가 커다란 접시에 푹 무른 무를 살며시 얹고 그 위에 병어가 흐트러지지 않게 담아냈다. 윤기가 흐르는 생선조림을 그의 입맛에 맞기를 바라면서 바라보았다. 그는 생선조림을 젓가락으로 서너 번 끼적이더니 이내 젓가락을 내려놓고 밥상을 물렸다. 밥이 그대로 남아 있었고 숟가락은 젓가락 위에 사선으로 얽힌 채 팽개쳐져 있었다. 예전 같았으면 생선조림을 좋아해서 밥을 남기지 않고 다 먹었을 터였다.

정성들여 차린 밥상을 거절한다는 것은 음식을 만든 사람을 무시하는 것과 마찬가지였다. 여자는 입술을 물고 밥상을 내려다보았다. 어떤 화해의 몸짓도 받아들여지지 않는다는 사실에 맥이 쑥 빠졌다. 남편의 거부하는 몸짓에 그녀는 또다시 참담해졌다.

다음 날, 이번에는 남편이 좋아하는 생태찌개를 만들었다. 늦게 돌아온 그에게 저녁은 했는지 물으며 쳐다보자 말없이 방으로 들어가버렸다. 긍정도 부정도 읽을 수 없어 밥상을 들고 들어갔다. 신문을 들고 있던 남편은 그제야 먹었다며 밥상을 밀쳐놓았다. 그 모습을 보자 참았던 화가 치밀었다.

'내가 미쳤지! 주둥이가 붙었나?'

욕지거리가 나오려는 것을 여자는 겨우 참았다. 먹었다고 말했으면 처음부터 밥상을 차리지 않았을 것이다. 별수 없이 저녁상을 다시 들고 나왔다. 써늘한 부엌 타일 바닥에 밥상을 놓고 넋도 같이 놓았다. 잠시 후 찌개 냄비를 쏟아버리자 허연 생태 토막 속에 여자의 마음 같은 날선 생선뼈가 보였다.

시골집을 전세 놓고 친정엄마가 여자가 사는 동네 근처에 셋집을 얻어서 이사를 했다. 둘째 여동생은 결혼해서 따로 나가서 살고, 다미와 남동생이 엄마와 함께 살게 되었다. 친정 식구들이 모두 떠난 후 회한이 몰아쳤다. 여동생 다미와 남동생 영철에게 질투만 한 것은 아니었다. 사랑도 했다.

처음 3년은 어떻게 하든 그 애들을 위해 앞길을 열어주려고 나름대로 애를 많이 썼다. 모두 의좋은 동생들이었고 믿고 따르는 언니, 누나 역할을 충실히 했다. 시골에서 올라온 촌티를 벗게 해주려고 나름대로 노력했다. 작명소에 데리고 가서 이름을 바꾸어주고 백화점에 데리고 가서 예쁜 옷을 사 입혔다. 명동에 데리고 가서 예쁜 구두를 사 신기고 미장원에 데리고 가서 머리를 예쁘게도 해줬다. 남동생은 '박영철' 대신 '박준영'이라고 불렀다. 막내 여동생 다미도 원래 이름은 '말희'라는 촌스런 이름이었는데 개명해준 것이다.

다미에게 질투를 느끼고부터 모든 게 틀어졌다. 다미는 큰언니에 대해 묘한 경쟁 의식을 가지고 있는 것 같았다. 언니를 이기려고 했다. 하지만 세상일이란 마음대로 되는 것이 아니었다. 언니에게 패배 의식으로 가득 차 있던 다미는 언니를 연적으로 취급했다. 언니를 라이벌로 여겼다. 그런 모든 일이 남편으로 인해 벌어진 것이라 생각하니 여자는 화가 났다. 다미가 형부가 편들어주는 것을 믿고, 언니를 무시한 것이다. 어리석기 짝이 없었다.

동생들은 자신의 분신이라는 신념에 따라 열심히 충고도 했고, 교양에 대해 이야기하고 가르치려고 나름대로 노력했다. 이런 동생들에게 배신감을 느꼈다. 특히 막내인 다미에게 더 화가 났다. 그동안 잘 해주려고 애를 썼던 것이 물거품이 되어버렸다. 그럼에도 동생 삼남매가 똘똘 뭉쳐서 '언니살이'를 했다고 원망을 늘어놓았다. 그렇게 원망하고 한이 있는 줄 몰랐다. 동생들은 찬바람을 일으키며 여자를 등지고 떠나갔다. 어느 누구도 빈말로라도 그동안 고마웠다는 말 한마디 없이 훌훌 떠나갔다. 새로운 신세계가 열릴 것처럼 홀가분하다는 표정으로.

데리고 있던 골칫덩어리들을 생각하면 가슴이 찢어지듯 아팠다. 한솥밥을 먹은 게 6년이었다. 언니, 누나하면서 따르는 동생들에게 사랑을 느꼈고 동질감으로 그리고 만족감으로 흐뭇해한 적도 많았다. 어떤 때는 자신의 아이들보다 더 챙겼다. 그런 기억만으로도 마음이 아팠다. 그동안 쌓아온 정성과 노력이 한순간에 날아가버렸다. 빈털터리가 된 심정이었다. 회오리바람이 이 세상 모든 것을 휩쓸고 지나가는 것 같았다. 그 황량한 빈자리에 여자의 아픔이 홀로 남아 있었다.

그 후로도 두고두고 가슴에 남은 상처가 낫지 않아서 아프고 서

글펐다. 미움만 떠난 것이 아니라 사랑도 떠난 것이었다. 이것이 욕심이란 것을 알고 있었다. 의로운 사람과 존경받는 사람, 둘 다가 되려고 한 것은 결국 이기적인 생각이라는 것도 알고 있었다.

누구나 고통의 시간은 빨리 지나가기를 바란다. 여자도 그랬다. 하지만 고통의 시간만 사라지는 것이 아니라 자신의 생명도 함께 지나가고 있었다.

유토피아

다미가 결혼을 한다고 했다. 결혼식 날짜가 정해지고 준비할 일이 많아졌다. 친정엄마의 성화로 작은엄마가 자신의 친정 쪽 지인을 신랑감으로 소개했던 것이다. 결국 딸을 책임진 사람은 엄마였다.

남동생도 남편의 도움으로 대학에 갔고, 졸업 후 남편 회사에 취직했다. 그 남동생도 같이 데리고 있다가 결혼을 시켰다. 친정 식구에 대한 남편의 배려는 참 고마웠다. 사실 이런 남편을 찾기 어렵다는 것도 알고 있었다. 친정의 친척들도 모두 남편을 칭찬했다. 엄마도 사위에게 고마움을 표했다. 전쟁터 같던 상황에서 밑의 여동생도 결혼시켰다. 엄마는 큰딸이 해준 한복을 입고 식장에 앉아 있으면 되었다. 밑의 여동생도 나름 애를 많이 먹였다. 두 동생들을 약혼시키고 결혼시키기까지의 과정은 모두 여자의 차지였다. 몇 번의 선을 보고 약혼을 하면서 상견례부터 사돈될 사람들에게 음식을 대접하는 일 등 그 모두를 여자가 직접 다 했다. 여동생과 남동생을 결혼시키고, 이제 막내 다미까지 결혼을 시키게 되었다. 여자는 친정에 대한 모든 궂은일을 다 치러내면서 한 번도 불평하지 않았고 당연한 일이라 자임했다. 물론 외부적인 것은 남편이 해결해준 것이지만.

다미의 결혼식장, 잇따라 쏟아지는 위로의 말들이 오갔다. 남편의 친구들이 그에게 다가가서 어깨를 툭툭 치며 말을 던졌다.

"어이, 안 사장! 섭섭해서 어쩌나?"

"쓸데없는 소리…… 괜찮아!"

그들은 에둘러 표현했다. 예쁜 처제를 얼마나 자랑했겠는가. 그들이 남편과 다미의 관계를 인정한 셈이었다. 여자는 질끈 눈을 감아버렸다. 위로는 남편이 아니라 여자가 받아야 했다. 동생들을 데리고 있다가 결혼시키고, 남편과 자식들 뒷바라지, 큰집 동서를 비롯한 시집 식구 눈치 보느라 고생했다고.

여자는 친정의 친척들에게서 "그동안 수희가 제일 많이 애를 썼지!"라는 말을 기대했지만, 잔치에 필요한 모든 것을 치러낸 여자에게 한 사람도 수고했다고 말해주는 사람이 없었다. 하지만 남편에겐 달랐다. 친척들이 우르르 몰려들어 그에게 수고했다는 말을 했다.

"형님, 어떻게 하면 저런 사위를 얻을 수 있어요? 아주버님이 안 계시니 사위가 아버지를 대신하게 되네요. 다 살게 마련이라니까."

처제의 결혼식장에서 딸을 시집보내는 것처럼 가슴 아파하는 남편을 두고 친정의 친척들은 좋은 사위를 두었다고 했다. 남편에게 고맙다가도 옆에서 그런 말이 들려올 때면 서운했다. 친정의 친척들로서는 그렇게 말할 수밖에 없었겠지만.

여자는 어릴 때부터 부모님으로부터 우리 큰딸이 아들이었으면 얼마나 좋을까, 라는 말을 듣고 자랐다. 그래서인지 친정에 잘해야 한다는 의무감이 항상 그녀의 뇌리를 떠나지 않았다.

"네가 고생이 참 많았구나."

친정엄마만이 큰딸인 여자에게 수고했다고, 고맙다고 말했다. 엄마는 역시 그녀의 편이었다. 그녀에게 아무도 진심으로 "오늘 힘들었지?" 하고 말해준 사람은 없었다. 엄마는 피로연이 끝났을 때도 그녀의 손을 꼭 쥐며 말했다.

"애 많이 썼다, 고맙다! 네가 있어서 다미를 결혼시키게 됐다!"

집으로 돌아오자 갑자기 피로가 몰려왔다. 긴장이 풀리고 팔다리에 힘이 빠지면서 온몸이 쑤시기 시작했다. 남편은 집으로 들어오자마자 이불을 덮고 누워버렸다. 하지만 5분도 지나지 않아 아무래도 그냥 넘길 수 없다는 듯 이불을 젖히고 벌떡 일어났다.

"오늘 잔치 음식이 그게 뭐야? 먹을 게 있어야지."

"그건 당신이 참견할 일이 아니야." 여자는 마음속으로만 대답했다. 그렇지 않아도 남편에게 고맙다는 말을 하고 싶었다. 하지만 만사가 귀찮다는 얼굴을 한 남편은 더 이상 말할 가치가 없다는 듯이 다시 이불을 머리까지 뒤집어썼다. 돌아누운 남편을 보자 여자는 허탈해졌다. 시누이 결혼식이라면 생색낼 수도 있겠지만 친정 일이라 꾹꾹 눌러 참기로 했다.

저녁이 되어서 불도 켜지 않고 누워 있다가 전화벨 소리에 벌떡 일어났다. 수화기를 들자 신혼여행을 간 다미가 제주도에서 한 전화였다. 무사히 도착했다는 연락이었다.

"언니, 고마워요!"

"즐겁게 잘 지내다 와."

잠든 줄 알았던 남편이 급히 일어나 전화기를 잡아챘다.

"처제! 어때? 행복해? 응……."

저쪽에서 무슨 말을 하는지 잘 들리지 않았다. 다만 남편의 다소 거친 숨소리만 귀청 가득 웅웅거릴 뿐이었다. 미처 못 한 말이 있었는지 전화가 끊어졌는데도 그는 수화기를 든 채 멍하니 그대로 서 있었다. 그러더니 이내 자리로 돌아가 누워버렸다. 여자는 다시 무릎이 꺾이고 말았다. 언제까지, 어디까지 가야 이 업보가 풀리려나 싶었다.

마로니에 백일장 우수 작품상을 받은 작품을 읽은 적이 있었다. 당시 친정 동생들을 모두 데리고 있던 터라 공감할 부분이 많았다. 자신이 잘못한 부분에 대한 반성도 했었다. 잘 기억은 나지 않으나 대강 이런 이야기였다.

부모 없이 두 자매가 고아로 자라다시피 했는데 필자인 언니가 동생을 데리고 결혼을 했다. 다행히 착한 시댁을 만나 시어머니가 여동생을 기꺼이 받아들여 초중고교를 졸업시키고 대학까지 보내주었다고 했다. 직장 생활을 하다 결혼하게 된 동생을 결혼시키는 과정에서 필자가 동생 시댁에 보낼 혼수 이불을 시어머니와 함께 꿰매면서 하는 생각이었다. 이 은혜는 생전에 머리를 잘라서 신발을 삼아드려도 모자란다며 은혜에 대해 감사하는 마음을 적은 수필이었다. 가슴 절절히 묻어나오는 고마움에 대한 이야기였다.

수필 작가는 그렇게 고마움에 대해 평생 머리카락을 잘라서 신을 삼아드려도 모자란다고 했다. 그런데 여자는 남편에게 어땠는가? 여동생 다미를 사랑했다는 이유로 병술을 마셨고 시위를 했고 고마움은커녕 심술을 부렸다. 진정 고마워해야 하는 일인데도 작은 감정에 매달려 어른답지 못하게 행동했고, 고마움에 대해 감사하는 마음보다 미움에 몸을 떨었다. 여자는 자신에 대한 자괴감으로 몸부림쳤다.

남편은 친정 남동생을 대학에 보내주고 결혼까지 시켰다. 처제를 결혼시켰고, 막내 처제 다미까지 결혼시켰다. 친정집 큰딸인 여자는 남편으로부터 많은 은혜를 입었던 것이다. 그런데도 여자는 남편에게 감사하는 마음은 고사하고 미움이 컸다. 가슴에는 원한이 가득했다.

수필을 쓴 작가는 시집 식구에게 얼마나 많은 일에 헌신했을까? 아마도 자신을 버리고 오직 순종의 시간을 보냈으리라. 여자의 가슴이 아팠다. 친정 여동생을 혹으로 데리고 온 그 작가는 시댁에서 베풀어준 은혜에 진심으로 감사하는 마음을 가졌는데…….

하지만 여자는 자신의 입장에서 상념에 빠졌다.

'굳이 변명을 하자면 남편에게 헌신한 내 손품, 발품을 말하고 싶었다. 시부모를 돌보았으며 임종을 지켰고, 진정으로 슬퍼했다. 누군가는 고맙다고 말해야 하는 거 아닌가? 책임을 작은동서에게 떠맡긴 큰동서는 뭐라고 대답할까? 그건 여자로서 당연히 했어야 할 일이라고 말할까? 그도 시집을 위해서 시동생을 돌봤으니 자기 몫은 했다고 할까? 그리고 남편 안문혁은 아내 박수희에게 고맙기는 할까?'

친정 식구들이 각자 갈 길을 갔고, 편안해졌다. 지나간 과거는 가볍게 잊혔다. 서로 각자 생각하기 나름이었다. 어떤 동생은 언니 집에서 괴로웠다고 할 것이고, 또 어떤 동생은 고마움을 느낄 때도 있을 것이다. 그렇게 생각하며 흘려보냈다. 모든 것이 통과의례인 것처럼.

모든 것이 잘 풀린다고 생각했다. 남편이 현금으로 몇천만 원을 주면서 집에 보관하라고 했다. 집에 비상금을 두고 있어야 한다고 했다. 남편은 여자가 증권에 투자를 해서 모아두었을 것으로 알고 있었다. 몇 번째 돈을 맡겼기 때문이었다. 좀 이익을 내기도 했다. 즐거워하는 여자에게 남편은 현금을 맡겼다.

여자는 친구에게 이끌려 성형외과에 갔다. 친구보다 더 늙어 보인다는 말에 선뜻 성형을 하기로 결정했다. 마침 돈이 생긴 마당에 덥석 일을 저지른 것이다. 그 돈으로 최고 성형외과에서 성형을 하고 집으로 돌아왔다. 남편이 퇴근하고 돌아와 여자를 보고 깜짝 놀랐다. 온 얼굴을 붕대로 감은 괴물이 앉아 있었던 것이다. 염치가 없어 고개를 돌렸지만 고개를 돌린다고 숨길 수 있는 것이 아니었다. 머리 전체를 허연 붕대로 칭칭 감은 여자를 보고 남편은 기가 막혀 했다.

"맡겨놓았더니 그새를 못 참아 날름 잡수셨다는 말이지?"

"친구들이 내가 당신보다 더 늙어 보인다고 해서……"

"잘 했어."

우물쭈물하는 여자에게 이왕 써버린 것 인심이나 쓰자고 작정한 것 같았다.

"우리 부모님 때문에 고생했다는 말을 할 때마다 나도 불편했어. 지우고 싶으면 지우고 살아야지."

남편은 그렇게 말했다.

집안 배경, 성격, 성장 과정이 다른 사람과 살면서 자신과 같으리라고 생각한 것부터가 잘못이었다. 감정을 이해해주지 않는다고 불평하면서 일생을 보냈다. 그러나 알아주지 못하는 부분도 있지만 시점 차이와 시간 차이도 있다는 것을 깨달았다. 상대가 깊은 고민에 빠져 있을 때나 어려운 일을 해결해야 하는 중대한 시간에 자신의 고통을 이야기하면서 이해해주지 않는다고 불평하며 살았다. 그럴 때마다 '놀고 있네. 나는 이렇게 살아보려고 발버둥을 치는데 한가하게 그런 사소한 감정 놀이나 하고 있어' 하며 불편하게 생각했을 수도 있다는 걸 알았다.

이 또한 지나가리라.(This, too, shall pass away.)

5부

비가 와도 꽃은 핀다

기쁜 날의 이야기

"당신은 왜 나와 결혼했어?"

남편이 물었다. 여자는 서로의 입장 차이와 시집살이에 대한 이야기를 했다. 남편은 처갓집 식구를 거둔 이야기를 하면서 서로 진 빚을 상쇄하자고 했다. 그녀는 흔쾌히 그러자고 했다. 서로 상대방에게 헌신했다고 주장했던 과거사를 비기기로 한 것이다.

"퉁치자! 당신은 어때?"

과일을 깎고 있는 여자에게 남편이 물었다.

"그래요!"

"유쾌한 결정을 보았네."

"서로에게 진 빚은 서로 비기기로 했으니 이젠 다시 거론하지 않기예요."

평상시 돈 거래는 부부간이라도 명확하게 해결하는 두 사람이었다. 그래서 마무리 조건으로 퉁치자고 했던 것이다. 유일한 조크였고, 기쁜 날의 이야기였다.

4차. 8월 28일~29일 입원. 입원했다가 마땅한 치료 방법이 없어서 집으로 돌아옴.

남편은 회사에 나가는 것을 운동이라고 믿고, 운동할 목적으로 대리기사를 불러서 차로 출퇴근을 했다.

8월 31일. 차 안에서 많이 토함.

친목회에 남편과 함께 참석했고, 모두들 얼굴이 좋아졌다고 했다. 의례적인 인사말이었다. 여자는 남편 병색을 아무리 숨기려 해도 드러날 것 같아 불안했다. 그래도 체중이 줄지 않아서 나름 중환자 같아 보이지 않아 다행이었다. 하지만 사람들이 알아차릴 것 같아 마음이 불편했다.

'누구나 고통의 시간이 빨리 지나가기를 바란다. 그런데 고통의 시간만 사라지는 것이 아니라 생성의 삶도 함께 지나간다. 우리가 바란 대로 시간이 도달할 수 있는 그 끝은 어디일까? 생명이 쇠진될 때까지 시간이 빨리 지나가기를 바라면 그 끝엔 뭐가 있을까? 내가 끝없이 소원하고 지나가기를 바란 대가가 이런 것일까? 그대로 죽음에 도달하고 말 것인가? 고통의 순간도 아까운 시간의 일부분 아닌가? 나는 어떻게 살아야 하나?'

인간에 대한 회의가 엄습했다. 우여곡절을 겪고 희로애락을 함께하면서 친구가 된 남편과 살아온 지가 60년이 되어 갔다. 이제서야 마음의 편안함을 얻었다. 오욕이 사라지고 함께 사는 재미를 느끼고 있는데, 측은지심을 가지고 나머지 인생을 살아가게 되었다.

남편의 투병하는 모습을 보며 고통을 나누어 가질 수만 있다면 그렇게 하고 싶었다. 그러나 어림없는 망상이었다. 살아 있음은 혼자의 몫이었다. 심장은 언제나 제 주인만을 위해 뛰었다. 계속 뛰기 위해서 뛰었다. 타인의 몸속에서는 뛸 수 없고 타인의 슬픔 때문에 멈추지도 않았다. 인간은 원래 근원적으로 무능력하고 타인의 슬픔을 똑같이 느낄 수 없는 존재였다. 여자는 남편에 관한 한 '전문가'라고 자처해왔다. 그래놓고 암 말기가 되도록 몰랐다. 남편의 병을 왜 몰랐을까, 되짚어 곰곰 생각해보며 책임감을 느꼈다.

남편 얼굴에 작은 뾰루지, 입 주변에 빨간 점만 생겨도 여자는 곧 간장약을 대령했다. 남편이 괜찮다고 말해도 여자는 그에게 약을 권했다. 그러면 그 처방은 바로 약효를 냈다. 어쩌다 방치하면 곧 크게 번졌다. 몇 번의 경험이 있었음으로 알게 된 진리였다.

간이 일으키는 모든 후유증을 겪었다. 모든 민간요법에 여자는 능통했다. 침, 뜸, 물리치료……. 한때 허리에 좋다는 큼직한 치료기를 들여놓고 남편에게 찜질을 해준 적도 있었다. 사기를 당한 일이지만 일본 원자력 폭발 후유증 환자를 위한 의료기라고 해서 구입한 적도 있었다. 탄소막대기에 빛을 쏘여 태우는 요법도 해봤다.

남편은 귀가 얇았다. 물론 아픈 사람이어서 그렇다고 믿었다. 디스크 수술을 적극적으로 말렸는데도 고집을 부려서 하고 나서 실패하기도 했다. 그 후 잡다한 의료 행위는 일일이 열거할 수 없을 정도였다. 여자의 의견을 듣지 않고 그가 결정한 일로 실패했고 고생했다. 그래서 남편에게서 원망은 듣지 않았다. 이젠 여자가 남편의 '주치의' 역할을 수행하는 셈이었다.

입원과 퇴원을 거듭하면서 췌장암센터 앞에서 주의 사항을 읽었다. 남편의 조기 증상이 그대로 표기되어 있었다.

첫째, 몸에 가려움증이 있으면 의심해볼 것.

남편은 고질적인 가려움으로 고생했다. 몇십 년을 고생하는 동안 검사도 여러 번했다. 병원 여러 곳을 전전하며 세균 검사도 많이 했다. 시중에서 판매하는 모든 가려움증에 바르는 연고는 집에 다 있을 정도였다.

둘째, 물을 많이 마시면 원인을 찾아볼 것.

남편이 물을 많이 마시는 것도 또한 달라진 모습이었다. 마음이 변하면 몸에 이상이 오듯이 몸 상태가 변하면 어딘가에 이상이 온 것이다. 평상시 물을 잘 먹지 않던 남편이 많은 물을 마셨다.

"왜 그렇게 물을 많이 마셔요?"

"사우나에 가면 땀을 많이 흘려서 그런가 물을 많이 마시게 되네."

이유는 그럴싸했다. 물을 많이 마시게 되는 일에 대해 이곳저곳에 물었다. 모두들 물을 많이 먹는다는 건 좋은 현상이라고 했다. 당뇨에 대한 의심으로 당뇨 검사를 여러 번 했다. 모두 정상이었다. 현대 의학으로 하는 검사 수치는 모두 괜찮았다. 주변에 물어보아도 물을 많이 마시는 것은 좋으면 좋았지 나쁘지 않다는 것이었다. 남편의 병은 여자의 관찰 촉도 비켜갔다. 남편은 나이보다 젊어 보이는 동안을 가졌다. 그 때문인지 아무도 의심이 없었던 것이다.

입퇴원을 거듭하면서 퇴원해 집에 있을 때는 회사 일을 궁금해했고, 원하는 대로 운동 삼아 출근을 했다. 자신이 아직 살아 있음을, 친구들에게 건재함을 알리고 싶어 했다. 남편은 투병 사실을 비밀로 해왔다.

"아무에게도 알리지 마."

"왜 그래요?"

"싫어. 패배자 같아서."

남편의 마음을 이해할 것도 같았다. 자존심이 상했던 것이다. 남편 주변 친목 단체 사람들은 겉으론 친한 척해도, 모두 사업상 경쟁 상대였지 친구는 아니었다. 그들은 멀쩡했다. 그런데 남편만 아파 누웠으니 좌절이라기보다는 패배한 심경이었으리라. 누구보다도 건강해 보였던 남편이었다. 여자도 자존심이 상했는데 당사자는 오죽했겠는가.

5차. 9월 1일 입원. 식사를 못함.

여자는 아직도 남편이 마지막이라는 사실을 모른다고 짐작했다. 그런데 한 가지 달라진 점이 있었다. 딸이 왔다가 돌아갈 때는 꼭 엘리베이터 앞까지 따라 나왔다. 그러고는 운전 조심하라고, 잘 가라고 손 흔들며 말했다. 마치 다시 못 볼 사람처럼.

6차. 9월 13~15일. 토요일 퇴원.

입맛이 없는 남편을 위해 맛집 여행을 해야 할 판이었다. 명동에 있는 중국집에서 음식을 먹으며 명동의 옛 정취를 둘러보기로 했다. 새삼스럽게도 옛 정취가 남아 있는 곳이 제법 있었다.

남편은 골프를 좋아했다. 의지력이 강한 남편은 숏 게임에 능했다. 팔이 짧아 드라이버 길이는 짧아도 점수는 늘 상위권이었다. 남편보다 10년쯤 젊은 사람과 한 조가 되어 늘 내기 골프를 쳤다. 내기를 해야 점수가 정확하다고 했고, 경기를 끝낸 후 저녁 식사 값을 지불하는 방법 중 하나라고도 했다.

어느 날 골프장에 여자가 따라갔을 때 비거리가 짧은 남편에게 지던 일행 중의 한 사람이 한마디 했다.

"사모님이 오셨으니 그동안 안 사장님에게 바친 밑천을 좀 뽑자고."

그는 낄낄거리며 웃었다. 부부가 골프를 치면 잘 하던 사람도 스코어가 준다는 속설이 있었다. 아내에게 힘자랑하는 과욕을 부리다 참사로 이어진다는 이야기였다. 한쪽이 아내와 같은 부부 팀이고 다른 편은 싱글끼리의 팀일 때 게임을 하면 부부 팀이 지게 되는 확률이 높다고 했다. 아내 앞에서 폼을 잡고 잘 쳐보려다 게임을 망치게 되기 때문이라고 했다.

그날 여자는 필드에서 남편이 드라이버로 샷을 날리면 무조건 '굿 샷!'을 외치며 박수를 쳤다. 가까이 가면 젊은 사람보다 좀 짧았다. 그럴 때면 남편은 겸연쩍어했다.

"여보, 나이가 차이가 나는데 그들보다 조금 덜 나가는 것은 당연하지요."

"그런가?"

남편은 그렇게 대답하며 웃었다. 홀마다 여자는 '나이스 샷!'을 외쳤고, 그에 부응하듯 남편이 힘차게 친 공은 포물선을 그리며 그린에 안착했다. 자신의 짧은 비거리를 극복하려고 숏 게임 연습을 많이 했던 것이다. 결과적으로 숏 게임에 능한 남편의 점수는 기록을 갱신했다. 그들의 기대는 수포로 돌아갔다. 남편은 시합이 끝난 후 의기양양했다. 적극적인 아내의 응원 덕분이라면서 으스대기도 했다.

남편의 원정 골프 여행은 늘 여자가 바라던 일이다. 즐거워하며 돌아오기 때문이다. 어느 날 2박 3일 일정으로 원정 경기를 갔다가 현관문으로 들어서는 남편의 골프 가방을 받아든 여자는 바로 알아봤다. 그의 얼굴만 봐도 스코어가 어느 정도인지 알 수 있었던 것이다. 트로피 끝에 금으로 만든 골프공이 번쩍번쩍 빛이 나고 있었다. 트로피를 가방에서 꺼내며 행복해하는 것이 마치 연애하다 들어오는 사람 같았다. 행복이 얼굴에 묻어 있었다.

남편은 퇴근해서 집에 돌아오면 여자에게 묻곤 했다.

"당신, 오늘 골프 연습장에 갔어?"

여자는 운동을 싫어했다. 운동 신경이 둔한 데다 소설 쓰기에 빠져 다른 일에 눈 돌릴 새가 없었다. 차일피일 미루다가 남편의 재촉에 못 이겨 마지못해 연습장에 등록했다. 왕초보 연습 시절에 뚝섬, 과천 경마장, 123 퍼블릭 코스를 찾아다녔다. 필드를 경험해야 정식 코스를 밟을 수 있을 것 같아서였다. 퍼블릭 코스는 회원제가 아니고 일반인에게 개방되어 누구라도 플레이할 수 있는 코스를 말한다.

속초에서 라운딩을 하기 전에 미리 간 곳이 지금은 없어진 설악산 진부령에 있는 알프스 퍼블릭 코스였다. 여름에는 골프 연습장으로, 겨울에는 스키장으로 쓰인다고 했다. 웅대한 설악산을 배경으로 구성된 6홀의 퍼블릭 코스는 아기자기하면서도 골프의 재미를 한껏 살려주도록 설계되어 휴양지의 묘미를 느끼게 해주었다. 산 위에서 내려치는 첫 홀의 티샷 자리에 섰다. 주변에 아무도 없어 남편과 여자는 서로 눈을 마주치며 웃었다. 뭔가 묵계를 한 것이다. 한 홀 스타트 점에서 두 개씩 치며 내려왔다. 불법이었다. 불법은 재미있고 횡재를 한 느낌이 들게 했다. '공짜'란 참 황홀한 것인가 보았다. 웃음 가득 얼굴에 담고, 즐겁고, 행복한 시절이었다.

여자는 골프를 시작한 지 얼마 되지 않아 남편과 함께 괌으로 여행을 떠났다. 둘만의 여행이었다. 괌 여행은 자유 시간이 많았다. 괌은 1521년 마젤란이 발견한 이후 스페인 영토가 되었으나, 1898년 미국과 스페인의 전쟁으로 미국 영토가 되었다. 공용어는 영어와 차모르어다. 두 사람은 말이 서툴렀지만 영어로 물어서 일본인이 경영한다는 골프장으로 셔틀 버스를 이용해 갔다. 서울에서 사용하던 헌 골프공과 현지에서 구입한 새로운 골프공을 합쳐서 모두 백 개는 되었다. 두 사람 중 남편이 30개를 사용하고 여자가 70개쯤 사용하면, 넉넉한 숫자였다.

골프에서 하체는 스윙의 축이다. 당당히 쳤는데 처음부터 오비OB, Out of Bounds가 났다. 경쾌한 소리를 내며 공은 페어웨이를 벗어나 오른쪽 숲으로 날아갔다. 영어 오비는 한자로 풀이해도 들어맞는다. 그릇될 오誤, 날 비飛, 즉 오비誤飛로 표기하면 그럴 듯하다. 한국에서는 여자가 먼저 오비를 내면 남편은 돌아보며 싱긋 웃었다. 그러곤 쏜살같이 달려가 남들이 오비를 내고 찾지 못한 공을 주머니 가득 담아가지고 돌아왔다.

"당신이 오비 낸 곳에 가면 공들이 널렸어."

그런 모습을 보고 함께 라운딩을 하는 여자들이 말했다.

"어떻게 하면 저런 남편을 만나지요?"

"네, 부모님 말씀을 잘 들으면 됩니다."

즐거웠다. 남들에게 이 정도 보였다면 꽤 성공한 결혼 아닐까 싶었다.

틀린 말은 아니었다. 친정엄마는 순한 집에 시집보내려고 했고, 시어머니는 복이 있어 보이는 아가씨를 아들 짝으로 만들어 주고 싶어 했으니까. 그게 남편이었고 여자였으니까.

괌은 밀림 지역이어서 한 번 오비가 나면 끝이었다. 공을 찾을 수 없었다. 밀림은 깊은 계곡이어서 깊이가 얼마인지 모를 정도였다. 어렵게 그린에 올려놓아야 했다. 만약 벙커나 해저드에 흘러들어도 찾지 못하기는 마찬가지였다. 깔깔거리며 라운딩을 하다 보니 마지막 두 홀을 남기고 아끼던 골프공이 세 개뿐이었다. 할 수 없이 여자는 공을 들고 오비가 난 것처럼 그린 근처에서 티를 놓고 치는 진풍경을 연출했다. 억지로 라운딩을 마치면서도 행복했다. 한국처럼 누가 보는 것도 아니므로 한국으로 돌아가서 잘 쳤다고 하면 그만이었다. 공기 클리너로 골프화를 닦으면서도 웃었다.

소설가인 여자는 나름대로 대화에 대한 철학을 가지고 있다. 진정한 대화란 있을 수 없다고 믿는 편이다. 대화는 내용도 중요하지만 가장 중요한 것은 공감이다. 저녁 식탁에 앉아 즐거운 대화를 나누며 밥을 먹어도 자세히 살펴보면 서로 자신들 이야기만 하고 있는 부부들이 많다. 물론 그래도 남들 눈에는 화기애애하고 소통이 잘 되는 부부처럼 보일 것이다.

여자는 소설 쓰는 고민에 대해 말했다. 소설은 깊은 사고思考로 시작해야 하고 인간의 고뇌를 소설 속에 녹여야 하는데 잘 되지 않아 고민했다. 한참 감수성이 있는 나이에 진학을 못함으로 인해 더 이상 날개를 펴지 못했다고 생각했다. 생활 속에 침몰했다는 회한도 들었다. 시부모님 건강 돌보고 남편의 저녁 반찬 걱정 등으로 일상적인 생활인이 되었기 때문에 소설에 발전이 없다고 투정하기도 했다.

"남들 소설은 근사한데 내가 쓰는 소설은 줄거리에 그치는 것 같아 고민이에요."

"……."

그럴 때면 여자의 이야기에 반응하지 않고 남편은 곧바로 골프 이야기를 꺼냈다.

"요즘 비거리가 짧아 고민이야."

"그게 무슨 고민이에요?"

"남자의 자존심이거든. 아무래도 드라이버를 하나 사야겠어."

잔디 그린에서 퍼팅을 했는데 공이 홀에 빨려 들어가서 버디를 했다면서 흥분한 상태였다.

"원정 골프 대회에서 실력을 늘리려면 지금 골프채로는 안 되고 새로 나온 명품 채로 바꿔야겠어."

그러면서 골프 스코어는 퍼팅이 좌우한다고 했다.

여자도 마찬가지였다. 남편이 골프채를 새로 바꾸든 말든 그녀는 자신의 이야기만 계속했다. 남편이 잠시 밥을 먹고 있는 사이 다시 소설 이야기를 꺼내들었다. 그가 자신의 골프 이야기가 끝났는지 이번엔 반응했다.

"그 읽지도 않을 소설인가 뭔가 그만두고 나와 같이 운동이나 다녀. 혼자 꾸부리고 앉아 궁상 좀 그만 떨고. 자원 낭비, 아까운 종이 낭비지."

그래도 한 식탁에 앉아 대화가 있는 식탁이었다. 음식을 먹으며 각자 즐겁게 이야기하기는 했다. 남들이 보았다면 행복해 보였을 것이다. 현대를 살아가는 부부에게 최고의 고통을 물으면 대부분은 '공감 능력이 결여된' 사람과 사는 것이라고 했다. 여자 부부도 대화를 통해 공감을 한 적은 별로 없었다. 그래서 진정한 대화란 있을 수 없다고 믿었다. 자신은 옳고 상대에 대한 서운함을 말하는 것이 대화가 아니지 않은가. 그런데 대개는 서로 자신의 입장만 내세우고 말한다. 한쪽이 고집하면 어느 누가 자신의 말이 틀렸다고 인정하고 상대의 말에 공감하겠는가. 긍정적인 태도를 가질 수 있겠는가. 여자의 부부도 여기서 결코 벗어나지 않았다.

약속은 약속

어느 날 문학동아리에 함께 다니는 친구가 '뒤풀이'에 참석할 거냐고 여자에게 물었다.

모임이 오후 5시에 시작하는데 뒤풀이까지 참석하면 아무래도 오후 6시는커녕 한참 늦게 집에 들어갈 것 같았다. 함께 뒤풀이를 가자는 말에 여자는 거절하고 집에 가야 한다고 했다.

"난 다음에 참석할게."

"너 무슨 잘못한 일 있니?"

"의심이라기보다 남편과 약속했거든."

"무슨 약속인데?"

"낮이라면 몰라도 오후 6시 이후에 남편이 퇴근하는데, 그때 내가 집에 있어야 한다고 해서 그러기로 했거든."

"뭐? 그런 것도 약속을 해?"

"내가 옆에 없으면 불편해하거든."

"단지 자기가 불편해서 너를 잡아두는 거야?"

"약속은 약속이니까. 지켜야 하거든."

"더러는 안 지켜도 되잖아?"

"나라고 왜 대들고 싶지 않겠어. 그동안 억눌린 감정이 폭발해서 튀어나올 것 같지만 약속은 약속이니까."

"그런데 행적은 왜 따져 물어?"

"나에 대해 모든 걸 알고 싶어서지."

시부모님이 돌아가시자 여자에게 시간이 생겼다. 마침 그때 K대학교 사회교육원이 생겨 거기서 문학 공부를 시작했다. 예전에도 그녀는 좋아하는 문학 공부를 하고 싶어 틈만 나면 여기저기 백화점 문화센터, 대학 문학 강좌 같은 곳을 기웃거리곤 했었다. 사회교육원에서 만난 학우들과 함께 자연스레 어울리게 되었다. 학생들은 강의가 끝나도 지도교수와 문학에 대한 이야기를 더 하고 싶어 했다. 여자도 그중 한 명이었다. 그녀는 생전 처음 뒤풀이 모임에 참석해보니 대학생이 된 것처럼 즐거웠다. 맥주 한 잔의 기쁨과 엘리트 집단에 대한 동경이 합쳐져 삶이 즐거웠다. 자신의 문학에 대한 열정을 발산할 곳이 필요했는데 물을 만난 고기 같았다. 친구들을 만나서 이야기를 하는 것도 좋았다. 하지만 그녀는 저녁 6시 귀가 시간을 꼭 지키고 있었다. 문학 공부를 못하게 할 것 같아 겁이 나서였다. 그리고 남편에게 비밀로 할 만큼의 일이 있어서라기보다는 남편과 한 약속 때문에 저녁 귀가 시간을 지키고 싶었다.

"네 남편은 너를 두고는 죽지 못할 것 같다."

"왜?"

“마누라 일상을 꼭 알고 싶어서 어떻게 죽냐?”

친구가 농담을 했다.

저녁에 집에 돌아온 남편이 여자에게 물었다.

“오늘 나갔다 왔어?”

“네.”

“어디? 누구와?”

“당신이 누구라면 알아요?”

“아니, 무슨 말이야? 어디에 다녀왔다고 말하면 될 것을 왜 토를 달아. 왜 물어보는 게 싫어? 싫다면 그만둘게.”

“아니, 그냥 그렇다는 말이지요.”

입 속으로 짜증을 눌러 삼키며 대답했다. 여자의 안색을 살피던 남편은 그것이 아내에 대한 관심이라고 말했다.

“무관심하면 좋아? 그러면 그렇게 할게.”

말은 그렇게 했어도 계속 물어볼 것이고 싫다고 해도 그만둘 사람이 아니었다. 그동안 여자가 터득한 것이 있다. 남편이 원하는 대답을 하면 된다는 것이다. 따지고 들어 심기를 건드릴 필요는 없었다. 여자는 언제나 외출하고 돌아오면 꼭 알리바이를 만들어 남편의 질문에 금방 답할 수 있게 준비했다. 소위 알리바이 리스트를 만들어둔 것이다. 백화점, 친구, 도서관 등 할 말을 머릿속에 챙겨놓고 집에 들어왔다. 그래야 길게 갈 갈등도 간단하게 처리가 된다는 것을 알고 있었다.

“나갔다 왔어?”

“네.”

오늘은 누굴 만났냐고 왜 안 묻지, 생각하는데 아니나 다를까 신문을 펼치고 보는 척하다가 기습적으로 질문을 던진다.

"누굴 만났다고?"

"동창을 만났어요."

"어떤 동창? 도대체 동창회가 한 달에 몇 번이나 있는 거야? 저번에도 동창 만났다고 들었던 것 같은데."

"수원 친구가 와서 함께 점심 했어요."

남편은 여자의 친구들을 대강 알고 있었다.

"수원 친구? 누구?"

"모처럼 연락이 되어 만났어요. 옆 동네에 살던 친구가 연락이 와서. 연희 친구 수정이라고."

"못 들어본 이름인데?"

새로운 친구가 등장했으니 가끔 알리바이로 써 먹어도 될 것 같다. 거짓말도 머리가 좋아야 한다. 알리바이를 만들게 된 동기는 갑자기 질문을 했을 때 빨리 대답을 못하고 우물쭈물 버벅거릴 때가 있어서였다.

"당신은 거짓말하는 게 다 보여."

남편은 거짓말 못 하는 여자가 순진하다고 웃었다. 그런 남편은 정작 자신에게만은 예외였다. 자신은 큰 비밀이라도 있어야 권위가 서는지 자신의 행적에 대해선 비밀이었다.

"오늘 어디 갔었는데 이렇게 늦어요?"

"그렇게 됐어."

남편은 아내의 행적에 대해선 꼬치꼬치 물으면서도 자신은

"그렇게 됐어"라는 단답형으로 대화를 끝내버린다. 그럴 때마다 따지고 싶지만 그만두곤 했다. 일일이 알고 싶지도 않았다. 그가 말할 답을 알고 있기도 했다. "남자와 여자가 같은가?"라고 주장할 게 뻔했다. 무엇보다 남편의 비위를 건드릴 필요가 없었다. 다만 그가 허락한 범위 내에서 행동하면 그만이었다.

"그 옷, 못 보던 옷인데?"

"작년에 입었던 건데요."

"그래? 바겐세일 때 싸게 산 거구만."

남편이 웃으며 말했다. 여자 입에서 나올 말을 알고 있다는 듯 웃었다. 여자는 옷 쇼핑에 대해 남편이 물으면 늘 가판대나 남대문 시장에서 샀다고 말해왔다. 이번에는 남편이 속지 않은 것 같다. 그전 가판대에서 산 물건과 다르기 때문이리라. 그래도 다행히 그냥 넘어갔다.

"허긴, 내가 알아서 뭐해."

이렇게 말하곤 웃었다.

남편의 취향은 밝은 색이다. 여자가 검은 긴 코트라도 입으면 고개를 흔들었다.

"그 옷은 저승사자 같아."

남편은 요즘 들어 부쩍 검은 옷을 싫어했다. 대신 여자가 밝은 색 옷을 입으면 칭찬하기에 바빴다.

"우리 마누라 예쁜데!"

이젠 습관이 되어 남편이 참견하는 일에 여자는 아무렇지도 않다. 그들 부부만의 인사법이다. 그날그날의 근황을 알아서 서로 배려하는 사이가 된 것이다.

"지방에서 올라온 재경 동창생들은 끈끈한 정이 있는지 모임도 많구나. 난 서울에서 학교를 나와서, 그런 모임이 별로 없는데……."

남편은 그렇게 말하면서 부럽다고 했다.

예지몽

꿈속에서 계속 땅을 파고 새집을 지었다. 그런데 그 집이 너무 초라해서 걱정하다가 여자는 잠이 깼다. 세노이족이 말하는 이어 꿈꾸기였다. 베르나르 베르베르의 소설《잠》에서와 같았다.

꿈속에서 나오는 마을은 고정되어 있었고, 다음 날 꿈을 꾸어도 전에 꿈속에서 보았던 바로 그곳이었다. 꿈속은 다른 세계가 존재했다. 그곳에서 있다가 깨면 현실이고 잠들면 또 그곳 꿈속에서의 생활이 전개되고 있었다. 두 세계에 살고 있는 것 같았다.

번번이 이어지는 꿈은 남들보다 작은 집을 짓고 있었다. 여자를 버리고 다른 여자에게 가는 남편 꿈을 꾸었다. 반년 전부터 악몽에 시달렸다. 꿈에서 깨어나도 꿈속에서의 광경이나 풍경이 선명했다.

"꿈에 당신이 날 버리고 다른 여자와 가버리는 거야. 이상하지?"

"뭔 개꿈을 꾸고 그래? 이렇게 돈을 주잖아."

남편이 웃으며 주머니를 뒤져 잔돈을 여자 손에 쥐어주며 웃었다.

내적 갈등이 수십 년이 지나도 사라지지 않은 모양이었다. 아직도 대학 등록금이 없어 쩔쩔 매거나 시험지를 받아들고 답을 몰라 곤욕을 치르는 일 등이 꿈에 나타난다.

요즘 남편은 무엇이든지 주고 싶은가 보았다. 여자가 원하지 않아도, 무엇인가 줄 게 있다면 줄 태세였다. 백화점에 가면 값이 어떻든 무조건 옷은 입어보라 했고, 구두는 신어보라 했고, 모자는 써보라 했다. 그녀에게 그동안 못 다한 사랑을 주고 싶어 하는 것처럼 보였다.

언젠가 남편이 회사에 출근하면서 여자에게 말했다.

"당신은 좋겠다. 나는 감기 기운이 있어 쉬고 싶은데도 나가야 하는데. 당신은 내가 나가면 누워 잘 수도 있고, 친구들과 하루 종일 수다를 떨 수도 있고, 하고 싶은 대로 할 수 있잖아. 나는 죽기보다 싫어도 꼭 나가야 하는데. 쉴 수 있는 당신이 부럽네, 부러워."

그때 알았다. 서로 사정을 모를 땐 혼자만이 치러내야 하는 고통에 억울해했었다. 밤새 우는 아픈 아이를 달래면서 날이 밝아 병원에 갈 때까지 아무 일 없기를 바라며 애태울 때도 있었고, 남편이 연락도 없이 집에 들어오지 않을 때 혼자서만 고생하는 것 같아 서운하기도 했었다. 사업하느라 그런 줄 알면서도 가정에 소홀한 남편을 원망하기도 했었다. 그야말로 감정의 시간이 달랐던 것이다. 서로 다른 생각으로 자신들이 더 억울하다며 살고 있었던 것이다. 모든 억울한 것은 상대방이 처한 상황을 몰라서 일어나는 현상이었다.

지금 남편 안문혁은 아프다. 그의 아픔이 얼마만큼의 고통인지 모른다. 다만 미루어 짐작할 뿐이다. 객관적으로 바라보는 것만은 아니다. 남편과 동일한 환경이 곧바로 자신에게 닥칠 일로 떠오른다. 혼자 치러야 할 고통의 순간을 상상해본다. 이런 생각도 지극히 이기적임을 알고 있다. 자신의 고통을 예감하는 자체가 그렇다.

여자는 스포츠 경기를 보기 어려워한다. 빅게임일 때는 더욱 그렇다. 객관적으로 볼 수 없기 때문이다. 늘 선수들과 같이 뛰는 것 같은 착각을 한다. 너무 초조하고 불안하다. 그래서 곧 기진맥진해진다. 경기 자체로 보고 즐기면 될 일이지만 그녀는 그게 어려웠다.

여자는 한참 동안 잠든 남편을 바라보았다. 단 며칠만이라도 붙잡고 싶었다. 60년을 함께 산 남편과의 이별을 준비해야 했다. 남편을 위해서도 자신을 위해서도 마지막을 처참하게 보내고 싶지 않았다. 남편을 좀 더 오래 기억에 남도록 해야 한다고 결심했다. '후회 없는 삶을 만들자'고 다짐하며 남편과의 추억 만들기를 도모했다. 하지만 추억보다는 공동의 미래를 만들어가는 것인지도 몰랐다. 그의 투병을 보면서 곧 닥칠 자신의 미래를 미리 보는 것 같았다. 언제가 될지 모르지만 그때 자신의 마지막을 추억해줄 동반자는 없을 것이다. 물론 자식들이 있지만 끝까지 함께 살아온 사람은 옆에 없을 것이다. '나는 씩씩한 사람이니까 내 일은

내가 처리해왔다. 지금은 남편 걱정만 하자. 혼자만의 마지막 같은 건 그때 가서 생각해보자.'

남편도 떠날 준비를 하는 모양이었다. 아무리 둔하다고 해도 본인은 아니었던 것이다.

"이 사람이, 이불을 내치면 어떻게 해."

여자가 감기라도 걸리면 큰일이라는 듯 이불을 덮어주며 말했다. 나이가 들자 잠자다 쥐가 나는 경우가 많아졌다. 잠을 자는 동안 또 장단지에 쥐가 나서 신음을 했다. 남편이 잠결에 흔들었다.

"왜 그래?"

"다리에 쥐가 나요."

남편은 벌떡 일어나 다리를 주물러주었다. 왈칵 눈물이 났다. 본인은 죽음과 싸우면서 아내를 위해 하지 않던 짓을 하고 있었다.

등산을 가도 남편은 저만치 앞서가다가 여자가 뒤처지면 다시 돌아와 팔을 잡아주곤 했다. 잘못하다가 두 사람이 다 넘어지면 더 큰일일 것 같아 싫다고 해도 아랑곳하지 않았다. 계단을 오를 때도 손을 잡아주며 보호자를 자청했다. 전에는 없었던 일이었다. 이런 것을 두고 여자는 '사랑'이라고 불렀다.

남편과 여자는 다이어트를 해서 날씬해져야 병 없이 살게 된다고 믿었다. 하지만 아무리 운동을 해도 체질이 통통해서 그런지 좀처럼 날씬해지지 않았다.

"슬림해야 예쁜데……"

요즘엔 병원을 오고가느라 좀 힘이 들었는지 약간 배가 줄어든 것 같기도 했다. 여자는 배가 나왔는지 들어갔는지 신경 쓰지 않았지만 남편은 보이는 모양이었다.

"당신 배가 줄었네."

"그동안 원하던 건데. 잘 됐네요."

"그게 아니라……"

남편은 한숨을 쉬었다. 그토록 원하던 배가 줄었는데 한숨을 쉬는 건 자신 때문에 고생을 해서 그렇게 되었다고 자책하기 때문이리라.

친구들은 이렇게 말했다. "그래도 너는 복이 많은 셈이야. 받아 놓은 일이고 투병 기간이 짧을 것 같아서." 친구 남편은 목욕탕에서 심장마비로 세상을 떠났다. 친구가 울면서 말했다. "병간호를 사흘만 하다 갔어도 여한이 없을 텐데." 아쉬움이 남는다고 했다. 한이 되었다고 했다. 반면에 긴 병중에 있던 사람은 중간에 지쳐서 어서 갔으면 하고 바랐다고 했다. 끝없는 고통의 연속이었고 간호하는 본인들도 나중엔 건강을 잃게 된다며 그렇게 말했다. 이렇든 저렇든 후회가 남는 건 마찬가지인가 보았다.

먹던 음식을 먹으라고 하진 않았지만 여자는 남편이 남긴 밥을 자신이 먹었다. 그리고 그런 것을 당연하게 생각한 것이 그녀가 알던 남편이었다. 그러던 남편이 이젠 자신이 먹던 음식을 먹지 말라고 했다. 혹시라도 병을 옮길까 봐 염려되어 하는 말이었다.

"차라리 옮기는 병이면 좋겠어. 나도 빨리 죽게."

여자는 일부러 농을 쳤다. 하지만 진담이 섞여 있는 말이었다. 남편이 혼자 가게 되는 것이 외로울 것 같아서였다.

남들은 착한 남편 잘 만났다고 여자를 부러워했다. 세상사 가운데 특히 부부의 일은 아무도 모르는 법이다. 다 장단점이 있기 마련이다. 그래서 복 많은 사람만 존재하는 것이 아니다. 다 남모를 고충도 있는 것이다. 오죽하면 인생사 멀리서 보면 희극인데 가까이에서 보면 비극이라 하지 않았겠나. 남편은 그 나름대로 여자를 사랑해왔다. 남편은 자기 방식대로 사랑을 여자에게 주었던 것이다. 하지만 여자도 마냥 받기만 한 것은 아니었다.

주변 사람들은 여자가 남편에 대해서 불평하면 복에 겨워서라고 했다. 그건 몰라서 하는 말이다. 남편은 자신에게 불평하는 것은 물론이고 언짢은 기색을 보이는 것도 참지 못했다. "무엇이 불만이야? 내가 당신에게 무얼 잘못했는데?" 자신은 잘못이 없으므로 뚱한 표정을 받을 이유가 없다는 것이었다. 늘 생글거리거나 즐거운 표정을 해야 했다. 사람이 늘 웃고 즐거운 척해야 하는 건 참 힘든 일이다. 지금 생각해보니 자신의 울타리 안에서 어떤 불만도 하지 못하게 길들였던 게 아닌가 싶다. 하지만 억지로 계속 웃고 행복스런 표정을 짓는 일은 감정 노동이고 구속이었다. 그것도 사랑이라지만 사랑도 지겨울 때가 있는 법이다. 툴툴대고 불평도 하면서 살고 싶었다. 물론 남편 본인은 자신이 아내를 가두어두었음을 알지 못했다. 인식하지 못하는 사이 가부장적인 행동을 보인 것이다. 남편과 성격이 다른 그녀로서는 남편의 틀에 갇혀 사는 일이 만만치 않았다. 불만이 없는 삶을 강요받은 셈이었다.

노년이 되어 가자 여자는 남편과 승용차를 타고 여행을 갈 때마다 미래에 대해 이야기했다. "지금껏은 잘 살아왔는데 앞으로

가 문제 아닐까 싶어요. 둘 중 누가 아프더라도 간병인만 붙여놓고 나가서 일상생활을 하기로 해요, 우리." 남편은 듣기만 했다. "물론 내가 아프면 당신도 나가 다녀야 해요. 그렇게 하지 않으면 서로 피곤하고 힘이 들어 조금 남아 있던 연민도 다 달아날 테니. 다 같이 늙었고 지겨워질 테니." 남편은 마지못해 동의했다. 그리고 이렇게 덧붙였다. "누가 어떤 역할을 하느냐는 이론이 필요 없어. 무조건 부부는 한쪽이 아프면 그 아픈 사람을 돌봐야 해."

막상 닥쳐보니 그건 여자에게만 해당되는 말이었다. 남자는 일이 있다고 나가도 되었다. 사회생활을 하던 사람이니 자연스러운 일이기도 했다. 하지만 여자는 달랐다. 꼼짝 없이 옆에서 돌봐야 했다. 또 몹쓸 모성애 때문이기도 했다. 가여워서 환자인 남편을 내버려두고는 어디에도 갈 수가 없었다.

버킷 리스트

남편은 최근에는 기력이 크게 떨어져서 잠만 자려 했다. 병원에서는 더 이상 치료는 무의미하다며 집에서 안정을 취하는 쪽을 권했다. 보호자인 여자는 남편이 알아차릴 것 같아 남편을 보지 않은 채 팔을 잡고 병원 문을 나섰다. 남편 표정이 밝았다.

"집으로 갑시다!"

남편은 들뜬 목소리로 채근했다. 그에게 집이란 쉴 곳이란 의미를 넘어 병이 나아서 돌아갈 수 있는 안식처인 셈이었다. 그것은 병이 호전되고 있음이었고, 나을 가능성이 있다는 거였다. 남편은 그렇게 기대를 하는 것 같았다.

현관을 들어서면서 남편은 안도의 숨을 쉬며 좋아했다. 그러나 곧 아픔이 찾아왔다. 여자는 약 먹을 시간을 정확하게 지키려 했고, 딸이 알람을 정해놓고 수시로 알려왔다. 여자가 혹시 잊을까 봐 그런 것 같았다. 남편은 약 먹을 시간이 조금만 지나도 고통을 호소했다. 그때 진통제를 먹어도 이미 통증이 와 있어서 고통스러워했다. 약효가 더디게 나타나기 때문이다. 통증이 시작되기 직전에 투약해야 효과가 있다. 아무리 투약 시간을 지켜도 통증을 완전히 없앨 수는 없었다. 남편이 간절한 눈빛으로 그녀를 쳐다보았다.

"미안해!"

"뭐가 미안해요?"

남편이 할 말을 찾으며 여자를 보았다. 남편은 눈물을 글썽이고 있었다.

"안락사를 시켜줘."

"뭐? 갑자기 미쳤어요?"

대뜸 소리부터 질렀다.

"그 죗값을 나더러 치르라고!"

저절로 외마디 소리가 나왔다. 남편은 서글픈 표정으로 여자를 보며 애원했다. 자신의 마지막 생명줄까지 여자에게 맡기겠다는 것이었다. '또 나보고 해결하라고?' 남편은 아기처럼 변해 있었다. 자신의 생사를 여자에게 맡겨놓고 여자의 판단에 따르겠다고 졸라댔다.

평소 남편과 이야기한 적이 있었다.

"죽을 때 아프면 어떻게 하지?"

"그러게요. 누구도 모르는 일이긴 하죠. 우리들, 인류의 숙제지요. 모두들 아프지 않고 그냥 죽는 것이 소원이라고 하는데 하느님이 들어주실지 모르지요. 기도해야지. 어머님을 보니까 기도는 꼭 들어주시는 것 같아요. 어머님이 예수마리아 날 구원하소서, 기도하시면서 사흘만 아프다가 가게 해달라고 기도하셨잖아요. 어머님의 소원을 들어주시어 심장마비로 돌아가셨으니 기도가 먹힌 셈이에요."

"그런가?"

"걱정하지 말아요. 당신은 복이 많은 사람이에요. 우선 부모님 사랑이 넘쳤잖아요. 마누라 복도 있고. 당신을 내 앞에서 안 아프게 돌봐줄게요."

"그건 그래. 나에 대한 어머니 사랑은 인정하지. 당신을 의심해서가 아니라 당신이 먼저 갈까 봐 걱정이야. 난 오래 살 것 같아."

"우리나라 여자들 평균 수명이 남자보다 긴 거 아시지요? 평소처럼 내가 당신을 보살펴 드릴게요. 어머니, 나, 모두 당신의 보호자 역할을 하고 평생을 지냈으니 끝까지 이어질 것 같네요."

여자는 웃으며 잠깐 말을 멈추었다가 다시 이었다.

"말 나온 김에 덧붙이면 당신은 부모 복이 많아요. 당신을 사랑한, 어머니의 사랑은 최고였지요. 며느리에게 그 반대여서 문제였지만. 사랑이 많으신 분인데 남의 자식도 사랑해주셨더라면 오죽 좋았을까."

그렇게 투정을 부리듯 얼버무렸었다.

사랑하는 가족의 고통을 지켜보기가 아무리 힘들다고 해도 안락사라니, 있을 수 없는 일이었다. 그동안 기적이 일어날 수도 있고, 살고 싶어 발버둥 칠 수도 있는 일이었다.

평소에도 그 문제를 가지고 남편과 토론을 한 적이 있었다. 서로의 처지를 비추어 봐도 결론은 나지 않았다. 인류의 숙제 같은 것이었다. 자연을 거스르는 행위는 용납하지 않는다는 취지랄까.

'누구나 마지막까지 가치 있는 삶을 살고 싶어 한다. 그리고 죽고 싶다는 말은 곧 살고 싶다는 말로 대체할 수 있다. 질병과 노화에 대한 공포는 단지 아픔에 대한 고통뿐이 아니다. 인간이 감내해야 할 일이지만, 그것은 세상에 대한 고립과 소외에 대한 공포이기도 하다. 생명에 대한 결정권은 누구에게도 없다. 인간이 결정할 수 없는 것이다. 결정한다면 그건 월권이다. 안락사라는 말은 아직 생명의 여유가 있다는 말이다. 절대 스스로 생명을 단절시킬 순 없는 법이다.' 여자는 이렇게 생각하며 남편을 지켜보았다.

막상 생명의 위기라고 생각하면 달라지는가 보았다. 삶의 한 끝을 잡고 놓지 않으려고 발버둥치는 남편에게 그의 고통을 접게 하는 일은 사랑으로도 해결할 수 없었다. 호스피스 병원으로 옮긴 점으로 보아 삶에 대한 애착을 포기한 줄 알았다. 그러나 아니었다. 결코 삶을 포기하지 않겠다고 안간힘을 쓰는 모습이 안타까웠다. 생명에의 갈망은 더욱 타올랐다. 이는 신이 인간이란 생명체에게 준 마지막 형벌인지도 몰랐다.

의사는 그동안 마음속에만 간직하고 하지 못한 말, 사랑의 말을 전하며 환자가 편안할 수 있도록 배려하라고 했다.

"남은 시간은 얼마나 될까요?"

"두 달 정도……"

수소문을 해서 호스피스 병원에 입원했다. 그때부터 이별의 시간이 주어진 것이다.

"사모님이 고생이 많네요."

사람들이 여자를 걱정했다.

"별말씀을요. 아픈 사람도 있는데요. 이것도 언젠가는 추억이 되겠지요."

이 순간의 과정도 추억으로 남기리라 다짐했다. 그의 생명이 남아 있는 한 최선을 다하기로 했다. 사랑도 열심히 하고, 웃는 모습을 보이고, 남편이 편안해 보이면 천연스럽게 달콤한 말을 쏟아냈다. 평소에 가끔 하던 말이라 쑥스럽지도 않았다.

"이 근사한 남자는 누구신가?"

"왔어!"

"평생 당신만 사랑한 거 알아요?"

"거짓말이라도 기분은 괜찮은데."

남편은 기분 좋은지 껄껄 웃으면서도 쑥스러워했다.

"거짓말이라니 무슨 그런 말을 해요? 진심인 거 알면서. 앞으론 마음속 느끼는 대로 말하기! 알았죠?"

지금껏 남편은 부부는 같은 취미를 가져야 한다고 주장해왔다. 같이 밥 먹고, 영화 보고, 그리고 운동도 같이하기를 원했다. 그녀는 등산은 싫다면서 거절해왔다. 그랬더니 자전거를 사왔다. 자전거 타기를 좋아하는 부부가 같이 다니는 것이 부러웠다고 했다. 여자에겐 어림없는 이야기였다. 운동을 하기 싫을 뿐 아니라 둔해서 잘 못했다. 소원이라고 졸라대서 아무 말 안했더니 초보자용 자전거를 사오기도 했다. 그래도 중심을 못 잡자 옆에 어린 이용 제동 바퀴를 달아왔다. “어린이용 자전거는 되겠지!” 하며 희망을 가졌지만 결국 남편은 포기해야 했다. 이처럼 모든 취미 생활도 자신과 같이하게 하고 싶어 했으나 실패로 돌아갔다.

남편은 특히 운전하는 걸 좋아했다. 그가 운전하는 승용차를 타고 외출할 때 여자는 평소 표현하지 못했던 말을 하곤 했다.

“첫 번째는 당신에게, 두 번째는 하느님에게 감사해요. 하느님 고맙습니다. 남편을 내게 주시고 그 남편으로 하여금 나를 보호하게 하신 하느님 감사합니다.”

“아멘.”

남편은 늘 이렇게 아멘으로 답했다. 그리고 이렇게 덧붙였다.

“언제나 첫 번째가 당신이야.”

〈버킷 리스트Bucket List〉는 2007년 롭 라이너 감독, 잭 니콜슨과 모건 프리먼 주연의 코미디 영화다. 말기암 환자 잭 니콜슨은 죽기 전에 꼭 하고 싶은 것들을 준비한다. 가장 맛있는 루악 커피를 마시는 것과 세상에서 가장 예쁜 여자와 키스하는 것이 그것이다. 루악 커피는 커피 열매를 고양이가 먹고 배설되어 나오면 그 열매 씨를 볶아서 만든 커피라고 한다. 그 커피는 마셔 보았고 마지막 남은 소망은 예쁜 여자와 키스하는 것이 남아 있다. 늙고 암에 걸린 노인에게 세상에서 제일 예쁜 여자와 키스는 가당치 않아 보인다. 잭 니콜슨은 결혼을 반대해서 의절했던 딸을 마지막으로 찾아간다. 딸이 낳은 여자아이, 어린 손녀가 나와 할아버지를 반기며 키스한다. 영화는 무릎을 치게 만든다. 아! 세상에서 가장 예쁜 아가씨가 외손녀임을 알게 된다. '인생에서 가장 중요한 일은 가족 그리고 친구와의 관계다. 그것을 알았다면 당신은 의미 있는 삶을 산 것이다.' 이렇게 영화는 표현하고 있었다.

남편은 어렴풋이 자신의 삶이 유한하다고 느끼는 것 같았다. 갑자기 딸 지혜, 외손녀 윤정이는 물론이고 아내인 여자에게 사랑의 말을 쏟고 볼에 키스를 퍼부어댔다. 그녀는 그동안 남자들은 사랑을 표현하는 행위에 관심이 없는 줄 알았다.

외손녀 윤정이는 다녀가면서 현관에서 할머니인 여자에게 뽀뽀를 하곤 했다. 옆에 서 있던 남편이 질투하듯 말했다.

"내가 용돈을 아무리 많이 줘도 제 할머니밖에 모르네."

"그런 게 아니에요. 나는 구걸을 해서 얻는 거거든. 구하라! 그러면 얻을 것이다."

"그래? 그러면 윤정아, 나두."

언제부터인지 모르지만 윤정이는 할아버지에 대한 고마움을 뽀뽀로 보답했다. 세상에서 가장 예쁜 여자의 뽀뽀를 선물로 받은 것이다. 그것은 영화에서 '세상에서 가장 예쁜 여자와 뽀뽀하기' 버킷 리스트 항목에 들어가는 일이었다. 그 후 여자 부부는 세상에서 가장 예쁜 외손녀의 사랑을 차지하려고 서로 경쟁하듯 열심히 뽀뽀를 받아냈다.

윤정이는 지금 한국에 없다. 남편이 그렇게도 사랑하는 손녀딸 윤정이는 독일에서 공부하는 중이다. 끝나서 돌아오려면 3개월도 더 있어야 한다. 하지만 여자는 급히 윤정이를 불렀다. 남편의 마지막을 세상에서 가장 사랑했던 손녀와 함께 보낼 수 있도록 하는 것은 여자의 사명이기도 했다.

윤정이는 박사과정을 끝마치고 학위논문 통과를 앞두고 있다. 지금까지 국제학술 세미나에 여러 번 참석해서 연구 결과를 발표했고, 국제 학술지에도 여러 편의 논문이 실렸다. 지난해에 A월간지에 표지 사진과 함께 차세대를 이끌어갈 과학자로 촉망받고 있다는 인터뷰 기사도 실렸다.

여자가 경험한 바에 의하면, 환자는 그다지 많은 것을 원하지 않는다. 오로지 자신이 가족에게서 여전히 중요한 사람임을 확인받고 싶어 할 뿐이다. 그것은 가능한 한 일상의 소소한 일들에 대해 자신이 직접 선택하고 자신이 우선순위라는 것을 확인하고 싶기 때문이다. 다른 사람을 통해서 세상과의 연결고리를 유지하고 싶어 하기 때문이기도 하다.

남편이 호스피스 병원에 입원한 이후, 여자는 병원에서 집에 돌아오면 밤새 잠을 이룰 수 없었다. 자는 둥 마는 둥하다 새벽에 일어나서 아침 6시가 되면 병원에 도착하곤 했다.

"굿모닝! 여보 잘 주무셨어?"

그러면 남편이 반가워하며 손을 내밀었다. 여자는 남편에게 눈을 맞추며 밤새 좋아졌다고 말했다. 그렇게 평화롭지 않은 평화로운 나날을 견디고 있었다.

"저렇게라도 오래 계셨으면 좋겠다."

"응, 나도 그래. 아빠는 귀여워."

여자는 딸과 이렇게 말하며 위안을 받았다. 아침에 병원을 찾아가고 만날 때마다 반가워하며 남편을 만나는 날들이 행복했다.

'오늘이 마지막 날이 될지도 모르는데……. 잘 봐둬야지.'

먼 훗날 기억이 나지 않으면 어떡하나 하고 열심히 얼굴을 쓰다듬었다. 잊지 않기 위해서 무진 애를 썼다. 지금 같으면 오래오래 살아도 좋을 것 같았다. 진통 주사로 통증을 가라앉힌 남편의 모습은 평화로워 보였다.

남편은 갓 태어난 아기처럼 되어 가고 있었다. 모든 의지는 내려놓고 단순하게 생각하는 것 같았다. 갓 태어난 아기들은 모두가 천사 같은데, 남편이 꼭 그와 같았다. 아무 욕심도 없이 새근새근 숨 쉬고, 방긋방긋 웃었다. 남편은 아기처럼 의지도 욕심도 없는 모습이었다. 그저 살고 있는 한 통증만 없으면 좋겠다는 게 전부인 것 같았다. 말 그대로 아기 천사였다. 신이 그의 영혼을 여자의 손에 맡긴 것 같았다. 철저히 보호하라고.

아침 일찍부터 함께 있었던 여자는 오후가 되자 쉬어야 했다. 집으로 돌아가려는데 남편이 손을 잡고 놓아주지 않았다.

"왜 벌써 가려고?"

"좀 쉬려고요. 내일 일찍 올게요."

남편이 마지못해 고개를 끄덕였다. 그러면서 살며시 잡았던 손을 놓았다.

이럴 때마다 어린아이의 마음을 가져야 천당에 갈 수 있다는 하느님 말씀에 동감했다. 남편을 보면서 느꼈다. 고통과 환희, 모든 것은 일시적으로 지나가는 지엽적인 순간들이었다. 마지막 순간 순수해진 남편이 사랑스러웠다. 감히 하느님 마음을 알 것 같고 짐작이 갔다. 어린아이처럼 믿고 매달려야 천국에 들어간다는 말의 뜻을 알 것 같았다.

'아, 이런 것이었구나! 과거에 어떤 잘못을 했더라도 착한 마음으로 회개하면 되는 것이었구나. 신도 온전한 믿음, 절대 믿음이 있으면 씻은 듯이 죄를 탕감해주는구나.' 여자는 남편의 순수한 모습을 보면서 알 것 같았다.

지내 놓고 보니 시아버지도 남편과 같은 표정이었다. 마치 자신들의 생명이 여자의 손에 달려 있기라도 한 것처럼 여자에게 매달렸었다. 나름대로 살아남기 위한 본능이랄까, 누구를 붙잡아야 하는가를 본능적으로 알아차린 것 같았다.

"엄마야, 나 아파." 시아버지는 늘 "엄마야!"라고 부르며 며느리인 여자를 찾았다. 며느리에게 보호본능을 일으키게 해서 손을 놓지 않게 하기 위함인지는 잘 모르겠지만 어쨌든 그랬다. 그리고 여자는 모든 착함을 동원해서 헌신했다. 남편도 마찬가지였다. 도저히 고개를 돌릴 수 없게 불쌍하게 보여서 여자를 잡아두었다.

소변줄

남편이 고통을 호소하는 일이 잦아졌다. 진통 주사를 맞는 시간이 짧아질 정도로 고통이 자주 찾아왔다. 그럴 때마다 여자는 남편 머리를 끌어안고 쓰다듬었다. 조그마한 아픔이라도 나눠 갖고 싶었다. 그것밖에 달리 해줄 일이 없었다.

"이렇게 아파서 어쩌지!"

그러나 어떤 말도 아픈 사람에게 위로가 되지 않는다는 걸 알고 절망했다.

여자가 쓴 소설 〈피에타〉는 자신과 남편이 만들어낸 또 다른 그림이었다. 작중인물처럼 남편을 자신의 품 안에서 눈을 감게 하고 싶었다. 일생을 같이해온 사람이었다. 남들은 아름답게 삶을 마무리하는 것으로 볼 수도 있겠지만, 당사자인 여자는 창자가 끊기는 듯 아팠다.

강남 호스피스 병원으로 옮겨오고 이틀이 지났다. 그동안 침대에 누워 있는 시간보다 화장실 변기에 앉아 있는 시간이 길었다.

그래도 그나마 그것은 스스로 화장실을 이용할 수 있다는 것을 의미했다. 이젠 요도가 막혀 화장실 가는 것도 어렵다고 했다. 다음 날 아침 간호사가 소변줄을 가지고 나타났다. 간호사가 소변줄을 연결하는 것에 실패하고 나가자 이번엔 젊은 남자 의사가 가느다란 줄을 가지고 왔다. 재시도를 위해서였다. 가는 줄로 바꾸고, 글리세린을 바른 후 요도를 찾고 있었다. 옆에 서 있는 여자는 남편이 비명을 지를 때마다 가슴이 오그라들었다. 몸이 움찔움찔 떨렸다. 참다못한 남편이 괴성을 질렀다. 땀을 뻘뻘 흘리며 연결하려고 애를 쓰면 쓸수록 남편의 고통은 더해 갔다. 옆에 있던 여자는 눈물을 흘리며 조금만 더 참으라고 독려했다. 하지만 젊은 의사 또한 결국 연결하지 못했다. 내일 본원에서 전문의를 불러오겠다고 하고는 나가버렸다. 그때부터 남편의 분노가 폭발했다. 그 예민한 부분을 몇 번이고 시술하려고 했다가 실패하고 말았으니 이해할 만도 했다.

"아파 죽겠는데 어디서 돌팔이를 갖다놓고…… 사람 잡는 놈을 어떻게 할까? 여기 원장 불러오라고 해!"

식은땀으로 범벅된 남편이 고래고래 고함을 질러댔다.

"요도가 막힌 것은 의사 잘못이 아니에요. 당신이 특이 체질인가 봐."

여자가 그렇게 말했으나 남편은 인정하지 않았다. 그는 의사만을 원망했다. 그 약한 부분을 굵은 줄로 해결하려 하다니, 정신이 있는 놈이야 없는 놈이야 하면서 분통을 터트렸다. 다음 날 오전 본원에서 전문의가 와 쉽게 처리된 걸 보고, 헛고생한 그가 안쓰러웠다. 여자도 조금은 의사가 원망스러웠다. 그럼에도 불구하고 의사 입장도 이해하려고 했다. 왜냐하면 의사도 땀을 뻘뻘 흘리며 무진 애를 썼고, 실패할 때마다 줄곧 미안해하며 쩔쩔맸기 때문이다. 하지만 한편으론 이런 생각도 들었다. '나는 의사 입장을 이해해서는 안 된다. 남편을 사랑한다면 무조건 내 남편을 아프게 한 서툰 의사를 나무라고 남편 말대로 책임을 물었어야 했다. 만약 남편이었다면 어떻게 했을까? 아내를 아프게 한 의사를 무조건 질타했을 것이다. 돌팔이 의사를 고발해야 한다고 화를 내고 자신의 일보다 더 분해서 펄펄 뛰었을 것이다.'

남편은 우직해서 자기 아내를 지켜내는 일에 적극적인 사람이었다. 타인으로 인해 고통받는 일은 있을 수도 없고, 고통을 주는 사람을 용서하지도 못하는 사람이었다. 철저히 타인으로부터 자기 아내를 지켜내려 했을 것이다. 가족이라는 의미는 무조건 한 공동체이고, 한 몸처럼 돌보고 고충을 해결해야 한다고 믿는 남편이었다.

남편은 하루하루 의식이 오락가락했고 의료진의 선택밖에 남아 있지 않았다.

'남편은 지금 무엇을 원할까? 시간이 멈춰 있기를, 지나가는 시간을 붙잡아두기를 바랄까? 아무리 고통스러워도 시간이 이대로 머물러 있기를 원할까? 이 세상을 더 많이 느끼고, 더 많이 사랑하고, 더 많이 사랑받고, 특별한 존재로서 살아남아 있기를 원하지 않을까? 감사해야 할 시간이 더 필요하다고 생각하진 않을까?'

아무리 생각해도 무엇이 맞는지 여자는 알 수가 없었다.

존엄하게 죽을 권리

—연명 치료에 대한 소고

남편은 고통의 순간이 지나가기를 원하고 원했지만 곧 죽음과 맞닥뜨리게 되었다. 여자는 잠들어 있는 그를 바라보았다.

지금껏 괴로운 일이 있을 때면 고통이 사라질 때가 있겠지, 하며 빨리 시간이 지나가기를 바라며 살았다. 스스로 재촉하지 않아도 지나갈 것을 서두르며 살았다. 그 끝이 죽음으로 가는 길임을 알면서도 어리석게도 재촉하며 살았다. 고통이라고 생각한 시간들도 인간에게 주어진 금쪽같은 시간이었다. 빨리 지나가기를 바라는 일은 그래서 어리석은 일이었다. 마지막에 이르러서는 그 아프고 고통스런 시간들마저도 소중하고 귀한 생명의 시간들이었다.

'그동안 남편도 나와 사는 것이 마냥 행복하기만 하지는 않았으리라.' 문득 그런 생각이 들었다. 남편에게 지지 않으려고 수없이 대들었다. 일부러 심통을 부리지 않았어도 될 터인데. 다 지나간 일들이었다.

"당신, 나와 사느라 고생했어요. 미안해요."

남편의 의식이 돌아올 때마다 여자는 이렇게 말했다. 남편은 눈을 지그시 감고 묵묵부답이었다. 여자는 다시 입을 열었다.

"사랑해요!"

남편이 평범한 여자와 살았으면 어땠을까. 보통 여자들은 남자들은 다 '그러려니' 하고 이해하며 살았을까.

언젠가 남편이 여자에게 말했다.

"난 억울해. 분명 내가 옳은데 당신과 이야기를 하다 보면 나만 나쁜 놈이 되어 있단 말이지."

"그렇기도 했을 거야. 당신은 화법을 몰라서 그래요."

"화법?"

"네, 화법과 마음이 일치해야 해요."

여자는 웃으면서 말을 이었다.

"나는 불평을 말할 때 내 견해만 고집하지 않아요. 마음가짐부터 달라요. 나는 가정을 위해서, 또는 사랑을 위해서, 라는 단어를 말하기 전부터 깔아놓고 하거든요. 예를 들어 불평을 말하기 전에 내가 이런 말을 하는 것은 당신을 사랑해서야, 또는 이 집안을 위해서야, 하고 말하기 시작해요. 마음과 말이 일치하는 거죠."

"여보! 당신은 내 말만 들었어도 좋은데."

여자는 혼자 중얼거렸다. "그렇게 말도 안 듣고 단 음식만 먹어댔으니……. 바삭바삭한 과자, 사탕을 그렇게도 좋아했으니…….” 몸에 좋지 않다고 말려도 소용이 없었다. 체질이라고 체념하고 살았다. 이제 와서 후회를 하고 원망을 해보아도 소용없는 일이었다.

“당신만 사랑했어요. 알지요?”

어떤 때는 눈치 빠르고 배려 잘 하는 남의 남편이 부러웠고, 이 남자와 결혼한 것이 후회도 되었었다. 그러나 지금은 아니었다. 평균을 넘어 만점에 가까운 남편이었다. 약골인 남편이 평생 아픈 몸으로 지금껏 견뎌준 것도 고마웠다.

점점 남편은 의식이 없을 때가 길어졌다. 눈앞에 무언가를 보고 쫓아내려는지 혹은 자신에게 달려드는 악귀를 잡으려는지 허우적거렸다. 좌불안석이라는 말이 꼭 들어맞았다. 간병인도 쩔쩔맸다. 한시라도 환자에게서 눈을 떼면 곧 침대 위에서 추락할 정도로 움직였다.

그런 도중에 남편이 꿈 이야기를 했다.

“어디 들판에 서 있는데 엄니가 빨리 오라고 손짓을 해서 따라갔지. 엄니가 오라는 곳은 아름다운 꽃들이 질펀하게 핀 들판이었어.”

딸과 여자는 나중에 보호자 휴게실에서 커피를 마시며 말을 주고받았다.

“아마도 할머니가 부르신다면 좋은 곳에 가시겠지?”

“그럴 거야. 다행이다.”

양미간에 주름이 잡히면 통증이 있다는 증거였다. 그럴 때면 간호사에게 진통제를 놔달라고 요구했다.

"아프지 않게 해드릴게요."

여자는 그때마다 이렇게 말했다. 책임지고 아프게 하지 않겠다고. 그러나 회복될 가능성도 없는데 아픔을 참는다는 것이 어리석은 일이라는 것도 알고 있었다. 환자가 통증을 호소하고 의식도 없이 괴로워한다면 흔히들 고통에 시달리느니 차라리 그냥 가는 것이 좋을 것이라고들 말한다. 그것은 남의 일이라면 맞는 말이고 옳은 말일 수도 있다. 환자를 위해서다. 하지만 누가 고양이 목에 방울을 달 것인가? 이론은 그럴싸한데 환자가 되어보지 않고는 모를 일 아닌가? 통증을 느끼더라도 살고 싶을지 누가 알겠는가. 이럴 때 연명 치료를 중단하는 것이 맞을까, 아니면 끝까지 환자가 고통스럽든 말든 그대로 방치하는 것이 나을까? 어느 누구도 판단하기 어려운 문제인 것 같았다. 양심의 아픔에서 시달리지 않으려면 아프거나 말거나 그냥 두는 것이 나은 방법인 것도 같았다. 어쨌든 여자는 뭐가 맞는지 알 수가 없었다.

하지만 가족을 위해 평생 고생한 남편을 고통 속에 방치한다는 것은 잔인했다. 여자는 자식들 몰래 산소 호흡기를 떼어볼까도 고민한 적이 있었다. 산소 호흡기를 살짝 떼자 측정기에서는 산소 호흡하는 수치가 90에서 갑자기 85로 떨어졌다. 80 이하로 되면 알려달라고 낮에 간호사가 말하고 갔었다. 수치가 떨어지자 덜컥 겁이 났다. 하늘이 무섭지 않느냐고 말하는 것 같았다. 가슴이 떨렸다. 살인미수자의 심정이 되었다. 여자는 급히 호흡기를 도로 연결해놓고 뛰는 가슴을 진정시켰다.

잠을 자다가 편히 가는 것이, 인간이라면 모두의 희망이라고 알고 있다. 지금 이 순간 모처럼 남편 얼굴이 평화로웠다. 편안하게 보였다.

"여보, 우리 잠을 자다가 같이 죽으면 얼마나 좋을까. 신은 왜 우리에게 생명을 주고 땅으로 돌아갈 때는 고통을 주는 걸까?"

태어날 때처럼 점점 작아지다가 슬그머니 사라지게 할 수는 없을까. 굳이 마지막에 고통을 주고 가게 한다는 것은 신이 더 이상 자비롭지 못하다는 말과 같았다. 여자는 고통 없이 떠나게 해주기로 남편에게 약속했었다. 남편이 바라는 바이기도 했다. 지금이 그 순간임을 알고 있었다. 사랑하는 사람의 고통을 지켜보는 일이 얼마나 잔인한지 겪어보지 않은 사람들은 모르리라.

"여보, 미안해요. 만약에 내가 지금의 당신 처지라면 고통을 멈추게 해줄 누군가를 기다릴 거야. 그런데 난 못 하겠어요."

누구도 그 당사자가 아닌 이상 그가 죽고 싶은지 그래도 살고 싶은지 속단할 수 없다. 결국 인간은 이기적일 수밖에 없다. 남편의 고통을 덜어주고 싶다는 것은 그를 위해서가 아니라 여자 자신을 위해서이고 자신이 짊어지고 가야 할 무게 때문이라는 생각이 들자 죄책감이 앞섰다.

연명 시간을 줄이는 행위를 실행한다는 것은 환자를 위해서는 필요하지만 가족에게는 커다란 죄책감을 평생 짊어지라는 말과도 같다. 결코 환자 가족은 실행하지 못한다. 자신들이 보기에 환자가 괴로워하는 것 같아서, 라고 말할 수도 있겠지만 그것도 살아 있는 자의 독선 아닐까. 환자를 위해서, 라는 말을 하면 안 되는 것이다. 고통을 겪더라도 이 세상에 살아 있고 싶어 하는 것이 생명체라는 존재에 맞는 말 아닌가? 환자 본인이 되어 보았는가? 어떤 고통도 좋으니 살고 싶다고 아우성치고 있는 환자의 심정을 아는가? 타인의 생명을 함부로 끊을 수는 없는 법이다.

일종의 마약으로 통증을 완화하므로 남편은 마약중독자처럼 망상에 시달렸다. 손을 휘저으며 눈앞의 망령과 싸움을 치르느라 잠들지도 못했다. 차마 눈뜨고 볼 수 없는 광경이었다. 고통의 극치에 이르면 신마저 저버리게 된다. 왜 신은 인간에게 이렇게 큰 고통을 주는가? 생명을 준 대로 살았을 뿐인데.

남편의 아픔을 보기 전에도 늘 심장마비로 죽게 해달라고 기도했었다. 순간적으로 가버리면 좋겠다고 생각했었다. 공포는 짧을수록 좋다고 생각했었다.

"심장마비로 죽었으면 좋겠어."

언젠가 여자가 그런 말을 하자 친구가 말했다.

"심장마비라고 아프지 않는 줄 아는 모양인데, 그것도 많이 아프다고 하던데."

"그래도 짧을 것 아니니."

"너, 몰래 들어놓은 펀드는 어쩌구? 그리고 친구들에게 빌려준 돈도 떼일 텐데."

"길에서 죽든, 돈을 모두 떼이든 상관없어. 그렇게라도 조건을 내세워야 내 소원을 들어줄 것 같단 말이야."

남편의 고통을 보면서 그의 간절한 소원인 안락사를 시켜달라는 말이 나올 뻔했다.

병원에서는 이삼 일이 고비일 것 같다고 언질을 주었다. 그러면서 갑자기 위험한 상황이 올 수 있으니 환자 가족은 대기하라고 했다. 흡입기로 가래를 뽑아내는 치료를 한 지 이틀 만이었다. 결국 사흘을 더 고통 속에 몸부림을 치다가 간 셈이었다.

설마 오늘은 아니겠지, 하면서도 병원에 대기하려고 하자 병문안 왔던 친척분이 그러지 말라고 말렸다. 장례를 치르려면 앞으로 며칠 밤을 새워야 할 것이니 잠시 집에 가서 자두는 게 좋을 것 같다고 했다. 그럴싸한 충고라서 집에서 잠을 자기로 하고 돌아왔다.

병원에서 전화가 걸려온 건 새벽 5시였다. 여자는 부랴부랴 옷을 입고 집을 나섰다. 거리엔 가로등이 외로이 불을 밝히고 있었다.

남편은 산소 호흡기를 끼고 있었으나 여자를 느끼고 있다는 표시를 하지 못하고 있었다. 다급했다. 느끼게 하고 싶었다. 그녀는 다가가서 링거 주사기 바늘이 꽂혀 있는 남편의 팔을 잡았다. 남편에게서 가느다란 신호 같은 것이 느껴졌다. 아마도 이 세상 호흡이 끝나는 마지막 순간이 이런 것이구나 싶었다. 그것을 알리는 것 같았다. 남편은 조용했다. 아무리 살기를 원했어도 마지막 순간이 오고 시간이 지나가는 것을 인지한 것 같았다. 계기판 수치가 요동을 쳤다. 차츰 혈압이 떨어지다가 급히 떨어졌다. 5분 사이 급속히 혈압과 산소 호흡기 수치가 내려가고 있었다.

여자는 작별의 시간임을 알고 급히 그의 얼굴과 몸을 쓰다듬으며 몸부림쳤다. 고통을 겪는 남편을 보면서 길게 고생한다고 생각한 적이 있었다. 하지만 마지막 시간은 너무도 짧았다. 1분, 아니 몇 초도 못 되는 순간이었다. 그의 숨결이 잦아들고 있었다.

여자는 몸부림치면서 남편의 꺼져가는 숨결을 붙잡고 울었다.

제발 울지 마

2019년 1월 3일 새벽 5시 35분. 움직이던 모든 것이 멈췄다. 고통도, 가쁘게 몰아쉬던 숨소리도, 그리고 함께할 수 있는 시간들도. 그렇게 갈 것을, 꺼져가는 생명줄을 부여잡고 몸부림친 남편의 노력이 안타까웠다. 측은했다.

사망 시간을 체크한 후 의사가 떠나자 여자네 가족은 장례 절차를 의논했다. 미리 준비해둔 수의를 찾아 입히느라 친척과 병원 관계자가 거들고 있었다. 그러는 동안 여자는 남편 얼굴을 어루만져 보았다. 아직 따듯했다. 등을 만져보아도 팔을 잡아보아도 살아 있을 때 그대로였다. 숨졌다는 사실이 실감나지 않았지만 계기가 멈춘 상태로 보아 확실한 것 같았다.

'그는 그를 그토록 사랑하던 어머니 곁에 갔을까?'

몇십 년 전 시어머니가 돌아가셨을 때도, 입관 예절 때도, 그대로 살아 있는 사람처럼 부드러웠다. 삼복더위가 한창인 8월 6일 아침이었다. 평소 천식이 심했던 시어머니는 성당 가는 길에 동네 병원으로 주사를 맞으러 가셨다. 늘 그렇게 치료하면서 견디셨기 때문에 그날도 병원을 찾은 것이다. 오전 11시 미사에 참석하려면 오전 10시쯤 주사를 맞고 가면 되는 시간이었다. 그 순간 주사가 급히 들어갔는지 억, 하더니 눈 깜짝 할 사이 숨이 멎어버렸다. 그걸로 끝이었다. 말 한마디 할 수 없었다.

당시는 장례식장이 없던 시절이라 안방에 모셔 놓았다. 애통해하는 여자를 보고 찾아온 사람들이 딸이냐고 물었다. 아니라고 고개를 저으며 며느리라고 말했다. 신부님이 등을 쓰다듬으며 말했다.

"그동안 경험으로 미루어보아 천당에 가셨습니다. 그러니 너무 슬퍼하지 마세요."

삼복더위에 돌아가셨는데도 다음 날 입관할 때까지 시신이 변하지 않은 것으로 보아 천당에 가셨을 거라고 했다. 여자는 신부님 말에 동의했다.

갑자기 그 광경이 떠오른 것은 그때와 남편의 모습이 너무 비슷했기 때문이었다.

입관을 하면서 보니 남편의 모습이 예뻤다. 평소에 안 하던 화장을 곱게 한 얼굴을 오랫동안 매만졌다. 가족에게는 마지막 인사 시간이었다. 남편의 싸늘한 이마와 볼에 입을 맞추었다. 여자와 딸 안지혜, 독일에서 일시 귀국한 외손녀 강윤정, 그렇게 세 사람이었다. 평소 옆에 있던 가족이었다. 아들 안승민 내외는 근처에도 오지 않았다. 시신에 거리낌 없이 입을 맞추는 것으로 마지막 가는 남편에 대한 사랑을 입증했다. 편안한 얼굴을 보니 다소 안심이 되었다.

수많은 사람들의 위로 속에 장례 절차는 화려하게 진행되었다. 남편이 마지막까지 가족에게 배려했다는 생각이 들었다. 장지는 서울 근교에 위치한 용인 천주교 묘지였다. 여자가 30년 전에 묘지를 구입해놓았다. 수맥을 보는 신부님이 본당 신부님이었는데, 당시 성모회 회장으로 봉사하던 그녀에게 그 신부님이 묘지를 미리 준비해놓으라고 조언했던 것이다. 그 덕분에 성직자 묘지가 앞에 바라보이는 양지바른 묘지를 준비해놓을 수 있었다.

장례를 치르면서 보니 어디서 날아왔는지 커다란 황금빛 새 한 마리가 날아가는 것이 보였다.

성당 성모회 회장을 할 때의 일화가 기억났다. 그때는 봉사 활동을 하면서도 자주 회의가 들었다. 힘들 때마다 회원들이 회장의 수고를 몰라주는 것 같아 뒤에서 불평했다. 너무 강압적으로 한다는 험담을 들었을 때는 하느님께 욕도 했다. 피 한 방울 섞이지 않은 시부모에게 정성을 기울인 일도 억울했다. 남편과 아이들 비위를 맞추며 산 것도 억울했다. 하다하다 이제 싹수도 없는 '여자들' 때문에 이런 고생을 하다니, 억울하고 억울했다. 집에 돌아와서 더 이상 봉사하기 싫다고 성당 가방을 고상苦像 앞에 내던지기도 했다.

그래도 봉사하고 성당에 열심히 다닌 덕분에 좋은 묘지를 얻었으니 하느님 앞에는 공짜가 없는 모양이다. 예쁜 묘지를 보니 할 일을 다 한 것 같은 충만함이 가슴 가득했다.

여자는 혼자 텅 빈 방으로 돌아왔다. "당신은 가고 나만 남았네." 그녀는 속으로 중얼거렸다. 아무도 혼자 있는 것을 배려해주는 사람은 없었다. 시아버지가 병중에 있다가 집에서 돌아가신 후 안방 문을 열지 못했다. 그곳에서 신음소리가 들리는 듯하고 늘 누워 계시던 모습이 떠올랐기 때문이었다. 하물며 남편임에랴.

이제부터 혼자의 시간을 견뎌내야 했다. 무엇보다도 이야기할 상대가 없다는 것이 괴로웠다. 언젠가 신부님들이 이야기했다. 독신인 것이 힘들다고. 하지만 습관이 되면 버틸 만하다고. 가장 견디기 힘든 시간은 대화 상대가 필요할 때라고. 그런데 아무도 이야기할 사람이 없을 거라고 생각하는 사람은 없다고. 지금 여자가 절망하는 이유가 이야기할 사람이 없기 때문이다. 신부님 말이 실감났다. 남편이 말했던 것처럼 밖에서 듣고 본 일을 함께 이야기할 동료가 필요했다. 남편을 먼저 떠나보낸 여성들의 이야기를 들어보면 유일한 '내편'으로는 남편이 제일이라고 했다. 살면서 갈등도 많았지만 그건 모두 관심과 사랑이었음을 알겠더라고 했다. 처음 6개월 정도는 주위에서 전화도 하고 관심도 보이지만 곧 그 관심도 사라지고 자신들 일에만 정신이 팔려 금방 소외된다고들 말했다. 그 모든 말들이 자신에게 닥친 일이라 생각하니 끔찍했다.

그런데 여자는 6개월은커녕 49재가 끝이었다. 아무도 관심을 갖지 않았다. 그동안 남편의 큰 사랑을 몰랐던 일이 가슴 아팠다. 남편을 보내고 이상하리만치 눈물이 자주 쏟아졌다. 그동안 짐작은 했지만 슬픔이 이렇게 크게 다가올 줄은 몰랐다. 아무리 '정승

집 개'가 아니고 '정승이 죽었다'고 해도 너무하다는 서운함이 들었다.

"여보, 당신 친구 A 회장 말이야, 친구는 그렇다고 쳐도 부인은 같은 여자이고 그 부인과는 꽤 친하게 지내는 사이라고 믿었는데 아닌가 봐요. 나 혼자만의 생각이었고, 속고 있었나 봐요. 장례식장엔 오지도 않았고, 상투적인 '삼가 고인의 명복을 빕니다'라는 문자만 보내왔어요. 그리고 아무 연락도 없어요. 적어도 한 번쯤은 전화는 올 줄 알았는데, 아니더라고요."

"B 회장은 빈손으로 왔어요. 당신 호스피스에 있을 때도 빈손으로 와서 음료수만 먹고 갔는데, 역시나 인간은 못 믿겠어요."

"박 회장은 단돈 5만원을 보냈어요. 잘 사는 사람들이 어찌 그리 인색한지 회의가 들어요."

"돈이 문제가 아니고 친한 사이로 알았던 사람들에 대한 회의가 들어서예요. 당신이 가고 나서 사랑의 척도와 등급이 매겨지더군요. 우리가 헛살았다는 증거일까 생각하다가도 사람의 질, 인격이 가늠되는 일인 것 같아요. 돈이 아니라 안부 전화 정도는 받을 줄 알았는데. 인생 공부를 하고 있어요."

"당신이 말한 대로 얌체족들이에요."

남편이 곁에 있는 것처럼 여자는 중얼거렸다. 이야기를 하면서 맞장구를 쳐주는 사람이 필요하다는 걸 느꼈지만 아무도 없었다. 서로 공감을 하고 의견을 주고받던 남편이 그리웠다.

시간은 지나고 사람들은 떠나고 여자는 혼자가 되었다. 그리고 넘쳐나는 시간을 때울 방법이 없었다. 남편이 그립고 보고 싶었다.

Stop crying Your heart out

제발 울지 마
버텨, 견뎌내
참아내야만 해
겁먹지 마
이미 일어난 건 바꿀 수 없어

너의 웃음이
비치길 바라
겁먹지 마
너의 운명이 너를 따뜻하게 해줄 거야

우리는 모두 별이니까
나중에는 사라지겠지
그러나 그렇게 걱정하지 마
너는 우리를 언젠간 다시 볼 거야
네가 필요한 걸 가져가
그리고 너의 길을 걸어가
더는 가슴 터지도록 울지 말고.

바리새파

결혼 생활은 넓은 의미로 연극과 비슷한 점이 많았다. 여자의 역할은 유다였고, 남편 역할은 베드로였다는 생각이 들었다. 여자는 신이 자신에게 준 역할에 대해 성찰해보았다. 새삼스럽게 다시 살펴보았다. 형식, 체면, 의무, 자신을 보여주기에 똘똘 뭉친 '바리새파'가 자신이었다. 그렇더라도 억울한 점이 있었다. 형식적(사랑이 결여된)이라고 해도 계명을 지키는 일도 어려웠다. 그런데 감히 어려운 일을 즐겁게 마음을 다해서 하라고 했다. 그렇게 말한 신의 의도가 어디 있는지 묻고 싶었다. 인간의 모든 것을 안다는 신도 인간을 모르는 수준이라는 생각이 들었다. 형식적인 것, 그것 '만'이라도 해본 적이 있는가 자신에게 물었다.

자신의 역할을 책임진다는 결벽증으로, 자기만족으로, 할 일을 했다는 만족감으로 똘똘 뭉쳐 있었다. 감히 하늘을 쳐다보기가 쉬웠다. 하늘을 떳떳하게 볼 수 있다고 말했다. 겸손이라는 차원은 아예 없었고 오만의 극치만이 있었다.

그동안 죽지 못해서, 어쩔 수 없어서 해낸 것이다. 그러면서 자신의 행동에 스스로 만족감을, 기쁨을 표현했다. 그 자체가 바리새파들과 무엇이 다른가. 여자 자신은 바리새파들과 같았다.

'할 일을 했다는 자부심도 오만의 일종이라면 고통을 멀리하고 편하게 살다가 후에 부모에 대한 죄책감으로 회개하면 되는 거 아닌가. 자신의 부족함을 깨닫고 신께 빌면 되는 거 아닌가. 자신이 해낸 일에 대해 자랑스러워했다면 신은 상을 내려주어도 된다. 계속 겸손하게 부족한 점에 대해 회개만 하는 것을 원한다면 인간들은 아무도 짐을 지려고 하지 않을 것이다. 누가 고통스러운 일을 기쁨으로 해낼 수 있겠는가. 신이 위선을 강요했을 수도 있다. 아니면 인간이 사랑을 너무 과대하게 표현했을 수도 있다. 누가? 왜? 인간에게 연극을 시켰는지 알지 못한다. 왜 우주가 존재했는지도 알지 못한다. 주어진 일을 한 것뿐이다. 베드로를 빛나게 하는 악역 과정은 혼란스럽지만 이미 정해진 수순을 밟고 있다. 베드로라는 선한 역할은 거저 얻어진 것 같다. 세상에 살면서 하고 싶은 대로 다 하고 마지막에 신의 사랑으로 믿음의 대명사로 불리는 재수 좋은 역이다. 베드로의 모든 부정적인 행위나 사고는 예고된 선 앞에 미화된다. 그러기 위한 사전 정지 작업이자 전초전으로. 세상은 불공평하다고 생각했으나 그만의 우직한 사랑도 있는 것이다. 무조건 신이 베드로에게만 선한 역할을 주었을 리가 없다. 그만한 행동에 신이 응답한 셈이다.'

남편은 언제나 자신이 부족하다고 느꼈다. 특히 신 앞에서. 성당에 다니는 여자의 겉모습만 보고 독실하다면서 말했다.

"당신 치맛자락만 잡으며 돼, 나는."

과연 남편이 치맛자락만 잡으면 하늘나라에 갈 수 있다고 믿을 만큼 독실했을까. 어림없는 일이었다. 어쩌면 흉내만 낸 신앙생활을 보고 그렇게 믿게 만든 자신이 그를 속인 것에 불과했다.

여자 자신은 유다 역을 맡은 사람이었다. 신이 지혜도 주었으나 배신의 아이콘인 '유다' 역을 주었다. 하느님을 극진히 사랑했으나 결국 그를 배반하는 역할로, 지구가 사라지지 않는 한 배신의 아이콘으로 유다라는 이름은 영원할 것이다. 단지 신이 준 역할인데도 본질부터 나쁜 사람의 대명사로 불리는 것이다. 그렇다면 유다는 단지 재수가 없는 걸까? 흔히들 무책임하게도 신은 인간에게 자유의지를 주었다고 말했다. 자신이 맡은 역할이지만 자신이 선택한 것이라고 했다. 재수 없게도 자신이 원하지 않는 역할이 주어진 상태라면 어떻게 변명할 것인가? 세상 모든 사람들이 예수를 배반한 행위를 유다의 자유의지라고 비난한다. 그는 악역에 선택된 것도 억울한데 스스로 자초한 것이라는 비난에 할 말이 없을 것이다. 사람들은 나쁜 결과에 대해 자유의지로 결정한 거라고 밀어붙인다.

유다 역할, 여자에게 악역을 준 것도 하느님 책임이었다. 억울하다고 하면 모두들 그렇게 인간에게 자유의지를 주었다고 말했다. 자신은 유다 역이 아니라고 생각했다. 마치 자신은 베드로 역인 것처럼, 유다를 남의 말 하듯이 폄하시켰다. 하느님이 자신에게는 베드로의 역할을 준 것으로 알고 살았다. 어쨌든 착각도 좋은 일인 것 같았다. 편하니까.

하지만 여자는 자유의지에 대한 거부감을 가지고 있다. 그놈의 자유의지는 신이 주지 않고는 사용할 수 없었다. 개인의 신앙으로 피할 수 있다고 생각되지도 않았다. 어림없는 일이었다. 전능하신 하느님이 선택한 일이었다. 그럼에도 자유의지라고 책임 회피를 하는 신이 비겁했다. 그랬어도 그녀가 해야 할 일은 주어진 운명에 도전하는 일이었다. 끝까지 선한 역할을 맡아야 했다. 억울해서라도.

아무리 항변해도 억울하다. 신의 역할을 보조하고 빛내기 위한 도구에 불과했어도 이미지는 어쩔 수 없었다. 만약에 자유의지가 주어져서 유다가 거절했고 끝까지 선한 역할만 주장했다면 역사가 바뀌었을까? 그렇다면 다른 희생자가 등장하거나 다른 방법으로 신의 겸손이 드러나진 않았을까. 궤변으로 응답하지 않았을까. 유다 대신 다른 유다를 만들어낸들 무슨 소용인가? 제2, 제3의 유다를 만든다고 해서 뭐가 달라질까? 이름만 바뀌는 것 아닌가. 어차피 누군가의 희생, 대속代贖할 죄인이 있어야 할 것이다. 대부분의 사람들은 자신이 유다라면 '자유의지로 죗값을 치러야 한다'고 대수롭지 않게 말할 것이다. 여자는 그런 말에 동의하지 않는다. 어떻게 그런 말이 나올 수 있을까. 그러면서 혹 자신이 유다라고 생각한 모든 사람들, 그들은 억울한 자신과 신을 원망하겠지. 여자는 억울하게도 베드로 역할이 아니라 유다 역할을 맡았다는 생각이 들었다. 그래서 반발심이 발동했다. 자유의지가 주어졌다면 지금이라도 자신의 역사를 바꾸고 싶었다. 신이 다른 희생자를 만들든 말든 그건 모르는 일이었다. 스스로 역사를 바꾸면 되고 역사를 다시 쓰면 될 일이었다. 긍정적인 방법으로 유다의 자유의지를 사용해보려고 했다. 배반에서 신뢰로 바꾸고 싶었다.

지금에 와서 남편의 점수를 논한다면 100점을 줄 수 있다. 아니 그 이상도 줄 수 있다. 나쁜 기억은 사라지고 유익한 일만 기억되기 때문이다.

그동안 살아낸 삶이 억울하지만 어쩌겠는가. 남편의 자유의지도 인정해주게 된다. 본인에게는 인색하면서 아내인 여자에게 베푼 점을 생각해보았다. 구체적인 점은 남편의 관점에서 보면 사랑의 순위 첫째는 자신의 아내였다.

언젠가 남편의 수첩에서 메모를 본 적이 있었다.

1. 결혼기념일과 아내 생일을 챙긴다. 어김없이 꽃을 선물하고 금일봉을 준다.
2. 아내가 쓰는 돈에 대해 사용처를 묻지 않는다.
3. 아내와 의견 차이가 있을 때 아내의 견해를 우선 선택한다.
4. 여행할 때 좋은 자리에 앉히려고 노력한다. 해외여행은 비즈니스 좌석을 제공해준다.

처갓집 가족을 돌본 남편이었다. 처남을 대학교에 보내고 결혼시키고 전셋집을 얻어주는 것까지 책임진 사람이었다. 그것뿐인가. 처제 둘을 결혼시키고 장모의 장례까지 도맡아서 치른 좋은 사람이었다. 친정 식구들은 세상에 둘도 없는 착한 사람이라고 칭찬했다. 100점도 모자라는 고마운 사람이었다.

'나는 무엇인가? 내가 태어난 자체가 우주의 빅뱅이고 신비다. 그 순간 몸은 엄청난 에너지, 힘으로 이성을 마비시킨다. 세상은 왜 존재하는가? 내가 있어 존재하는 거 아닌가. 나는 살아 있음에 환희를 느끼지 않는가. 그렇다면 소멸할 죽음은 그만큼 두려운 것이다. 그 순간 존재하는 모든 것이 사라지기 때문이다. 이보다 더 황망한 일이 어디 있을까.'

"내가 당신에게 빚을 많이 졌어."

"퉁쳤잖아요."

"아니, 당신에게 미안한 점이 얼마나 많은지 몰라."

"벌써 빚잔치는 끝난 줄 아는데요?"

"우리 엄니 때문에 진 빚, 당신에게 갚아야 할 빚이……"

언젠가 그가 했던 말이 떠올랐다.

"결혼할 준비도 없이, 여자를 사랑하는 법도 모르고 결혼해버렸어. 그 여파로 당신이 나에 대해 실망도 많이 한 것 알아. 지금 결혼한다면, 과거로 돌아간다면, 더 잘 할 수 있는데. 그때로 되돌리고 싶어."

그때 남편에게는 여자라곤 형수와 어머니뿐이었으니 그가 여자를 알지 못하는 것은 당연했다.

남편의 말이 귓가에 맴돌았다. 그는 아내에게 갚을 빚이 많다고 미안해하는 겸손한 남편이었다. 그렇다면 아내로서의 여자 자신은 어떤가? 나름대로 최선을 다했고, 할 일을 했고, 더 이상 잘

할 수 없다고 생각한 사람이었다. 지난 일에 대한 성찰도 없이 자신이 한 일에 대한 자부심을 갖고 있었다. 그것 자체가 교만이라는 생각이 들었다. 자신은 바리새파였다. 자신이 맡은 역할은 악역이었다. 어쩔 수 없이 받아들이지 않을 수 없었다.

첫 번째 독자

그동안 여자가 써온 소설의 첫 번째 독자는 남편이었다. 물론 남들은 그녀가 사랑 이야기를 썼을 때 비낀 눈으로 본 것도 알고 있었다. 딴 남자와 연애 경험이 있어서라고 짐작들 하나 보았다. 그들은 아마도 불륜을 의심하며 몰래 한 사랑에서 진한 감정이 나온다고 짐작하는 것 같았다.

언젠가 모임에서 지나간 사랑 이야기를 하라고 부추겨서 첫 키스에 대한 이야기를 실감나게 했던 적이 있었다. 옆에서 듣고 있던 사람들이 호기심 어린 눈으로 쳐다보고 있었다. 누구라고는 말하지 않고 첫 키스할 때의 그 느낌을 이야기했다. 남편이라고 말할 필요가 없어 그냥 첫 키스에 대한 이야기를 한 것이다. 약혼한 사이였고 남편이 군에서 말년 휴가를 나와서 데이트할 때였다. 남편과 했다는 말은 생략하고 키스에 대한 느낌만 리얼하게 묘사했다. 누구와 했든 그건 듣는 사람 상상에 맡겼다.

당시 종로 3가에 있는 단성사에서 영화를 보고 중국집에 가 각각 자장면과 울면을 주문했다. 종업원이 음식을 테이블 위에 놓고 나가자 먹을 생각도 하지 않고 남편이 불쑥 키스를 했다. 이상한 물체가 입 안으로 들어왔다. 와락 겁이 나서 떠밀고 뒤로 물러앉았다. 키스는 그냥 뽀뽀와 같은 줄 알았다. 그리고 집으로 돌아와 몇 날 며칠을 시달렸다. 이물질 침입에 대한 강한 반응이 잊히지 않았다. 입 안 전체가 땡감을 먹은 것처럼 떫었다. 물론 약간의 미묘한 느낌은 있었다.

"그런데 선생님은 첫 키스를 누구랑 했어요?"

"우리 남편이랑."

"에이, 재미없어!"

여자는 다른 사람들의 반응이 재미있었다. 통쾌하기도 했다. 모두 기분을 잡친 표정이었다. 요즘 말로 갑분싸가 되어버렸다.

여자는 자신이 생각해도 신기할 정도로 과거 기억력이 남달랐다. 그래서 소설을 쓰는지는 몰라도 그때의 감정이 머릿속에 저장되어 있다가 훗날 되살아나곤 했다. 그것도 소설을 쓰는 작가에게는 축복임에 틀림없었다.

남편은 여자가 어떤 모티브로 연애소설을 구상하는지 알았다. 두 사람이 처음 만났을 때 황홀했던 순간을 남편에게 이야기한 적이 있었다. 그녀를 가장 많이 이해하는 독자인 셈이었다. 다른 사람들이 불륜을 경험한 것 아니냐고 비아냥거려도 그녀는 아랑곳하지 않았다. 믿는 구석이 있었고 남편이라는 든든한 배경이 있었기 때문이었다. 남편은 여자가 소설책을 출간할 때마다 어떻게 하든 책을 많이 사고 싶어 했다. 유일한 판촉 사원인 셈이었다.

주변에는 자신의 아내 책이라고 자랑하며 서점에 가보라고 열심히 선전했다. 투병 중에도 남편은 강남에 위치한 서점에 들러 여자의 책을 여러 권 사들고 왔다.

여자의 하늘이 무너졌다. 그녀를 떠받치고 있던 기둥이 내려앉았다.

'삶의 끝은 어디일까?' 수없이 던져봤던 질문이었다. 눈을 들어 하늘을 보니 눈앞에 죽음이 기다리고 있는 것 같았다. 고통이라고 느끼던 순간들이 빨리 지나기를 바랐는데, 아까운 시간까지 빨리 놓쳐버린 셈이었다. 기록은 승자의 판단이고, 오류가 있을 수 있었다. 기록한 사람의 관점에서 서술한 것이니, 남편 입장에서는 억울할 수도 있을 것 같았다. 마지막까지 모든 것을 준 사람이었다. 어쩌면 남편이 베푼 사랑은 예수님처럼 희생한 것이었다고 느껴지기도 했다.

"여보, 당신은 아내에게 주고 간 사랑이 초월적인 사랑이었다고 말하고 싶겠지요. 그렇죠?"

그토록 자유를 원했고 그 자유가 주어진 지금 여자는 그 자유를 반납하고 싶었다. 이번에 남편 없이 혼자 여행을 해보니 자유가 별게 아닌 듯했다. 무엇보다도 늙은 몸으로 혼자 떠나니 몸만 불편하고 즐거움을 누릴 수 없었다. 몸살을 앓아가면서 버텨낸 해외여행은 고통만 안겨주었다.

"여보, 나 너무 많이 아팠어요." 그러면 남편은 "병원 가 봐" 이렇게 말할 것이다. "당신은 그 말밖에 할 말이 없어요?" 화가 나서 소리를 높이면 "저 사람은, 아프대서 병원 가보라는데 뭔 잘못이라고…… 내가 의사도 아니고 어쩌란 말이야?" 하고 남편은 억울해할 것이다. "어디가 어떻게 아픈데?" 하고 말해주길 바랐다고 여자가 말하면 "그게 그거지, 병원에 가야 아는 거 아냐? 원, 성질하곤" 하며 혀를 차기도 할 것이다.

남편의 "병원 가보라"는 말은 하나마나한 소리라고 생각했지만 그 빈말이라도 듣고 싶었다. 사진 속 남편은 사람 좋은 얼굴로 여전히 웃고 있었다.

"후회 없는 삶을 산 셈이야, 당신 덕에. 고마워요. 별수 없이 난 당신의 여자일 뿐이네요. 그리고 내가 '멍청이', '때려죽일 놈'이라고 욕을 한 것도 이해해주겠지요? 젊어서 그랬어요. 내 사랑을 알아주지 않는다고 앙탈한 것에 불과하다는 것 당신도 알지요? 지독히 미워도 하고, 죽도록 사랑도 하고, 질투도 하고, 사람이 할 수 있는 모든 감정을 당신에게 쏟아붓고 살았어요. 그것을 받아준 당신은 이제와 생각하니 나를 이해해준 처음이자 마지막 사람이었어요. 앞으로도 없고 영원히 내 앞에 당신 같은 사람은 없을 테니까. 여보, 웃기지? 이제 내 나이가 여든한 살이야. 내 앞에 누가 있겠어요? 무덤에서도 안심하시고 편안히 쉬세요. 이제 여행은 사절이고 당신 사진과 이야기하며 사는 것이 나을 성 싶어요. 오랫동안 집을 비워서 당신 심심했겠다. 미안해요."

책상 위에 놓여 있는 남편의 핸드폰을 열자 화면에 하트가 7개가 나타났다. '박수희' 이름 앞에 하트가 4개, 뒤에 3개가 있었다. 전혀 예상치 못한 일이었고, 한 번도 생각해보지 않은 일이었다. 그 나름대로 아내를 사랑했던 것이다. 좀 서투르지만 자신의 방식대로 최선을 다한 것이다. 여자가 남편의 사랑법을 몰랐던 것이고, 사랑의 암호를 풀지 못한 거였다.

"유치해서 웃음이 다 나오네. 이 인간이 꽤 낭만적인 면도 있었네."

남편이 떠난 지 100일째 되는 날이었다. 여자는 자신의 핸드폰을 들어 남편의 단축 번호인 1번을 눌렀다. 핸드폰에 저장된 닉네임은 '대장'으로 표시되어 있었다. 멘트가 흘러나왔다. "지금 번호는 없는 번호이니……"

누군가 받으리라고 기대해서 한 전화는 아니었다. 만약에 전화를 받는 사람이 있다면, 제 남편의 번호였다고, 말하고 싶었다. 그리고 벌써 누군가가 남편의 자리를 메웠구나, 하고 생각하려고 했다.

세상은 아직 그의 자리를 빈 채로 남겨놓고 있었다.

6부

영웅들의 꿈

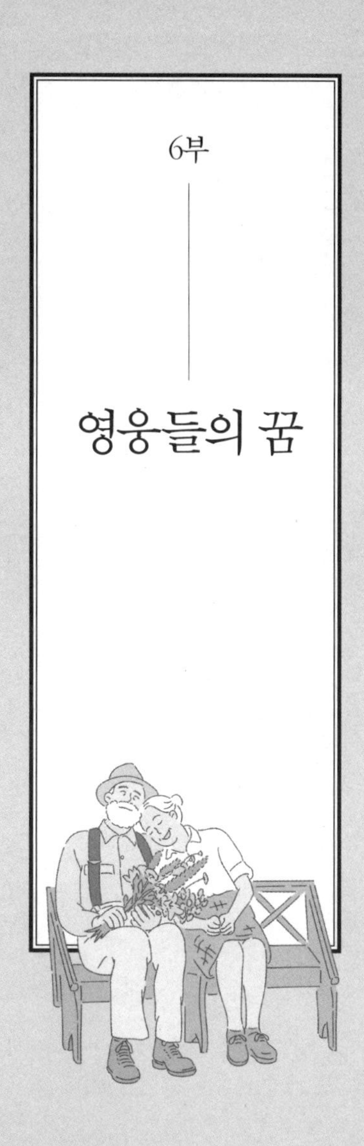

예수께서는 말씀하셨다.

"아버지, 저 사람들을 용서하여 주십시오! 그들은 자기가 하는 일을 모르고 있습니다."

백성과 그들의 우두머리들과 병사들이 조롱하는 가운데서 예수께서는 용서한다는 말씀을 하신다.

〈루가복음 23장 34절〉

특별한 악인은 없다. 한나 아렌트는 '악의 평범성'에 대해 말한다. 유대인 600만 명의 생명을 죽음으로 몰아넣은 나치 전범 아이히만의 재판을 지켜보면서 조금이라도 양심의 가책을 느낄 것이라고 짐작했으나 허사였다. 그가 무죄임을 주장하는 것과 죄의식을 느끼지 않는 것은 스스로 죄가 없다고 믿는다는 것이다. 조직에 의해서 그 명령에 충실했을 뿐이라고 변명했다.

자신의 행동이 상대에게 어떤 영향을 끼치게 될지 판단, 분별할 수 없는 사유思惟의 부재다. 많은 사람들이 그동안의 규정이나 익숙해진 단순한 사고에 의해 상대에게 위해를 가하게 되는 일, 이 또한 사유의 부재다. 이 모든 행위는 본인도 모르는 사이에 악행으로도 될 수 있는 것이다.

—한나 아렌트, 《예루살렘의 아이히만》

3월의 토끼

3월의 토끼. 봄은 여자의 탄생을 노래했고, 찬양했다. 그리고 세상은 그녀를 필요로 했고 사랑했다. 받은 만큼 사명감도 함께 주어진 인생이었다.

여자의 상상 속 소원은 병약한 몸으로 태어나는 것이었다. 주변의 보호를 받고 귀한 존재라는 것을 확인받으며 사는 것이었다. 상상은 단순했다. 가냘픈 몸으로 침대에 누워 있고 주변에는 사랑하는 사람들이 옆에서 근심 어린 얼굴로 걱정해주는 모습을 상상하는 것이 행복했다. 물론 생명엔 지장이 없으면 더 좋겠고, 추하지 않고 예쁘면 더욱 좋겠다는 바람이었다. 옆에 있는 사람이 열이 있나 이마를 짚어보고 미열이 있으면 고개를 갸우뚱하면서 급히 의사를 불러 응급 처방을 해주는 그런 상황도 연출했다. 생명이 줄어들까 봐 주변인들이 모두 걱정해주는 그런 존재로 살고 싶었다. 사랑하는 사람들에게 둘러싸여 그녀가 미음을 한 숟가락이라도 떠먹으면 좋아하는 모습을 보는 것이 꿈이었다.

그래, 봄들은 너를 필요로 했다. 뭇별들도
감히 네가 어루만져주길 원했다. 지나간 것들.
그 속에서 물결 하나 일었고
네가 열린 창문을 지날 때마다
바이올린 소리가 흘러나왔다. 이 모두가 사명이었다.
—라이너 마리아 릴케, 〈두이노의 비가〉에서

여자는 너무나 건강해서 아파본 적이 없었고, 아무도 그녀 건강에 대해 신경 쓰지 않았다. 오죽하면 아파서 보호받는 인생이 꿈이었을까. 의아해할 사람도 있을 것이고 또 공감하는 사람들도 있을 것이다. 치기 어린 꿈도 꿈이니까. 꿈은 가당치 않은 일이기도 했지만 평생 봉사만 했다고 믿었기에 그런 꿈을 꾸었다.

아직 죽음은 실감하지 않았지만 그때도 비슷할 것 같았다. 아까운 사람을 놓쳤다고 다들 아쉬워하고 후회하며 자신들의 잘못으로 죽게 했다고 자책하게 하는 거였다. 여자 자신을 오래도록 기억하게 하는 것이 여자의 희망이었다. 그러나 현실은 너무나 달랐다. 꿈이라고 말할 수 있는 것은, 그리고 희망하는 것은 현실에서 실재할 수 없는 삶을 살았기 때문이었다.

여자네 부모님의 고향은 물 맑은 경기도 청평淸平이었다. 그곳에서 결혼했고, 친정엄마는 그곳에서 여자를 임신했다. 배 속에서 씨앗이 꿈틀거렸을 때로 친다면 여자의 고향은 청평인 셈이었다. 우리 나이로 16살, 만으로는 15살짜리 신부는 곧 임신을 했다가 곧바로 유산을 했고 그다음 임신한 것이 여자였다. 주변에서는 첫아이를 잃었다가 다시 임신을 하자 다행으로 여겼다. 어린 신부는 깜짝 놀랐다고 했다. 커다란 칡호랑이가 갑자기 뒤뜰에 나타났기 때문이었다. 검은 점이 있는 것은 표범이고 굵고 검은 줄무늬가 있는 것은 칡호랑이로 불렸다. 무서워서 벌벌 떨고 있는데 다행히 칡호랑이는 그녀의 고무신을 물고 사라졌다. 조금 있다가 눈을 뜨고 보니 그제서야 꿈이었음을 알고 뒤뜰로 가보았다. 고무신은 그대로 있었다.

그 후 갑자기 입맛이 당겨서 밥을 먹고 돌아서면 또 배가 고파 부엌을 나올 수가 없었다. 깨끗이 비운 무쇠솥을 열어봤다. 빈 솥을 확인하고도 또 못 미더워 다시 확인하곤 했다. 수없이 빈 무쇠솥 뚜껑을 열었다 닫기를 반복했다. 밥이 목구멍으로 차고 올라와도 밥을 먹고 싶었다. 왕성한 식욕은 줄지 않았고 급기야 고민이 되었다. 하는 수 없이 한의원을 찾았다. 시골에서는 침도 놓고 민간요법도 알려주는 만능 의원이었다. 처방은 간단했다. 시냇물 속에 있는 다슬기를 가져다 삶아 먹으라고 했다. 그때 청정 지역인 청평 냇가에는 다슬기가 다닥다닥 붙어 있어 잠깐이면 한 바가지를 채취할 수 있었다. 그것을 삶아 바가지를 끌어안고 바늘로 속을 파서 먹었다. 몇 개도 먹지 않았는데 헛구역질이 났고 결국 토해버렸다. 알고 보니 입덧이었다. 대개 입덧은 밥을 못 먹고 구역질하는 것으로 알고 있었는데 반대로 밥을 너무 많이 먹는 것도 입덧이라니 희한했다고 엄마는 웃으며 말했다.

이유야 어찌되었든 임신한 사실이 알려지며 기대를 했다. 아들

일 거라고. 산더미처럼 큰 칡호랑이가 깊은 산에서 내려왔으니 분명 '아들'임에 틀림이 없다고 이구동성으로 말했다. 하지만 기대와는 다르게 건강한 딸이 태어났다. 백일도 안 된 딸을 안고 서울로 이사를 하게 되었다. 지금의 서울대 병원이 있는, 연건동이라는 곳에 정착했다. 그곳에서 출생 신고를 했으니 서울 태생으로 기록되었다. 그 연건동에서 해방 전까지 살았다.

여자 최초의 기억은 서울대 병원에 둘러친 철조망이 보이는 언덕이었다. 그곳에 올라가면 음악이 나오고 구령에 따라 체조가 시작되었다. 흰 가운을 입은 의사, 간호사 들이 쏟아져 나와 체조를 했다. 어린아이는 철조망을 사이에 두고 병원 마당을 향해 체조를 했다. 주로 놀던 곳이 서울대 병원 뒷동산이었다. 가을도 되기 전 동산에는 버찌가 까맣게 땅에 떨어져 있었다. 땅에 떨어진 버찌를 주워 먹고 돌아온 아이는 입주변이 시커멓게 물들어 있었다. 엄마가 바느질하고 있는 것을 보고 다짜고짜 겨드랑이에 머리를 들이밀고 젖을 찾아 물었다. 그러곤 새하얗게 이가 난 입으로 힘차게 빨았다.

"엄마 젖이 달아." 이렇게 말하며 버찌를 먹어서 시커멓게 물든 입을 벌리고 자랑스럽게 웃었다고 했다.

후에 친정엄마가 말했다.

"너만 병치레 한 번 없이 쉽게 자라주었다."

엄마는 두 돌이 조금 넘은 세 살짜리 아이를 빈방에 혼자 내버려두고 큰집에 가서 일하고 온 이야기를 했다. 큰집 큰엄마가 몹시 아팠다고 했다. 줄줄이 낳은 사촌들을 돌보고 큰엄마 병구완을 해야 하는 상황이었다. 서울로 오게 도와준 큰집이 고마워서 젊은 엄마는 무조건 도와야 한다고 생각했다. 그런데 아이를 데리고 가면 거추장스럽고 제대로 일을 할 수 없기에 엄마는 아이를 옆집 사람에게 맡기고 연건동 집에서 종로 3가 돈화문 근처에 있는 큰집으로 간 것이다. 엄마는 사흘 만에 돌아왔다. 그제서야 "우리 아기 어땠어요?" 하고 묻자 옆집 사람이 말했다.

"그렇게 순한 애는 처음 봐요. 혼자 놀다가 밥을 주면 먹고 아무 말 없이 빈방으로 들어가서 자고 아침이면 부스스 일어나 나오고 아침밥을 챙겨주면 혼자 놀았지요."

물론 울지도 않았다고 했다.

엄마는 순둥이 딸이라고 자랑했다. 어릴 때 혼자 놔두어도 잘 놀았다면서 일화를 말하곤 했다. 우리 딸은 이렇게 착했다는 일화였다. 자신의 주관적인 판단이나 행동이 피동적으로 부림을 당한 당사자에겐 얼마나 무서운 형벌인지 헤아리지 못한 처사였다.

"어이구, 우리 순둥이 착하지. 울지 않았구나!"

그야말로 순하게 엄마가 돌아올 때까지 아무 탈없이 잘 있었다고 기특해했다. 무시무시한 두려움이 아이의 입에 재갈처럼 물린 상황은 모르고. 보이지 않는 슬픔과 두려움이 엄마의 출현으로 기쁨이 되어서 안으로 숨어들었던 건 모르고. 캄캄한 빈방에 갇힌 아이는 얼마나 무서웠을까. 그 일로 혼자는 못 있는 아이로 변했는데, 이 사실을 친정엄마는 몰랐다. 아니, 아무도 몰랐다.

아이는 울 수 있는 환경이 아님을 알아차렸고 어쩔 수 없이 혼자 해결해야 했던 것이다. 홀로 내던져진 상황에서 무섭다고 어떻게 해볼 수도 없었을 것이다. 그저 견디는 수밖에 없었을 것이다. 매정하고 인정머리 없는 스무 살 엄마는 본인 생각만 하고 그저 괜찮겠지 했을 것이다. 평소 순하게 잘 지내고 있었으니까.

여자의 어릴 때 기억은 이야기를 들어서인지, 아니면 그것을 기회로 기억을 되살려냈는지는 몰라도 막막했다.

일제 강점기가 막바지에 이르자 어른들은 술렁거렸다. B-29 미군 비행기가 머리 위에서 지나갔다. 파란 하늘에 비행기가 뿜은 연기가 하얀 줄을 그었다.

"저기, 히꼬끼(비행기)다!"

먼저 본 사람이 소리쳤다.

소리가 나중에 들리기 때문이었다. 공습경보가 울리고 모두 방공호로 이동해야 했다. 미처 방공호로 가지 못한 집은 광이나 마루 밑이 피난처였다. 집집마다 식구들 숫자대로 방공 모자를 준비해야 했다. 어른들은 어떤 모자를 썼는지 몰라도 어린아이였던 여자는 아기 포대기를 한쪽만 꿰매서 삼각형 고깔처럼 머리에 쓰고 머리 뒤쪽에 끈을 달아 앞으로 묶었다. 그게 임시 방공 모자였다. 머리만 보호하면 되는 일인지, 아니면 고막을 보호하려는지 이유는 모르고 공습경보만 울리면 무조건 모자부터 머리에 뒤집어쓰곤 했다.

아이들의 놀이는 '히꼬끼' 흉내였다. 두 팔을 양옆에 붙이고 고개를 옆으로 숙인 채 모재비로 달렸다. 비행기 놀이를 한 것인데, 방공 연습이 놀이가 되었던 것이다. 전쟁이 일상화되었고, 두려움이 되었다. 그런 일이 잦아지자 피난을 가기로 했다.

처음으로 할아버지가 한약방을 하고 있는 경기도 용인이라는 곳으로 가게 되었다. 일본인 회사에 다니던 아버지는 광복 이후 퇴직금을 받아 적산敵産 가옥과 땅을 샀다. 그때부터 무거운 의무가 주어진 일생이 시작된 것이다. 여자뿐 아니라 부모님도 마찬가지였다. 부모가 바쁘면 첫째로 태어난 자식은 함께 고생해야 했다. 다섯 살짜리가 돌쟁이 아기를 업었으니 누가 아기인지 모를 정도였다. 팬티만 입은 아이가 기저귀만 찬 돌도 안 된 아기를 업고 있으면 아기끼리 엉켜 있는 것 같았을 것이다. 부모님은 서툰 농사를 짓느라 바빠서 아기를 돌볼 시간이 없었다. 다섯 살 아이에 업힌 아기의 다리가 땅에 끌릴 정도여서 사람들이 "아기가 아기를 업었네" 하고 웃으며 지나갔다.

동생이 생기고 나서 여자는 부모님의 사랑을 기대할 수 없었다. 육아에 참여하는 '큰딸은 살림 밑천'이라는 속담 역할을 해야 했을 뿐이다. 엄마는 동생 젖을 먹이고 나면 큰딸인 여자에게 맡기고 곧바로 들로 나갔다. 젊은 부부가 연년생으로 동생들을 낳았던 것이다. 여자는 동생들 육아에 참여하지 않을 수 없었다.

다섯 살 때부터 동생 돌보기가 시작되었고, 동생들이 영양실조로 죽었다. 아무리 젊은 엄마라도 일을 많이 하느라 젖이 말라버렸기 때문이다. 에너지원인 영양분은 힘든 농사일에 쓰였고 아기가 먹을 젖으로 나오지 않았던 것이다.

어떤 존재

드디어 해방이 되었다. 곧바로 나라에서는 국민 교육의 필요에 따라 학교를 설립했다. 나이에 관계없이 학교를 다니지 않은 아이들을 모두 소집해서 국민학교에 입학을 하게 되었다.

용인 읍내 인구가 얼마나 되었는지는 몰라도 한꺼번에 몰려든 입학생들이 운동장을 가득히 메웠다. 지게를 지고 농사를 짓던 떠꺼머리총각, 머리를 길게 땋은 처녀 할 것 없이 모두가 학교로 몰려왔다. 한 반에 60명씩 17반까지 있었다. 1학년 18반은 열외로 스무 살이 된 어른 같은 사람들도 있었다. 국민학교 입학식은 아수라장 같았다. 자칫 잘못하면 자기 반을 못 찾아 헤매기도 하고 끝내는 우는 아이들도 있었다. 입학식은 보호자가 없으면 곤란할 정도로 혼란스러웠다. 여자의 엄마 아버지는 바빠서 엄두를 못 내고 고모가 여자를 데리고 갔다. 고모가 여자만 챙겼다면 문제가 생기지 않았을 것이다.

고모는 옆에 있는 중학교에 다니고 있어 학교를 잘 안다고 모두 믿고 맡겼다. 고모가 함께 가게 된 것은 조카인 여자 때문이 아니고 고모 동생인 삼촌을 위해서 입학식에 참석하게 된 것이다. 삼촌 나이는 열여섯 살이었는데 소아마비를 앓아 다리를 절었고 장애자로서 일제 때는 학교에 들어가는 일은 꿈도 꾸지 못하다가 해방이 되자 입학하게 된 것이다. 어린 조카와 삼촌이 함께 국민학교에 입학했다. 엄마의 부탁에 고모는 말막음으로 그러라고 고개를 끄덕인 정도였다. 서울에 살다가 용인으로 피난 가서 처음 본 할머니네 식구들이었다. 고모라고 하지만 낯설었다. 서모 할머니가 낳은 딸인 고모는 친척이라고 하니 그런 줄 아는 정도였다.

운동장엔 아이들로 인산인해를 이루었다. 읍내뿐만 아니라 근방 20여리 밖에서 몰려든 아이들이었다. 뱀 꼬리처럼 꼬불꼬불 꼬리를 물고 이어졌다. 한 줄로 또는 여러 줄로도 학생들을 수용할 수 없어 둥그렇게 가다가 다시 이어지기도 하고 꼬리가 끊기기도 해서 줄을 찾기가 어려웠다. 겨우 줄인 줄 알고 따라갔다가 엉뚱한 줄이어서 다시 줄을 찾아 헤매기도 했다. 1학년 1반부터 4반이 여자아이들이었고, 5반부터 15반까지는 남자아이들, 그 이외에는 나이가 많은 남녀 혼성 반이었다.

어디서 선생님이 "박수희!" 하고 여자의 이름을 불렀다. 그래서 찾아간 곳이 남자아이들 반인 1학년 5반 줄이었다. 그녀의 이름이 남자인 줄 알고 그렇게 편성된 것이다. 수희秀凞는 남자 이름이라는 것이다. 수희에서 희가 계집 姬 자가 아니고 빛날 凞 자는 남자라는 것이다. 남자아이들 틈에 혼자만 들어 있으니 부끄럽고 얼마나 무서웠는지 몰랐다.

'큰일 났네. 어떡하지?' 고모는 보이지 않았고, 아무도 반을 찾아줄 사람이 없었다. 그 많은 아이들은 각자 자기 반을 찾아 줄을 따라갔고 여자 홀로 운동장 한쪽에서 울고 있었다. 그 공포감을 떠올리면 지금도 까마득했다. 울고 있어도 고모는 보이지 않았다. 아무리 철뚝거리는 제 동생이지만 삼촌은 열여섯 살로 다 큰 사람이었다. 그리고 적령기를 훨씬 지나서 나이 많은 반은 따로 분리해놓아 찾기도 쉬웠다. 그래도 안쓰러운지 옆에 따라다니면서 돌봐주고 있었고, 여자에게는 코빼기도 보이지 않았던 것이다.

1학년 5반 남자 선생님이 여자를 보고 딱해 보였는지 조치를 해줘 1학년 4반 여자 반으로 가게 되었다. 믿었던 고모는 엄마에게는 자기가 책임지겠다고 큰소리 쳐놓고 삼촌만 돌봤고 그녀에겐 관심도 없었다. 그 후 여자의 머릿속에서 고모는 늘 나쁜 이미지로 떠올랐고 나쁘다는 생각을 지금껏 지우지 못했다. 고모는 그냥 있어도 미운데 어린 여자를 공포로 몰아넣고도 놀려 먹기까지 했다. "수희는 남자래." "뎡거장 수위(기차역 정거장에서 심부름하는 수위) 왔니?" 이렇게 늘 비아냥거렸다. 나쁜 고모였다. 어릴 때 겪은 그 공포와 함께 절대 잊을 수 없었다.

서모 할머니도 애정이 없기는 마찬가지였다. 국민학교 학생일 때부터 중학생일 때도 농담이라지만 이렇게 말했다. "하늘에 문 달린 곳으로 시집을 가란다. 하늘에 문 달린 집이라니! 그건 짐승 우리밖에 없단다."

할아버지 댁은 한약방을 하고 있어 읍내 사거리에 있었다. 여자네 집은 농사를 짓기 때문에 학교에서 수원 쪽으로 5리쯤 떨어진 곳이었다. 학교에 가지 않으면 큰일이 나는 것으로 알았던 여자는 열심히 종종걸음으로 함께 다니는 언니 오빠들을 뛰다시피 따라갔다. 여기저기서 "학교가자" 하는 소리가 들리면 부랴부랴 집을 나서는 바람에 개근상을 받을 정도였다.

란도셀은 등에 메는 책가방인데 모난 건빵처럼 생겼다. 종이로 된 싸구려 란도셀은 밑바닥에 구멍이 뚫려 가방 구실을 할 수 없었다. 연필과 크레용이 빠져나가기 일쑤였다. 폼이 나는 좋은 란도셀은 살 수가 없었다. 할 수 없이 보자기에 책을 싸서 들고 학교에 다녔다. 멀리서 오는 남자아이들은 어깨에서 반대 허리로 가로질러 메고 뛰었고, 여자아이들은 허리에 차고 다녔다. 여자는 그렇게 하기 싫어서 손에 들고 다녔다.

장마 때는 개울물이 넘쳐서 학교에 가지 못했다. 개울에 징검다리처럼 놓인 돌들이 어디로 밀려갔는지 흔적조차 없었다. 돌뿐 아니라 붉은 흙탕물이 넘쳐서 가축이 둥둥 떠내려가기도 했다. 그럴 때면 학교에서 장맛비로 개울이 넘친 지역 학생들에겐 선처를 했다. 결석으로 치지 않았던 것이다. 문제는 비가 슬슬 내릴 때였다. 우산이 없어서였다. 서울에서 쓰던 종이우산은 살이 부러져 더 이상 쓸 수 없었다. 들기름 냄새가 진동하는 창호지에 기름을 먹여 만든 우산은 비를 막아주긴 했지만, 대나무 우산살은 바람에 뒤집히면 여지없이 흩어져버려서 이어붙일 수도 없었다. 다른 아이들은 어디에서 났는지 까만 박쥐우산을 쓰고 학교에 오기도 했다. 아버지는 비가 오면 징징거리는 여자에게 볏짚이나 갈대로 만든 오쟁이를 씌워주려고 했다. 장마철이면 논에 물꼬를 보러갈 때 아버지가 쓰는 비옷이었다. 학교에 오쟁이를 쓰고 오는 남자아이를 볼 때면 여자아이들은 원시인을 보듯 비웃었다.

여자는 절대 오쟁이를 쓸 수 없었다. 그런 대열에 낄 수 없다고 생각한 것이다. 처음부터 비를 홀딱 다 맞더라도 책 보따리를 가슴에 끌어안고 그냥 걸어서 갔다.

그래도 학교에서 공부를 하다가 비가 오면 다행이었다. 집에 가서 젖은 옷을 말리거나 갈아입으면 되었으니까. 그런데 집에서부터 비가 오면 난처했다. 빗속을 가로질러 5리 길을 뛰어도 속옷까지 흠뻑 젖기 때문이었다. 빗물을 줄줄 흘리며 교실에 들어서면 교실 바닥에 빗물이 커다랗게 원을 그렸고, 젖어 있는 채로 앉아서 공부를 해야 했다. 그래도 다행인 것은 품 안에 있던 책이 젖지 않은 거였다. 가슴에 꼭 끌어안고 책보자기만은 지키려고 안간힘을 썼다. 그 결과 귀퉁이만 젖었을 뿐이었다.

겨울이면 학교로 가는 길이 심상치 않았다. 누군가 논두렁길을 표시해놓았기 때문에 구렁텅이로 빠지는 일은 없었다. 하지만 외줄로 난 길을 걷는다는 게 여간 힘든 일이 아니었다. 장마 때보다는 덜했지만, 눈보라 치는 혹한 때는 더욱 힘들었다. 눈보라가 치는 날이었는데 아침보다 오후가 더 심했다. 학교에서 집으로 돌아가는 길이었다. 조끼가 달린 풍차風遮바지는 아기들이 입는 바지였다. 여자도 저학년일 때는 풍차바지를 입었다. 풍차바지는 아무리 솜을 넣어 누볐어도 종아리까지밖에 내려오지 않았다. 그리고 버선이나 양말을 신어도 종아리를 덮지 못했다. 그러면 종아리에서 무릎 사이에 10센티 이상 맨살이 드러났다. 머리와 얼굴에 보자기를 뒤집어쓰고 걸어가면 손과 종아리가 피가 터지는 소리가 들릴 정도로 따가웠다.

"엄마, 추워."

방 안에 들어서자 따듯한 방에서 아주머니들과 바느질을 하던 엄마는 여자를 쳐다보곤 아무 말도 안 했다. 옆에 있던 아주머니가 "아이구! 손 시러웠겠다!" 하며 자리를 비켜주고 화롯불에 손을 쬐게 해주었다. 얼어붙었던 손이 화롯불 근처에 가자마자 따끔거리기 시작했다. 엄마는 화롯불에 손을 쬐고 있는 여자의 손을 매정하게 밀쳐내며 부엌으로 가라고 했다. 좀 더 방 안에 있고 싶었다. 추위에 얼어붙었던 몸을 좀 녹이고 난 다음에 일어나도 되는 일이었다. "아이구, 많이 추웠겠구나. 몸을 녹이려면 시간이 걸리니 부엌으로 가서 뜨거운 물에 넣어라. 그러면 빨리 풀릴 거야." 이렇게 다정하게 말해주길 바랐다. 그런데 엄마는 소리를 질렀다. "빨리 부엌으로 가서 솥에 있는 뜨거운 물에 손을 담가." 화롯불에 쬐어봤자 소용없으니 무쇠솥에 있는 뜨듯한 물에 담그라는 거였다. 따듯한 방에 좀 쉬고 싶었으나 엄마의 성화에 일어나 부엌으로 가서 무쇠솥을 열고 언 손을 집어넣었다. 엄마 말대로 하니 신기하게도 스르르 금방 손이 녹았다. 방 안에 있던 엄마는 여봐란 듯이 쳐다보면서 "언 손에는 더운 물이 최고"라고 말했다. 어린 딸이 강추위에 5리 길을 걸어왔으면 따듯하게 반겨주었으면 오죽이나 좋았을까. 언 손은 녹았으나 마음은 슬펐다. 눈물이 나도록 섭섭했다. 같은 말이라도 다정하게 말해주면 얼마나 좋았을까. 그때 엄마는 여자가 학교에 입고 갈 저고리를 만들고 있었다. 상식 없는 엄마를 이해해야 했다. 엄마는 그렇게 하는 것이 최상인 줄 알았던 것이다. 후에 들으니 갑자기 언 손을 물에 녹이면 동상이 걸린다고 했다. 운이 좋았는지 여자는 동상엔 걸리지 않았다.

전쟁 때문에 학교도 피난을 갔고, 남쪽 지역에 몰려 있는 학교가 더러는 서울로 올라오기도 했다. 아직 그대로인 학교도 있었다. 어수선했던 시기였다. 임시 정전停戰이 되고 난 후 중학생 선발 기준을 정하기가 모호할 때였다.

국민학교 5학년이 되자 여름에 전쟁이 났고, 일사 후퇴 이후 서울이 수복되자 곧바로 천막 교실을 거쳐 6학년 졸업반이 되었다. 그해 봄 국가에서는 남쪽으로 몰려 있는 학교 때문에 고민하던 중 전국 6학년 학생들에게 국가고시를 보게 했다. 국가가 착안한 국가고시였다. 읍내에 있는 학생뿐 아니라 경기도 용인 근접 지역에 있는 수험생 전부가 읍내에서 시험을 치르게 되어 있었다. 수험생들이 많은 관계로 분산시켜서 시험을 치르게 했다. 옆에 있는 여자 중학교는 규모가 작았고, 남리 쪽으로 조금 떨어져 남자 중학교가 있었다. 6학년 졸업생들은 자원봉사로 시험 자리를 정하는 번호표 붙이는 데 한몫했다. 각자 몇 장씩 붙이기로 하고 옆 남자 중학교인 태성중학교로 갔다. 여자가 들고 간 번호 중에는 자신의 번호도 있었다. 400번이었는데, 교실 맨 끝자리였다. 유리문 옆이었다. 친구들이 죽을 사死 자가 들어 있어서 불길하다고 하기도 했으나 개의치 않고 번호표에 정성스럽게 풀칠을 해서 400번 자리에 붙여놓았다. 자리를 확인했으니 내일 찾아오기 쉬울 것 같았다. 반 친구들은 자기 번호가 있는 곳에 가서 큰절을 하기도 하고 시험을 잘 보게 해달라고 빌기도 했다. 모두들 깔깔거리며 각자 맡은 번호표 분량을 채우고 돌아왔다.

시험 날 새벽이 밝았다. 곧바로 세수를 하고 학교로 향했다. 밥은 물론 먹지 않았다. 아침밥을 할 때까지 기다릴 수 없었고 밥을 먹고 싶지도 않았다. 새벽안개가 자욱해서 논두렁길은 10미터 앞도 보이지 않았다. 논두렁길을 벗어나자 안개도 걷히고 뚝방길이 나타났다. 하얀 저고리에 까만 치마를 입고 책보를 끌어안고 가고 있었다. 길옆 10미터 거리에 담임선생님이 하숙을 하는 집이 있었다. 마침 아침 세수를 하러 나온 담임선생님이 보였다. 목에 하얀 수건을 두르고 양치질을 하려고 나오다가 여자를 보고 깜짝 놀라면서 불렀다.

"수희야! 벌써 가니?"

"네."

시험 시간까지 두 시간 반은 족히 남아 있었다. 태성중학교 운동장에 도착했는데 아무도 보이지 않았다. 너무 일찍 도착하는 바람에 친구들이 보이지 않았던 것이다. 한 시간쯤 기다리자 친구들이 부모나 이모, 고모, 큰언니들과 함께 나타났다. 드디어 시험이 시작되었고 몇 문제를 틀리고 맞혔는지 기억이 나지 않았다. 시험을 치르고 밖으로 나왔더니 삼삼오오 몰려서 시험 문제에 대해 이야기하고 있었다. 몇 번 문제 답은 뭐라는 둥 그 답은 아니라는 둥 말이 많았다. 여자는 옆에서 친구 가족들이 모여 수험생 어깨를 두드리고 격려하면서 읍내 식당에 밥을 먹으러 가는 모습을 지켜보았다. 여자는 혼자서 집으로 걸어왔다. 시험을 잘 치렀느냐고 묻는 사람은 없었다. 부랴부랴 저고리를 벗고 동생의 코가 묻은 저고리를 갈아입힌 후 동생을 업었다. 시험을 본 걸로 됐고 결과가 어떻게 되든 상관없었다. 부모는 여자가 중학교에 가는 것을 바라지도 않았으니 관심도 없었다. 고달픈 생활에 자식의 미래를 생각할 여유가 없었다. 바쁜 부모를 이해해야 했다. 시간은 그렇게 지나갔고, 그리고 잊었다.

시험 성적이 공식 발표되기 전 다른 반 선생님이 최고 점수의 수험 번호를 확인했다. 남자 최고 점수는 400점 만점에 360점이었다. 여자 중에서 최고 점수는 352점이었다. 선생님이 400번이라고 외치면서 400번이 누구냐고 물었다. 여자는 어리둥절했다. 자신이 아닐 수도 있어서 나서지 않고 가만히 있었다. 벽보가 붙은 후 확인해보니 역시 자신의 점수가 제일 높았다. 서울에 있는 일류 중학교에 가고도 남는 점수였지만 용인중학교에 전체 2등으로 합격했다. 수석 합격자는 송전국민학교 선생님의 딸인 김영신이라는 아이였다. 장학 제도가 없는 시절이어서 상품으로 받은 것이 교과서 다섯 권이었다. 한문으로 '賞'이라고 쓰인 시퍼런 스탬프가 찍힌 교과서가 전부였다. 그 후 여자는 영어와 국어를 제외한 교과서를 사본 적이 없었다. 옆 아이들 것을 보거나 필기를 해서 공부했다. 교과서를 살 돈도 없었고 등록금 낼 돈도 없어 늘 운동장으로 불려나가기도 했다. 어찌어찌 겨우겨우 졸업했다. 고등학교도 그런 식으로 마칠 수 있었다.

그때부터 책을 좋아하는 생활이 시작되었다. 책을 읽을 수 있는 시간이 주어졌다. 엄밀히 말하면 책을 접하게 된 것이다. 유엔 국제 원조 기관인 운크라UNKRA에서 책을 빌려다 보는 것이 유일한 취미이자 즐거움이었다. 독서 시간은 밤이었다. 엄마는 여자가 밤새워 책을 읽는다고 싫어했다. 싫어하는 정도가 아니라 질색을 했다. 잠을 자지 않는다는 것이 이유였다. 그러면 이불을 뒤집어쓰고 석유 등잔을 최소한 낮추어 꺼지지 않을 정도로만 해놓고 책을 봤다. 밖으로 불빛이 새어나가면 엄마에게 들켜 야단을 맞을까 봐 전전긍긍하며 밤새 읽었다. 엄마가 잠든 사이에는 숨길 수 있었지만 어쩌다 한밤중에 화장실 가려고 일어나기라도 하면 꼼짝없이 들켜 혼이 났다.

"불 끄고 자라."

뒷장이 궁금해도 마지못해 책을 덮고 잠을 잤다. 여자가 책 읽기에 미쳐서 엄마는 속이 터진다고 했다. 동생을 업고 책을 읽을 때는 아무런 문제가 없었지만 부엌에서 밥을 할 때는 문제가 생겼다. 밥을 하는 동안 한 손엔 소설책을 한 손엔 부지깽이를 들고 아궁이에 불을 땠다. 여름철은 보릿짚을 사용했는데 아궁이에 짚을 툭 던져 넣고는 잠시 있다가 불이 사그라질 즈음 다시 짚을 던져 넣어 불을 피워야 했다. 짚을 한 번 넣고 책 한 페이지 읽고, 또 한 번 짚을 던져 넣고 또 책을 들여다봤다. 불이 꺼졌다 싶으면 짚을 넣어 살아나게 했다. 불을 연속적으로 꺼지지 않게 제대로 피워야 하는데 그렇지 못해 밥이 잘 되지 않거나 더뎌졌다. 엄마는 일을 제대로 하라며 소리를 질렀다. 그제야 책장을 덮고 본격적으로 시키는 일을 했다. 수학여행을 가서도 밤새워 책을 읽는 바람에 친구들에게 눈총을 샀을 정도였다.

늘 외톨이였으나 책이 있어 외롭지 않았다. 그래도 엄마는 큰 딸을 사랑했다. 어릴 때부터 엄마를 도운 공로로 그랬는지, 안쓰러워서 그랬는지는 잘 모르지만 엄마는 딸을 해방시키기로 했다. 시집을 보내기로 한 것이다. 스무 살까지 일을 하다가 결혼을 하게 되었다.

"네가 옆에 있으면 이 엄마는 편하지만 언제까지나 너를 부려먹을 수는 없다."

엄마는 그렇게 말하면서 딸의 결혼을 서둘렀다.

끝의 끝에는 시작이 있다

남편과 시어머니는 늘 아프다면서 끙끙거렸다. 시댁은 다 아픈 사람뿐이었다. 농사를 짓는 것도 아니고 펑펑 놀면서 입만 열면 아프다고 말했다.

그땐 몰랐지만 지나고 생각해보니 길 아래 집이 흉가라는 말을 들었던 것 같았다. 흉가란 귀신이 있어서가 아니라 우환이 쉴 새 없이 생기고, 햇볕이 들지 않아 음산한 느낌이 들고, 되는 일이 없는 곳이라 했다. 온 가족이 모두 아프다고만 하니 웬만한 돈으로는 생활이 어려웠다. 약값으로 지불하는 돈이 많았기 때문이었다.

정수 시설이 없던 시절이었어도 문제가 없었다. 그 당시 시댁은 높은 데 위치해 있었기 때문이었다. 차츰 개발이 이루어지고 시댁 위로로 집들이 지어졌다. 위에 있는 집들에서 흘러나오는 생활하수가 지하수로 흘러들었다. 윗동네이던 시댁은 어느새 중간 동네가 되었다. 밑에 있는 집들은 생활하수가 섞인 지하수를 사용할 수밖에 없게 되었다. 이사 올 때 우물물이 좋았던 때만 생각하고, 그 후 오염이 된 줄 모르고 우물물을 썼다. 불가피한 일이었다. 다른 방법이 없었다. 장마 때 보면 확연히 드러났다. 그래도 오염된 우물물을 생활수로 사용할 수밖에 없었다. 아직 윗동네에는 수도가 들어오지 않아 공동 우물물을 길어다 사용했다. 시댁 사람들의 골골거림에는 연탄불과 알루미늄 솥도 한몫을 한 것 같았다. 하루 종일 연탄아궁이에 알루미늄이나 양은솥을 올려놓고 더운물을 사용했다. 그 물로 쌀을 씻고 설거지를 하거나 세수하고 양치질을 했고 식수로도 사용했다. 그런데 하루 종일 펄펄 끓던 물은 솥뚜껑을 열면 부유물이 둥둥 떠다녔다. 알루미늄이 녹아서 부글거렸는지도 모를 일이었다.

지금 같으면 큰일 날 일이었다. 시어머니와 남편은 약한 체질이어서 늘 입맛이 없고 피곤해했다. 시아버지는 건강해서 별 탈이 없었다. 그 집으로 시집을 간 것은 운명이라고 여겼지만, 가난하고 고집불통에다 미개해서 사람에게 환경이 얼마나 중요한지 모르는 가정에 배치된 여자는 분명 희생양이었다.

물 맑은 자연과 함께 살던 여자는 건강했다. 시어머니 입장에서 생각해봤다. 원인이야 어떻든 늘 아픈 아들과 멀쩡한 며느리를 대조하니 병약한 아들이 안타까웠을 것이다. 사랑하는 아들은 늘 얼굴이 노랗고 황달을 달고 살았다. 늘 입맛이 없다고 했는데도 '봄을 탄다'고 했다. 사시사철 마찬가지였지만 여름이면 더 심했다. 여름에 오이는 그 풋내가 싫다고 해서 익혀야 했고, 가지는 물컹거려서, 감자는 피난 때 많이 먹어서 질리다 했다. 호박도

물렁거려서 싫다고 했다. 모두 싫은 음식뿐이었다. 우리나라에는 그들이 먹고살 음식이 없는 것 같았다. 유일하게 먹는 것이 시어 빠진 김치에 멸치 몇 마리 넣고 끓인 김칫국, 된장국이 전부였다. 건강할래야 건강할 수 없는 체질이었다.

약에 의존했다. 익모초益母草로 생즙을 내서 밤새 장독 위에 찬 이슬을 맞힌 다음 새벽에 마시게 했다. 음식을 먹고 체해 손을 땄는데도 낫지 않자 체기를 빼야 한다면서, 수십 년 전에 먹고 체한 고기도 목구멍에서 꺼낸다는 사기꾼에게 데려가기도 했다. 침 맞고 뜸을 뜨는 건 일상사였고, 먹물을 실에 칠해 점을 만들기도 했다. 미개한 방법이 한심했으나 그렇다고 다른 방법을 모르니 방관할 수밖에 없었다.

친정집에 가서 뱀탕을 먹이기도 했다. 같은 미개한 방법이라도 여자는 영양 공급을 하는 쪽을 선택한 셈이었다. 남편은 냄새에 민감했다. 보신탕만 해도 멀리서 그 냄새만 맡아도 근처에도 못 갔다. 오죽하면 아플까 싶었다. 하지만 이해해야 했다.

남편이 친구들과 함께 있는 모습을 보면 눈물이 났다. 다른 친구들은 얼굴색이 검거나 희거나에 상관없이 붉은 기운이 돌았다. 오직 남편만 노란 물감을 칠한 것처럼 노랬다. 키니네 많이 먹은 사람 같았다. 집에서는 매일 보니 잘 몰랐던 것이 친구들과 여럿이 모인 자리에서는 표가 났다. 다른 친구들과 비교가 되어서였다. 무엇보다도 남편은 혈액순환이 안 되어서 그런지 팔다리가 저리다고 했다. 남편은 팔과 다리를 주물러주지 않으면 고통을 호소하며 잠을 못 잤다. 당연히 그건 옆에 있는 여자의 몫이었다.

“아, 내가 팔자가 세어서 이런 남편을 만나 평생 고생하며 사는구나!” 한탄도 했지만 주어진 팔자려니 했다. 때리는 매를 안 맞을 장사는 없다고 했다. 한평생 남편의 건강을 걱정하며 챙기며 간호하고 살아야 했다. 이것도 운명이려니 했다.

여자가 몸살이 나 몸져누워 있거나 산후 열병이 들어도 아무 관심이 없었다. 나중에 일거리만 쌓여서 고생만 더했다. 중요한 건 밖에 나가 돈을 벌어야 하는 사람이었다. 남편이 두어 숟갈도 못 뜨고 나간 아침 밥상을 끼고 앉아 다 먹어치우는 사람은 여자였다. 시어머니는 여자 얼굴이 달덩이처럼 허옇게 피었다고 비아냥거렸다. 사랑하는 아들은 얼굴에 노란 꽃이 피었는데 며느리 얼굴은 해당화처럼 활짝 피었다고 꼴 보기 싫어했다. 그래서 사랑은커녕 아들을 잡아먹을 것 같아 노심초사했던 것이다.

“병든 몸으로 기집과 새끼들 벌어 먹이려니 얼마나 고생이 많을까.”

시어머니는 가슴을 두드리며 말했다. 시어머니 마음을 이해해야 했다. 시어머니는 건강한 며느리를 원망하며 아들 걱정을 하다가 세상을 떠났다. 그 후 아들이 척추 수술도 했고, 시어머니 간장을 녹일 일을 몇 번 더 치르고 나서 다소 건강해졌다. 조금이라도 건강해진 모습을 보지 못하고 평생 한을 품고 살다가 갔다. 시어머니의 운명이라고 해야 할 것 같았다.

그렇게도 남편의 간을 보호하는 일에 최선을 다했지만 췌장암이라는 청천벽력 같은 선고를 받고 세상을 등지게 했다. 지극한 정성을 쏟았으나 여자의 노력은 아무 의미도 없이 끝났다. 스스로 위로하자면 84세까지 살아준 것이 고마웠다.

나름대로 장례식을 잘 치렀고, 최선을 다했다고 믿었다. 해야 할 도리는 다했다고 생각했다. 남편의 웃는 영정사진을 볼 때마다 눈물이 앞을 가렸다. 사람들은 제 설움에 운다고 비아냥거리겠지만 여자는 자신의 잘못에 대한 회한과 그가 자신에게 잘해준 고마움을 떠올리며 울었다.

남편을 땅에 묻고 돌아온 날, 빈집에 들어서자 적막감이 몰아쳤다. 아무도 오늘만큼은 엄마와 함께 자고 가겠다는 자식은 없었다. 여자는 순간적으로 쓸쓸했지만 자식에게 아무 말도 할 수가 없었다. 장례식 내내 딸 지혜는 먹지도 못하고 잠도 못 잤다. 슬프지만 돌아간 사람은 어쩔 수 없는 일이고 딸의 건강이 걱정스러웠다. 장례식 절차를 끝내고 돌아오는 차 안에서 외손녀 윤정이에게 "네 엄마를 좀 주물러줘라"라고 말했다. 딸은 제 아빠를 닮았는지 몸이 피곤할 때 마사지를 받으면 피로가 잘 풀린다고 했다. 함께 있겠다는 딸을 괜찮다면서 억지로 돌려보내놓고도 막상 떠나버리자 여자는 서운함이 북받쳐 올랐다.

혼자서 의자에 앉아 일몰을 보았다. 아니, 그저 밖을 바라보고 있었다. 영원히 혼자인 인생이 시작되고 있었다.

'서운해해봤자 무슨 소용인가. 혼자서도 잘 버틸 거라고 자신감을 가졌던 내 탓이다. 무소의 뿔처럼 혼자서도 잘 가리라 짐작한 내 탓이다.'

각자의 역할을 이해해보려고 했다.

'만약에 내가 바라는 대로 병약한 몸으로 태어나 보호받고 살았다면 행복했을까. 남에게 희생만 강요한 결과는 빚쟁이 신세 아니었을까. 이제 남에게 베풀기만 했다고 생각했으니 받을 일만 남았다면 어떨까. 하느님이 내 소원을 들어주면 안 되는 일이다. 신은 어리석은 인간이 달란다고 다 주지 않는다.'

너희 중에 아들이 빵을 달라는데 돌을 줄 사람이 어디 있으며 생선을 달라는데 뱀을 줄 사람이 어디 있겠느냐.

너희는 악하면서도 자기 자녀에게 좋은 것을 줄 줄 알거든 하물며 하늘에 계신 너희의 아버지께서야 구하는 사람에게 더 좋은 것을 주시지 않겠느냐.

너희는 남이 바라는 대로 남에게 해주어라. 이것이 율법과 예언서의 정신이다.

〈마태복음 9장 12절〉

침대에 누워 아프다고 어리광을 부려봤자 봐줄 상대도 없었다. 아파서 보호를 받으려면 누구에게 또 희생을 치르게 해야 했다. 인생은 딜레마의 연속인가 보았다. 선택의 시기가 있는 것이다. 이제 와서 병약한 몸이 된다면 누가 고통을 받아줄까 싶었다. 받아주는 것이 무엇이 그리 중요한가도 싶었다.

유럽 여행 중 감기 때문에 호텔에서 룸서비스를 받은 적이 있었다. 아침 레스토랑에는 먹을 것이 많은데 룸서비스로 온 음식은 단출했다. 계란 프라이, 토스트 몇 조각, 커피 등 별것이 없어 성에 차지 않았다. 역시 건강해서 마음대로 먹고 지내는 것이 최고였다.

남의 신세를 지지 않고 제 발로 걷다가 갑자기 숨이 멎는 방법은 없을까. 말없이 혼자서 가게 되는 식으로 삶을 끝내고 싶었다. 영원히 씩씩한 사람이고 싶었다. 건강하게 태어난 게 축복이었다. 그런데 그게 축복인 줄도 모르고 살았다.

친정 식구들을 돌본 피해자라고 느낀 것도 수정해야 했다. 지내 놓고 보니 피해자라 생각한 것은 착각이었다. 자신은 '갑'이었고, 동생들이 피해자인 '을'이었다. 얼마나 많은 눈치를 보며 마음고생을 했을까. 눈을 감으니 그들의 고통이 눈앞에 어른거렸다. 이해했어야 한 일이었다. 아니 그들에게 이해를 구했어야 했다. 자신이 별 의식 없이 한 행동이 상대에 따라 악이 될 수도 있고 선이 될 수도 있다는 생각이 들었다.

오죽하면 예수님이 '아버지 저들을 용서해주십시오. 저들은 지금 자신들이 무슨 짓을 하는지 모릅니다(루가복음 23장 34절)'라고 했을까. 얼마 전까지만 해도 이게 무슨 터무니없는 말인가 싶어 고개를 갸우뚱거렸다. 자신을 죽이는 자들을 용서하라니, 너무 거창한 예이긴 해도 이제 조금은 이해가 갔다. 사유의 부재였다.

'만약 신이 있어 그때 내 소망을 들어주었다면 얼마나 큰 실수였을까. 주변에 있는 많은 사람들을 희생시켰을 것이다. 그렇지 않아도 살면서 주변의 도움과 많은 빚을 지고 살았는데. 평생 돌봄만을 받고 싶다는 소망이 이루어졌다면 어쩔 뻔했을까. 아찔하다. 처음부터 끝까지 희생하며 산다고 생각하기도 했고, 인덕이 없는 삶이라고 한탄도 했다. 그러나 돌볼 힘, 강자로 인식될 힘,

보호받지 않고도 살 힘이 있다는 것이 얼마나 큰 힘인가. 큰일 날 일이었다. 내 기도를 들어주지 않은 신에게 고마울 따름이다. 그랬다면 내가 진 빚을 어떻게 처리해야 했을까. 저 세상에 가서도 갚느라 고생하겠지. 끔찍하다.'

생각을 정리한 여자는 살아 있을 때 남편에 대한 회고록을 쓰기로 했다. 그리고 인간의 삶을 생각했다.

에필로그

박수희 씨 요즘 어떻게 시간을 보내고 계시나요?

여자는 요즘 어떻게 지내느냐는 주위 사람들의 물음에 이렇게 대답한다.

남편 흉 잡아내기 위해 고생 좀 하고 지내지요.

그러면 모두들 '빨리 잊으려나 보다'라고 짐작하는 눈치다.

굳이 빨리 잊기도 싫다. 옆에서 속을 썩이거나 비위도 안 건드리는 사람을 잊을 필요는 없다. 오히려 가슴에 새겨두고 앞으로 오지 않을 그 시절에 대한 반성과 한 번도 가지 않은 길에 대해 성찰해본다.

흔히 남자와 여자는 사고방식 자체가 다르다고 한다. 공감 능력이 모자라는 남자들과 살아가는 여자들은 생존을 위해 분투한다. 이런 분투기는 그들과 살면서 느낀 절망, 배신, 분노의 기록이다. 그들은 모르는 일이지만 여자들에겐 끝없는 인내를 요구하는 삶이다. 그들은 언제나 옳다. '갑'의 옳음 그 전제하에, '을'의 삶은 곧 '을'의 그름이나 고통으로 나타난다. 그들은 변하지 않는다. 변하기 싫어한다. 고로 변할 수 없다. 상당수 남자들은 말과 말 사이의 행간을 읽지 못한다고 한다. 타고난 능력 결여인지도 모른다. 여자들은 남자들의 선천성 결여에 낙심하지만 때로는 고쳐보려고 고군분투한다.

만약 남편이 아닌 다른 남자와 결혼해서 다른 삶을 살았더라면 지금 어떤 모습일까. 아마 지금처럼 평범하게 잘 사는 그런 할머니였으리라. 자신의 존재가 변하지 않을 텐데 상대가 다르다고 크게 변하지 않았을 것 같다.

돌이켜보니 자신 안에 자기 자신이 너무 많았다. 그러면서 상대를 자신에게 맞춰놓고 비판하고 좌절하곤 했으니, 상대도 크게 즐겁기만 하지는 않았으리라.

처음 남편의 발병 소식을 듣고는 비틀거렸고 절망했고 시간이 흐르면서 기정사실로 받아들였다. 모든 외부 모임을 취소하기로 했다. 그리고 그의 곁에서 생명이 다하는 날까지 되도록 많은 시간을 함께 보내기로 결심했다. 모임을 취소하는 문자를 휴대전화로 보냈다.

'얼마가 될지 모르나 남편의 얼굴을 오래도록 봐두기로 했습니다.'

창밖으로 바라다보이는 한낮의 한강은 고요하고 햇살을 받아 반짝이고 있었다. 여자는 햇살에 빛나는 강 저편에 아스라이 사라져 가는 작은 배를 상상했다. 그러면서 자신도 언젠가 죽을 때 그렇게 될 수 있기를 바랐다.

남편과 함께한 희로애락과 서로의 잘잘못과 사랑에 대한 무게를 계산해서 그가 베풀어준 사랑을 가늠해보리라 마음먹었다. 그가 준 사랑과 잘못에 대한 손익계산서를 작성하는 일이었다. 말이 지나쳤지만 감사한 마음을 적어보겠다는 것이 여자의 뜻이었다. 그러고도 남아 있는 슬픈 감정은 그의 사랑에 대한 보답이고, 빚을 청산하는 거라고 생각했다. 자신의 기억 속에 남편의 모습을 영원히 간직하고 싶었다. 그가 좀 더 살아 있도록 하는 것이 먼저 보내게 되는 아쉬움에 대한 속죄의 길이라고 생각했다. 그와 60년 동안 보낸 흔적을, 머릿속에 존재하는 그를 오래도록 기억하고 싶었다. 남편을 마음에 담아두는 일이 우선이었다. 고통도 시간이 지나면 아름다운 추억이 될 것이기 때문이었다.

첫 구절일 뿐이지만 언젠가 즐겨 듣던 노래 가사가 떠오른다. 〈가시나무〉라는 제목의 노래다. 제대로 된 가사도 잘 기억나지 않는다.

'내 속엔 내가 너무 많아 / 당신의 쉴 곳 없네……'

도입부 가사가 새삼 여자의 가슴에 구멍을 내고 있다.

자기애自己愛가 많아 상대에게 헌신해놓고 상대가 이 공허감을 채워주지 않는다고 불평하는 여자는 스스로도 피곤했다. 상대도 역시 피곤했을 것이다. 그런데 어쩌랴. 그것도 남편 운명인 것을. 그가 속앓이를 많이 했을 거란 생각이 떠오른다.

그동안 몰랐던 남편의 사랑이 보이고, 많이 슬프다. 과거를 회상하지 않았다면 잊었을 일들을 들추어내서 새삼스럽게 후회한다.

마지막 호스피스 병원에 있을 때가 생각난다. 자신을 바라보던 남편의 눈, 살고 싶어 애원하며 바라보던 그 눈을 잊을 수 없다.

목숨이 사라질 때까지 남편을 부활시켜 길동무로서 영원한 삶을 살고 싶다. 꼭 그래야 할 것 같다. 그래서 오만하고 자기애가 강한 한 여자가 60년을 함께 살아온 남편에 대한 이야기를 펼쳐놓으려 한다.

'내가 원하는 것은 독자들에게 어떤 상황에서도, 심지어 가장 비참한 상황에서도 삶이 잠재적인 의미를 가지고 있다는 사실을 구체적인 예를 통해 전달하는 것뿐이다. 그리고 만약 비슷한 상황에서 잠재적인 희망이 입증된다면 사람들이 내 말에 귀를 기울여줄 것이라고 믿는다. 나는 내가 겪은 일을 기록해놓을 책임을 느낀다. 왜냐하면 그것이 절망에 빠져 있는 사람들에게 도움을 줄 것이라 기대하기 때문이다.'

내 속엔 내가 너무도 많아 당신의 쉴 곳 없네
내 속엔 헛된 바램들로 당신의 편할 곳 없네
내 속엔 내가 어쩔 수 없는 어둠 당신의 쉴 자리를 뺏고
내 속엔 내가 이길 수 없는 슬픔 무성한 가시나무 숲 같네

바람만 불면 그 메마른 가지 서로 부대끼며 울어대고

쉴 곳을 찾아 지쳐 날아온 어린 새들도 가시에 찔려 날아가고
바람만 불면 외롭고 또 괴로워
슬픈 노래를 부르던 날이 많았는데

내 속엔 내가 너무도 많아서 당신의 쉴 곳 없네

바람만 불면 그 메마른 가지 서로 부대끼며 울어대고
쉴 곳을 찾아 지쳐 날아온 어린 새들도 가시에 찔려 날아가고
바람만 불면 외롭고 또 괴로워
슬픈 노래를 부르던 날이 많았는데

내 속엔 내가 너무도 많아서 당신의 쉴 곳 없네
〈가시나무〉

작가의 말

결혼은 동업의 시작이다

《플러스섬 게임》이 독자들의 세상과 만나게 되었다. 2018년 소설집《피에타》를 출간한 이후 1년여 만에 새 책을 낸다.

때때로 인생은 우리에게 무언가를 제공한다. 즉 현실의 질서를 깨뜨리는 순간적인 통찰력을 제공한다. 그 통찰력은 세상이 무한한 세상들로 이루어져 있고, 그 세상들은 가끔씩 합쳐진다는 것을 보여준다. 작중인물들과 관련해서 나는 현실성을 부여하려고 노력했다. 그리고 어느 정도 그 목표를 달성했다고 자평한다.

소설에서 주인공 남녀는 부모들의 계산에 의해 맞선을 본다. 부모들은 결혼할 당사자들보다 더 경험이 많고 자식의 행불행을 예감으로 더 잘 안다고도 한다. 당사자들은 어려서 굳이 조건에 연연하지 않는다. 마음에 드는 상대를 만났다고 착각하기도 하고, 그리 마음에 들지 않아도 무난하다고 보고 결혼을 결정했을 수도 있다. 양쪽 집안에서 영악한 계산을 했더라도 주인공들은 자신들이 만들어갈 아름다운 삶에 대한 동경을 가지고 새살림을 시작한다.

결혼은 동업同業을 시작하는 일과 같다는 사실을 그들은 몰랐다. 동업을 하려면 철저한 사전 조사가 필요하다. 서로 상대가 믿어도 되는 사람인지, 투자를 할 여력이 있는지 알아본다. 서로 사업 조건이 맞으면 이익 배분, 투명한 경영 등등의 약정이 필요하다. 동업은 깨지기 쉽다고 한다. 그래서인지 동업 경험이 있는 사람들은 웬만해선 동업은 하지 말라고 권한다.

하물며 평생을 함께해야 하는 파트너라면 오죽하랴! '결혼은 사랑'이라는 달콤함이 덧입혀져 상대에 대한 판단이 다소 느슨해질 수 있다. 개인차도 있을 수 있다. 아무리 힘들고 한쪽의 '스펙'이 기울어도 목숨을 걸고 지켜내는 사랑도(사람도) 있으니까. 결혼의 시작은 사랑이라는 슈거커버도 있고 냉정한 계산서도 들어있다. 서로의 행간을 읽고 나름대로 각자 짐작하면서 계산한다.

철저히 계산기를 두드려보고 결혼해도 문제가 생긴다. 생각지도 못한 복병을 만나 당황한다. 서로의 셈법이 다르고 상대에 대한 기대치가 높아서 속았다고 하기도 하고 속였다고 느낀다. 자신의 부족함을 채울 상대만을 찾고 상대의 부족함을 자신이 얼마나 채울 것인지는 생각하지 않는다. 자신이 원하는 것을 상대가 메워주지 않는다고 또는 부족하다고 불평한다. 각자 다른 잣대를 가지고 있다면 결혼은 충돌의 연속이 된다.

어떤 결혼이든 처음부터 양쪽의 균형이 꼭 들어맞지는 않을 것이다. 서로 기 싸움을 벌이고, 먼저 기선을 제압하고 밀리지 않으려고 한다. 자신에게는 높은 값을 매기고 상대에 대해서는 너무 저급한 물건을 골랐다며 억울해하기도 한다. 여기에 균형을 유지시켜주는 결정적 존재가 생겨난다. 아이들은 두 동업자를 매개하는 살아 움직이는 유기체이며 동시에 둘의 동업에 계산을 벗어난 운명을 만든다.

결혼은 두 남녀의 동업의 시작이다. 60년간 동업하고 주인공에게 남아 있는 것은 자존심, 이기심, 욕심을 가지고 손익을 따진 대차대조표였다. 결과를 먼저 공개하면, 압도적인 흑자 결산이다.

그동안 행복한 일도 많았고 슬픈 일도 많았다. 두 사람이 사랑을 주고받던 순간들, 아이들이 주는 기쁨 등 수많은 즐거움이 있었고, 좌절을 겪으며 때로는 불행하다고 느끼는 순간들도 많았다. 하지만 즐거웠던 기억은 희미해지고 고통의 시간은 각인되어 다소 적자였다는 느낌이 들기도 한다.

많은 시간이 지나 계산해보면 대차대조표가 엇비슷해서 누가 손해이고 이익인지 가릴 필요가 없게 되고, 드디어 제로 균형을 이루는 시점이 온다. 결국 자기만의 방식대로 살아왔음을 자각한다. 서로의 노고를 이해하게 되고 그토록 불만이었던 일이 서로의 단순한 견해 차이라는 사실을 깨닫는다. 서로가 고단한 삶을 살았음을 인정하고 평온을 찾게 된다.

살아갈 날이 얼마 남지 않은 순간에야 깨달음이 온 것이다. 인생은 제로섬zero-sum 게임이 아니다. 마이너스섬minus-sum 게임은 더구나 아니다. 결혼은 두 동업자를 둘 다 플러스로 만들어줄 수 있다. 결국 결혼은 사랑이 우선이어야 하고 나머지는 마이너스든 플러스든 만들기 나름이다. 생명이 다할 때까지 결혼을 유지한 경우 생각해보니 놀랍게도 플러스섬plus-sum 게임이었다.

장편소설 《플러스섬 게임》을 '문학의 본 고장' 문학사상에서 출간하게 되어 행운이다. 정성껏 책을 만들어주신 편집진에게 감사의 말씀을 전한다.

작품을 완성하고 나니 마음이 가볍다. 지친 사람들, 삶의 의미를 찾다가 실의에 빠진 사람들, 따뜻함과 위로를 필요로 하는 사람들에게 위안이 될 수 있기를 바란다.

2019년 가을

이정은

작품 해설

〈가시나무〉 노래로 들어보는 치열한 삶

고승철(소설가)

역량 있는 소설가 이정은 작가가 2019년 여름 새로운 장편소설을 탈고했다는 풍문을 듣고 출판 전에 초고草稿를 읽어보는 영광을 누릴까 하고 연락을 드렸다. 작가의 장편소설 《그해 여름, 패러독스의 시간》(2015)과 소설집 《피에타》(2018)도 이런 식으로 미리 읽고 해설 비슷한 글을 쓴 적이 있다.

보내주신 메일을 열어보니 제목만 보고도 가슴이 울렁거렸다. 시크chic한 감성이 느껴지는 '플러스섬 게임'이라니! 주인공 박수희가 '동유럽 / 발칸 4개국'으로 홀로서기 여행을 떠나는 장면으로 이야기는 시작된다. 남편이 췌장암으로 떠나가고 집에서 칩거하다가 남편의 49재가 끝난 후였다. 박수희는 자신의 진정한 정체성을 찾으려 먼 길을 떠난 것이다.

작가는 2018년 겨울부터 2019년 여름까지, 내내 새벽 3시에 일어나 《플러스섬 게임》을 집필했다고 한다. 아마 그 미명未明의 적요寂寥 속에서 구도求道하는 자세로 자판을 두드렸으리라. 이렇게 해서 탈고한 분량은 2,200매. 작가는 문학사상에 원고를 넘기면서 1,600매로 줄였다고 한다. 작가의 분신과 같은 아까운 원고를 600매나 잘라낸 것은 고순도高純度를 지향하는 작가의 집념 때문이 아니겠는가.

작품은 모두 6부로 구성되었는데 마지막 장면에 〈가시나무〉 노래가 나온다.

책을 덮으며 소설 장면이 눈앞에 떠올랐고, '발라드의 황제' 조성모의 노래도 귀에 맴돌았다. 이 노래에 얽힌 나의 트라우마도 기억에 되살아났다.

내가 몸담아 활동하는 합창단에서 연말 발표회를 할 때 이 노래가 레퍼토리에 포함됐다. 합창이지만 첫 소절인 '내 속엔 내가 너무도 많아 / 당신의 쉴 곳 없네……'는 독창으로 시작되었다. 애잔한 선율의 피아노 전주前奏에 이어 비감悲感한 분위기로 노래를 불러야 한다. 이 한 소절을 제대로 부르기 위해 숱하게 연습했으나 막상 흘러나온 내 노래는 미세한 엇박자에 감정 과잉 바이브레이션 탓에 엉망이 되고 말았다. 다소 고음이어서 베이스인 내가 매끄럽게 부르기엔 벅차기도 했다.

일생에 딱 한 번만 우는 '전설의 새'인 가시나무새는 둥지를 떠나는 순간부터 자신이 찔려 죽을 가시나무를 찾아 헤맨다. 가장 뾰족한 가시에 찔려 극한의 고통을 느끼며 '처절悽絶'하게 운다.

호주 출신의 소설가 콜린 맥컬로우(Collen McCullough, 1937~2015)의 대표작《가시나무새The Thorn Birds》란 장편소설을 읽어보셨는지?

이 작품은 1977년 출간되자마자 여러 나라 독자들로부터 폭발적인 관심을 끌어 3,000만 권이나 팔렸다. 1983년 미국 ABC TV에서 10부작 드라마로 만들어져 역시 빅히트를 쳤고 에미상 작품상을 받기도 했다.

6부로 구성된 이 소설은 3대에 걸친 세 여성의 신산辛酸한 삶, 토지에 대한 애착, 가톨릭 성직자의 파계破戒 등이 정교한 플롯으로 엮여져 마가렛 미첼의《바람과 함께 사라지다Gone with the Winds》와 필적하는 명작이란 찬사를 받았다. 한번 잡으면 밤을 새워 읽게 되는 마력을 지닌 스토리다. 오죽했으면 '너무 재미있어서 이 소설이 지닌 정치 의식 같은 요소가 희석되었다'는 평가를 받기까지 했을까.

《플러스섬 게임》을 관류貫流하는 분위기도 '처절함'이었다. 작가에게 묻지 않아도 자전自傳 소설 분위기를 풍긴다. 주인공 박수희의 처절하고 치열한 삶이 치밀한 필치로 묘사되어 있다. 남편 안문혁과의 애증愛憎, 시어머니와의 갈등, 중풍환자 시아버지의 간병, 여동생 박다미와 남편과의 미묘한 관계 등을 적나라하게 드러내고 있다. 여러 독자들은 이 스토리와 작가의 실제 체험이 몇 퍼센트나 일치할까, 궁금하리라. 그러나 소설은 허구虛構이므로 작가의 자서전으로 착각하면 곤란하다.

자전적 소설과 자서전의 차이를 살펴보자. 전자前者는 어디까지나 소설이어서 실제 사건을 뼈대로 삼되 여러 소설적 장치를 동원해 문학작품으로 태어난다. 작가 개인이 겪은 특수성을 넘어 다른 사람에게도 일어날 수 있는 보편성을 이끌어내는 것이다.

소설가 밀란 쿤데라가 소설에 대해 쓴《커튼》이란 책에는 다음과 같은 대목이 나온다.

'이 세상에는 인간이 보고 읽고 느끼는 모든 존재 앞에 마법의 커튼이 쳐져 있다.'

사람들은 커튼 너머에 있는 진실을 보지 못하고 커튼 위에 장식된 자수刺繡만 주시한다는 것이다. 명작은 그 커튼을 걷고 진실을 보여준다고 한다.

문학사회학자 뤼시앵 골드만은 "소설은 타락한 세계에서 진정한 가치를 추구하는 이야기"라고 갈파했다.

쿤데라와 골드만의 소설관觀을 들으면 소설은 사실 기록 위주의 글과는 다른 차원에서 가치 있는 글임을 알 수 있다.

자전적 소설은 이래서 의의가 있다. 작가의 사적 체험을 넘어서는 작중인물이 나타남으로써 공감의 폭을 넓히기 때문이다.

《플러스섬 게임》에서는 소설가 박수희, 그녀의 남편이자 기업가인 안문혁, 시아버지와 시어머니, 여동생 박다미, 아들 안승민, 딸 안지혜 등 여러 작중인물들이 등장한다. 효자이며 강인하고 도전적이며 가부장적인 안문혁과 지적知的이며 새로운 세상을 향해 탈출을 꿈꾸는 박수희는 각각 스물네 살, 스무 살의 다소 어린 나이에 혼인한다. 결혼 생활은 험난한 현실이었다. 박수희는 시어머니의 질투에 시달리고 중풍 든 시아버지 병시중으로 고생하고 남편의 무심함에 괴로워한다. 시부모가 별세한 후 부부는 여행, 골프 등으로 함께 시간을 보내며 비로소 사랑을 조금씩 느끼기 시작한다. 박수희가 남편에 대한 사랑을 뚜렷하게 확인한 계기는 남편이 췌장암 발병으로 시한부 생명이란 사실을 알게 된 것. 죽음이 다가올수록 사랑은 더욱 깊어진다.

작가는 작중인물의 창조자다. 전지적全知的 관점에서 작중인물의 심중心中을 훤히 꿰뚫어본다. 그래서 이 작품에서도 작중인물이 3인칭으로 묘사되면서도 '생각'을 통해 1인칭을 묘사하기도 한다. 새로운 감각이면서 전혀 혼란스럽지 않다. 작가는 주인공 박수희에 빙의憑依돼 남편 안문혁의 내면세계를 마구 파헤쳤으리라. 이렇게 처절한 사부곡思夫曲은 탄생되었다. 작가는 독자에게 이렇게 물음을 던진다. 우리의 삶은 플러스섬plus sum 게임인가?

빼어난 문학이 으레 그러하듯 이정은 작가의 작품들은 작가 자신이 가톨릭 신자의 입장에서 쓴 종교소설이라는 범주에만 머물지 않는다. 그의 소설은 특정 종교의 벽에 갇히지 않고 이를 가뿐히 뛰어넘어, 보편적 삶과 내밀한 인간성의 폐부를 꿰뚫는 깊은 통찰력으로 독자들을 흡입하는 힘을 지니고 있다.

이 작품을 읽으며 우리는 삶과 죽음에 대한 복합적인 시각을 갖게 되며, 가치 있고 의미 있는 인생이란 과연 무엇인가를 성찰해보게 된다.

《플러스섬 게임》도 《가시나무새》처럼 6부로 구성되었다. 이정은 작가는 2018년 베스트셀러 《피에타》의 성공에 안주하지 않고 2019년에 장편소설 《플러스섬 게임》을 완성했다. 그러고 보니 이정은과 맥컬로우는 닮은 점이 적잖다. 비슷한 연배의 늦깎이 작가란 점, 열정적인 집필 활동이 돋보인다는 점, 젊은이들의 롤모델이고 치열한 취재를 바탕으로 글을 쓴다는 점 등이다.

콜린 맥컬로우는 《가시나무새》의 성공에 안주하지 않고 로마 역사에 대한 13년간의 취재 끝에 방대한 7부작 《로마의 1인자들 Masters of Rome》을 완성했다. 한국에는 덜 알려진 이 대하소설은 사학자들도 역사적 정확성과 소설적 흥미를 높이 평가하는 기념비적인 명작이다.

《플러스섬 게임》에서 이정은 작가는 날카로운 가시에 찔려 피를 토하며 울었으니 삶에서나 문학적 도정道程에서나 거듭남을 체험했으리라. 웅숭깊고 참신한 문학적 상상력으로 농익은 걸작들을 쓰면서 위대한 작가의 반열에 오르기를 기대한다.

플러스섬 게임

1판 1쇄 인쇄 2019년 11월 14일
1판 1쇄 발행 2019년 11월 21일

지은이 이정은

펴낸이 임지현
펴낸곳 (주)문학사상
주 소 경기도 파주시 회동길 363-8, 201호(10881)
등 록 1973년 3월 21일 제1-137호

전 화 031)946-8503
팩 스 031)955-9912
홈페이지 www.munsa.co.kr
이 메 일 munsa@munsa.co.kr

ISBN 978-89-7012-584-8 (03810)

이 도서의 국립중앙도서관 출판예정도서목록(CIP)은 서지정보유통지원시스템 홈페이지(http://seoji.nl.go.kr)와 국가자료공동목록목록시스템(http://www.nl.go.kr/kolisnet)에서 이용하실 수 있습니다. (CIP제어번호 : CIP2019043898)